MISLEID

Harlan Coben bij Boekerij:

Vals spel
Tegenwerking
Vermist
Ontwricht
Schijnbeweging
Schaduwleven
Laatste kans
Niemand vertellen
Spoorloos
Geen tweede kans
Momentopname
De onschuldigen
Eens beloofd
Geleende tijd
Houvast
Verloren
Verzoeking
Levenslijn
Blijf dichtbij
Schuilplaats (jeugdthriller)
Zes jaar
Nu of nooit (jeugdthriller)
Ik mis je
Gevonden (jeugdthriller)
De vreemde
De verbeelding
Naar huis
Laat niet los
De ontdekking
Wild
Win
De match
Levenslang
Terugkeer
Misleid

boekerij.nl

HARLAN COBEN

MISLEID

OUD-POLITIEAGENT SAMI KIERCE DACHT DAT HIJ ZIJN GROOTSTE JEUGDZONDE GOED HAD VERBORGEN. MAAR SOMMIGE GEHEIMEN KUNNEN BETER BEGRAVEN BLIJVEN.

Vertaald door Sabine Mutsaers

BOEKERIJ

ISBN 978-90-492-0372-6
ISBN 978-94-023-2361-0 (e-book)
ISBN 978-90-528-6817-2 (audio)
NUR 330

Oorspronkelijke titel: *Nobody's Fool*
Vertaling: Sabine Mutsaers
Omslagontwerp: DPS Design & Prepress Studio, Amsterdam
Omslagbeeld: © Arcangel Images / Shutterstock
Zetwerk: Mat-Zet bv, Weesp

Published by arrangement with Lennart Sane Agency AB.

Voor de andere leden van de 'Core Four'

Nicola Shindler
Richard Fee
Danny Brocklehurst

Geweldige collega's, nog betere vrienden

Proloog

Is het allemaal misgegaan toen ik je voor het eerst zag?

Ik was pas tweeëntwintig, achteraf gezien piepjong, ik had net mijn diploma aan Bowdoin College gehaald en was vol enthousiasme begonnen aan het backpacken-door-Europa-ritueel dat zo gebruikelijk is in mijn kringen. Het was middernacht. De muziek in de nachtclub dreunde en pulseerde. Ik nipte van mijn eerste flesje Victoria Málaga, de goedkoopste *cerveza* die je kon bestellen in een nachtclub aan de Costa del Sol (nou ja, ik moest op de kleintjes letten). Ik ging er volledig van uit dat dit een doorsnee stapavond zou worden – veel hoop, de angst om iets te missen, stille teleurstelling (lees: ik zou niemand scoren) – toen ik jou zag op de dansvloer.

De dj draaide keihard 'Can't Get You Out of My Head' van Kylie Minogue, dat – o man! – zou uitgroeien tot de hardnekkigste oorwurm die je je maar kunt voorstellen. En dat is het nog steeds. Nu, een kwarteeuw later. Je keek me aan, hield zelfs mijn blik vast, maar ik geloofde niet echt dat je naar mij keek. En niet alleen omdat je buiten mijn bereik lag. Wat natuurlijk wel zo was. Nee, de reden dat ik niet kon geloven dat je naar mij keek was dat ik werd omringd door de lacrossespelers van Bowdoin – Mikey, Holden, Sky, Shack en Quinn, de aanvoerder van het team – die stuk voor stuk stoer en knap waren, blakend van gezondheid, zoals de jonge Kennedy's op die foto's waarop ze aan het voetballen zijn in Hyannis Port. Ik nam aan dat je naar een van hen keek – misschien Captain Quinn, met zijn 'golvende' haar tot de tiende macht en een fysiek die alleen te bereiken is met een optimale combinatie van gewichten, ontharingswas en steroïden.

Alsof ik mijn punt moest maken keek ik theatraal, bijna cartoonesk naar links en daarna naar rechts. Toen ik het waagde mijn blik weer jou kant op te richten, weerhield je jezelf er op de een of andere manier van je ogen ten hemel te slaan en schonk je me, als blijk van genade, een veelzeggend knikje. Opnieuw keek je me aan, of misschien was het bij jou net als met die oude olieverfschilderijen die ik twee dagen geleden in het Prado had gezien, waarop de ogen je overal leken te volgen, waar je ook ging staan. Ik wou dat ik kon zeggen dat iedereen in Discoteca Palmeras behalve jij en ik naar de achtergrond verdween, zoals in van die goedkope zwijmelfilms waarin de muziek zachter wordt en ze dan inzoomen naar close-ups van jou en mij, maar dat gebeurde niet.

De dansvloer puilde uit van de jonge feestgangers. Er botste iemand tegen je aan. Toen nog iemand. Andere deinende lichamen dromden samen tussen ons in.

Je verdween uit zicht – alsof de menigte je had opgeslokt.

Ik stond op. De Lax Bros aan mijn tafel – de mannen van het lacrosseteam – merkten het niet eens. Ik was eerder een mascotte dan een vriend, de vrolijke noot, het rare mannetje dat bij de loting in het eerste studiejaar de ultrapopulaire Captain Quinn had getroffen als kamergenoot. In het team dacht bijna iedereen dat ik Indiaas was; ze noemden me vaak Apu en deden een soort Zuid-Aziatisch accent na, wat nogal irritant was omdat ik geboren en getogen ben in Fair Lawn, New Jersey en ook zo klonk. De Lax Bros waren niet mijn eerste keus geweest om mee naar Europa te reizen, maar mijn beste vrienden Charles en Omar hadden allebei al een baan, de een bij de Bank of America in Manhattan en de ander als genetisch onderzoeker bij Mass General. Ik was toegelaten aan de geneeskunde-faculteit aan Columbia en zou dat najaar beginnen – maar eerlijk gezegd was het best cool, vleiend zelfs, om op reis te gaan met de Lax Bros, ook al was dat op aandringen van Quinn.

Ik baande me een weg naar de dansvloer – het was eerder waden dan lopen, worstelend tegen de van zweet doordrenkte lijven alsof het aanrollende golven waren. De dj ging over op 'Murder on the Dance Floor' van Sophie Ellis-Bextor, wat achteraf bekeken misschien ook weer gepast leek, of misschien ironisch, maar ik weet niet meer zo goed wat het woord 'ironisch' nu precies betekent sinds dat nummer van Alanis Morissette en zelfs nu nog, een kwart eeuw na die bewuste avond, wil ik het niet verkeerd gebruiken.

Het kostte me een volle minuut dringen tussen het mensenvlees voordat ik je had gevonden in het midden van de dansvloer. Je had je ogen dicht en je handen in de lucht, en je bewoog traag, loom, verleidelijk soepel, en ik weet nog altijd niet hoe de dans heet die je daar uitvoerde, maar ik was gehypnotiseerd. Doordat je je armen boven je hoofd hield, schoof je truitje omhoog en was je zongebruinde buik te zien. Even bleef ik daar alleen maar staan staren. Je ging helemaal op in je eigen wereld, zo harmonieus dat ik je bijna met rust had gelaten.

Stel je voor dat ik het had gedaan.

Maar helaas, ik was voor mijn doen ongekend stoer. Dat ene biertje, waar ik amper van had gedronken, had me genoeg moed gegeven om naar je toe te lopen en je op de schouder te tikken.

Je opende geschrokken je ogen.

'Zin om te dansen?' vroeg ik.

Kijk mij nou, ik ging er helemaal voor. Ik geloof niet dat ik ooit eerder in mijn leven zo vrijpostig was geweest. Een mooie vrouw die in haar eentje aan het dansen was, en ik had het simpele lef om haar te benaderen.

Je trok een gezicht en riep: 'Wat?'

Ja, zo veel lawaai was er op die dansvloer. Ik boog me dichter naar je toe. 'Zin om te dansen?' brulde ik, waarbij ik probeerde mijn mond dicht bij je oor te houden, maar wel een beetje schuin, zodat ik je trommelvlies niet zou perforeren.

Je trok nu een ander gezicht en riep: 'Ik ben al aan het dansen.'

Dat zou normaal gesproken het gedeelte zijn waar ik – en eerlijk gezegd de meeste mannen – me stilletjes uit de voeten zou maken. Waarom deed ik dat niet? Waarom zag ik iets in je ogen wat me aanspoorde het nog een keer te proberen?

'Met mij, bedoel ik,' riep ik.

Je rechtermondhoek krulde omhoog in een glimlachje dat ik nog steeds voel in mijn lijf. 'Ja, dat snapte ik wel. Grapje.'

'Goeie.' Ik weet niet of je dat opvatte als de waarheid of als sarcasme, maar voor alle zekerheid: het was sarcasme.

We begonnen te dansen. Je was een compleet natuurtalent. Ontspannen, sensueel, onweerstaanbaar. Je had de gave om je volledig te laten gaan, op zo'n manier dat het er spontaan en tegelijkertijd gechoreografeerd uitzag. Ik zette mijn beste danspassen in, wat er eigenlijk op neerkwam dat ik bewust van links naar rechts bewoog, niet zozeer met het doel over te komen als iemand die goed kan dansen, maar eerder om op te gaan in het geheel, onopvallend – om niet al te erg voor schut te staan. Mijn danspassen waren een poging om mezelf niet in verlegenheid te brengen, waardoor ik natuurlijk alleen maar extra verlegen overkwam – of misschien ervaarde ik dat zo omdat ik hartstikke verlegen wás.

Het leek jou niet te deren.

'Hoe heet je?' vroeg ik.

'Anna. En jij?'

'Kierce.' Toen voegde ik er om een of andere reden aan toe: 'Sami Kierce.' Jezus, wat klonk dat stom. Alsof ik me James Bond waande.

Jij wees met je kin naar de Lax Bros. 'Je ziet er niet uit alsof je bij dat clubje hoort.'

‘Omdat ik niet lang en knap ben, bedoel je?’

Weer dat lachje. ‘Je hebt een leuk gezicht, Sami Kierce.’

‘Dank je, Anna.’

‘Karakteristiek.’

‘Is dat een eufemisme voor lelijk?’

‘Ik dans met jou, hè, niet met hen.’

‘Maar zij hebben je niet gevraagd, eerlijk is eerlijk.’

‘Klopt,’ zei je. Toen weer dat lachje. ‘Maar zij zijn ook niet degenen met wie ik hier straks wegga.’

Mijn ogen puilden waarschijnlijk uit hun kassen, want jij lachte een prachtige lach en pakte mijn hand en we bleven dansen en ik begon me te ontspannen en jawel, twee uur later liep ik met jou de nachtclub uit onder luid gejoel van de Lax Bros, die een vuist in de lucht staken en dronken scandeerden: ‘Kierce, Kierce, Kierce!’

We liepen hand in hand. Wandelden over het strand van Fuengirola. Je kuste me in het maanlicht, en ik kan nu nog het zout van de Middellandse Zee ruiken. Je nam me mee naar je appartementje in een bescheiden flatgebouw een kleine kilometer van de pier. Ik vroeg of je huisgenoten had. Je gaf geen antwoord. Ik vroeg hoelang je al in Fuengirola woonde. Je gaf geen antwoord.

Ik had nog nooit een onenightstand gehad. Of een meisje opgepikt in een nachtclub. Of beter gezegd: me door een meisje laten oppikken. Ik was geen maagd meer. In ons eerste jaar aan Bowdoin had ik iets gehad met Sharyn Rosenberg, en we hadden het vaak genoeg gedaan, maar toch was ik nerveus. Ik probeerde me voor te stellen dat ik Captain Quinn was. Die gast heeft zelfvertrouwen in overvloed. In dat eerste studiejaar scoorde Quinn volop, om naderhand superlaat thuis te komen, of pas de volgende ochtend. Toen ik Quinn een keer vroeg waarom hij nooit een meisje meenam naar onze kamer, zei hij: ‘Ik wil niet dat er ook maar iets van haar achterblijft, snap je?’ waarna hij dik een half uur onder de douche ging.

Captain Quinn had – en heeft waarschijnlijk nog steeds – grote moeite met intimiteit.

Die eerste nacht knuffelden jij en ik wat op de bank, we zoenden even en toen viel je in slaap, of misschien ging je out, dat weet ik nog steeds niet. We hadden al onze kleren nog aan. Ik overwoog om weg te gaan, maar dat leek me raar, misschien ook bot, dus deed ik mijn ogen dicht, probeerde het me gemakkelijk te maken en deed alsof ik ook in slaap viel.

Toen je 's morgens wakker werd, glimlachte je naar me en zei: 'Ik ben blij dat je er nog bent.'

'Ik ook,' antwoordde ik.

Toen pakte je mijn hand en nam me mee naar de douche, en laten we het daar verder bij houden.

Twee dagen later vertrokken de Lax Bros naar Sevilla. Ik ging naar het treinstation van Málaga om ze uit te zwaaien. Captain Quinn legde zijn enorme handen op mijn smalle schouders, keek van grote hoogte op me neer en zei: 'Als je ergens in de komende drie dagen genoeg van haar krijgt, kom dan naar ons toe in Sevilla. Op dag vier en vijf zitten we in Barcelona. Dag zes steken we de grens over naar Zuid-Frankrijk.'

En zo ging Quinn nog even door, tot ik hem eraan herinnerde dat ik degene was die onze reis had uitgestippeld en dus precies wist waar we naartoe zouden gaan en wanneer. Hij omhelsde me kort maar krachtig. De andere Lax Bros hielden het bij een boks. Ik wachtte tot de trein er was en keek toe hoe ze instapten.

Hier volgt een rare kanttekening, Anna: ik heb de Lax Bros daarna nooit meer gezien, geen van allen.

Holden heeft me één keer gebeld omdat ik toen bij de politie zat – nu niet meer – en zijn zoon was gearresteerd wegens vechten in de kroeg. Maar Holden zelf heb ik niet meer gezien. Of Mikey. Of Sky. Of Shack. En zelfs Captain Quinn niet.

Nooit meer, geen van allen.

Maar ik zal me altijd blijven afvragen hoe mijn leven zou zijn verlopen als ik me aan het reisschema had gehouden en met hen meegegaan was naar Sevilla.

Ik vraag me ook af hoe jouw leven verlopen zou zijn.

Misschien zou voor jou ook alles anders zijn geweest. Ik weet het niet.

Ik ben tijd aan het rekken, Anna.

We waren niet verliefd, dat denk ik niet. Het was een vakantieflirt. Het is niet zo dat je ooit mijn hart gebroken hebt. Was het maar waar. Daar had ik overheen kunnen komen. Mijn hart is daarvóór en ook erna vaker gebroken. Een paar jaar later zou ik een veel verwoestender verlies lijden dan dit, maar de dood van Nicole kon ik tenminste een plek geven.

Dat is belangrijk, Anna.

Maar bij jou...

Nog steeds tijd aan het rekken.

Het was onze vijfde dag samen. We spraken af dat ik mijn bed in het hostel zou opzeggen en bij jou in zou trekken. Ik was dolgelukkig. We brachten onze avonden door in verschillende dansclubs. We dronken. Gebruikten ook nogal wat drugs, ja. Ik weet niet wat voor spul het was. Ik was niet zo'n feestbeest, maar ik was er wel voor te porren. Waarom ook niet? Je moet een beetje léven, ja toch? Jij had een 'bron', een iets oudere Nederlandse jongen die ze Buzz noemden, met paars stekeltjeshaar, een neusring en een heel stel van die touwtjesarmbanden. Jij regelde de aankoop altijd. Zo wilde je het graag. Dan trof je Buzz op de hoek van de straat achter hotel El Puerto. Ik weet nog dat jullie dan samen stonden te smoezen, en soms leek het hoog op te lopen. Ik nam aan dat je moest onderhandelen voordat jij Buzz cash toestopte en hij jou dat andere gaf, wat het ook mocht zijn.

Wat wist ik er nou van? Ik was jong en onnozel.

En dan was het *party time*. Na afloop gingen we naar jouw flat, meestal om een uur of drie 's nachts. We bedreven de liefde. Daarna vielen we als een blok in slaap, of eigenlijk lagen we gewoon voor pampus. We werden op z'n vroegst om twaalf uur wakker, om vanuit ons bed zo naar het strand te rollen.

Telkens opnieuw.

Van die laatste avond weet ik nog maar weinig.

Is dat niet gek? Ik weet dat we naar de nachtclub zijn gegaan waar we elkaar voor het eerst hadden gezien, Discoteca Palmeras, maar ik herinner me niet dat we daar weggingen, of dat we heuvelopwaarts liepen naar jouw flatgebouw. Waarom verbleef je eigenlijk in een appartement in Fuengirola? Waarom zat je niet in een hotel of hostel zoals iedereen van onze leeftijd? Waarom had je geen huisgenoten of vrienden of leek je behalve die Buzz niemand te kennen? Waarom heb ik niet wat meer doorgevraagd? Maar wat ik me nog wel herinner, is dat ik de volgende morgen wakker werd van de hete Spaanse zon.

Ik lag in jouw bed. Ik weet nog dat ik kreunde toen het zonlicht op mijn gezicht viel, en ik besefte dat het minstens twaalf uur moest zijn als het licht zo ver de kamer in kwam, en dat we weer eens vergeten waren de jaloezieën dicht te doen.

Ik trok een gezicht, knipperde en schermde met mijn hand mijn ogen af.

Alleen voelde die hand nat. Hij was bedekt met iets nats en kleverigs.

En ik had iets in mijn hand.

Langzaam bracht ik het naar mijn gezicht.

Een mes.

Nat van het bloed.

Ik draaide me naar jouw kant van het bed.

Dat was het moment dat ik begon te gillen.

Er zijn wetenschappers die menen dat geen enkel geluid ooit verdwijnt; het wordt wel zachter, neemt af, ebt zo ver weg dat we het niet meer kunnen waarnemen met onze oren, maar het ís er nog wel, en als we maar stil of roerloos genoeg konden zijn, dan zouden we dat geluid tot in de eeuwigheid kunnen horen.

Zo voelde deze schreeuw.

En soms, zelfs nu nog, in de stilte van de nacht, kan ik de echo van mijn gegil nog steeds horen.

1

Tweeëntwintig jaar later

Ik ga achter de boom staan om nummerplaten te fotograferen met een camera met groothoeklens. Het terrein staat zo vol dat ik de foto's maak op volgorde vanaf de duurste auto – ongelooflijk dat er een Bentley geparkeerd staat bij deze ballentent – en zo naar de goedkoopste toe werk.

Ik weet niet hoelang ik al bezig ben als mijn doelwit – de welgestelde Peyton Booth – naar buiten komt. Een minuut of vijf, misschien tien. Maar ik zal je zeggen waarom ik die foto's maak. Ik stuur ze naar mijn geheime contactpersoon bij de Dienst Wegverkeer, en die zoekt dan alle nummerplaten op, met bijbehorende e-mailadressen. Ze mailt de foto's en dreigt met openbaarmaking als de ontvanger geen geld overmaakt, naar een niet na te trekken rekening, via een app. Vijfhonderd dollar maar. Je hoeft niet hebberig te zijn. Als ze niet reageren – negentig procent reageert niet – gebeurt er niks, maar het is al de moeite waard door wat we verdienen aan de rest.

Ja, het zijn zware tijden.

Ik heb me opgesteld tegenover het park, gekleed als wat we vroeger een zwerver of landloper zouden noemen. Ik ben even vergeten wat tegenwoordig het juiste eufemisme is, dus vraag ik het aan Debbie.

'Thuisloos,' zegt Debbie.

'Serieus?'

'Dakloos mag ook. Het is allebei waardeloos.'

'Waar gaat jouw voorkeur naar uit?'

'Godin.'

Debbie de Godin beweert dat ze drieëntwintig is, maar ze ziet er jonger uit. Ze brengt een groot deel van haar tijd door voor de ingang van verschillende, eh... 'herenclubs' – over eufemismen gesproken – waar ze met tranen in haar ogen 'Papa, waarom toch?' roept naar iedere kerel die naar binnen gaat of naar buiten komt. Ze is er ooit voor de lol mee begonnen – ze vindt het prachtig om te zien dat sommige mannen spierwit wegtrekken en helemaal verstarren – maar tegenwoordig begroeten sommige vaste klanten haar, en soms stopt iemand haar een briefje van twintig toe.

'Ik beschouw het als een oefening in kapitalisme en ethiek,' zegt ze tegen me.

'Hoezo dat?'

'Het kapitalisme is duidelijk.'

Debbie heeft een goed gebit. Dat zie je hier zelden. Haar haar is gewassen. Ze draagt een mouwloos topje en haar armen zijn clean.

'Je verdient er geld mee,' zeg ik. 'En de ethische kant?'

Haar onderlip trilt. 'Soms vertrekt zo'n man als hij me hoort. Alsof ik hem bij zinnen heb gebracht. Hem eraan heb herinnerd wie hij zou moeten zijn. En misschien, heel misschien, als een meisje vroeger zo naar mijn vader had geroepen, als een meisje zoals ik iets had gedaan om mijn vader ervan te weerhouden naar zo'n tent te gaan...'

Haar stem sterft weg. Ze slaat haar ogen neer, knippert en laat haar lip nog steeds trillen.

Ik kijk even aandachtig naar haar gezicht en zeg dan: 'Aaah, zíélig joh.'

Het geknipper en het trillen houden op alsof haar gezicht een Etch A Sketch is waarmee wordt geschud. 'Hè?'

'Denk je nou echt dat ik in dat cliché van het vadercomplex trap?' zeg ik hoofdschuddend. 'Ik had van jou wel wat beters verwacht.'

Debbie geeft lachend een stomp tegen mijn arm. 'Shit, Kierce, jij moet een verdomd goeie politieman geweest zijn.'

Ik haal mijn schouders op. Dat was ik inderdaad. Ik snap niet hoe Debbie op straat terechtgekomen is. Ik vraag er niet naar, zij vertelt het me niet en dat lijken we allebei prima te vinden.

Ik kijk op mijn horloge.

'Is het zover?' vraagt Debbie.

'Dat moet haast wel.'

'Weet je de code nog?'

Die weet ik. Als ze roept: 'Papa, waarom toch?' betekent dat dat het de verkeerde man is. Als ze roept: 'Maar papa, ik ben zwanger van je kind' wil dat zeggen dat Peyton zojuist naar buiten gekomen is, de man die ik moet hebben. Die code heeft Debbie bedacht. Ik geef haar vijftig dollar voor dit klusje, maar als ik straks kan leveren wat White Shoe nodig heeft, maak ik er honderd van.

Debbie loopt over het pad naar een plek waar ze zicht heeft op de ingang van de club. Ik kan die niet zien vanaf mijn positie. Debbie heeft op mijn telefoon de foto van Peyton Booth gezien, dus ze weet hoe hij eruitziet. Je raadt het misschien al, maar Peyton ligt in echtscheiding. Mijn taak hier is simpel.

Hem betrappen op overspel.

Dit is er dus van me geworden nadat ik er bij de politie uit gegooid was omdat ik het flink had verkloot. En wat nog erger is: ook al werk ik voor een duur, chic en prestigieus advocatenkantoor in Manhattan, ik krijg er niet voor betaald. Dit is een ruildeal. Er is een rechtszaak tegen me aangespannen door de familie van een middelbare scholier, PJ Dawson. De aanklacht luidt dat ik PJ op een gevaarlijke manier achtervolgd zou hebben tot op het dak van een drie verdiepingen hoog gebouw. Door mijn nalatigheid gleed PJ uit en viel van het dak; een val van driehoog waarbij hij kritieke verwondingen opliep. Het advocatenkantoor dat mij vertegenwoordigt heet eigenlijk Whit Shaw, maar iedereen zegt White Shoe, en in ruil voor hun diensten doe ik dit soort klusjes voor hen, zwart, buiten de boeken.

Prachtig land, Amerika.

Peyton staat aan het hoofd van een heel groot conservatief conglomeraat en hij schijnt, omdat we nu eenmaal allemaal hypocriet zijn, nogal van de vrouwtjes te houden. Volgens de verklaring van zijn echtgenote aan haar advocaat heeft haar toekomstige ex een zwak voor 'geblondeerde sloeries met joekels van neptieten'. Zijn vrouw was ervan overtuigd dat Peyton rotzooide met zijn buurvrouw, maar dat heb ik uitgebreid nagetrokken en ja, de buurvrouw voldoet aan eerder genoemde beschrijving, maar nee, hij rotzooit niet met haar.

Peyton heeft zijn Lexus geparkeerd in een afgelegen hoek van het terrein, ver van nieuwsgierige blikken. Daarom sta ik hier op deze heuvel, op dat ene plekje waar ik mijn camera in de juiste positie kan richten om eventuele actie vast te leggen. Als ik dichterbij zou gaan staan, zou ik gezien worden. Verder weg zou het me niks opleveren. De enige manier om dit te laten slagen is door hier te blijven wachten tot ik weet wanneer Peyton eraan komt.

Het parkeerterrein is bovendien zo gelegen dat het ook wordt gebruikt door een ouderwetse minisupermarkt, Get Some, en een bloemist met de wat lollige naam Rose to the Occasion, zodat de klanten van de 'herenclub' een mooie dekmantel hebben. Het punt is: als ik Peyton betrap terwijl hij hier wegrijdt of geparkeerd staat, stelt dat niet veel voor in de rechtszaal. Maar als ik hem kan betrappen met een 'danseres' (alweer zo'n eufemisme – verlangen we niet allemaal terug naar de tijd dat je gewoon kon zeggen wat je bedoelde?) dan zou dat een flinke klapper zijn.

‘Papa, waarom...?’ roept Debbie.

Ik heb de camera op het statief gezet. Kijk of hij goed gericht is. Ja, precies door de voorruit van de auto. Ik sta nog in de loop van de lens te turen als ik achter me een stem hoor.

‘Waar is Debbie?’

Een snelle blik vertelt me dat het een dakloze (of thuisloze) is.

‘Aan het werk,’ zeg ik.

‘Ik ben Raymond.’

‘Hallo, Raymond.’

‘Debbie brengt meestal een broodje voor me mee.’

‘Geef haar even wat tijd, oké, Raymond?’

‘Ze weet dat ik een hekel heb aan mayonaise.’

‘Begrepen.’

‘Heeft Debbie je verteld hoe vliegtuigen in de lucht kunnen blijven?’

‘Nee.’

‘Zal ik het je vertellen?’

‘Heb ik iets te kiezen, Raymond?’

‘Heksen,’ zegt hij.

‘Heksen,’ herhaal ik.

‘Vliegende heksen, om precies te zijn. Drie per vliegtuig. Eén houdt de rechtervleugel omhoog, één de linkervleugel, en de derde vliegt achteraan, die houdt de staart vast.’

‘Ik heb best vaak gevlogen,’ zeg ik. ‘Zelfs een paar keer bij het raampje gezeten. Maar ik heb nooit een heks gezien.’

Ik snap niet waarom ik het zeg, maar praat en handel zonder na te denken over alle mogelijke gevolgen. Dat zou kunnen verklaren waarom ik ben gedegradeerd van het oppakken van moordenaars en geharde criminelen tot semigluurder hier naast Rose to the Occasion.

Raymond fronst. ‘Ze zijn onzichtbaar, sukkel.’

‘Onzichtbare vliegende heksen?’

‘Natuurlijk,’ zegt hij, alsof hij zich rot ergert aan mijn domheid. ‘Wat dacht jij dan, dat die gigantische metalen buizen zomaar uit zichzelf in de lucht kunnen blijven? Ik bedoel, kom op, zeg. Geloof je zomaar alles wat de overheid je wijsmaakt?’

‘Daar zit wat in, Raymond.’

‘De gemiddelde Airbus weegt bijna zeventigduizend kilo. Wist je dat?’

‘Nee.’

‘En dan moeten wij geloven dat zoiets zwaars in de lucht kan blijven, helemaal tot aan de andere kant van de oceaan?’

‘Hm-hm.’

‘Doe die oogkleppen af, man. Dat is pure gaslighting. Ooit gehoord van zwaartekracht? Natuurkundig gezien is het onmogelijk.’

‘Vandaar de heksen,’ zeg ik.

‘Juist. Heksen, man. De mens wordt gewoon keihard uitgelachen.’

Ik kan het niet laten. ‘Wat bedoel je daarmee, Raymond?’

Hij fronst zijn voorhoofd. ‘Is dat niet duidelijk?’

‘Voor mij niet.’

‘Op een dag,’ zegt Raymond handenwrijvend, en hij likt aan zijn lippen, ‘als wij simpele zielen er niet op berekend zijn, dan laten de heksen los, allemaal tegelijk.’

‘De vliegtuigen?’

Hij knikt tevreden. ‘Inderdaad. Alle heksen laten de vliegtuigen gewoon tegelijkertijd los. Met een kakellach. Ze kijken kakellachend toe hoe de vliegtuigen, alle vliegtuigen, ter aarde storten.’

Hij kijkt me aan.

‘Duister,’ zeg ik.

'Let op mijn woorden. Zorg maar dat je vóór die tijd met de Heer in het reine komt.'

Verderop in de straat hoor ik Debbie roepen: 'Maar papa, ik ben zwanger van je kind.'

Bingo.

'Kunnen we het hier een andere keer over hebben, Raymond?'

'Zeg maar tegen Debbie dat ik op die sandwich wacht. En zonder mayo.'

'Ik zal het doorgeven.'

Ik kijk weer door de lens van de camera en zie dan Peyton lopen, strak in het pak. De moed zakt me in de schoenen als ik zie dat hij alleen is. Hij stapt in aan de bestuurderskant van zijn auto. Ik wacht af, in de hoop dat er zich nog iemand bij hem zal voegen. Niemand. Hij start de motor.

Maar hij rijdt niet weg.

Nu glimlach ik terwijl ik door de lens kijk. Mijn doelwit Peyton wacht op iemand, zeker weten.

Ik sta nog altijd door de lens te turen als ik Debbie hoor roepen: 'Papa, waarom toch?' Een man met snor in een zakenkostuum komt het parkeerterrein op gelopen.

Mijn telefoon gaat. Het is de jonge jurist Arthur, mijn contactpersoon bij advocatenkantoor White Shoe. 'Heb je hem in het vizier?'

'Ja.'

'Mooi. Morgenvroeg moeten de papieren getekend worden.'

'Ik weet het.'

'Als we geen bewijs hebben dat hij overspel heeft gepleegd, kan zij de huwelijkse voorwaarden niet openbreken.'

'Ik weet het.'

'Heb je iets voor ons of niet?'

Iemand trekt het portier aan de passagierskant van Peytons auto open en stapt in. Peyton draait zich die kant op.

Ze beginnen heftig te zoenen.

Maar het is beslist geen rondborstige geblondeerde vrouw met wie hij daar zit.

Het is de man met de snor in het zakenkostuum.

2

Die avond – een paar minuten voordat het weer allemaal misging – gaf ik les aan de opleiding met de vage maar fantasievolle naam 'Avondacademie voor volwassenenonderwijs' in de Lower East Side. De school adverteert nog steeds in van die gratis krantjes of foldertjes die je op straat kunt vinden, en in vakken boven de stoelen van metrolijn F en M. In de folder waarin mijn cursus wordt aangeprezen word ik een 'wereldvermaard oud-politierechercheur' genoemd, met een foto erbij die zo onflatteus is dat ze bij de Dienst Wegverkeer jaloers zijn.

Mijn les duurt van acht tot tien, en cursisten betalen per keer. We vragen zestien dollar voor een les. Contant. Een even bedrag dat ik mooi fiftyfifty kan delen met Chilton, 'hoofd' van de Avondacademie voor volwassenenonderwijs. Chilton is tevens de enige beheerder van het pand, dus ik weet niet hoe legaal de hele onderneming is. Het kan me ook niet schelen.

We bevinden ons in de schaduw van Baruch House, een stel flatgebouwen vlak bij de Williamsburg-brug in Rivington Street, een straat die misschien te vinden is op stadsplattegronden, en misschien ook niet. Het gebouw is eerder een ruïne dan een echt pand, in 1901 geopend als openbaar badhuis, het eerste in de stad. Als mensen dat horen, vinden ze de locatie vaak heel bijzonder, en chic.

Onterecht. Openbare badhuizen waren er voor de hygiëne, niet ter ontspanning.

Ik heb het ooit opgezocht. Er was in die tijd één badkuip op negenenzeventig gezinnen in de Lower East Side. Je gaat toch bijna kokhalzen als je de stank van die cijfers ruikt? Er is nog maar weinig waaruit blijkt waar dit pand vroeger voor diende, maar mijn leslokaal is een soort betonnen grot met een tamelijk goede akoestiek, en soms kan ik de schimmen van het verleden nog zien, misschien zelfs wel ruiken.

Maar ik ben daar vatbaar voor.

Ik geef een cursus criminologie. Die heb ik – let op – 'No Shit, Sherlock' genoemd. Ja, ja, ik weet het, maar je moet toch toegeven dat het lekker bekt. Aan het begin van elke les schrijf ik een citaat van Sherlock Holmes op het whiteboard. Dat bespreken we dan, we gebruiken het als uitgangspunt. Zes weken geleden ben ik begonnen met twee leerlingen. Vanavond tel ik er drieëntwintig, van wie er eenentwintig hebben betaald voor de les en twee – Debbie en Raymond – gratis meedoen op een Sami Kierce-beurs. Debbie luistert geboeid en zet grote ogen op. Raymond is de hele les bezig zijn teennagels te knippen; hij bekijkt elke nagel aandachtig en knipt die dan met dezelfde precisie als waarmee de lunchgroep van mijn oma de rekening verdeelt.

Het is een eclectisch groepje. Vooraan zitten drie vrouwen van in de zeventig die zich de Pink Panthers noemen. Het zijn amateurdetectives die graag *true crime* kijken of een verhaal uit de krant uitzoeken om te onderzoeken. Ik heb voorbeelden gezien van wat de Pink Panthers allemaal kunnen, en dat is behoorlijk indrukwekkend. En wat heel maf is: achter in het lokaal zitten drie jonge vrouwen die er sprekend op lijken, als een verjongde versie van hen. Ze zijn rond de vijfentwintig, schat ik, en aantrekkelijk. Ik heb me laten vertellen dat het Instagram-influencers zijn, geen heel grote namen, en dat ze pasgeleden zijn begonnen met een truecrimepodcast die ze Three Dead Hots noemen. Ik heb zo'n vermoeden dat er meerdere aspirant-podcasters in het lokaal zitten, en truecrimefanaten. Ene Hex, die altijd in een grijze joggingbroek met bijpassende hoodie loopt, wil de moord op zijn tante uit 1982 oplossen. Ik zou hem bijna een poseur noemen, zoals hij hier in de Lower East Side bij ons zit, maar ik ben een getraind rechercheur, en iets aan zijn manier van doen straalt oud geld uit. Ik weet niet hoe het met hem zit, maar ik ben er wel nieuwsgierig naar. Iedereen heeft een verhaal, maar het voelt alsof dat voor deze groep nog een beetje sterker geldt.

We zijn iets over de helft van de les als er iemand binnenglipt via de zijdeur.

Ik krijg meteen een raar voorgevoel. Of misschien denk ik dat achteraf alleen maar.

Ik zie de gestalte aan de rand van mijn gezichtsveld, meer niet. Ik kijk er niet echt naar. Er lopen hier zo vaak mensen binnen. Tijdens de vorige les kwam er een man binnengeschuifeld die zo'n dikke, woeste, grauwgrijze baard had dat het wel leek alsof hij bezig was een schaap te verorberen. De man vormde met zijn handen een trechter rond zijn mond en brulde: 'Himmler houdt van tonijnsteaks!' Waarna hij weer vertrok.

Dit gedeelte van de les is een presentatie. Lenny Joggingpak is aan de beurt. Ik weet niet wat ik van hem moet denken. Hij zit net een beetje te dicht bij de influencers, maar hij heeft ook iets onschuldigs. Lenny zet een doos op de aftandse betonnen plaat die we als tafel gebruiken en haalt er zijn gadgets uit.

'Dit zijn trackingapparaatjes,' zegt hij tegen de klas.

Je hebt vast wel eens een meme gehoord met dat *Yep, that's me, you're probably wondering how I ended up in this situation*-cliché uit de film, met een krassende naald op een grammofoonplaat. Hoe ík hier terechtgekomen ben? Na die zomer met Anna was ik compleet uit het lood geslagen. Toen ik thuiskwam, voelde niks meer goed. Ik sloot me vaak op in mijn kamer. Ik wilde niet langer geneeskunde gaan studeren. Mijn ouders deden hun best om het te begrijpen, maar ze waren er ook van overtuigd dat het wel over zou gaan. Stel het een jaartje uit, zeiden ze dringend. Dus dat deed ik. Schuif het nóg een jaar door. Dat deed ik ook. Maar ik kon het nog steeds niet. Mijn leven lang had ik arts willen worden, en dat gooide ik nu weg. Mijn ouders waren er kapot van.

'Ik heb altijd minstens drie trackingapparaten bij me,' gaat Lenny verder.

Instagram-influencer Eén zegt: 'Serieus? Drie?'

'Altijd. Zie je deze hier?' Lenny houdt iets omhoog wat eruitziet als... nou ja, een zwarte rechthoekige tracker. 'Dit is een Alert 1A4. Kennen jullie die reclamespotjes nog van "Ik ben gevallen en ik kan niet meer overeind komen"?'

Veel geknik. Raymond knijpt in de nagelknipper. De afgeknipte nagel vliegt door de lucht.

Golfshirt Gary grijpt naar zijn wang. 'Au, wat...? Ik kreeg hem bijna in mijn oog!'

Raymond steekt een hand op en wijst dan naar zichzelf. 'Mijn fout, dat was ik.'

Lenny laat zich niet van zijn presentatie afleiden. 'Dit is een geavanceerdere tracker omdat hij meer kan. Ik kan hem aan deze kant op "stil" zetten...' – hij doet het voor – 'en de speaker ingeschakeld houden, zodat je ermee kunt afluisteren én iemand kunt volgen. Het probleem is dat de batterij niet al te lang meegaat.' Hij kijkt het lokaal rond. 'Dat geldt overigens voor al deze trackers. De batterij van de gps loopt te snel leeg. Deze hier...' – hij pakt een apparaatje in de vorm van een dik muntstuk – 'gaat tot wel zes maanden mee, maar je moet binnen een afstand van twintig meter blijven om het signaal op te pikken.'

Instagram-influencer Twee steekt een hand op, knauwt op haar kauwgum en zegt dan: 'Dit heeft iets stalkerigs.'

Eén (ook knauwend): 'Echt wel.'

Drie (ook knauwend): 'Op het perverse af.'

Twee: 'Er zijn, zeg maar, ook andere manier om mensen te ontmoeten.'

Eén: 'Heb je ook altijd tiewraps bij je?'

'Nee!' Lenny wordt rood. 'Ik gebruik mijn trackers niet voor dat soort dingen!'

Eén: 'Waar gebruik je ze dan voor?'

'Voor het geval er een misdrijf plaatsvindt. Deze tracker bijvoorbeeld.' Hij houdt een klein gps-apparaatje hoog in de lucht, met twee handen, alsof hij Simba vastheeft aan het begin van *The Lion King*. 'Deze heeft een sterke magneet, daarmee kan ik hem op een auto plakken.'

Twee: 'En dat heb je dus al gedaan, hè?'

Eén: 'Meer dan eens, zeg maar.'

Drie: 'Om een meisje te volgen, zeg maar.'

Eén: 'Dat is mij een keer overkomen.'

Twee: 'Dat méén je niet.'

Drie: 'Echt waar?'

Eén: 'Hij had, zeg maar, een gps op mijn auto geplakt zodat hij kon bepalen op welk tijdstip wij elkaar' – aanhalingstekens in de lucht met haar vingers – '"toevallig" tegen konden komen.'

Twee: 'Getver.'

Drie: 'Als een romantische ontmoeting, maar dan dus met een engerd?'

Eén: 'Precies.'

Twee: 'Werkte dat?'

Eén schokschoudert. 'Op zich wel. Maar ja, hij reed dan ook in een Porsche.'

Drie: 'Wat voor auto heb jij, Lenny?'

Lenny werpt zijn handen in de lucht. 'Ik doe zulke dingen niet.'

Eén: 'Ik vind het stalkerig.'

Twee: '*Fucking creepy*. Tenzij… Wat voor auto heb jij, Lenny?'

Lenny zegt klaaglijk: 'Meneer Kierce?'

'Oké,' zeg ik, en ik ga naast hem staan, pak de eerste gps op en gooi die nonchalant in de lucht. 'Ik denk dat we beter…'

En dan zie ik Anna staan.

Ik val stil, knipper met mijn ogen. Ik schud nog net niet mijn hoofd om het spookbeeld te verdrijven.

Ik weet dat het onmogelijk is, dus in eerste instantie reageer ik niet echt. Ik probeer het moment voorbij te laten gaan.

Dit zou niet de eerste keer zijn dat ik mensen zie die dood zijn.

Vorig jaar heb ik een fase gehad waarin ik hallucineerde en zelfs complete gesprekken voerde met mijn 'andere' vermoorde geliefde, Nicole.

Vermoord, ja.

Ik ben misschien geen veilige date, dames.

Smakeloos grapje.

Maar toen ik visoenen had over Nicole, was ze niet ouder geworden. Ik zag haar zoals ze vroeger was, zoals ze eruitzag op de dag dat ze werd vermoord – dezelfde hartverscheurend mooie vrouw van zesentwintig die ik had gekend als mijn aanstaande.

Ik heb me ook al eerder ingebeeld dat ik Anna zag. Je kent dat wel: dan was ik in een druk park of bijvoorbeeld in een bomvolle bar in Manhattan, waar ik een vrouw met lang kastanjebruin haar zag, en even wist ik zeker dat het Anna was. Maar als ik met mijn ogen knipperde of haar op de schouder tikte en haar gezicht zag, dan keerde de werkelijkheid terug.

Dat doe ik nu ook: ik knipper. Knipper nog een keer. Deze keer doe ik het wel, ik schud heel licht mijn hoofd, om het helder te krijgen. Maar nog terwijl ik dat doe, weet ik dat dit niet hetzelfde is. In het verleden was de Anna in mijn 'visioenen' – wat hier een veel te sterke term is – altijd de Anna die ik had gekend, van eenentwintig jaar (of hoe oud ze ook echt mocht zijn), met lang kastanjebruin haar. Haar ogen waren vaag, wat heel raar is. Ik kon me de kleur van Anna's ogen niet herinneren – misschien omdat ze die laatste keer haar ogen dicht had – maar nu, hier tussen de onwelriekende schimmen van het voormalige badhuis, zie ik het lichtbruin in de ogen van deze vrouw en ineens weet ik het weer.

Anna had lichtbruine ogen.

Iemand – ik geloof dat het Golfshirt Gary is – zegt: 'Kierce? Gaat het?'

Maar deze vrouw heeft geen lang kastanjebruin haar. Het is kort en blond. Anna droeg nooit een bril toen ik haar kende. Deze vrouw draagt een stijlvol, dun stalen montuur met ronde glazen. Anna was eenentwintig. Deze vrouw is halverwege de veertig.

Ze kan het niet zijn.

De Misschien-Anna deinst geschrokken terug. Ze stond tegen de muur geleund, maar snelt nu het lokaal uit.

'Kierce?'

'Ga maar door met je presentatie, Lenny. Ik ben zo terug.'

Ik sprint achter haar aan.

Iedereen kijkt om. De leerlingen snappen natuurlijk dat er iets aan de hand is. Ze volgen een cursus criminologie, dus zijn ze van zichzelf al nieuwsgierig, en in deze situatie helemaal. Ze zijn hyperalert. Ik hoor stoelen kraken alsof ze zich opmaken om achter me aan te komen.

'Daar blijven,' commandeer ik.

Ze gehoorzamen, zij het tandenknarsend.

Ik loop het lokaal uit. Ergens beneden hoor ik voetstappen galmen. Alles galmt hier. Ik loop erheen. Terwijl ik dat doe, keert er iets van mijn gezonde verstand terug. Ik breng mezelf in herinnering dat ik al eerder heb gehallucineerd. Dat zei ik al: hallucinaties over mijn vermoorde verloofde Nicole. Ik heb complete gesprekken met haar gevoerd. Op zeker moment heeft Hallucinatie-Nicole me zelfs tegengehouden toen ik van een brug wilde springen. Ze gaf me wijze raad en haalde me over – een hallucinatie dus, hè – om naar huis te gaan, naar mijn zwangere verloofde (en inmiddels echtgenote) Molly.

Voordat je denkt dat ik knettergek ben: later heb ik te horen gekregen dat die hallucinaties niet helemaal aan mij te wijten waren. Ze waren een bijwerking van een afschuwelijk geneesmiddel, spul dat bijna mijn dood was geworden, in combinatie met de rare chemische stofjes die van nature door mijn lichaam stromen, en ook – laat ik mijn eigen rol hierin niet uitvlakken – een verleden van buitensporig drankgebruik.

Maar zodra ik dat middel niet meer innam, hielden de hallucinaties op.

En toch... is een hallucinatie hier niet de beste verklaring?

Het kan Anna niet zijn.

Dat slaat nergens op.

En toch, van een andere kant bekeken, zou het juist alles kunnen verklaren.

Gek hoe snel je perceptie kan veranderen. Ik begin nu al te accepteren dat datgene wat ik een kwart eeuw lang heb geloofd niet klopt.

Er is maar één manier om erachter te komen.

Alles galmt hier, dus ik hoor haar duidelijk de trap af lopen. Ik volg haar, neem twee en soms drie treden tegelijk. Dan zie ik haar. Ze heeft de begane grond bereikt.

'Stop,' zeg ik.

Ik roep niet. Je hoeft niet te roepen met al die galm hier. Maar boven alles wil ik haar niet afschrikken. Ik wil gewoon dat ze ophoudt met rennen.

'Alsjeblieft,' voeg ik eraan toe. 'Ik wil alleen maar praten.'

Misschien heeft ze de gestoorde blik in mijn ogen gezien en gaat ze ervan uit dat ik een bedreiging vorm. Misschien was ze, net als de man van Himmler en de tonijn, gewoon binnengelopen op zoek naar een beschutte plek, waar ze veilig kon zitten om na te denken zonder op haar hoede te hoeven zijn.

Maar ze ziet er niet arm uit, niet alsof het slecht met haar gaat. Ik zag net een dikke, zo te zien gouden armband om haar pols. Haar cameljas riekt naar kasjmier en veel poen.

Ze is bijna bij de hoofdingang.

Ik ga harder lopen, laat alle voorzichtigheid varen. Ik zie Misschien-Anna haar hand uitsteken naar de deurknop die haar naar buiten zal voeren, de donkere avond op de Lower East Side in. Geen tijd te verliezen. Haar hand draait nu de deurknop om. Ik duik naar voren en pak haar onderarm beet.

Ze gilt. Hard. Alsof ik haar heb neergestoken.

'Anna,' zeg ik.

'Laat me los!'

Dat doe ik niet. Ik houd haar vast en staar naar haar gezicht. Ze wendt zich van me af, probeert zich los te rukken. Ik verstevig mijn greep. Dan draait ze zich eindelijk om. We kijken elkaar aan.

En er is geen twijfel meer.

'Anna,' zeg ik nogmaals.

'Laat me los.'

'Ken je me nog?'

'Je doet me pijn. Mijn arm.'

Dan hoor ik een vertrouwde zware stem. 'Kierce?'

Het is Chilton. Hij heeft zijn strakke witte conciërgepak aan, de mouwen opgestroopt als tourniquets over zijn opbollende armen. Chilton is Jamaicaans, een boom van een kerel met een zwaar rasta-accent, kaalgeschoren hoofd, grote oorring. Hij wil 'de zwarte Mr. Clean' genoemd worden. Niemand noemt hem zo, maar eerlijk gezegd lijkt hij verdomd veel op de man uit de schoonmaakmiddelenreclame.

Anna aarzelt niet. Ze maakt gebruik van de afleiding om haar arm los te trekken uit mijn greep. Ik pak haar nog een keer beet, deze keer bij haar jas – ja, kasjmier – en aarzel niet, want vanuit mijn ooghoeken zie ik Chilton opduiken. De tijd dringt. Ik wil haar niet uit het oog verliezen, maar ik weet dat het verkeerd zou zijn om haar nu te dwingen hier te blijven. Elke fout die ik heb gemaakt in mijn leven – en dat zijn er heel wat – is voortgekomen uit momenten waarin ik impulsief handelde.

Chilton komt naar me toe en legt een hand op mijn schouder. Zijn hand heeft grofweg de omvang en het gewicht van een putdeksel. Hij knijpt in mijn schouder, de greep van een adelaarsklauw, en ik zak bijna door mijn knieën.

Anna holt naar buiten.

Ik kan me niet verroeren zelfs al zou ik het willen. En ik wil het niet. Ik hoef haar niet te volgen.

Ik heb wat ik wilde hebben.

Chilton verlicht de druk. Ik richt me op tot mijn volle lengte – ongeveer een kop kleiner dan hij. Hij kijkt op me neer, nu met zijn handen in zijn zij.

'Wat krijgen we nou, Kierce?'

Als ik ergens goed in ben, is het snel een leugen bedenken. 'Ze heeft niet betaald voor de les.'

'Pardon?'

'Die vrouw kwam binnen en deed mee aan de les, maar toen ik haar om geld vroeg...'

'En dan ga je achter haar aan?' Clinton klinkt geschokt.

'Ja.'

'Je gaat een witte vrouw opjagen?'

'Niet zo racistisch, Chilton.'

'Denk je dat je leuk bent?'

Ik houd mijn hand op, met de rug naar boven, en kantel hem heen en weer om aan te geven: *Misschien een beetje*.

'Je gaat niet achter witte vrouwen aan,' zegt hij. 'Niet in deze stad. Wat heb ik je gezegd, die eerste dag dat je voor me kwam werken?'

'Als je geen geld voor me binnenhaalt, ben je dood voor me.'

'En daarna?'

'Dat ik geen witte vrouwen mag opjagen?'

Chilton schudt zijn hoofd. 'Dat je geen problemen moet veroorzaken.'

'O ja.'

'Ik heb je deze baan gegeven als gunst.'

'Dat weet ik, Chilton.'

Het was niet zozeer een gunst als wel een tegenprestatie. Mijn voormalige politiecollega Marty heeft drie parkeerboetes voor Chilton verscheurd zodat hij me deze kans zou geven.

'Zorg dat ik geen spijt krijg van mijn goedheid,' zegt Chilton.

'Sorry, je hebt gelijk. Ik draafde door.' Dan wijs ik omhoog. 'Ik heb boven ruim twintig betalende cursisten zitten.'

Nu heb ik Chiltons aandacht. 'Serieus? Zoveel?' Hij duwt me zachtjes in de richting van de trap. 'Hup. Hup!'

Dat hoeft hij me geen twee keer te zeggen, ook al deed hij dat eigenlijk wel.

'Misschien moeten we volgende week de prijs verhogen naar achttien dollar,' oppert Chilton. 'Kijken of we dan iemand kwijtraken. En de volgende les naar twintig.'

'Subtiel,' zeg ik terwijl ik me de trap op haast.

Het is doodstil in het lokaal als ik binnenkom. Ze staren me allemaal aan.

'Lenny,' zeg ik, 'kan ik je even spreken op de gang?'

De hele groep roept 'Oeoeoeh!' alsof we op de lagere school zitten en Lenny op het matje moet komen bij de directeur. Lenny zelf kijkt ook nerveus, dus voeg ik eraan toe: 'Je hebt niks verkeerd gedaan.'

Als we ver genoeg van de deur staan, ontgrendel ik met de gezichtsherkenning mijn telefoon en geef die aan hem. 'Je moet iets voor me doen.'

Lenny kijkt naar het toestel. 'Wat dan?'

'De gps-app downloaden,' antwoord ik.

Toen ik bij de deur Anna's jas beetpakte, heb ik een van Lenny's trackers in de zak laten glijden.

'Hè, wat?'

'Ik heb die app nodig.'

'Waarvoor?'

'Ik ben op weg naar een romantische ontmoeting.'

3

Misschien-Anna bevindt zich al op de FDR, de Franklin D. Roosevelt East River Drive.

Dat betekent dat ze een sprinter van wereldklasse is, óf dat ze zich per auto verplaatst. Dat verbaast me. Niemand komt hier met de auto naartoe. Je neemt de ondergrondse, lijn F of M. Je kunt hier nergens parkeren. Er rijden maar heel weinig taxi's in deze buurt. Op zich zou ze een Uber gebeld kunnen hebben, maar als ik zie waar ze nu is, had die Uber er binnen een paar seconden moeten zijn, ook weer iets wat niet gebeurt in dit deel van de Lower East Side.

Maar wie weet.

Ik heb mijn auto hier natuurlijk niet. Garages zijn te duur, dus meestal zet ik de gammele Ford Taurus uit 2002 die ik tien jaar geleden van een sportagent heb gekocht neer op de oprit van mijn vriend Craig in Queens. Hij rekent daar vijftig dollar per maand voor. Nu zeg je misschien 'lekkere vriend is dat', maar wie hier in de omgeving woont, weet dat het een ongeëvenaard koopje is. Ik overweeg om een taxi te nemen en de chauffeur vage aanwijzingen te geven terwijl ik op de tracker kijk, maar dat zou verdacht overkomen en kostbaar worden. Lenny's tracker zit in haar jaszak. Hij werkt. Ik kan me wel wat geduld veroorloven.

Ik neem lijn M in noordelijke richting naar Queens en loop de drie straten naar Craigs huis. Er brandt geen licht. Niemand thuis. Craig heeft een autosleutel in de keuken liggen. Ik heb de mijne altijd bij me. Ik stap in de auto, rijd achteruit de weg op en kijk op de app van de tracker. Misschien staat Anna vast in het verkeer rond 125th Street, niet ver van de plek waar de FDR Drive overgaat in de Harlem River Drive. Ik snap niet waarom de weg daar van naam verandert, het is dezelfde weg. Het is alleen maar verwarrend voor iedereen, zelfs voor mensen die daar wonen, maar op de FDR/Harlem River zijn files eerder regel dan uitzondering. Het belangrijkste kenmerk van deze weg is dat hij 's nachts vaak afgesloten is wegens werkzaamheden. Ik schakel over op de navigatieapp om uit te zoeken hoe ik er kan komen. De Robert F. Kennedy-brug oversteken zou de beste manier zijn om haar te naderen als ze in Manhattan blijft, maar de kans is groot dat haar auto in noordelijke richting blijft rijden. Als Misschien-Anna in Manhattan wilde blijven zou ze, met dit drukke verkeer, van de FDR af gegaan zijn om kleinere wegen te nemen.

Maar toch. Ik heb geen flauw idee waar ze naartoe gaat, dus moet ik het schermpje van mijn smartphone scherp in de gaten houden. Terwijl ik dat doe, gaat de telefoon. Het mooie gezicht van mijn vrouw Molly licht op boven de trackerapp.

Ik aarzel, overweeg om de oproep te negeren, maar nee, dat doe ik niet. Ik druk op 'antwoorden', ga met mijn duim over het scherm om de kaart op de tracker weer in beeld te brengen en probeer mijn stem neutraal te houden. 'Hoi.'

'Hallo, knapperd. Hoe was je les?'

'Goed.'

Ik heb in mijn leven veel geheim gehouden. Zo gaat dat als je te veel drinkt, dat is niet bepaald groot nieuws. In het verleden heb ik maar al te vaak leugens opgehangen binnen relaties, en Molly heeft in het verleden veel leugens moeten aanhoren. Toen we vorig jaar gingen trouwen, heb ik haar beloofd dat dat voor ons allebei afgelopen zou zijn; hoe erg of hoe heftig het ook was, tussen ons geen leugens of geheimen meer. Aan die belofte heb ik me gehouden, al heb ik haar nooit verteld over Anna of die zomer in Spanje. Verzwijgen is misschien ook een vorm van liegen, ik weet het niet. De enige persoon op aarde die ik het hele verhaal over die nacht heb verteld is mijn vader. Zijn reactie was kort: 'Neem het eerstvolgende vliegtuig naar huis.'

Hij en ik hebben het er sindsdien niet meer over gehad. Niet één keer.

'Ben je onderweg naar huis?' vraagt Molly.

'Nog niet. Ik moet nog ergens achteraan.'

'O?'

Ik hoor iets in haar toon dat me niet bevalt. Ik wil haar geruststellen, maar ik ga niet liegen. Ik houd me aan mijn belofte.

'Het is niet uit te leggen aan de telefoon,' zeg ik.

'Aha.'

'Maar het komt goed, ik vertel je alles als ik thuis ben.'

Ik kijk op de tracker. Misschien-Anna rijdt in oostelijke richting op de Cross Bronx Expressway.

'Alles goed met Henry?' vraag ik.

Henry is ons zoontje. Hij wordt binnenkort een jaar. Toen Henry geboren werd, kromp mijn wereld tot dat ene kereltje van ruim zes pond. Je wereld is één ding voordat je een kind krijgt. Daarna wordt het een andere wereld. Ik wil hiermee het ouderschap niet ophemelen of zwartmaken. Doe vooral waar je zin in hebt. Maar het is wel zo dat een kind, of je het wilt of niet, echt alles verandert, tot op moleculair niveau. Niemand is daar immuun voor.

'Die is nog op, en klaarwakker,' antwoordt Molly. Henry is geen al te beste slaper. Dan vraagt ze, nog steeds op die toon die me niet aanstaat: 'Weet je al hoe laat je thuiskomt?'

'Niet echt.'

'Dus het is iets belangrijks?'

Ik weet niet goed wat ik daarop moet antwoorden. 'Het is nogal wat, ja. Maar het komt goed.'

'Je doet een tikkeltje cryptisch,' zegt Molly.

'Dat is niet mijn bedoeling. Ik kan wel proberen om het vast uit te leggen...'

'Maar je vertelt het liever straks thuis.'

'Ja,' zeg ik. 'Heel graag.'

'Oké. Ik hou van je, Sami.'

'Ik nog meer van jou,' zeg ik, omdat het waar is.

Molly hangt als eerste op. Ik haal tijd in op de Major Deegan, en voordat ik het weet rijden we allebei op Interstate 95 richting Connecticut. Als ik op de benzinemeter kijk, zie ik dat ik gelukkig nog een halfvolle tank heb. Craig gebruikt vaak mijn auto, wat niet bij onze afspraak hoort, maar hij weet dat ik het niet erg vind en meestal tankt hij ook weer netjes. Craig werkt op de administratie van de Bronx Zoo. Hij heeft twee jaar geleden zijn vrouw Cassie, een bruisend, onstuimig mens, verloren aan eierstokkanker, en als Craig nu lacht, lachen zijn ogen nooit mee.

Ik houd mijn blik strak op de weg gericht. De tracker gaat de snelweg af bij afrit 3. Ik doe hetzelfde. Ik probeer het allemaal uit te vogelen, te verzinnen hoe het Anna zou kunnen zijn en waarom ze naar mijn les kwam, maar dan denk ik weer aan het citaat van Sherlock Holmes op mijn whiteboard:

Het is een kapitale vergissing om te theoretiseren voordat men gegevens heeft. Onbewust begint men feiten te verdraaien om theorieën te laten kloppen, in plaats van theorieën aan te passen aan de feiten.

Kortom: houd je geest open. Wees niet te snel met je theorieën. Wacht tot je meer weet.

Nou, dat gaat dus niet gebeuren.

Ik denk terug aan die politieman in Fuengirola, Carlos Osorio. Zijn jeugdige maar levensmoeë gezicht verried dat hij geen woord geloofde van wat ik zei, ook al was het de waarheid. Of althans een deel van de waarheid. Niet de volledige waarheid. Wie zou in die situatie een politieagent de volledige waarheid vertellen? Wie zou bijvoorbeeld melden dat hij wakker geworden was met het moordwapen in de hand? Maar ik was een onnozel joch – Osorio voelde vast wel aan dat ik niet álles opbiechtte. Ik weet nog goed hoe hij zijn armen over elkaar sloeg en geduldig wachtte tot ik zo verstandig was om mijn mond te houden, waarna hij begon met zijn strenge vragen: hoeveel had je gedronken? Hoeveel had je gerookt? Hoeveel had je gesnoven? Moet ik nu een drugstest bij je afnemen?

Ik volg de tracker naar een dure hoofdstraat met huizen die Molly 'schattig' zou noemen, met de betere restaurants en gesoigneerde boetiekjes die eerder hobby dan bedrijf lijken te zijn. Mijn oude rammelbak is in deze welgestelde omgeving als een sigaret in een sportschool. Ik draai het raampje open zodat ik het geld kan ruiken. Een bocht naar links, de straat in die wordt omzoomd door steeds grotere woningen – hoe verder je van de hoofdstraat komt, hoe groter de lappen grond, en hoe verder de huizen van de weg liggen.

Anderhalve kilometer. Drie kilometer. Ik zie nog steeds zo nu en dan een huis, maar alleen via twinkelende lichtjes door dikke hagen heen. Er zijn poorten en oprijlanen en smeedijzeren sierhekken. Het is moeilijk voor te stellen dat dit dezelfde wereld is als die in de Lower East Side, en ook in dit geval wil ik geen van beide afkraken of ophemelen. Ik ben duidelijk niet rijk, en ook al voel ik de primitieve aantrekkingskracht van zo'n joekel van een villa – de eenvoudige menselijke behoefte aan 'meer' – ik denk ook: wie wil er nou echt zo veel ruimte? In hoeveel kamers tegelijk kun je zijn? Er is een uitdrukking die mijn vader gebruikte als waarschuwing voor hebberigheid: je kunt niet met één kont op twee paarden rijden.

Dat lijkt me hier wel van toepassing.

De tracker heeft zich volgens de app al zeven minuten niet verplaatst.

Is ze thuis? Ik weet het niet, maar als ik de tracker op de juiste manier lees, bevindt ze zich niet op straat. Ik gebruik mijn vingers om in te zoomen. Vanuit de tracker gezien lijkt het erop dat Anna zich bevindt op een kleine drie kilometer van waar ik nu rijd, op een afgelegen plek minstens twee- of driehonderd meter van de dichtstbijzijnde weg.

Merkwaardig.

Een satellietoverzicht zou handig zijn, maar die optie heeft de tracker niet. Ik zet mijn auto stil in de berm en klik de drie stippeltjes in de rechterbovenhoek van de app aan. Het dropdownmenu geeft de precieze coördinaten in lengte- en breedtegraden. Die voer ik in op Google Earth en ik wacht af terwijl de globe ronddraait.

Als hij stopt, zeg ik zachtjes in mezelf: 'O jee.'

De plek waar Anna is – ik noem haar vanaf nu voor het gemak Anna in plaats van Misschien-Anna – of waar ze volgens de tracker nu al negen minuten stilstaat, is vervaagd op het satellietbeeld.

Bewust vervaagd?

Dat is tamelijk ongebruikelijk. De overheid kan een verzoek indienen om gevoelige locaties als militaire bases of bepaalde bureaucratische gebouwen te blurren. Ik betwijfel of dit terrein in een van beide categorieën valt, want de huren zijn hier te hoog voor dat soort schorriemorrie. Maar het zou kunnen. Google Earth blurt soms een locatie als er een dringende reden voor privacy is in een particuliere woning, of bij gevoelige zaken. Dat gebeurt niet vaak. En meestal moet er diep voor in de buidel getast worden.

Kortom: iemand met macht of geld wil deze locatie – de locatie waar Anna zich lijkt te bevinden – geheimhouden.

Wat nu?

Ik zou natuurlijk naar huis moeten gaan. Even pauze nemen. Met Molly praten. Onderzoek verrichten. Ik heb nu Anna's locatie. Althans, dat denk ik. Voor hetzelfde geld is dit alleen maar een tussenstop. Of is ze op bezoek bij een vriend of vriendin die hier woont. Voor een paar uur, of een nachtje. Ze zou in principe over een uur hier weg kunnen zijn, of morgen of wanneer dan ook.

Ik kijk naar het batterijicoontje linksboven. De tracker heeft nog maar elf procent te gaan. Hoelang kan ik daarmee voort? Hooguit een uur?

Dan zou Anna weer kunnen verdwijnen.

Dat risico kan ik toch niet nemen?

De straten zijn verlaten, het enige licht van betekenis is afkomstig van mijn koplampen. Ik geloof niet dat ik de afgelopen vijf, zes kilometer een andere auto heb gezien. Ik rijd naar de bosweg het dichtst bij de plek waar Anna zich volgens de tracker bevindt. Er is een oprijlaan die door de onderbreking in de bomen loopt. Ik minder vaart en zie dan dat de oprijlaan wordt geblokkeerd door een smeedijzeren traliehek. Het is hoog, met punten bovenop. Naast het hek staat een hokje. Daar brandt licht, en ik zie het silhouet van iemand van wie ik aanneem dat het een bewaker is.

Zware bescherming voor een privéwoning.

Als dit inderdaad een privéwoning is.

Ik speur snel naar een naambordje of huisnummer of iets dergelijks – ik wil niet te lang hier blijven hangen – maar zie niks. Even overweeg ik om naar het hek te rijden, maar wat dan? Het is tien uur geweest, ik kan niet doen alsof ik een pakketje kom afleveren, en om nou te zeggen: 'Ik kom voor Anna'... dat lijkt me niet echt werken.

Toch wil Impulsieve Ik dat dus wel doen. Impulsieve Ik zou het liefst naar die bewaker toe rijden en zeggen: 'Ik kom voor Anna. Zeg maar dat Sami Kierce haar wil spreken en dat we elkaar tweeëntwintig jaar geleden hebben ontmoet aan de Costa del Sol.' Impulsieve Ik maakt vaak fouten. Impulsieve Ik is degene die die slaapkamer uit is gelopen en Anna daar heeft achtergelaten. Impulsieve Ik is degene die naar het politiebureau in Fuengirola ging en een moord meldde bij Osorio. Impulsieve Ik joeg PJ dat dak op waardoor hij te pletter viel. Impulsieve Ik liet Maya Stern zonder begeleiding naar Farnwood gaan, het enorme landgoed van Judith Burkett; een fout die me van mijn toch al niet erg hoge voetstuk stootte.

Misschien zou Impulsieve Ik zich hierbuiten moeten houden – maar ik ga echt niet zomaar naar huis.

Langzaam rijd ik door de boomrijke straat en ik stop als ik een kleine opening zie. Mijn auto is nog steeds zichtbaar vanaf de weg, maar alleen als je heel goed kijkt. Ik zet de motor af en doe de binnenverlichting uit. Ik denk niet dat iemand me zal zien, maar ik ben niet van plan om zo lang te blijven dat de politie een sleepwagen kan bellen. Ik pak een velletje papier en een pen uit het handschoenenvakje en krabbel op een briefje: 'Autopech, zo terug.' Even overweeg ik om eraan toe te voegen dat ik politieman ben, maar dat doet er niet toe en bovendien is het niet meer waar.

Ik stap uit. Het is een frisse avond, de scherpte van de herfst hangt in de lucht. De sterren zijn hier helderder dan je ze in de stad ooit zult zien. Ik gebruik de app als kompas. De tracker die ik in Anna's jaszak heb gestopt is driehonderdtwintig meter verwijderd van de plek waar ik nu sta, maar de hele route loopt door het bos.

Geen reden om te treuzelen.

Ik loop het bos in. Even twijfel ik of ik de zaklamp op mijn telefoon zal aanzetten, maar in mijn overdreven voorzichtigheid laat ik hem liever uit. Ik heb nauwelijks meer dan een meter zicht en loop als Frankenstein, met mijn armen parallel aan de grond naar voren gestoken, de handen gestrekt om niet vol met mijn gezicht tegen een boom te botsen.

Als ik eenmaal in het bos ben, staan de bomen iets minder dicht op elkaar, waardoor mijn tocht wat sneller verloopt. Ik weet niet wat voor bewaking ze hier hebben. Het bemande toegangshek was indrukwekkend, maar het wil niet zeggen dat je een heel landgoed zo kunt beveiligen. Misschien was het voor de show. Er zou ook een struikeldraad in het bos kunnen liggen, of misschien zijn er bewegingsdetectoren, maar dat lijkt me onwaarschijnlijk. Het stikt hier van de herten en eekhoorns en allerlei ander wild. Dat zou te vaak vals alarm opleveren.

Ik blijf lopen. Niet erg geruisloos; ik hoor twijgjes en bladeren onder mijn voeten ritselen, maar wat kan ik eraan doen? Als ik op zo'n honderdvijftig meter van de tracker ben, zie ik lichtjes door de bomen filteren. Ik loop er dichter naartoe, en precies op dat moment doemt er een enorm landhuis op aan de horizon. Ik blijf staan om op de tracker te kijken. Volgens de informatie in de app is dat ding accuraat tot op tien meter. Aangenomen dat dat juist is, moet Anna en/of haar jas zich in dat huis bevinden.

De batterij van de tracker is teruggelopen naar acht procent. Ik ben bij de open plek aangekomen. Aan de rand ervan blijf ik staan, half tussen de bomen, half aan de basis van een uitgestrekt gazon. Het huis zelf is verbluffend: een enorm stenen kasteel in koloniale stijl dat eruitziet als iets uit *The Great Gatsby*. De tuinverlichting beschijnt de grote, symmetrische tuinen met aan weerskanten dezelfde in figuren gesnoeide struiken. Er is een zwembad, en een glazen kas die dienstdoet als tuinhuis. Bij de deur zijn twee auto's geparkeerd, een Porsche en een Mercedes, allebei zwart.

Geen beweging verder. Geen bewakers die patrouilleren op het terrein.

Terwijl ik toekijk en sta te dubben wat ik zal doen, gaat er links op de bovenverdieping licht aan in een slaapkamer. Ik buk snel, ook al ben ik nog een dikke honderd meter van het huis verwijderd. Als ik mijn ademhaling weer onder controle heb, kijk ik naar het raam.

Anna loopt erlangs.

Ik kijk op mijn horloge. Bijna elf uur. Snel neem ik de mogelijkheden voor een volgende zet door. Moet ik gewoon op de deur kloppen of aanbellen of wat dan ook? De rechtstreekse aanpak? Dat lijkt me raar, en ik weet niet hoe de beveiligers, aangenomen dat die er zijn, daarop zullen reageren. Toch is het een mogelijkheid. Ik zou ook, ik noem maar iets, een paar kiezeltjes kunnen pakken en die tegen haar raam kunnen gooien. Dat voelt een beetje te 'filmachtig', zal ik maar zeggen, en de meest logische reactie van haar kant zou zijn dat ze keihard om hulp zou roepen.

Maar kan me dat eigenlijk wat schelen?

Ik wil naar haar toe. Ik wil een verklaring.

En dat is het moment, terwijl ik daar mijn opties sta te overwegen, luttele seconden nadat ik Anna voor het raam heb gezien, dat ik honden hoor.

Laat ik eerst duidelijk maken dat ik dol ben op honden. Als Henry wat ouder is, willen Molly en ik een vriendelijk havanezertje nemen voor ons gezin.

Dit klinkt niet als een vriendelijk havanezertje.

Dit klinkt – en blijkt er nu ook uit te zien – als meerdere grommende dobermann pinchers. Ze denderen in volle vaart tussen de twee symmetrische tuinen door.

Op mij af.

Mijn hart klopt in mijn keel. Impulsieve Ik hoeft me niet te vertellen wat ik moet doen. Ik draai me met een ruk om en ren terug het bos in, in het besef dat ik nooit sneller zal zijn dan die honden. Uitgesloten. Als ik twee stappen tussen de bomen heb gezet, hoor ik al aan het geblaf dat ze op nog maar een paar tellen afstand zijn. Ik zet nog een stap en dan springt een van de dobermanns tegen me op en sla ik tegen de vlakte.

Met een schreeuw beland ik op de grond.

Ik weet niet of ik zou moeten proberen te ontkomen, maar ik herinner me vaag mijn politietraining over aanvallende honden. Als je al op de grond ligt, moet je je niet meer verroeren. Rol je op tot een bal en bedek je nek en hoofd met je armen. Dat doe ik nu, ik vorm een beschermende huls, met mijn telefoon nog in de hand.

De honden hebben me omsingeld. Het geblaf is opgehouden. Ze

grommen zacht en kijken me met hun zwarte ogen strak aan, de tanden ontbloot. Ze zien eruit alsof ze klaar zijn om me te besprin- gen. Ik blijf heel stil liggen en wacht af. Het is op z'n zachtst gezegd doodeng.

Dan schreeuwt een man: 'Af!'

Het gegrom houdt onmiddellijk op. De tanden van de honden verdwijnen. Hun staarten zwiepen als ze zich terugtrekken. Ik waag een snelle blik en zie dan het silhouet van twee mannen die vlak bij me staan. Een van de twee heeft een vuurwapen op me gericht.

Ik kijk knipperend naar hem op en zeg: 'Sorry dat ik stoor. Ik was een wandelingetje aan het maken en ben verdwaald.'

'Ach, je meent het,' zegt een van de mannen, de kleinste van de twee, en het sarcasme druipt ervanaf. 'Opstaan.'

Ik slaag erin mezelf overeind te hijsen en loop weer naar de rand van het terrein. Ja, twee mannen. De grootste van de twee, die met het wapen, heeft een maanvormig hoofd, compleet met kraters van oude puisten.

'Mooi huis,' zeg ik.

'Wie ben jij?'

'Ik ben van de politie.'

'Laat je pas zien.'

'Voormalig politieman, om precies te zijn.'

'Een voormalig politieman die in het donker een wandeling maakt op privéterrein?' zegt Kleinste Man. 'Is dat je verhaal?'

Ik probeer een glimlach. 'Nou ja, ik heb wat gedronken,' zeg ik, in de hoop dat het voldoende verklaart.

Zijn gezicht geeft aan dat het geen ene moer verklaart. Wapen- man kijkt naar Kleinste Man en knikt. Kleinste Man pakt zijn tele- foon.

'Spel je naam,' zegt Kleinste Man dan tegen mij. Dat doe ik. Wapenman houdt het wapen op me gericht terwijl Kleinste Man iets typt op zijn telefoon, naar ik aanneem in de zoekmachine.

Terwijl hij dat doet, komt Wapenman op zijn gemak naar me toe gelopen en geeft me zonder enige waarschuwing met zijn vrije hand een stomp diep in mijn maagstreek. De lucht wordt uit mijn longen geslagen. Ik zak weer op mijn knieën en probeer te ademen.

Wapenman pakt me beet bij mijn haar. 'Je kunt ons niet met rust laten, hè?'

Ik hap weer naar lucht. Wapenman kijkt om naar Kleinste Man. Kleinste Man zegt: 'Sami Kierce, voormalig rechercheur bij de NYPD, ontslagen wegens het in gevaar brengen van burgers en wegens incompetentie.'

Wapenman heeft nog steeds mijn haar beet. 'Wie heeft jou ingehuurd, Sami?'

Ik schud mijn hoofd, krijg eindelijk weer lucht. 'Niemand,' weet ik uit te brengen.

'Je gaat ons vertellen wat je hier komt doen,' zegt Wapenman. 'Linksom of rechtsom.'

Ik besluit dicht bij de waarheid te blijven. 'Ik ben een oude vriend van Anna.'

Ik speur hun gezichten af op zoek naar een reactie, maar door de lichtval is het moeilijk om uitdrukkingen te onderscheiden. Ik zit nog steeds op mijn knieën. Hij houdt nog steeds mijn haar vast.

'Ik zou je gewoon kunnen neerschieten,' zegt Wapenman. 'Wat denk jij ervan, Tee?'

Kleinste Man Tee leest iets op zijn telefoon, de gloed van het scherm beschijnt zijn gezicht. 'Zo hé, moet je horen. Dit is die kerel die de zaak-Burkett heeft verprutst.' Hij kijkt naar me op. 'Wist je dat wij bevriend zijn met de familie Burkett?'

Ik zeg niks.

Hij kijkt weer op zijn telefoon. 'Deze Kierce hier is ontslagen wegens schending van het politieprotocol. Meerdere keren, staat er, waaronder in de zaak-Burkett. Gigantische schadeclaim aan z'n reet omdat door zijn schuld een burger in het ziekenhuis is beland. Veel van zijn zaken worden achteraf in twijfel getrokken, waaronder – let op – de moord op zijn eigen verloofde. Hij wordt labiel en gevaarlijk genoemd.' Kleinste Man Tee kijkt grijnzend op van zijn telefoon. 'Ja, we kunnen hem makkelijk neerknallen en zeggen dat het noodweer was. Ik bedoel, hij is labiel en gevaarlijk – en hij bevindt zich op verboden terrein.'

'Juist,' zegt Wapenman. 'Precies. O, en raad eens? Ik heb nog een ander pistool bij me. Niet traceerbaar.'

Daar leeft Kleinste Man van op. 'Dus we zeggen dat hij dat ineens op ons richtte. Ons woord tegen dat van een dooie.'

'Ja. En als we hem neergeschoten hebben – als hij dood is – kunnen we dat pistool in zijn hand stoppen. Er zelfs mee schieten, zodat er kruitsporen op zijn lichaam komen.'

Kleinste Man Tee knikt. 'Dat zal niemand in twijfel trekken.'

'Niemand,' zegt Wapenman instemmend. 'We spelen het zo dat het lijkt alsof we wel móésten.'

Ze kijken allebei glimlachend op me neer, duidelijk tevreden over dit plan.

'Nou...' Wapenman richt het pistool op me. 'Wat zeg je ervan, Sami Kierce?'

Nu is het mijn beurt om te glimlachen. Ik heb een goede glimlach. Dat is iets wat je over me moet weten. Het is verreweg mijn beste fysieke kenmerk. Molly zegt dat ze voor me is gevallen toen ik glimlachte. Maar dat is een andere lach dan die ik nu laat zien. Deze glimlach is een stuk maniakaler. De lach van iemand die niet helemaal toerekeningsvatbaar is. Een lach die maakt dat beide mannen, zelfs degene met het wapen, een stapje terug doen.

'Zeg dat eens wat harder,' zeg ik.

Wapenman kijkt me niet-begrijpend aan. 'Huh?'

Ik schud zijn hand uit mijn haar. Dan houd ik mijn andere hand omhoog, in het zicht. Daarmee heb ik mijn telefoon nog vast, en nu zien ze een gezicht op het schermpje. Terwijl zij aan het woord waren, is het me gelukt mijn FaceTime aan te zetten.

'Kom op, Tee,' zeg ik terwijl ik overeind kom, de maniakale glimlach nog op mijn gezicht gepleisterd. 'Of moet ik je Mister Tee noemen? Ik weet niet of mijn vrienden bij de NYPD je wel goed gehoord hebben. Zeg eens wat harder hoe jullie me gaan vermoorden.'

4

Kleinste Man Tee en Wapenman rijden me terug naar mijn auto.

Ik probeer ze uit te horen, maar ze zwijgen hardnekkig. Ik vraag naar de vrouw voor het raam op de bovenverdieping, nu zonder Anna's naam te gebruiken. Ze zeggen nog steeds niks. Als ik uit hun SUV gestapt ben, draait Kleinste Man Tee het raampje open en zegt: 'Blijf uit haar buurt.'

Dan rijden ze weg.

Craig is er nog op FaceTime, en nee, hij heeft nooit bij de politie gezeten. Ik had geen tijd om door te scrollen naar het nummer van Marty of wie dan ook. Ik heb gewoon op 'terugbellen' gedrukt, en aangezien Craig de laatste was die ik had gebeld – om te zeggen dat ik mijn auto ging halen – had ik de mazzel dat hij opnam.

'Wat was dat nou?' vraagt Craig.

'Wat heb je gehoord?'

'Geen woord. Het werd vervormd.'

'Wat heb je gezien?'

'Ook niks. Het was te donker.'

Ik bedank hem dat hij aan de lijn is gebleven en zeg dat ik hem straks terugbel. Dan stap ik in mijn auto en draai de weg op voordat ze de kans krijgen zich te bedenken en terug te komen. Ik heb aan de rand van het terrein mijn locatiebepaling aangezet, en als ik in

Main Street voor een rood stoplicht sta, app ik Marty die locatie met een kort berichtje erbij:

Moet zsm weten wie hier woont.

Ik kijk op het dashboardklokje, maar herinner me dan dat dat stilstaat, dus kijk ik op mijn telefoon. Het is al laat. Marty is een gezondheidsfreak; hij ligt elke avond om tien uur in bed en staat stipt om zes uur op. Hij is irritant gedisciplineerd, op het pietluttige af, en ik ken nog wel sterkere benamingen voor hem dan 'pietluttig', maar ik hou te veel van hem om die te gebruiken. Ten tijde van mijn ontslag was Marty mijn collega, als broekie aan mij – stug en zwijgzaam – gekoppeld door een baas die zo sarcastisch was om te beweren dat Marty zou profiteren van de wijsheid van een oudere, ervarener politieman.

Dat was niet zo.

Ik twijfel of ik Molly zal bellen om door te geven dat ik onderweg ben, maar het is al laat en Henry zou wakker kunnen worden van de telefoon, en ik weet toch niet wat ik nu tegen haar zou moeten zeggen. Ik houd het bij een appje. De auto zet ik weer op de oprit bij Craig.

Hij staat me op te wachten. 'Gaat het wel?' vraagt hij.

'Ja, hoor.'

'Wil je erover praten?'

Ja, denk ik, maar niet met jou.

'Het gaat prima, Craig. Bedankt, man.'

'Nog een cognacje voordat je naar huis gaat?'

'Vandaag niet.'

Ik loop naar de metro. Volgens mijn app komt de volgende over één minuut, dus ik haast me de trap af.

Tegen de tijd dat ik thuiskom is het bijna één uur 's nachts. Het is stil in huis. Molly heeft een nachtlampje voor me aangelaten, zo'n ding dat je in het stopcontact kunt steken. Ik loop op mijn tenen de kinderkamer in en gluur even naar Henry. Mijn zoon – man, die woorden alleen al: mijn zoon – ligt vredig te slapen. Ik blijf even staan kijken. Mijn borst knijpt zich samen en ik krijg tranen in mijn ogen. Als je kinderen hebt, ken je dat gevoel, die bedwelmende mengeling van verwondering en angst.

Molly ligt in het donker te slapen in onze piepkleine slaapkamer. Ik maak me zo geruisloos mogelijk klaar om naar bed te gaan en kruip onder de lakens. Voel meteen haar lichaamswarmte. Lekker. Ik schuif dichter naar haar toe omdat ik beter kan slapen als ik met een deel van mijn lichaam haar huid voel. Molly verroert zich. Ze wurmt zich in het lepeltje en ik versmelt met haar.

Ik heb zo veel domme dingen gedaan in mijn leven, fouten gemaakt en grenzen overschreden, en toch is deze spectaculaire vrouw nu mijn echtgenote. Er gaat geen moment voorbij zonder dat ik daar vol ontzag bij stilsta.

Molly is mijn warmte en mijn middelpunt en inderdaad, door haar ga ik clichés gebruiken die thuishoren op tegeltjes en in de countrymuziek. Maar dat is het met mijn vrouw: ze maakt mijn leven beter, ja, maar ook iedere ruimte die ze betreedt. Haar liefde heeft iets vanzelfsprekends. Ze ís gewoon zo. Ik wil dat het feit dat zij voor mij heeft gekozen bepalend is voor mijn hele leven. Het is ook een beweegreden, een excuus, een verlaat-de-gevangenis-zonder-betalen-kaart. Hoe zou ik me in godsnaam kunnen misdragen terwijl deze vrouw mij heeft gekozen als haar levenspartner?

Ik verwacht dat ik de slaap niet zal kunnen vatten, maar dat valt mee. Ik ben meteen vertrokken en slaap als een blok. Als om zeven uur mijn telefoon gaat, schrik ik wakker. De plek naast me in bed is leeg.

Ik had mijn telefoon gedeeltelijk op stil gezet, in de stand waarin hij alleen geluid maakt als er iemand belt van een bepaalde lijst. Op die lijst heb ik zes mensen staan, onder wie Molly, mijn vader, mijn broer Marty – en de beller van vanochtend: Arthur van advocatenkantoor White Shoe. Niet echt een verrassing.

'Wat wil je eerst?' vraagt Arthur zonder inleiding. 'Het nieuws dat vooral belangrijk is voor mij of het nieuws dat belangrijker is voor jou?'

'Kies jij maar.'

'Laten we dan met mij beginnen, goed?'

Ik ben er tamelijk zeker van dat ik al weet wat hij gaat zeggen. 'Ga je gang.'

'Vanochtend om elf uur betreedt Peyton Booth – en belangrijker nog, ook onze cliënt: zijn lieftallige, zij het wraakzuchtige echtgenote Courtney – onze chicste vergaderkamer op de zevenenveertigste verdieping, voor de onderhandelingen over hun echtscheiding. Jij weet dat.'

Inderdaad, geen verrassing. 'Ja.'

'En jij hebt gisteren foto's gemaakt die Booths huwelijkse voorwaarden ongedaan gaan maken.'

'Klopt.'

'Waarom heb ik die dan niet?'

Ik pak de telefoon over in mijn andere hand. 'Komt nog.'

'Vanwaar de vertraging?'

'Ik moet ze nog ontwikkelen.'

'Ontwikkelen?' herhaalt Arthur. 'Leven we in 1987? Kom je me straks een Betamax-video brengen?'

'Betamax,' zeg ik. 'Dat is grappig.'

'Nee, niet echt.'

'De meeste mensen zouden dvd of gewoon videoband gezegd hebben. Maar Betamax is veel leuker.'

'Kierce.'

'Wees maar niet bang, Arthur. Ik kom ze vandaag brengen, beloofd.'

'Dit bevalt me niks.'

'Toch wel, denk ik,' zeg ik, en ik probeer gauw verder te gaan. 'Maar wat was nou het nieuws dat voor mij belangrijk is?'

'Je zult er niet blij mee zijn.'

Ik ben al niet blij met de plotselinge verandering van zijn toon. Molly verschijnt in de deuropening. Ze glimlacht naar me en houdt een kop koffie omhoog alsof ze wil vragen of ik er ook een wil. Ik neem aan dat het een retorische vraag is, want ik wil altijd koffie.

'Wat is er nou, Arthur?'

'Weet je nog hoe kwaad je was toen Judith en Caroline Burkett op borgtocht vrijgelaten werden?'

De misselijkmakende invloed van geld.

'Ja,' zeg ik.

'Dit is erger.'

'Zeg het gewoon, Arthur.'

'Ik heb het net pas gehoord. Grayson komt vandaag vrij.'

De moed zakt me in de schoenen. Molly ziet mijn gezicht. Grayson is Tad Grayson, de man die levenslang in de gevangenis zit – of zát, moet ik geloof ik zeggen – voor de moord op politieagente Nicole Brett.

Ten tijde van die moord waren Nicole Brett en ik verloofd.

'Komt hij...' Ik krijg het mijn strot haast niet uit. 'Komt hij vrij?'

'Ja, dat heeft de rechter gisteravond bevolen.'

Ik zie de bezorgdheid op Molly's gezicht. Ze heeft genoeg gehoord om te begrijpen wat Arthur me vertelt. We wisten dat dit kon gebeuren, en ik heb geprobeerd me erop voor te bereiden. Na mijn oneervolle ontslag bij de NYPD zijn juristen en activisten mijn oude zaken gaan doorspitten, op zoek naar al dan niet verzonnen 'wandaden' waarmee ze konden beweren dat ik, om dat ene artikel te citeren, 'labiel en gevaarlijk' zou zijn, om maar te zwijgen van corrupt. Tot dusverre zijn er al drie mensen die in de bak zaten – schuldig, wat het hof nu ook mag beweren – vrijgelaten. En erger nog: een actiegroep die zich de Equitable Liberty Initiative noemt (afkorting ELI, zoals de naam) is gaan spitten in de ogenschijnlijk solide veroordeling van Tad Grayson, vooral toen bekend werd dat ik een rol had gespeeld bij het onderzoek naar en de veroordeling van de moordenaar van mijn eigen verloofde. Advocaten die pro Deo voor ELI werkten beweerden dat alle bewijsmateriaal dat de politie had gevonden, zelfs als het niet door mij persoonlijk was aangedragen, beschouwd moest worden als onrechtmatig en daarom verworpen moest worden.

Ik slik iets weg. 'Wanneer komt Grayson vrij?'

'Om acht uur.'

'Wacht even.' Ik geloof mijn oren niet. 'Vanochtend om acht uur?'

'Yep.'

Ik kijk op de klok op het nachtkastje. Het is bijna zeven uur. Ik zwaai mijn benen uit bed.

'Je gaat er niet heen, Kierce,' zegt Arthur.

'Oké.'

'Je liegt, hè?'

'Misschien een beetje,' zeg ik voordat ik de verbinding verbreek.

Molly komt naar me toe gelopen. 'Gaat het wel?'

Ik zit op de rand van het bed. Ik knik.

'Ga je kijken hoe hij de gevangenis uit loopt?'

'Ik kan niet anders.'

'Wat heeft dat voor zin?'

'Totaal geen zin,' zeg ik.

Molly komt naast me zitten. Ze pakt mijn hand. Even verroeren we ons niet. Dan vraagt ze: 'Heeft dit te maken met waar je gisteravond was?'

'Nee,' antwoord ik. 'Niks.'

Ze staart voor zich uit, zwijgend.

'Ik weet dat het idioot klinkt, maar gisteravond heeft te maken met iets wat me is overkomen toen ik na mijn diploma-uitreiking in Europa zat.'

Ze trekt een gezicht. 'Ben je na Bowdoin naar Europa geweest?'

'Niet al te lang.'

'Als backpacker?'

'Ja, met een stel vrienden. Maar toen is er iets gebeurd. Het heeft niks met ons te maken, echt niet, en ik wil je er alles over vertellen.'

'Maar nu even niet.'

'Ik wil om acht uur daar zijn. Ik moet zijn gezicht zien.'

'Ga je maar aankleden,' zegt Molly. 'Ik kan wel wachten.'

5

Tad Grayson loopt de gevangenispoort uit.

De lucht is grauw. Het gebouw is grauw. Het wegdek is grauw. Ik wil niet zeggen dat de stemming grauw is, maar dat blijft dan wel over, hè? Ik tel drie nieuwswagens en een stuk of tien verslaggevers voor de gevangenispoort. Deze vrijlating is een verhaal, maar geen héél groot nieuws. Dat zou het een paar jaar geleden misschien wel geweest zijn, maar tegenwoordig is niets meer groot nieuws. We lezen over iets afschuwelijks, we maken ons druk, er komt een nieuw schandaal en we gaan dóór. De cycli van het nieuws worden, net als de cycli van het leven, met het verstrijken van de tijd steeds krapper en korter, tot het uiteindelijk allemaal langs ons heen gaat. Maar nu word ik wat al te diepzinnig.

Van achter een boom kijk ik toe. Ik wil niet gezien worden, maar het kan me ook niet heel veel schelen als dat wel gebeurt. Tad Grayson ziet er ontzettend slecht uit, kan ik tot mijn genoegen melden. Ik had hem niet meer gezien sinds hij na zijn veroordeling geboeid werd afgevoerd, wat het misschien deels verklaart – je slaat opeens twintig jaar over, dus voor mij is hij in één klap oud geworden – maar ik denk dat er meer meespeelt. Ik ben zelf ook ouder geworden. We zijn allemaal ouder geworden. Maar Tad is haast onherkenbaar. Van zijn dikke bos blauwzwart Superman-haar zijn nog maar een paar dunne sliertjes over. Die zijn dwars over zijn hoofd gekamd; de klassieke manier om kaalheid te verhullen. Zijn wangen zijn ingevallen. Zijn huid ziet – daar komt-ie weer – grauw. Hij schuifelt als een oud mannetje, ook al is hij pas achtenveertig.

Grayson heeft ruim twee decennia in de bajes doorgebracht voor de moord op een politieagente. Dat maakt hem misschien een held onder medegevangenen, maar ik ben ervan overtuigd dat de bewakers er wel voor gezorgd hebben dat de tijd langzaam en loodzwaar verstreek. Mijn haat is nog vers, rauw, maar ik zou liegen als ik beweerde dat mijn woede niet enigszins wordt getemperd door het feit dat Tad Grayson er zo gebroken uitziet.

Een vrouw in een zakelijk pak – zijn hoofdadvocaat, neem ik aan – spreidt haar armen, en Tad laat zich omhelzen. Ze drukt hem tegen zich aan. Hij legt zijn hoofd tegen haar schouder. Misschien huilt hij, ik kan het niet met zekerheid zeggen. De vrouw klopt hem op de rug en fluistert iets. Ik zie hem knikken, zijn gezicht nog steeds verscholen.

Een stem achter me zegt: 'Ik dacht wel dat je hier zou zijn.'

Ik draai me om en kijk op. Het is Marty, mijn collega uit de tijd dat ik ontslagen werd. Marty is jong, naïef en lang. Hij is veel te knap om innemend te zijn – Molly zegt dat hij eruitziet als een ondergoedmodel, maar dan knapper – en toch heeft hij iets innemend onhandigs, met dat ergerlijke enthousiasme van een fanatieke puppy. Je valt vanzelf voor Marty, zelfs al zou je hem het liefst tegen de schenen schoppen.

'Je hebt uitgevogeld dat ik weleens zou kunnen komen kijken naar de vrijlating van de man die mijn verloofde heeft vermoord,' zeg ik. 'Wauw, ik ben er trots op jouw mentor te zijn.'

'Je bent sarcastisch, hè? Bij jou weet ik het nooit.'

'Nee,' zeg ik. 'Je weet het nooit.'

'Kierce?'

'Ja, Marty?'

'Jij gebruikt sarcasme als copingmechanisme om je ware emoties te verhullen.'

Ik kijk naar hem op en zeg niks. Er verstrijken een paar seconden.

'Ik heb een woordenboekapp op mijn telefoon,' zegt Marty dan ter verklaring. 'Elke dag een ander woord. Dinsdag was het copingmechanisme.'

'Fijn dat je het meteen kunt toepassen,' zeg ik. 'Wat kom je hier doen?'

'Allereerst ervoor zorgen dat jij geen domme dingen doet. Zoals... Weet ik veel, hier aanwezig zijn.'

'Dat was "allereerst". En verder?'

De media hebben een podium opgesteld met hun diverse met logo's beplakte microfoons. De vrouw in het zakenpak loopt erheen. Ze wordt geflankeerd door twee mannen die ik inschat als haar collega's.

'Je hebt me gisteren een locatie gestuurd,' zegt Marty. 'Je wilde weten wie daar woont.'

'Vandaag,' begint de vrouw die achter de microfoon staat, 'is er een vreselijke gerechtelijke dwaling gecorrigeerd.'

Ze stelt zich voor als Kelly Neumeier en praat dan verder over fouten herstellen, de strijd tegen onrecht, en de incompetentie van de politie waardoor de echte moordenaar nog steeds vrij rondloopt, maar het is niet nodig om dat te herhalen. Ik begrijp dat er behoefte is aan groeperingen als Innocence Project en ELI. Ik begrijp dat ik corrupte collega's had die door de blauwe achterban in bescherming werden genomen en dat soort dingen, al heb ik gemerkt dat het met bewijsmateriaal vooral fout gaat door de luie types, die niet per se de rechtsgang proberen te ondermijnen, maar gewoon de kantjes eraf lopen. En door arrogantie: je weet wie het heeft gedaan en je hebt alleen nét iets extra's nodig om het te bewijzen, dus waarom zou je niet een beetje voor God spelen?

Ja, ik weet dat het verkeerd is.

Maar ik weet ook dat Tad Grayson Nicole heeft vermoord, dat de arrestatie terecht was en de veroordeling zuiver, op hun grieven over mij na, die er verder los van stonden. In een notendop komt het hierop neer: ik, Sami Kierce, heb een paar keer de regels overtreden, dus nu moet elke zaak waar ik ooit bij betrokken ben geweest ongeldig verklaard worden.

Even voor de duidelijkheid: ik heb nooit regels overtreden voor mijn persoonlijke gewin, of zelfs maar om een veroordeling te bespoedigen.

Ik vraag me af hoe Neumeier en de advocatenknaapjes die haar bijstaan er echt over denken. Geloven ze serieus dat Tad Grayson onschuldig is – of draait het voor hen om een hoger doel? Ze hebben de bewijzen bekeken. Tuurlijk, ze konden mijn ondergang gebruiken om hem vrij te krijgen. Maar ze weten heus wel dat hij het heeft gedaan.

De vraag is: wat kan ik er nu aan doen?

'Meneer Grayson heeft een zware tijd achter de rug en heeft een groot onrecht doorstaan. Toch wil hij graag een korte verklaring afleggen.'

Kelly Neumeier doet een stap opzij voor Tad. De straten lijken stil te vallen. Marty komt dichter bij me staan, alsof hij bang is dat ik Grayson zal aanvliegen. Dat doe ik niet. Ik voel me gedesoriënteerd en ben nu totaal niet Impulsieve Ik. Ik geloof niet dat ik me zou kunnen verroeren zelfs al zou ik het willen. Er sluipt een rare, afschuwelijke gedachte mijn hoofd binnen. Die is zo vreselijk en egocentrisch dat ik hem hier bijna niet durf op te biechten, maar ik kan het niet laten: als Tad Grayson Nicole niet had vermoord, zou mijn zoon Henry nooit geboren zijn. Het is geen diepzinnige gedachte. Geen gedachte die troost biedt of ook maar iets verandert. Sterker nog, nu ik erover nadenk besef ik dat het belachelijk banaal is.

Vaarwel, Impulsieve ik. Welkom, Banale Ik.

Tad schraapt zijn keel. Hij kijkt strak naar de grond. Dan knippert hij, en ook nu ziet hij er oud en gebroken uit. 'Er zijn een paar mensen die ik moet bedanken,' begint hij, alsof het een Oscar-toespraak is. Hij noemt namen. De advocaten knikken allemaal en glimlachen zuinigjes als ze worden genoemd. Nadat de bedankjes zijn afgerond zwijgt hij, laat zijn hoofd opnieuw hangen, kijkt weer op zogenaamd om moed te verzamelen, de hele riedel. Nu zie ik dat hij erop geoefend heeft. Maar ik denk niet dat de media dat ook zien.

'Ik zeg al sinds de dag van mijn arrestatie dat ik onschuldig ben. Ik zou een lagere straf krijgen als ik bekende. Maar dat heb ik niet gedaan.'

Dat liegt hij, maar goed.

'Ik zou in de gevangenis meer privileges krijgen als ik bekende. Maar ik ben nooit overstag gegaan, niet één keer in de afgelopen twintig jaar. Ik zeg het nogmaals: ik heb Nicole Brett niet vermoord. Ik weet dat de meesten van u me niet geloven. Ik geef toe dat ik destijds geobsedeerd was. Ik geef toe dat ik dingen heb gedaan waar ik niet trots op ben. Die afschuwelijke sms'jes? Die heb ik gestuurd. Maar ik heb haar niet vermoord.'

De 'afschuwelijke sms'jes' werden steeds dreigender, met als laatste: *Ik jaag een kogel door je kop*, en dat is precies wat er is gebeurd. Nicole had me niet verteld over de berichten. Tad Grayson was een vergissing, zei ze. Een obsessieve ex die verder geen kwaad deed. Ze had het onder controle. Toen ik hem in haar buurt zag rondhangen, toen ik naar hem toe wilde sluipen, hem een boodschap wilde overbrengen – hem op zijn bek wilde slaan – riep Nicole dat ik een seksist was. Dacht ik soms dat ze hem zelf niet aankon? Dat ze een man nodig had om haar te beschermen?

Dus hadden we het er niet meer over.

Een verslaggever roept: 'Neemt u het de politie kwalijk? De openbare aanklagers?'

En raad eens wat Tad doet? Hij laat zijn hoofd hangen, kijkt weer op. Die vent is haast een marionet. Ik ben benieuwd hoe hij deze vraag gaat beantwoorden. Na een hele tijd zegt hij: 'Daar heb ik veel over nagedacht.' Hij perst er een wrang lachje uit. 'Je brengt veel tijd alleen door als je drieëntwintig uur per dag in een cel zit. Ik heb het vanuit alle mogelijke standpunten bekeken. Ik heb het hele arsenaal aan emoties doorlopen – die van mezelf en die van anderen. Er zijn tijden geweest van groot verdriet en ook van grote inzichten.'

Ik ga op mijn tenen staan om Marty iets in het oor te fluisteren. Hij bukt om me tegemoet te komen. 'Vind jij dit ook hartstikke ingestudeerd klinken?'

'Hij moet deze vraag verwacht hebben, eerlijk is eerlijk,' zegt Marty. 'En zoals hij al zei: hij heeft alle tijd gehad om over het antwoord na te denken.'

Ik frons.

'Uiteindelijk weet ik het niet goed, en ik heb er alle vertrouwen in dat mijn advocaten me zullen laten weten dat ze ondeugdelijk hebben gehandeld, maar ik denk dat de politie en het OM oprecht geloofden dat ik de moordenaar was. Er is me verteld dat dat te ruimhartig van me is' – ik steek bijna mijn vinger in mijn keel om aan te geven dat ik moet kotsen van die gore leugenaar – 'en het is zeker geen excuus voor hun daden. Maar waar het om gaat, is dat ik Nicole niet heb vermoord. Dat betekent dat de dader misschien nog vrij rondloopt.'

Een andere verslaggever roept: 'Zweert u dadelijk dat u de moordenaar zult vinden?'

Weer een ander voegt eraan toe: 'Zoals O.J.?'

Dat leidt tot onderdrukt gegniffel. Dat vind ik leuk. Tad niet, zie ik. Hij doet zijn mond open alsof hij antwoord gaat geven, maar dan legt Neumeier haar hand op zijn rug, doet een stap naar voren en zegt: 'Geen vragen meer.' Ze neemt hem mee naar een auto. Hij gaat op de achterbank zitten. Zij gaat op de achterbank zitten. Ze rijden weg.

En dat was het dan.

Ik sta daar met Marty.

De nieuwsploegen pakken hun microfoons. Ik verroer me niet. Ik sta daar maar te staan. Marty geeft me de ruimte. Ik kijk de vertrekkende nieuwswagens na.

Dan zeg ik tegen Marty: 'Je zei iets over die locatie.'

'Ja.'

'Wat is daarmee?'

'Je was in Connecticut.'

Ik draai me om en kijk hem weer aan. 'Ik kan je niet vertellen hoe trots ik ben dat ik jou heb opgeleid.'

'Je gebruikt ook humor als afweermechanisme.'

'Ik wou dat ik nog een wapen droeg.'

'Nog meer humor.'

'Ik weet dat ik in Connecticut was, Marty. Natuurlijk weet ik dat. Ik dacht dat ik je dat wel duidelijk had gemaakt in mijn appje: ik stond bij een huisadres. Ik wil weten wie daar woont.'

'Ik neem aan dat je ook beseft dat je in een zeer exclusieve wijk was toen je me die locatie stuurde.'

'Ja.'

'Op privéterrein.'

'Ja.'

'Ik heb verschillende satellietkaarten bekeken. Dat hele gebied is op elke kaart geblurd.'

'Ik weet het.'

'Je stuurde me die locatie 's avonds laat.'

'Marty?'

'Ja?'

'Waarom vertel je me de hele tijd dingen die ik al weet?'

'Wat had je daar verdomme te zoeken, Kierce?'

Ik geef geen antwoord. Er is niemand meer bij de gevangenispoort. Ik staar nog steeds naar de plek waar Tad Grayson daarnet stond. Hij is vrij. De man die Nicole heeft vermoord is op vrije voeten. Ik durf te wedden dat zijn advocaten hem vanavond mee uit eten nemen. Waarschijnlijk in een duur steakhouse. Feest voor de man die Nicoles mooie gezicht aan flarden heeft geschoten.

Marty kan niet goed tegen stilte. Dat weet ik. Hij babbelt graag. Het duurt heel even en dan slaakt hij een zucht. 'Het huis en de grond staan op naam van een bv.'

'Heb je daar een naam bij?' vraag ik.

'Nog niet.'

Dat verbaast me niet. Iemand doet hard zijn best om dat huis geheim te houden. Waarom? En waarom zou Anna, een vrouw van wie ik dacht dat ze meer dan twintig jaar geleden in mijn bijzijn is vermoord – misschien wel door mij – hier verblijven?

'Ik heb op een paar verschillende manieren geprobeerd om de eigenaren op te sporen, maar dat heeft niks opgeleverd. Nog niet. Je weet hoe het gaat. Je hebt me die locatie laat op de avond gestuurd, maar bijna alles gaat nu pas open. Ik ga zo een paar mensen voor je bellen.'

'Dank je wel,' zeg ik.

Dan stelt hij dezelfde vraag die Molly heeft gesteld: 'Heeft dit iets te maken met...?' Hij gebaart naar de gevangenispoort.

'Nee,' antwoord ik. Maar dan houd ik mijn hoofd schuin.

'Wat is er?' vraagt hij.

Ik heb Anna meer dan twintig jaar geleden ontmoet in Spanje. Vijf jaar later was ik verloofd met Nicole, die werd vermoord door Tad Grayson. Ik heb nooit een verband tussen die twee dingen gelegd. Waarom zou ik? Ze hadden niks met elkaar te maken. De enige connectie was... ja, ik. En ik zie al helemaal geen verband tussen enerzijds het feit dat Anna – moet ik haar Anna blijven noemen of zal ik terugkeren naar Misschien-Anna? Ik weet het niet meer, laat ik het op Anna houden – gisteren opdook bij mijn cursus en anderzijds de vrijlating van Tad Grayson. Geen enkel verband. Op één ding na.

De timing is eigenaardig.

Toeval komt vaker voor dan wij weten. Ik heb daar veel onderzoek naar gedaan. Fatalisme, de Jung-Pauli-theorie over synchroniciteit, kansberekening, waarschijnlijkheid, apofenie; maar het liefst houd ik het op iets wat dichter in de buurt komt van een chaostheorie. Toeval bestaat. Maar bij toeval gaan we uit van willekeur, de afwezigheid van een verband tussen twee gebeurtenissen. Zelfs een heel los verband.

Maar hier is dus wél een verband. En dat verband is ondergetekende.

Dus zou het misschien kunnen, ook al zie ik niet in hoe – volgens de definitie van toeval gaat het om een opmerkelijke samenkomst van gebeurtenissen of omstandigheden terwijl er *ogenschijnlijk* geen verband is – dat er wel degelijk een verband bestaat tussen het opnieuw opduiken van zowel Anna als Tad Grayson in mijn leven? Of maak ik me nu schuldig aan narcisme of metafysisch solipsisme of, eenvoudiger gezegd, egocentrisme, door te denken dat de wereld om mij draait?

Ik krijg er hoofdpijn van.

Mijn telefoon trilt. Het is een appje van Arthur:

WAAR BLIJVEN DE FOTO'S??!!

Ik kijk op mijn horloge, een oude Casio die ik ooit op een bankje bij de bushalte heb gevonden. Ik ben vandaag hierheen gekomen met de bus vanaf Jay Street bij het Metro Tech Center in Brooklyn, maar de bus terug gaat pas over drie kwartier.

'Ik neem aan dat je met de auto bent?' vraag ik aan Marty.

'Ja.'

'Zou jij me in de stad willen afzetten?'

6

Marty probeert me uit te horen, maar ik laat niet veel los. Hij heeft een hekel aan stilte en vult die met zelfhulpjargon en een verhaal over zijn nieuwe sportlessen. Op dit moment blaast hij de loftrompet over iets wat Cycle Karaoke wordt genoemd, en dat is dus fietsen met... inderdaad.

'Weet je wat mijn favoriete nummer is voor de coolingdown?' zegt hij.

'"If I Die Young"?'

'Nee!' roept hij met dat puppyenthousiasme van hem. '"Save a Prayer" van Duran Duran.'

Hij gluurt even opzij om mijn reactie te peilen. Toen we elkaar voor het eerst zagen, kwam 'Come Undone' van Duran Duran op de radio bij mij in de auto. Hij had dat nummer nog nooit gehoord. Hij had nog nooit van Duran Duran gehoord.

We rijden nu op Park Avenue.

'Oké,' zeg ik. 'Zet me daar op de hoek maar af.'

Advocatenkantoor White Shoe ligt aan Park Avenue, ter hoogte van 47th Street, vlak bij het MetLife-gebouw, tegenover Lock-Horne. Een kwartier voor het bemiddelingsgesprek voor de scheiding van het echtpaar Booth spring ik uit de auto.

Ik ben er helemaal klaar voor.

Net als bijna iedereen in New York draag ik een rugzak. Daarin zitten petjes van verschillende bezorgdiensten: Prime, UPS, DHL, FedEx. Ik heb petten van Con Ed, Verizon, Sprint, Spectrum. Uiteraard kan ik niet de uniforms van al die bedrijven meesjouwen, maar ik kan wel een neongroen hesje aantrekken (wat ik ook doe) met het woord SECURITY op de rug. Dat werkt prima. Bovendien heb ik diverse vervalste pasjes die ik in een doorzichtig naamplaatje kan schuiven. Je zou schrikken als je wist hoe makkelijk je daarmee overal binnenkomt, maar in dit geval is er niet veel voor nodig.

Ik heb de FedEx-pet al opgezet en het hesje aangetrokken. Met de envelop in mijn hand wacht ik op de hoek. Hopelijk ben ik niet te laat, maar Arthur laat als een stalker mijn telefoon ontploffen. Verderop zie ik een zwarte SUV halt houden voor het gebouw. Peyton Booth stapt uit, met een zelfverzekerd air. Hij draagt zelfbruiner, een lichtgrijs kostuum zonder stropdas en een onberispelijk gestreken overhemd dat zo wit is dat ik bijna naar mijn zonnebril grijp. Ik weet niet wat voor merk schoenen hij draagt en ik ben te ver weg om het te kunnen vaststellen, maar ik weet zeker dat ze zelfs duur ruiken.

Snel loop ik naar hem toe, met de envelop in mijn hand. Twee andere mannen in pak, beiden met stropdas, stappen met hem uit de auto. Zijn advocaten, deduceer ik. Zij zouden dit weleens extra netelig kunnen maken voor Peyton, maar het is helemaal aan hem.

'Koerierbezorging voor Peyton Booth,' zeg ik.

Als ik hem de envelop overhandig, komt een van de twee advocaten, een forse kerel, voor me staan en maakt zijn borst breed. Ik ken dat aanstellerige type. Ik ben klein en Zuid-Aziatisch. Makkelijke prooi, denkt hij. Maar ik bereid me altijd mentaal voor. Ik concentreer me – dat moet wel – op de manier waarop mijn knie zijn ballen kan raken.

Dat neemt het lengtevoordeel wel weg.

'Is dit een dagvaarding?' vraagt Brede Borst aan mij.

Ik wijs op mijn FedEx-pet. 'Staat hier "dagvaardingbezorger"?'

'O, we zien zo vaak bezorgers die zich anders voordoen.'

'Dat klinkt onethisch,' zeg ik, met prachtig geveinsde ernst. 'Maar nee, het is geen dagvaarding. Ik heb opdracht gekregen dit aan meneer Peyton Booth te overhandigen, en het is zeer persoonlijk.'

Dat bevalt Brede Borst niet, maar ik schuifel snel om hem heen voordat hij nog meer vragen kan stellen. Dan duw ik de envelop tegen Peyton Booths borst, probeer tevergeefs oogcontact te maken en maak dat ik wegkom.

Als ik om de hoek ben bij 48th Street, ontdoe ik me van het hesje en de pet. Dan kijk ik toe en wacht af. Peyton Booth en zijn advocaten gaan het gebouw binnen. Ik geef ze een kleine voorsprong en volg dan. Ik wil dat ze eerder bij White Shoe zijn dan ik – maar niet véél eerder.

Als ze hun pasjes gekregen hebben en de gang in lopen, sla ik toe. Ik laat mijn echte identiteitsbewijs zien aan de vrouw achter dezelfde beveiligingsbalie aan de 48th Street-kant van het gebouw en krijg een pasje voor de tiende verdieping.

Arthur staat al op me te wachten als de liftdeur opengaat.

'Wat is dat nou, Kierce? Onze cliënt zit verdomme al in de vergaderkamer.'

Arthur is niet zoals je zou verwachten. Hij is lang en slungelig, zeer aantrekkelijk en pas vierentwintig, maar toch al partner hier. Hoe hij dat zo jong voor elkaar gekregen heeft? Hij is een genie. Op zijn zestiende afgestudeerd in de rechten. Hij heeft lang haar en draagt driedelige pakken compleet met zakhorloge, en lange oorbellen met bungelende veertjes.

Achter hem zie ik de twee advocaten van Peyton Booth staan. Zonder Peyton.

Mooi zo.

'De mediation begint over vijf minuten,' zegt Arthur. 'Ik moet...'

'Hier.' Ik geef hem de andere envelop die ik in mijn rugzak had zitten. De envelop die ik Peyton heb gegeven was niet dichtgeplakt, zodat hij hem snel open kon maken. Dit exemplaar is het tegenovergestelde – geseald aan de plakrand en nog eens verzegeld met zo'n lange touwconstructie waar je mee blijft prutsen.

Arthur begint fronsend aan het touwtje. 'Dit meen je niet.'

'Even plassen,' zeg ik, en ik snel de gang door naar de toiletten. Daar ben ik misschien vijf keer eerder geweest in mijn leven. Ik heb er nog nooit iemand anders gebruik van zien maken. Ik hoop dat mijn geluk nog even aanhoudt, maar zo niet, dan wacht ik wel.

Peyton Booth is er. En verder niemand. Mijn geluk houdt dus aan, als je het geluk mag noemen.

'Wie ben jij?' vraagt hij.

Ik doe de deur achter me op slot. Als iemand een toilet nodig heeft, kan hij altijd een andere zoeken.

'Dat doet er niet toe,' zeg ik.

Zijn gezicht wordt net zo spierwit als zijn onberispelijk gestreken overhemd. 'Wat is dit, chantage?'

Ik zie zijn handen trillen. Hij heeft de envelop bij zich. De foto's van hem met die andere man, die ik heb genomen vlak bij Rose to the Occasion, zitten weer in de envelop alsof hij ze niet eens meer wil zien.

'Ik ben ingehuurd door de advocaat van je vrouw om na te gaan of jij je hield aan de overspelclausule in de huwelijkse voorwaarden, het contract dat je samen met haar hebt getekend.' Ik wijs naar de envelop in zijn hand. 'Dit is het bewijs dat dat niet het geval is.'

'Hoeveel?'

'Pardon?'

'Om dit stil te houden. Hoeveel moet je hebben?'

Ik word nu serieus nieuwsgierig. 'Hoeveel bied je?'

Hij steekt zijn kin omhoog, weer helemaal de zakenman, de touwtjes in handen. Het is nu een zakentransactie, een corrupte, en daarmee belandt hij weer op terra firma. 'Noem een bedrag.'

Ja, een meesteronderhandelaar. Denkt hij. Onderhandelen voor beginners: noem nooit als eerste een bedrag. Laat je tegenstander het openingsbod doen. Dat kun je leren uit zo'n beetje elk boek over dit onderwerp, of door naar herhalingen van *Pawn Stars* te kijken. Rick en Corey vragen altijd: 'Hoeveel wil je ervoor hebben?' als ze beginnen aan een nieuwe deal.

'Hoeveel wil je ervoor geven?' probeer ik.

'Jij eerst.'

'Ach, laat ook maar,' zeg ik dan. 'Ik kan geen bedrag verzinnen, dus geen getreuzel.'

Ik loop naar de deur.

'Honderdduizend dollar,' zegt hij.

Zo! Dat is het openingsbod. Waarschijnlijk kan ik nog veel meer krijgen. Dat zou alles veranderen, nietwaar? Mijn schulden aflossen. Een beter appartement voor Molly en Henry. Misschien een vaste oppas, zodat Molly weer kan gaan werken. Ik kom in de verleiding om een tegenbod van een miljoen te doen, maar ik heb me lang genoeg laten afleiden.

'Ik zal je vertellen wat er gaat gebeuren, Peyton,' zeg ik. 'Jij hebt dadelijk een bespreking. Je gaat ermee akkoord dat de huwelijkse voorwaarden geschrapt worden en daarna gaan je toekomstige ex en jij onderhandelen over een overeenkomst die hopelijk voor jullie allebei billijk is.'

Hij wacht tot ik nog meer zal zeggen. Ook zo'n onderhandelingstactiek. Ik hap niet.

'En dan?'

'Dat is alles. Ik ben ingehuurd om te kijken of je de overspelclausule in jullie contract zou overtreden. Dat heb je gedaan. Missie geslaagd.'

'En wat gebeurt er met deze...?' Hij kan het niet zeggen, dus houdt hij alleen de envelop omhoog. Zijn blik blijft op mij gericht, alsof hij geen oogcontact durft te maken met de inhoud. Even voor de duidelijkheid: ik heb hem mijn drie scherpste foto's gegeven van hem met die man. En een briefje waarop stond dat ik hem hier zou treffen en dat hij tegen niemand iets mocht zeggen. Voor de zekerheid heb ik op de envelop geschreven: *Bekijk deze onmiddellijk en laat ze aan niemand anders zien.* Blijkbaar heeft hij zich daar aan gehouden.

'Die vernietig ik,' antwoord ik.

'Zomaar?'

'Zomaar.'

'Hoe weet ik dat je geen afdrukken bewaart?'

'Dat kun je niet weten. Nu ik erover nadenk: ik was van plan alles te wissen, maar je maakt me een beetje bang, Peyton. Dus ik zal een setje opbergen bij mijn testament. Voor het geval er iets met me gebeurt.'

'Maar stel nou dat er iets met je gebeurt waar ik verder niks mee te maken heb?'

'Jammer dan. Dat had je moeten bedenken voor je met dat verkapte dreigement kwam.'

'Ik snap helemaal niks van dit alles.'

'We hebben hier eigenlijk geen tijd voor,' zeg ik. 'Als we niet snel terugkomen, denken ze dadelijk dat je last hebt van constipatie, zo heftig dat een muilezel er nog aan zou bezwijken. Simpel gezegd vind ik het oké om openbaar te maken dat je bent vreemdgegaan. Dat is mijn taak. Jij hebt ervoor getekend je vrouw trouw te blijven. Wat ik niet oké vind, is om jou onnodig uit de kast te jagen. Ik zal het doen als het niet anders kan, om te bewijzen dat je je niet aan de huwelijkse voorwaarden hebt gehouden. Het wordt moreel allemaal wat vaag als we ons in dat moeras begeven, en ik blijf liever op het droge. Is het zo wel duidelijk?'

'Die foto is chantage,' zegt hij. 'Jij bent hier niet degene die deugt.'

Daar denk ik over na. 'Nou, toch wel.' Ik draai me om en doe de deur open. 'Hoe dan ook, ik zie je dadelijk daarginds.'

De mediation voor het echtpaar Booth duurt niet lang.

Het gesprek vindt plaats in een vergaderkamer met een grote glazen wand, dus ik kan het vanaf de gang zien. Niet horen natuurlijk, maar ik vind het gek dat zo veel vergaderkamers glazen wanden hebben die de privacy aantasten en bovendien voor onnodige afleiding zorgen. Er zitten zes mensen in de ruimte. Echtgenoot Peyton en zijn vrouw Courtney zitten tegenover elkaar, aan beide zijden geflankeerd door hun advocaten. De lichaamstaal zegt alles. Peyton geeft al snel toe. Dat komt als een verrassing voor zijn vrouw. De advocaten schudden elkaar allemaal de hand. Man en vrouw vermijden oogcontact.

Team Peyton komt als eerste naar buiten, met ferme pas. Arthur volgt. Hij steekt stralend een duim naar me op. Courtney Booth loopt vlak achter hem. Ze ziet er verstoord uit.

'Bedankt,' zegt Arthur tegen mij.

Ik knik en wil doorlopen, maar Courtney Booth heeft andere ideeën.

'Wat moest dat voorstellen?' snauwt ze.

'Een overwinning,' zegt Arthur. 'Je man heeft er zojuist mee ingestemd de huwelijkse voorwaarden te schrappen.'

'Ja, hoor. Uit de goedheid van zijn hart zeker?'

'Dit is een echtscheiding,' zegt Arthur. 'Niemand handelt hier uit de goedheid van zijn hart.'

'Ik vind het maar niks,' zegt ze.

'Het was een goede bijeenkomst, Courtney. Een heel goede bijeenkomst.'

Ze richt zich tot én tegen mij. 'Ben jij degene die de foto's heeft gemaakt?'

'Ja.'

'Neukte hij Britney Griffin?'

Ik zeg niets.

Ze kijkt weer even naar Arthur. 'We hadden toch een privédetective ingehuurd om foto's te maken?'

'We hebben hem ingehuurd om de huwelijkse voorwaarden ongedaan te maken. Missie geslaagd.'

'Dus die hoer van een Britney gaat vrijuit? Mooi niet. Ik wil dat die bitch aan de schandpaal wordt genageld. Ze was goddomme mijn buurvrouw. Mijn vriendin. En dan gaat ze...'

Hier maak ik een fout. Ik zeg: 'Het was niet Britney Griffin.'

Daar kijkt ze van op. 'Niet?'

Wie a zegt... 'Nee.'

'Wie was het dan wel?'

'Ik weet geen naam.'

Ze doet een stap in mijn richting. Courtney Booth is erg aantrekkelijk en een stuk groter dan ik; statuesk, type fotomodel, en ik moet toegeven dat ze heerlijk ruikt. 'Waarom heb ik de foto's niet gezien?'

Ik kijk naar Arthur.

Arthur zegt: 'Het doet er niet toe. Courtney.'

'Jij bepaalt niet wat ertoe doet, Arthur. Je werkt voor mij, of niet soms?'

'Ja.'

Courtney kijkt nog steeds kwaad naar me. 'Ik wil de foto's zien. Allemaal.'

'Het zijn er veel,' zeg ik. 'Het is een flink bestand.'

'Kan me niet schelen.'

Ik knik. 'Prima. Ik kan ze naar u mailen.'

'Doe dat.'

Met een laatste dodelijke blik, die ze geleerd moet hebben op de opleiding voor soapacteurs, draait Courtney zich met een ruk om en beent weg. Arthur komt naast me staan. We wachten tot ze in de lift is verdwenen.

Arthur vraagt: 'Ben je gaan kijken naar Tad Graysons vrijlating?'

'Ja.'

Even zeggen we geen van beiden iets.

'De hoofdadvocaat die door ELI was aangewezen om zijn veroordeling ongedaan te maken,' zegt Arthur, 'die werkt hier. Kelly Neumeier heet ze.'

Ik denk aan de advocate die ik voor de gevangenis heb zien spreken. 'Ik weet het.'

'Ze heeft deze zaak pro Deo gedaan.'

'Ik weet het.'

'Kelly is goed, Kierce. Moreel juist. Principieel. Ik mag haar graag.'

Dat kan me niet schelen, maar dat zeg ik niet. Ik neem de advocaat niks kwalijk. Of het systeem. Ik neem het vooral mezelf kwalijk, maar daar ga ik nu niet op in. 'De veroordeling is niet ongedaan gemaakt,' zeg ik.

'Klopt,' zegt Arthur. 'Die is nietig verklaard.'

'Dus er kan nog een nieuw onderzoek komen.'

'Dat zou kunnen,' zegt Arthur heel voorzichtig. 'Maar...'

Ik weet het. Hij weet het. Dat gaat niet gebeuren. Er is niet genoeg bewijs meer. Ze zouden hem nooit veroordeeld krijgen, en het OM durft dat niet eens te proberen. Het zou niet meer opleveren dan een onaangename herinnering voor alle betrokkenen. Het gaat ook niemand meer echt aan het hart.

Arthur leest mijn gedachten. 'Jij kunt dit niet doen, Kierce. Alles wat je zou vinden, alle bewijzen die je zou weten op te diepen, zouden door de rechter worden afgewezen.'

Ik knik. 'Ik ga maar eens.'

'Vergeet je niet iets?'

Ik wacht af.

'Het e-mailadres van Courtney Booth,' zegt Arthur. 'Wil je dat hebben?'

'Nee.'

'Je gaat haar de foto's niet sturen?'

'Ik ga haar de foto's niet sturen.'

'Daar zal ze niet blij mee zijn.'

'Dat is me duidelijk.'

'Waarschijnlijk heeft ze er recht op, wettelijk gezien.'

'Jij bent hier degene die rechten gestudeerd heeft.'

'Het is een product voor de opdrachtgever. Ze kan je voor de rechter dagen.'

Ik haal mijn schouders op en loop naar de lift. 'Dat kan er nog wel bij.'

7

Op weg naar Connecticut haal ik Debbie op. Ze wil een dagje de stad uit, en ik denk dat ik misschien haar hulp wel kan gebruiken. We volgen mijn locatiebepaling van gisteravond laat naar het weelderige landgoed van Misschien-Anna. Ik heb verder niet echt een plan. Ik overweeg om te proberen me uit te geven voor een koerier of bezorger, maar dat werkt hier vast niet. Pakketjes worden natuurlijk bij de poort afgegeven. Ik kan het terrein ook in de gaten houden vanaf de straat: ergens parkeren, wachten tot er een auto de poort door komt en die volgen. Maar ik heb zo'n vermoeden dat de politie in deze chique wijk een gebutste oude auto die van plakband aan elkaar hangt meteen zal opmerken. En dat is iets waar Debbie me bij kan helpen. Een man alleen in een auto is één ding, een stelletje is minder verdacht.

Debbie heeft het raampje opengedraaid en steekt als een golden retriever haar neus naar buiten. 'Al dat groen, ongelooflijk, hè?' zegt ze vol verwondering.

'Is er waar jij vandaan komt geen groen?'

'Niet zoals hier. Het lijkt wel of zelfs de bomen duur ruiken.'

Ik snap wat ze bedoelt.

'Kunnen we hier niet een flinke hike maken, Kierce?'

'Het is allemaal privéterrein.'

'Echt?'

'Yep.'

'Maar er moeten toch wel ergens wandelroutes zijn?'

'Vast wel.'

'Hou jij van hiken?' vraagt ze.

'Nee.'

'Waarom niet?'

'Omdat het saai is,' zeg ik. 'Te warm. Stof, modder. En dat gedoe van: "O, schat, kijk, een boom! O, en nog een! En nog een! Goh, ik ben benieuwd wat er na die bocht komt... O, wauw, zo te zien is dat nóg een boom!" Ik krijg dorst en honger en ik bedoel... oké, een eind lopen in de stad, prima, ik doe mee. Dan zie je nog mensen. Je kunt etalages kijken. Genieten van architecturale hoogstandjes, door een boekwinkel struinen of naar de vlooienmarkt op Columbus Avenue. Dat is stimulerend. Interessant.'

Debbie leunt glimlachend achterover op de stoel. 'Ik mag jou wel, Kierce.'

'Ik jou ook.'

'Toch wil ik een keer zo'n echte wandeling in de natuur proberen,' zegt ze. 'Frisse lucht opsnuiven.'

'Frisse lucht wordt zwaar overschat. Je longen worden sterk van het zware leven op straat.'

Daar moet ze om lachen. 'Wat is het plan voor vandaag?'

Ik schokschouder. 'Ik sta open voor ideeën.'

We rijden rondjes door de straten in de hoop dat ons iets te binnen zal schieten. Dat gebeurt niet meteen, maar de ervaring heeft me geleerd dat draaiende wielen vaak de radertjes in je hoofd laten meedraaien. Geduld is een schone zaak en dat soort dingen. Als je maar lang genoeg wacht, gebeurt er soms vanzelf iets.

Of misschien maak ik mezelf dat wijs omdat ik zo'n belabberde planner ben.

We zijn ruim een kwartier aan het rondrijden als ik een auto, een

Mercedes CLE cabriolet met open kap, van de oprijlaan tegenover het huis van Misschien-Anna af zie rijden. Er zitten vier jonge vrouwen in. Ze dragen zonnebrillen en glimlachen breed, en ze hebben een volkomen zorgeloze uitstraling.

'Over duur ruiken gesproken,' zegt Debbie.

'Hoe oud denk je dat ze zijn?'

'Weet ik veel, nog net scholieren, of beginnende studentes? Hoezo, heb je belangstelling?'

Ik trek een gezicht naar haar en geef een zwiep aan het stuur om het viertal te volgen.

'Heb je een plan?' vraagt Debbie.

'Ja.'

'Mag ik het ook weten?'

'Ze wonen tegenover het huis waar wij moeten zijn.'

'Ja, en?'

'Dus weten ze waarschijnlijk wie daar woont.'

'Denk je dat ze jou dat gaan vertellen?'

We volgen de auto naar de rand van de stad. De Mercedes stopt bij een soort luxueus verbouwde schuur of stal, zo'n plek waar je een winkel met duur keramiek verwacht, of van die chique schildermiddagjes met wijn. Molly is vorig jaar naar zo'n schildermiddag geweest. Ze kwam thuis met een schilderij van iets wat een landschap moest voorstellen en gaf dat aan mij. Het was spuuglelijk, en ik denk dat Molly ook wel weet dat ik het daarom in onze slaapkamer heb gehangen, en ik peins er niet over om het ooit nog van de muur te halen. Een parkeermedewerker neemt de cabriolet in ontvangst en de vier – hoe zal ik ze noemen? Meisjes? Tieners? Vrouwen? – gaan naar binnen. Ik zoek naar een aanduiding van deze plek, maar zie niets. Debbie probeert het op haar telefoon op te zoeken.

'Het heet The Ivy,' zegt ze.

'Is het een restaurant?'

Ze schudt haar hoofd. 'Een verjongingscentrum.'

'Is dat hetzelfde als een beautycentrum?'

Debbie haalt haar schouders op. Ik rijd met mijn Ford Taurus naar de parkeermedewerker. Die trekt zijn neus op en kijkt naar mijn auto alsof die zojuist uit het achterwerk van een hond is geplopt. We stappen uit en ik werp hem de sleutel toe.

'Geen krassen erop maken,' zeg ik.

Hij kijkt naar de buitenkant van mijn auto. 'Dat zou best eens een verbetering kunnen zijn,' zegt hij.

'Goeie grap. Als ik contant geld bij me had, zou ik je een fooi geven.'

'Ik kan ook een betaalverzoekje sturen.'

'We babbelen straks verder, oké?'

Debbie en ik betreden een zee van wit. De schuur heeft hoge plafonds en grote panoramaramen. Langs alle vier de wanden staan luxueuze witleren relaxfauteuils, met in het midden iets wat een cocktailbar zou kunnen zijn. De klanten dragen witte badjassen en liggen in de stoelen.

Ze hebben allemaal een infuus in de arm.

Debbie buigt zich naar me toe en zegt op fluistertoon: 'Weet je waar dit me aan doet denken?'

'Nee?'

'Aan toen mijn moeder chemo kreeg.'

Even zeg ik niks. Dit is de eerste keer dat Debbie iets loslaat wat ook maar enigszins persoonlijk is.

'Alleen is dit wel wat meer gedistingeerd.' Ze denkt even na. 'Is het meer gedistingeerd of gedistingeerder?'

'Gedistingeerder, denk ik.' Dan voeg ik eraan toe: 'Wat erg, van je moeder.' Ik wil nog vragen hoe het nu met haar moeder gaat, of ze dood is of nog leeft, of ze nog steeds chemo krijgt of in remissie is, maar Debbie schudt me af als een honkbalpitcher die ontevreden is over de gebaren van de catcher.

'Zou dit zoiets zijn, denk je?' vraagt ze. 'Chemo voor de rijken?'

'Nee,' zeg ik.

'Dat denk ik ook niet. Bij de chemo had iedereen een gelige, broze huid. Deze rijken stralen als rijken.'

Een receptioniste die onafgebroken met haar ogen knippert, alsof ze midden in een epileptische aanval zit, komt voor ons staan. 'Kan ik u helpen?'

'Mijn vader trakteert me op een behandeling,' zegt Debbie. 'Ik ben jarig.'

'Ach, wat leuk.'

Ik glimlach naar haar. De trotse vader. Vanuit mijn ooghoeken zie ik de vier meiden uit de cabrio komen aanlopen in witte badjassen. Ze worden naar vier stoelen langs de wand gebracht. Als ze onderuithangen, brengen vier vrouwen in roze doktersjassen, als verpleegsters in een kinderziekenhuis, een infuus aan in hun linkerarm. Ze drinken uit cocktailglazen met parasolletjes, iets wat eruitziet als piña colada.

'Aan het infuus,' fluister ik.

'Ja, dat is ons product,' zegt de receptioniste. Ze klinkt nu een tikkeltje neerbuigend. 'De therapie is beschikbaar vanaf achthonderd dollar.'

'Amerikaanse dollars?' vraag ik.

'Ik heb hier een brochure.'

Ze slaat hem open. Er zijn behandelingen met namen als Super Immunity en Beauty Boost en Elite Energy. Er is iets wat Myers Cocktail wordt genoemd, en HydroBlast en VeinVitalizer en Horny-Helper. Ik kijk naar Debbie en dan naar de Cabriomeiden. Debbie begrijpt mijn hint.

'Kunnen we de opties even doornemen,' zegt Debbie, en ze probeert erbij te kijken alsof ze het gênant vindt. 'Zonder mijn vader erbij?'

'O, natuurlijk.'

Ze lopen weg en laten me alleen achter. De meiden hangen allemaal in hun stoel alsof ze liggen te zonnebaden op het strand. Nu of nooit.

Ik hoor hier thuis als een sneeuwpop in een sauna. Toch zijn de blikken die het viertal me toewerpt eerder nieuwsgierig dan beschuldigend. De jonge vrouwen voeren een druk, levendig gesprek met een nauwelijks te ontwarren mengeling van jeugdige uitroepen als 'je weet toch?' en 'sus' en 'irri' en 'fitje' en veel 'oprecht'. Ze kijken pas op als ik pal naast hen sta. Ik zeg niks. Ik wacht. Het gesprek wordt niet afgebroken, het ebt eerder weg als het einde van een song. Dan begint het 'WTF'-gegiechel, en ik sta daar alleen maar te staan met mijn hartelijkste glimlach.

Het meisje dat daarstraks achter het stuur zat neemt als eerste het woord. 'Eh, wilt u iets vragen?'

'Ik ben Sami Kierce.' Ik houd mijn telefoon omhoog met de foto van het hek voor de oprit van Misschien-Anna. 'Weten jullie wie hier woont?'

Soms probeer je het subtiel, soms val je met de deur in huis.

De meiden wisselen weer blikken, maar de cabriobestuurster houdt haar ogen op mij gericht.

'Ben je van de politie, Sami Kierce?' vraagt ze.

'Vroeger wel.'

'Waarom nu niet meer?'

'Ik ben eruit gegooid.'

De andere meiden beginnen te smoezen. Ze vormen nu eerder een soort achtergrondgeluid. De bestuurster en ik zijn alleen.

'Waarom wil je weten wie daar woont?' vraagt ze.

'Meer dan twintig jaar geleden, toen ik waarschijnlijk zo oud was als jij nu bent, was ik gek op een meisje dat ik had ontmoet tijdens het backpacken in Zuid-Spanje.'

'Een zomerliefde?' vraagt een van de anderen.

'Precies.'

De andere twee zeggen vertederd 'aaah'. De bestuurster blijft strak naar mij kijken.

Ik ga door: 'Maar goed, ik was dus gek op een meisje in Spanje. En tot gisteravond dacht ik dat ze dood was.'

'Wat is er gisteravond gebeurd dan?' vraagt Bestuurster.

'Ze dook op bij de cursus die ik geef in de stad. Zodra ik haar zag, ging ze ervandoor. Ik ben haar gevolgd, maar ze verdween achter dat hek daar. Ik heb geprobeerd binnen te komen, maar haar bewakers gooiden me eruit.'

'Ach, wat lief,' zegt weer een ander meisje – de drie zijn nu voor mij één geheel geworden. Ze staren me allemaal aan met een klassieke konijn-in-de-koplampenblik. Ze hangen aan mijn lippen, willen meer weten.

Dat is zo mooi aan de waarheid: die heeft haar eigen onmiskenbare geur. Je kunt de waarheid ruiken. Authenticiteit kan de tegenpartij ontwapenen.

'Wacht even,' zegt Bestuurster. 'Hoe kan het dat je niet eens weet hoe je vriendin van vroeger heet?'

'Ze zei dat ze Anna heette.'

'Maar jij gelooft dat niet?'

Ik haal mijn schouders op.

'Weet je zeker dat het dat meisje is?'

'Dat kan ik op zich niet zeker weten. Ze is veel veranderd in ruim twintig jaar.'

'Dit is oprecht raar,' zegt een van de meisjes.

'Beetje stalkerig ook.'

'Misschien heeft ze hem gewoon geghost, zeg maar?'

'Waarom zou ze dan naar mijn cursus komen?'

'O ja, tuurlijk.'

'Wacht even,' zegt Bestuurster dan. Ze heeft felblauwe ogen die je doorboren. 'Je zei dat je dacht dat ze dood was.'

'Klopt,' antwoord ik. 'Erger nog, ik dacht dat ik misschien verantwoordelijk was voor haar dood. Ik heb tweeëntwintig jaar lang geleefd met het schuldgevoel en de zorgen. Even over dat stalken of ghosten: ik ben niet op die manier in haar geïnteresseerd. Het is lang geleden. Ik ben nu gelukkig getrouwd, we hebben pas een baby.'

Ik laat een foto van ons drieën zien op mijn telefoon. Molly had de camera op de timer gezet en daarna met een of andere app een zoetsappige regenboogachtergrond toegevoegd.

De meisjes zeggen in koor, alsof ze samen geoefend hebben: 'Ooooh!'

'Wat cute!'

'Zo zoet.'

Ze nemen de telefoon van me over en zoomen in op de foto.

'Is dat je vrouw?'

'Ja. Molly.'

'Wat is ze knap.'

'Inderdaad,' zeg ik.

'Weet ze dat je hier bent?'

'Ja. We hebben geen geheimen voor elkaar. Ik moet weten hoe het zit. Molly snapt dat.'

Ze kijken elkaar weer allemaal aan en weten niet goed wat ze moeten zeggen.

'Alsjeblieft,' zeg ik. 'Ik moet het weten. Ik wil niemand kwaad doen.'

Het meisje helemaal rechts zegt: 'Maar je moet daar niet naartoe gaan, hoor.'

'Het zijn geen aardige mensen,' zegt een van de anderen.

'Volgens mijn moeder woont er een oude gangster,' zegt Meisje Drie. 'En ze zegt dat ze iedereen neerschieten die hem komt zoeken.'

'Nee,' zegt Meisje Rechts. 'Er woont een rijke Rus die behangen is met kettingen.'

Bestuurster gaat met een zucht rechtop zitten. 'Gardenia, heb je even?'

Een van de vrouwen in de roze doktersjassen komt achter de ronde infuusbar vandaan. Bestuurster wijst naar het infuus in haar arm. Gardenia bevestigt dat aan een metalen paal met vijf wieltjes eronder en twee haken aan de bovenkant. Bestuurster staat op en gebaart me mee te komen.

'Zoals je kunt zien,' zegt ze met een blik achterom naar haar vriendinnen, 'doet de familie die daar woont hard z'n best om de privacy te bewaken.'

'Dus het zijn geen rijke Russen of gangsters?'

'Nee.' Ze slaat haar ogen neer en bijt op haar onderlip. 'Maar ze hebben een goede reden voor die privacy.'

'En die is…?'

'Het gezin heeft een hoop ellende meegemaakt. De vrouw die jij hebt gezien, je vriendin uit Spanje?'

'Wat is daarmee?'

'Hoe oud is ze?'

'Ongeveer van mijn leeftijd.'

Ze trekt wit weg. 'Dan nog.'

'Dan nog wat?'

'Het kan ook iemand geweest zijn die daar werkt. Een huishoudster of tuinvrouw.'

'Dat denk ik niet,' zeg ik.

'Waarom niet?'

'Ik probeerde door het bos naar het huis te sluipen. Voordat de bewaking me betrapte, zag ik Anna boven in een van de slaapkamers. Ik bedoel, misschien was ze die gewoon aan het afstoffen of zo, maar het was 's avonds laat.'

'Dan nog,' zegt ze weer. 'Dan nog hoeft ze het niet te zijn geweest.'

'Wie niet?'

'Ik bedoel, niemand weet zeker of ze daar echt woont.' De woorden komen nu snel. Bestuurster is veel beheerster, veel volwassener dan daarnet. 'Maar dat heb ik van mijn ouders gehoord. Ik heb haar zelf nooit gezien. Niemand, volgens mij.'

'Je gaat te snel,' zeg ik. 'Haal even diep adem.'

'Nee. Als ik langzamer ga, als ik er te lang over nadenk, dan vertel ik het je niet meer. Dan krabbel ik terug. De mensen die daar wonen…'

'Wat is daarmee?'

'Het is de familie Belmond.'

Het voelt alsof de lucht plotseling uit de ruimte wordt weggezogen. Haar ogen blijven op de mijne gericht.

Bijna doe ik een stap terug. 'Belmond,' herhaal ik. 'Van…?'

Ze knikt. 'Victoria Belmond. Het meisje dat jij Anna noemt zou best eens Victoria Belmond kunnen zijn.'

8

Ik weet gewoon niet wat ik moet zeggen.

'En?' zegt Debbie als we weer buiten staan. 'Wat is er gebeurd?'

Ik geef geen antwoord. We halen mijn auto op bij de parkeerdienst. Mijn hoofd tolt als ik de motor start. Aan het einde van de straat stop ik langs de kant van de weg en pak mijn telefoon.

'Kierce?'

Ik open de WhatsApp-groep No Shit Sherlock. Ik heb de contactgegevens van achtentwintig cursisten. Dat aantal breng ik terug tot de tien die ik beschouw als mijn beste leerlingen: de Pink Panthers, Golfer Gary, Joggingpak Larry, Debbie en een paar anderen. Deze nieuwe groep noem ik No Shit Elite.

Met enigszins trillende hand tik ik een bericht:

Geheime les vanavond om 21 uur.
Groepsproject. We gaan proberen een van de beroemdste cold cases van de eenentwintigste eeuw op te lossen: de ontvoering van Victoria Belmond. Van alle cursisten wordt verwacht dat ze de zaak onderzoeken en straks met feiten, bewijzen en theorieën komen.

Als ik op 'verzenden' druk, hoor ik een ping. Dat is Debbies telefoon. Ze leest het bericht.

'Wat krijgen we nou, Kierce?'

Ik sta nog te dubben wat ik daarop moet zeggen als mijn telefoon gaat. Het is Arthur van White Shoe. Ik druk een vinger tegen mijn lippen om aan te geven dat Debbie stil moet zijn. Ze knikt dat ze het begrijpt. Ik neem op.

'Zeg het eens.'

'Je moet naar kantoor komen.'

'Je klinkt gespannen, Arthur.'

'Hoe laat kun je hier zijn?'

'Luister, als Courtney Booth kwaad is omdat ik die foto's niet heb gestuurd...'

'Dat is het niet.'

'... dan kan ik er wel een paar uitzoeken waarop niet te zien is wat ik niet wil laten...'

'Het gaat niet over de scheiding van Booth, Kierce.'

'Wat is er dan?'

'Kelly Neumeier is hier.'

De advocate die Tad Grayson vrij heeft gekregen.

'Ja, en?'

'En zij heeft me gevraagd jou te bellen. Ze is hier met Tad Grayson.'

'En met "hier" bedoel je...?'

'Bij ons op kantoor. Tad Grayson wil je spreken.'

Tad Grayson zit in dezelfde stoel waar Peyton Booth nog maar een paar uur geleden zat. Scheidende echtelieden. Politiemoordenaars. Het kan hier blijkbaar allemaal. Tads handen – de handen die mijn verloofde hebben omgebracht – liggen gevouwen op de lange vergadertafel. Hij houdt zijn blik er strak op gericht. Kelly Neumeier strijkt haar grijze kokerrok glad en gaat achter hem lopen ijsberen.

Ik sta met Arthur achter het ruitje in de deur. Ze hebben ons nog niet gezien.

'Ik ga met je mee naar binnen,' zegt Arthur.

'Waarom?'

'Iemand moet je bijstaan.'

'Waarom zou ik bijstand nodig hebben?'

'Uit overdreven voorzichtigheid.'

'Je bent bang dat ik domme dingen ga doen.'

'Zeker. Maar ik wil vooral niet' – Arthur haalt losjes zijn jonge schouders op – 'dat je daar in je eentje naar binnen gaat. Ik wil gewoon dat er iemand bij je is, snap je?'

Ik knik ten teken dat ik het begrijp en ben hem dankbaar. We proberen allebei luchtig te doen over iets wat allesbehalve luchtig is. Mijn hart gaat tekeer. Ik wil dat het bedaart. Als ik de deurklink beetpak, probeer ik dat nonchalant te doen, maar ik ben niet meer met dit monster in één ruimte geweest sinds ik in de rechtbank tegen hem getuigde. Ik ben niet naar de uitspraak gegaan. Niet naar het vonnis. Deze man heeft mijn verloofde vermoord. Ik voelde uiteraard een enorme woede. Ik had hem willen verscheuren, op meerdere manieren. Maar destijds voelde ik ook nog iets anders wanneer ik bij Tad Grayson in de buurt was: angst. Een onduidelijke, vage angst. Ik weet niet of die werd veroorzaakt door zijn overduidelijke psychose of door mijn persoonlijke omstandigheden – of liever gezegd: datgene waartoe ik in staat was, wat ik hem zou kunnen aandoen. Ik heb dat nooit meer ervaren na mijn vertrek uit die rechtszaal, maar nu, terwijl ik de deur opendoe en Tad Grayson naar me opkijkt, is die angst er weer.

Kelly Neumeier is de eerste die het woord neemt. 'Fijn dat u kon komen, meneer Kierce.'

Ik zeg niks. Arthur torent boven me uit als een uit de kluiten gewassen struik onkruid. Hij blijft pal naast me staan. Buigt zich zelfs een beetje naar me toe om te laten merken dat hij er voor me is. Het stelt me gerust, wat me enigszins verrast.

Neumeier komt met uitgestoken hand naar me toe.

'Laten we dat niet doen,' zeg ik.

Ze blijft staan, kijkt naar haar hand, trekt hem terug. 'Zullen we gaan zitten?'

'Nee,' zeg ik.

Ik kijk naar Tad Grayson. Hij slaat eindelijk zijn ogen op. Als onze blikken elkaar kruisen, voel ik de angst ontwaken in mijn borst; het begin van een sluiptocht die ademen moeilijk maakt. Tads ogen zijn niet zwart – ik zie gevangenisgrauw waar ooit blauw was – maar ze voelen zwart. De temperatuur in de ruimte daalt. Ik doe hard mijn best om niet met mijn ogen te knipperen, om hem te blijven aankijken, maar ik voel dat iets in mijn binnenste hevig begint te trillen.

Mijn toon is snauwerig. 'Wat moet je, Tad?'

'Ik heb haar niet vermoord.'

'Ja, ik heb je persconferentie gehoord. Je hebt dingen gedaan waar je niet trots op bent. Je hebt afschuwelijke appjes gestuurd, waaronder de mededeling dat je haar een kogel door de kop ging jagen. Maar je hebt haar niet vermoord. Wil je verder nog iets aan me kwijt?'

'Mijn veroordeling,' zegt Tad traag, 'is nietig verklaard. Niet verworpen.'

'Maar... laat me raden. Je wilt je naam zuiveren.' Mijn woorden druipen van het sarcasme. 'Want jeetje, je hebt het niet gedaan en de moordenaar loopt nog vrij rond!'

Tad knippert niet eens met zijn ogen. 'Ja,' zegt hij. 'En nee.'

Ik kijk op naar Arthur alsof ik wil zeggen: *Het is toch niet te geloven, dat gelul?* Dan richt ik me weer tot onze tegenstanders. 'Tad, met wat voor bullshit je ook komt aanzetten, ik trap er niet in. En ik denk dat je advocaat hier...' – ik wijs naar Kelly Neumeier – 'er ook niks van gelooft. Voor haar draait het niet om schuldig of onschuldig. Ze weet dat je het hebt gedaan. Het gaat om procedurefouten en wat zij beschouwt als misstanden bij de politie.'

Dat bevalt Kelly Neumeier niet. 'Spreekt u alstublieft niet namens mij, meneer Kierce.'

'Jij bent degene die mij hierheen heeft laten komen.'

'Precies,' zegt ze. 'Denkt u dat ik dat gedaan zou hebben als ik niet geloofde dat wat de heer Grayson wil zeggen gegrond is?'

'In dat geval bied ik je mijn excuses aan, mejuffrouw Neumeier. Kennelijk had ik je motieven verkeerd begrepen. Hij heeft jou ook omvergepraat.'

'Daar gaat het hier niet om,' zegt Tad.

'En waar gaat het dan wel om, Tad?'

'Mijn veroordeling is nietig verklaard, niet verworpen.'

'Ja, dat zei je al.'

'Dat betekent,' zegt hij, 'dat ik opnieuw voor de rechter gedaagd zou kunnen worden.'

'En om die reden,' voegt Neumeier eraan toe, 'heb ik mijn cliënt geadviseerd om niets tegen u te zeggen. Het maakt hem onnodig kwetsbaar. Ik heb hem geadviseerd zich op de vlakte te houden en misschien zelfs te verhuizen, op z'n minst tijdelijk. Nu het op niet-legale wijze verkregen bewijsmateriaal onontvankelijk is verklaard, is hij een vrij man. Momenteel is er geen aanleiding voor een nieuwe rechtszaak, laat staan een veroordeling, dus als mijn cliënt het advies van zijn raadsvrouw opvolgt en gewoon zijn mond houdt, blijft hij een vrij man. Maar ondanks dat alles negeert meneer Grayson mijn goede raad en staat hij erop met u te praten.'

Tad werpt me weer die smekende blik toe. 'Ik heb het niet gedaan, Kierce, en ja, ik weet dat je me niet gelooft. Ik zou graag willen dat het anders was, maar ergens kan het me ook niet schelen.'

'Wat wil je dan van me?'

'Ik wil dat je me helpt de moordenaar van Nicole op te sporen.'

'Gebruik haar naam niet.' Ik voel nu de woede. 'Waag het niet nog ooit haar naam uit te spreken.'

'Ik zal al je vragen beantwoorden,' ratelt Grayson verder. 'Je mag me aan de leugendetector zetten.' Hij staat langzaam op uit zijn stoel en komt houterig naar me toe gelopen. Als een oud mannetje. Dat vind ik fijn. Ik vind het fijn dat hij zwak en verslagen is. Sjokkend komt hij dichterbij. Ik maak een vuist. Het liefst zou ik hem slaan. Tegelijk wil ik een stap terug doen, maar ik wil geen angst tonen. Dus blijf ik waar ik ben. Ik houd stand. Ik laat Tad Grayson recht op me afkomen, face to face, zo dichtbij dat ik het bederf kan ruiken dat van hem af straalt.

'En weet je wat voor jou het allermooiste is?' zegt Tad Grayson tegen me. 'Als de nieuwe bewijzen die we vinden naar mij wijzen, nou, dan kun je dat gebruiken om me weer voor de rechter te slepen. Wil je de moordenaar achter de tralies hebben? Mooi. We gaan hem zoeken. En mocht ik toch de moordenaar blijken te zijn...' – hij spreidt zijn handen – 'dan weet je dat ook. Een nieuwe kans, Kierce. Je enige kans om genoeg bewijs te verzamelen om mij weer achter de tralies te krijgen.'

Iedereen staat daar maar, alle ogen zijn op mij gericht.

'De technische recherche heeft jouw illegaal aangeschafte Walther PPK aangewezen als het moordwapen,' zeg ik, omdat ik een stomkop ben en ik het niet kan laten. 'Hoe verklaar je dat dan?'

'Ik weet het niet.'

'Je hebt in de cel tijd zat gehad om daarover na te denken. Geen theorieën?'

'Alleen de voor de hand liggende: de moordenaar heeft dat wapen van me gestolen om mij erin te luizen.'

'Het pistool dat jij onder een valse naam hebt gekocht op een wapenbeurs in Pennsylvania?'

'Ja.'

'In vermomming. Waarbij je hard je best deed je sporen te wissen.'

'Ja.'

'Een week voor de moord op Nicole – en de dag nadat je had gedreigd haar een kogel door het hoofd te schieten?'

‘Ja.’

‘Een wapen – een Walther PPK om precies te zijn – dat ver van je huis is gedumpt, op zo’n manier dat niemand het naar jou zou kunnen herleiden?’

Voor het eerst glimlacht Grayson. ‘O, dat is niet waar.’

‘Wat is niet waar?’

‘Je zegt dat niemand het wapen naar mij kon herleiden.’ Zijn grijns, met die minuscule TicTac-tandjes, wordt breder. ‘En toch is het de politie op de een of andere manier gelukt. Gek, vind je niet?’

Daar staan we dan. Wij tweeën. Aan de rand van de afgrond.

‘Op de een of andere manier,’ vervolgt Grayson, ‘is de politie erin geslaagd het wapen te vinden en te achterhalen dat ik de eigenaar was, ook al had ik me, zoals jij het noemt, vermomd en had ik mijn sporen gewist.’

Ik heb zijn verklaring voor dat alles al gehoord. Zijn absurde verhaal luidde dat de timing puur toeval was, dat hij al maanden van plan was geweest om op deze manier (illegaal) een wapen aan te schaffen, omdat hij al eens veroordeeld was geweest en hij door de strenge wapenwet in New Jersey geen wapen kon kopen, terwijl het dragen daarvan in zijn ogen een grondrecht was. En ja, die sms waarin hij Nicole met de dood bedreigde was een fout van hem, vreselijk, dat gaf hij toe, maar misschien was het idee om dat bericht te versturen wel onbewust in zijn hoofd geplant doordat hij onderweg was naar die wapenbeurs. Toen hij het dreigement verstuurde, was hij net aan het tanken voor zijn tocht over de grens om die Walther PPK te kopen. Dus dat moest het dan verklaren.

Jawel, dat was zijn belachelijke verweer.

Onnodig te vermelden dat de jury dit niet geloofde.

‘Als we niks doen,’ zegt Tad Grayson nu, ‘dan weten we de uitkomst: de moordenaar blijft op vrije voeten. Dan komt er nooit gerechtigheid voor… voor haar. Of voor jou. Of misschien voor mij. Als we op onderzoek uitgaan, zijn er drie mogelijkheden. Eén: er verandert niks. Twee: je verzamelt voldoende bewijsmateriaal om iemand anders te veroordelen. Of drie: je vindt genoeg bewijs om mij opnieuw te veroordelen.' Hij probeert weer mijn blik te vangen, maar ik ben niet in de stemming. Ik doe een stap achteruit. 'In geen van de gevallen zie ik in wat voor jou het risico zou zijn.'

'Het risico,' zeg ik, 'is dat ik met jou in één ruimte moet verblijven.'

Dat staat Neumeier niet aan. 'Is dat een dreigement?'

Arthur zegt: 'Zeker niet. Het is volkomen begrijpelijk dat mijn cliënt walgt van het idee zich in één ruimte te moeten bevinden met de man die zijn verloofde heeft vermoord en die kortgeleden is vrijgekomen wegens een vormfout.'

'Het was geen vormfout,' werpt Neumeier tegen. 'Het hof is van mening dat het meeste bewijs tegen de heer Grayson dat door de politie is aangedragen, onder anderen door voormalig rechercheur Kierce, op onrechtmatige wijze is verkregen.'

'Dat is niet hetgeen er is bewezen,' werpt Arthur tegen. 'De zaak die jullie aanvoerden was de keerzijde van een oneigenlijke tegenwerping. Rechercheur Kierce is beschuldigd van ongeoorloofd gedrag in één specifieke situatie, en jullie beweerden dat hij dus ongeoorloofd gehandeld zou hebben in elke zaak onder zijn leiding. De beslissing van het hof was onredelijk.'

Kelly Neumeier begint pissig te worden. 'Meen je dat nou, Arthur? Moet ik je eraan herinneren dat je nog steeds nog maar junior partner...'

Ik ben het helemaal zat. Fel val ik haar in de rede. 'Zijn we klaar hier?'

Niemand weet hoe ze daarop moeten reageren.

'Weet je wat?' zeg ik. Ik kijk naar de schim van de man die Tad Grayson ooit was. 'Als jij ook maar enig bewijs kunt leveren dat wijst op iemand anders dan op jou, zal ik naar je luisteren. Tot die tijd moet je opsodemieteren.'

Arthur loopt mee naar de lift. Hij drukt op de knop om naar beneden te gaan en wacht op mij.

'Bedankt,' zeg ik.

Arthur knikt. Er trekt een schaduw over zijn gezicht.

'Wat is er?'

'Niet kwaad worden, hè.'

'Zeg op.'

'Ik geloof hem eigenlijk wel.'

'Psychopaten kunnen goed liegen.'

'Ja, dat weet ik.'

De lift gaat met een ping open.

'Kierce?'

'Ja?'

'Je bent een heel goede rechercheur. Als Grayson inderdaad de moordenaar is, kom jij daar vanzelf achter, dus ik snap niet goed waarom je hem niet wilt "helpen"' – Arthur vormt aanhalingstekens in de lucht – 'met dat onderzoek.'

De lift is verder leeg. Daar ben ik dankbaar voor. Ik stap naar binnen en laat zonder nog een woord te zeggen de deuren dichtgaan.

9

Op de eerste PowerPoint-dia is te lezen: *De ontvoering van Victoria Belmond.*

De Pink Panthers beginnen. We zitten in ons badhuislokaal. De lichten zijn uit. Golfer Gary heeft een geavanceerde projector meegebracht, en de drie Pink Panthers gebruiken de grijzig witte betonnen muur als scherm.

De hoofd-Pink Panther is Polly, een buitengewoon lange, magere vrouw. Ze draagt een donkergeel joggingpak, dat haar in combinatie met haar roze geverfde korte grijze stekeltjeshaar een beetje de aanblik geeft van een reusachtig HB-potlood. Pink Panther Polly zou ook Potlood Polly kunnen heten.

Ik ben goed in bijnamen.

Polly heeft een prima, heldere spreekstem. Ik gok dat ze vroeger veel presentaties heeft gegeven. 'Victoria Belmond, dochter van de gefortuneerde familie Belmond, was een middelbarescholier van zeventien jaar toen ze op 31 december 1999 verdween van een nieuwjaarsfeest. Ze had samen met een stel schoolvriendinnen een zaaltje gehuurd boven McCabe's Pub in de East Village.'

Lenny onderbreekt haar. 'Hé, daar heb ik ooit gekotst.'

'Ik ook,' zegt Gary. 'Een enorme straal. Vol tegen de jukebox.'

'Jongens,' zeg ik.

Polly laat zich niet van haar stuk brengen. 'Victoria is voor het laatst gezien op de bewakingscamera toen ze om 23.17 uur de bar verliet.'

Een van de andere Pink Panthers – ik ben haar naam vergeten – klikt met de muis. We hebben allemaal onze ogen op de betonnen muur gericht als er een wazig zwart-witbeeld verschijnt. Zo te zien hing de camera, zoals klaarblijkelijk alle bewakingscamera's, hoog boven haar hoofd.

'Belabberde kwaliteit,' zegt Golfer Gary.

'De toegepaste technologie was oud,' zegt Polly. 'De beelden zijn afkomstig van een videoband. Er zijn zelfs mensen die denken dat zij het helemaal niet is.'

'Het gezicht is niet te zien,' zegt Lenny.

'Nee,' zegt Polly, 'maar dit is wel de kleding die ze aanhad. En zo droeg ze haar haar. De lengte klopt. Haar vriendinnen zeggen dat zij het is, dus de politie lijkt er tamelijk zeker van te zijn dat dit de laatste keer is dat Victoria Belmond is gezien voor haar verdwijning.'

Golfer Gary steekt zijn vinger op alsof hij toestemming vraagt om iets te zeggen. Ik kijk hem fronsend aan, en hij laat zijn hand zakken. 'Er zit me iets dwars,' zegt Gary.

'Wat dan?'

'Oké, om te beginnen was dit niet zomaar een jaarwisseling. Het is een millenniumparty.'

'Ja, en dus?'

'Weet je nog wat voor avond dat was?'

De jonge influencers kijken ons met holle blikken aan, alsof we het over het presidentschap van Eisenhower hebben.

'Ik bedoel, het was echt een big deal,' gaat Gary verder. 'Het einde van de jaren 1900. Van de jaren 1000 eigenlijk. Niet alleen het begin van een nieuwe eeuw, maar van een compleet nieuw millennium. Y2K en zo. Zoals Prince al zong: *We're gonna party like it's 1999*. Er werd vol spanning naartoe geleefd. Iedereen was klaar voor het feest van z'n leven.'

'Ja, en dus?' zeg ik om niet af te dwalen.

'En dus,' vervolgt Gary, 'huurden Victoria Belmond en haar rijke vriendinnen – de meeste waren waarschijnlijk te jong om alcohol te mogen drinken – een zaaltje boven een bar zodat ze helemaal los konden gaan tijdens een gebeurtenis die maar eens in de duizend jaar voorkomt. En wat doet Victoria?' Gary wijst naar het beeld van de projector. 'Ze vertrekt zomaar in haar eentje, drieënveertig minuten voor het grote aftellen gaat beginnen. Ben ik nou de enige die dat gek vindt?'

Instemmend gemompel.

'Goed punt,' zeg ik. Ik kijk weer naar Polly en knik om aan te geven dat ze door kan gaan.

'Dat zijn de laatste beelden die we van Victoria Belmond hebben,' zegt ze. 'Geen enkele geloofwaardige bron herinnert zich haar nog gezien te hebben na dit moment. Misschien heeft ze een taxi genomen. Misschien is ze in een trein gestapt of gaan liften. Of misschien heeft iemand haar daar ter plekke meegenomen. Niemand die het weet. Zelfs nu nog, vandaag de dag. Na die tijd is er geen geld gepind, geen creditcard gebruikt, niks. Het is alsof Victoria Belmond van de aardbodem is verdwenen.'

Het is even stil in het lokaal. Lenny verbreekt de stilte.

'Wanneer is Victoria als vermist opgegeven?' vraagt hij.

'Dat was deels het probleem,' zegt Polly. 'Aanvankelijk had niemand door dat ze weg was. Haar vader en moeder zijn die avond voor een paar dagen naar Chicago vertrokken. Victoria heeft één broer, Thomas, die destijds drieëntwintig was. Hij was bij zijn vriendin. Het personeel had die avond vrij. Kort gezegd heeft niemand gecontroleerd of Victoria er was, dus niemand weet of ze die nacht is thuisgekomen of niet. De volgende dag hetzelfde verhaal. En de dag erna. Er was niemand thuis. Toen het personeel terugkwam, namen ze aan dat Victoria bij een van haar schoolvriendinnen logeerde. Zelfs toen haar ouders terugkwamen uit Chicago vroegen ze zich wel af waar ze was, maar omdat ze altijd haar eigen gang ging, was niemand echt bezorgd. Haar vriendinnen hadden een paar skihutjes gehuurd in Cornwall om het nieuwe jaar in te luiden, en haar familie ging ervan uit dat ze daar ergens was.'

'Wanneer werd de politie ingeschakeld?'

'Op de avond van 5 januari. En zelfs toen was het niet erg dringend. De vader, Archie Belmond, leek een beetje bezorgd, maar de moeder – Talia, heet ze – dacht dat Victoria zich waarschijnlijk opzettelijk voor hen schuilhield. Ze hadden ruzie gehad voordat ze naar dat feest vertrok.'

'Waarover?'

'Over haar studie. Victoria had aanvankelijk gekozen voor Tufts University, voornamelijk omdat haar beide ouders daar gestudeerd hebben en ze het instituut bakken met geld hadden geschonken. Maar Victoria ging liever reizen, zei ze. Misschien zou ze zelfs helemaal niet gaan studeren. Haar moeder ging door het lint, voor zover wij weten.'

'Een doodgewone familieruzie,' zegt Gary.

'Dat was het probleem. Niemand maakte zich echt zorgen om haar. Als er al aanwijzingen waren, dan verdwenen die met de dag. Het andere punt waardoor er niks aan de hand leek te zijn, is dat de familie berichten ontving van Victoria's telefoon, ogenschijnlijk van haarzelf. Vage berichten.' Er verschijnt een nieuwe dia, en Polly leest de tekst hardop voor. 'Eentje luidt: "Gelukkig nieuwjaar" en een andere: "Alles oké, tot gauw." In een andere sms stond: "Onverwacht met C op reis, over een week terug."'

'Wie is C?' vraagt Lenny.

'Dat wist eigenlijk niemand. Victoria had twee vriendinnen die Chloe heetten, eentje heette Caroline en een Cora. Het was kerstvakantie en in die kringen, mensen met geld... Ik weet niet, het was blijkbaar niet verontrustend.'

'Of de ouders waren nalatig,' zegt Gary.

'Ja, dat zou kunnen,' zegt Polly. 'Ik wil nu geen oordeel vellen. Ik geef gewoon de feiten zoals we die kennen.'

'En dat doe je goed.' Ik steek mijn duim naar haar op.

'Dank je wel.'

'Die berichten kwamen niet van Victoria,' zegt Lenny. 'Ze waren verstuurd door de ontvoerder.'

'Dat is de meest waarschijnlijke theorie, ja. Maar de sms'jes hebben wel bijgedragen aan de vertraging en verwarring. De ontvoering was in veel opzichten de perfecte misdaad. Iedereen was afgeleid door het grote oud-en-nieuwfeest en de zorgen om Y2K. Haar ouders waren weg. Haar broer was bij zijn vriendin. Het was vakantie, dus leerkrachten misten haar niet. Al met al heeft het vijf dagen geduurd voordat Victoria als vermist werd opgegeven, en zelfs toen namen weinig mensen het heel serieus – om alle redenen die we net hebben doorgenomen. Maar toen de dagen weken werden, begon iedereen zich steeds meer zorgen te maken, tot...'

Polly knikt. De andere Pink Panther klikt op de afstandsbediening en er verschijnt een lege dia.

'... er niks meer was.'

Polly zwijgt om het effect te vergroten en laat ons naar het lege scherm staren. Dan neemt ze opnieuw het woord. 'Geen aanwijzingen. Niemand die haar had gezien. Geen getuigen. Geen spoor van Victoria Belmond. De weken werden maanden. Haar vermissing werd een legende. De truecrimedocumentaire *Vanishing Victoria* was een groot succes. *48 Hours* bracht een twee uur durende special over de Y2K-verdwijning van een rijke jonge vrouw. Die was te zien bij *20/20*, bij ID Network. Zodra er iets nieuws op tv kwam, ontstond er commotie en was er altijd wel iemand die beweerde Victoria gezien te hebben op een vliegveld of op een strand of iets dergelijks, maar het leverde nooit wat op. En de tijd verstreek.'

Ze klikken door naar een dia met de tekst: *Een jaar.*

Een klik naar de volgende: *Vijf jaar.*

Een klik naar de volgende: *Tien jaar.*

De Pink Panthers hebben gevoel voor drama, maar het effect is behoorlijk heftig. Er valt een respectvolle stilte in het lokaal. Polly blijft staan om naar onze reacties te kijken.

Golfer Gary schudt zijn hoofd. 'Ik heb dochters,' zegt hij.

Lenny: 'Denk je eens in...'

Debbie: 'Die arme familie.'

'Iedereen gaf de hoop op,' zegt Polly. 'De pijn werd te erg. De familie trok zich terug uit het openbare leven. In het begin hadden ze nog veel steun gekregen, maar na verloop van tijd kwamen de mensen met afschuwelijke beschuldigingen.'

'Wat voor afschuwelijke beschuldigingen?' vraagt Debbie.

'Dat de familie iets te maken zou hebben met wat er met Victoria gebeurd was.'

'Wát?'

'Belmonds bedrijf raakte verwikkeld in een paar onfrisse schandalen. Er waren mensen die daar hardop hun vragen bij hadden, en ze beweerden dat Victoria de vuile was had willen buitenhangen.'

'Over haar familie?'

'Ja,' zegt Polly. 'Opeens sloegen die geruchten aan en werden ze verspreid. De reis naar Chicago van haar ouders was last minute. Misschien waren ze erheen gegaan om een alibi te hebben. Haar broer Thomas had nogal een turbulent verleden: van school gestuurd, een ingetrokken aanklacht wegens geweldpleging, te vaak dronken achter het stuur. Hij had haar die avond afgezet in de stad, dus sommige mensen vroegen zich af of hij er iets mee te maken had. De vader van Victoria's vriendje werkte voor de Belmonds. Waarom had hij niet gemerkt dat ze was verdwenen van het feest? Victoria woonde in een welvarende wijk en kende alle geheimen van de rijkelui daar, dus misschien had iemand haar het zwijgen moeten opleggen. Voor zover wij het kunnen beoordelen nam de politie de theorieën niet erg serieus. Het was vooral voer voor de roddelbladen.'

'Wat voor theorieën waren er nog meer?' vraagt Gary.

'De gebruikelijke. Ik denk dat de politie er na een paar weken van uitging dat Victoria dood was. Dat ze meteen was vermoord en haar lichaam was gedumpt in de rivier of begraven in het bos. Of misschien werd ze nog vastgehouden door haar ontvoerder, ergens ondergronds. Dat soort dingen. Anderen meenden dat Victoria er zelf achter zat. Ze had ruzie met haar moeder, dus zou ze weggelopen zijn.'

Ik ga staan. 'Er wordt flink getheoretiseerd,' zeg ik. 'Wie herinnert zich ons Sherlock-citaat over theoretiseren nog?'

Debbie steekt een hand op en zegt zonder aarzelen: 'Het is een kapitale vergissing om te theoretiseren voordat men gegevens heeft. Onbewust begint men feiten te verdraaien om theorieën te laten kloppen, in plaats van theorieën aan te passen aan de feiten.'

We kijken haar allemaal aan, verbluft door haar geheugen.

'Heel goed, Debbie,' zeg ik. 'Dus laten we niet in die val lopen. Laten we nog wat extra feiten bekijken.' Ik kijk naar Polly. 'Wat gebeurde er verder?'

Polly knikt naar de andere Pink Panther. Ik wou dat ik nog wist hoe ze heet. De volgende dia komt in beeld. Het is een foto van een ouderwetse *diner* die rechtstreeks afkomstig lijkt te zijn van een Norman Rockwell-schilderij in de stijl van Edward Hopper. 'Dit is de Nesbitt Station Diner in Briggs, in Maine. In Briggs is weinig méér te vinden dan een zwaarbeveiligde penitentiaire inrichting. Op 18 maart 2011, elf jaar en bijna vier maanden na de verdwijning van Victoria Belmond uit McCabe's Pub in Manhattan, werd de FBI gebeld door iemand die beweerde serveerster te zijn in de diner; zij zei dat aan een tafel in een hoek een vrouw zat die haar deed denken aan de vermiste Victoria Belmond. De FBI nam de melding niet erg serieus, maar belde wel de plaatselijke politie. Er waren twee agenten die toevallig toch al daar zaten te eten, dus ze namen een kijkje bij de vrouw die in haar eentje in de hoek zat. Ze vroegen wie ze was en wilden haar identiteitsbewijs zien. Maar de jonge vrouw kon of wilde niet praten. Ze kwam op de agenten catatonisch over. Haar hoofd was kaalgeschoren. Ze vroegen haar vriendelijk haar zakken leeg te maken. Daar zat maar één ding in...'

Polly slikt moeizaam en knikt. Er verschijnt een nieuwe dia.

'Dit.'

Het is een vergeelde bibliotheekkaart met drie kolommen, zo een die we gebruikten in mijn jeugd, en toen waren ze al gedateerd. Je ging met je boek naar de balie. De bibliothecaresse zette een stempel met de datum in de linkerkolom. Ze herinnerde je eraan dat je tien cent boete moest betalen voor elke dag dat je het boek te laat inleverde. Dan schreef je je naam in de middelste kolom. Als je het boek terugbracht, stempelde de bibliothecaresse de inleverdatum in de rechterkolom.

Op deze kaart, te zien op de dia, heeft iemand onder 'auteur' getypt:

Belmond, Victoria

De volgende regel was de boektitel:

Gevangen

Daaronder staan, zoals ik net heb verteld, drie kolommen.

Helemaal links de inleverdatum. Iemand had daar gestempeld:

31 januari 2000

In die tijd mocht je het boek een maand houden. Deze datum, 31 januari 2000, was precies een maand na de verdwijning van Victoria.

In het midden, waar de naam van de lener moest staan, had iemand gekrabbeld:

De bibliothecaris

En dan de laatste kolom, 'teruggebracht op':

18 maart 2011

Dat was de datum van die dag, ruim elf jaar na de verdwijning van Victoria.

Daaronder stond, in een kriebelig handschrift: *Ik weet dat ik een dikke boete zou moeten betalen, maar het was een heel mooi boek. Sorry dat ik te laat ben.*

Nog meer stilte. De temperatuur in het lokaal is zeker tien graden gedaald.

Na een hele poos mompelt iemand: 'Mijn god.'

Dan zegt Lenny: 'Man, dat is echt gestoord.'

Polly vervolgt op gepast zwaarmoedige toon: 'De politie laat de ouders komen. Victoria Belmond was zeventien toen ze vertrok. Als dit Victoria is, zou ze nu achtentwintig moeten zijn. Maar de vrouw praat nog steeds niet. Ze is vrijwel catatonisch. Maar zodra ze haar ouders en haar broer ziet, begint ze onbeheerst te snikken. Niemand kan haar troosten. Niemand krijgt haar aan het praten. Als ze door artsen grondig onderzocht wordt, vinden ze tekenen van trauma en misbruik, maar ze laten niets specifieks los. Ze is zeven kilo lichter, maar dat is niet echt raar. Aanvankelijk staan sommige instanties zelfs wantrouwend tegenover haar.'

'In welk opzicht?' vraagt Lenny.

'Dat ze misschien de boel belazert. Rijke familie, vermist meisje keert plotseling terug. Eerlijk is eerlijk, dat is al vaker gebeurd.'

'Ik herinner me zo'n zaak in Texas,' zegt Gary.

'Nicholas Barclay, ja,' zegt Polly. 'En die jongen was maar drie jaar vermist. Victoria was elf jaar weg geweest, en aanvankelijk twijfelde zelfs haar eigen familie of ze het wel was. Vooral de vader, meen ik. De moeder niet.'

'Waarom werd er geen DNA-test afgenomen?'

'Dat is wel gebeurd,' zegt Polly. 'Daarom zei ik "aanvankelijk". In die tijd duurde het een paar dagen voor de uitslag van zo'n test er was, dus ze leefden even in grote twijfel, maar uiteindelijk bevestigde de DNA-test dat de jonge vrouw die was aangetroffen bij de Nesbitt Station Diner inderdaad Victoria Belmond was.'

Stilte.

Gary richt zich tot mij. 'Eén ding snap ik niet,' zegt hij.

'Zeg het maar.'

'Het was elf jaar geleden, haar hoofd was kaalgeschoren. Ze was afgevallen. Haar eigen familie herkende haar amper. En dan merkt een willekeurige serveerster haar op en doet een melding?'

'Dat is een goed punt,' zegt Polly. 'Had verder nog iemand daaraan gedacht?'

'Wij ook,' zegt een van de jonge influencers; het is de eerste keer dat ze hun mond opendoen. 'Geen enkele serveerster gaf toe gebeld te hebben. Wij denken dat het de ontvoerder geweest moet zijn.'

'Alleen blijkt uit de gegevens dat het een vrouwenstem was.'

'Misschien was de bibliothecaris een vrouw?'

'Of het was een vrouw die met de bibliothecaris samenwerkte. Of de beller heeft een stemvervormer gebruikt. De techniek was toen al goed genoeg om een zware mannenbas te laten klinken als een klein meisje.'

Ik probeer ze weer bij de les te krijgen. 'En toen, Polly?'

'We weten verder niet zoveel. Uiteindelijk ging Victoria Belmond wel weer praten, maar het was alsof de voorgaande elf jaar niet bestonden. Ze had geen idee waar ze was geweest, wie haar had meegenomen, ze wist niks van een ontvoering.'

'Nee, wacht,' zegt Gary. 'Ze beweérde van niks te weten.'

'Zou kunnen,' zegt Polly. 'We weten alleen dat Victoria onder behandeling kwam van de beste psychiaters die er te vinden waren. Maar meer niet. De familie vroeg om privacy, logisch, en ze hadden de middelen om zich daarvan te verzekeren.'

'Maar Victoria Belmond is dus, even rekenen... veertien jaar geleden gevonden,' zegt Gary.

'Correct.'

'Waar heeft ze dan al die tijd gezeten?'

'Dat is een raadsel,' zegt Polly. 'Victoria heeft nooit in het openbaar gesproken of interviews gegeven. Volgens de officiële gegevens is de zaak onopgelost gebleven. Niemand weet wie haar had ontvoerd. Niemand weet waar ze die elf jaar is geweest. De familie is superrijk en heeft huizen in meerdere staten, en nog minstens twee in het buitenland. Ze kan zich overal en nergens schuilgehouden hebben. Niemand die het weet.'

'Het misdrijf heeft bijna vijfentwintig jaar geleden plaatsgevonden,' zegt Golfer Gary hoofdschuddend. 'Dit is geen cold case, Kierce, dit is een diepvriescase.'

Ze kijken allemaal naar mij.

'Kom op nou.' Ik spreid mijn armen. 'Houden jullie niet van een uitdaging?'

'Wel van een uitdaging, maar er zijn al jaren geen ontwikkelingen meer.'

Ik leun naar achteren in mijn stoel. 'O, dat zou ik niet zeggen.'

10

Nadat de cursisten hun huiswerk hebben gekregen en de donkere avond in zijn vertrokken, blijf ik achter en bel Marty. Hij neemt op met de woorden: 'Drukke dag hier. Ik heb alleen nog maar de locatie van dat huis in Connecticut voor je. De eigenaar doet hard zijn best om de boel geheim te houden.'

'Ik denk dat het de familie Belmond is.'

'Van...?'

'Ja.'

'O,' zegt hij. 'Dat zou een hoop verklaren.'

'Ik denk ook dat Victoria Belmond daar woont.'

Aan zijn aarzeling merk ik dat Marty niet goed weet wat hij daarop moet zeggen. 'Juist. En waarom denk je dat?'

Ik antwoord met een wedervraag. 'Heb jij nog vrienden bij de FBI?'

'Ik heb nooit vrienden gehad bij de FBI,' zegt Marty.

'Maar wel contacten?'

'Ik weet misschien wel iemand, via via.'

'Kan hij je helpen aan het FBI-dossier over Victoria Belmond?'

'De jonge vrouw die... wat is het, dertig jaar geleden ontvoerd is?'

'Vijfentwintig,' verbeter ik hem. 'Ja.'

Buiten het lokaal hoor ik voetstappen galmen. Er komt iemand de trap op.

'Mag ik vragen wat je met dat dossier moet?'

'Dat mag. Er is een kans dat ik die zaak kan oplossen.'

'De ontvoering van Victoria Belmond?'

'Ja.'

'Die kun jij misschien oplossen?'

'Je klinkt sceptisch,' zeg ik.

Nu hoor ik twee of mogelijk drie paar voetstappen.

'Misschien een tikkeltje,' zegt Marty. 'Zou je me willen uitleggen waarom jij denkt een van de grootste mysteries van onze tijd te kunnen oplossen?'

De voetstappen komen dichterbij, klinken luider.

'Ik dacht dat jij het druk had.'

'Kierce.'

'Ik zeg niet dat de kans groot is,' zeg ik, 'en het is een heel lang verhaal, dat ik je nog wel zal vertellen, maar kun je voorlopig even achter dat dossier aan gaan?'

'Ik beloof niks.'

'Vroeg ik je om iets te beloven?'

'Nee. Nee, dat vroeg je niet.'

De voetstappen houden op bij mijn deur. Joggingpak Lenny steekt zijn hoofd om de hoek als ik heb opgehangen. Golfer Gary is bij hem.

'Heb je even?' vraagt Lenny.

'Ja, hoor.'

Lenny hijst zijn broek op. Dat doet hij vaak, valt me op. Ik weet niet of de tailleband te wijd is of dat zijn enorme buik de broek omlaagduwt, of waarom ik me zulke rare dingen afvraag. Maar het leidt af. Hij hijst zijn broek op en komt binnen, gevolgd door Gary.

Gary begint. 'We zijn hier namens de hele klas.'

O, dit wordt interessant. Ik leun naar achteren in mijn stoel en gooi mijn voeten op tafel. 'Oké.'

'We willen graag weten,' gaat Gary verder, 'waarom je zo geïnteresseerd bent in de zaak-Belmond.'

'Maakt het wat uit?'

'Op zich niet.'

'Het is een leuke oefening voor de groep.' Ik probeer mijn toon luchtig te houden. 'Research. Speurwerk. Surveilleren.'

Gary slaat zijn armen over elkaar op het golfshirt met een logo dat eruitziet als een rode mand op een stick. Golfers zijn raar. 'Maar,' zegt hij, 'er zit meer achter, hè?'

Ik geef geen antwoord.

Nu is het Lenny's beurt. 'De vrouw die gisteren ineens in het lokaal stond. Die jij bent gevolgd. Ik wil niet nieuwsgierig zijn, maar de tracker zendt ook naar mijn telefoon. Je hebt ons zojuist gevraagd te gaan posten bij Greenwich Connecticut, op precies dezelfde plek waar gisteren de batterij van mijn gps-tracker de geest gaf.'

Man, ik word slordig.

'Samenvattend.' Gary klinkt als een tv-detective die aan het eind alle verdachten heeft verzameld in de salon voor onze ontknoping. 'Je zag een vrouw ons lokaal binnenkomen.'

'Een vrouw,' voegt Lenny eraan toe, 'die ongeveer de leeftijd had van Victoria Belmond.'

Terug naar Gary. 'Die vrouw ging ervandoor.'

Lenny: 'Jij bent haar gevolgd met gebruikmaking van een gps-tracker.'

'Precies tot aan de plek waar wij nu moeten gaan posten om te kijken of Victoria Belmond daar te zien is.'

Ze zwijgen allebei en kijken naar mij.

Ik knik waarderend. 'Goede docent ben ik, hè? Ik moet de lessen duurder maken.'

Lenny hijst zijn broek weer op. 'Dus de vrouw die hier gisteren was, die naar ons lokaal kwam... Jij denkt dat de kans bestaat dat zij...'

'Dat zij Victoria Belmond is?' maak ik de zin voor hem af.

Het is een interessante vraag. Je zou denken dat ik het zeker wist, nietwaar? Er zijn natuurlijk foto's van Victoria Belmond te vinden online. Niet zoveel als je zou denken, maar genoeg. Op de meeste is ze een tiener, dat moet dus in de tijd zijn geweest dat ik Anna kende. Er zijn er minder – vrijwel geen – van na haar terugkeer. De ouders hebben de pers gevraagd hun getraumatiseerde dochter met rust te laten en ze hadden de middelen om ervoor te zorgen dat dat ook gebeurde. Maar als ik naar de foto's van de zeventienjarige Victoria kijk, kan ik niet met zekerheid zeggen dat het de Anna is die ik in Spanje heb leren kennen, al denk ik van wel. Zo niet, dan lijkt ze er griezelig veel op. De reden dat ik het niet honderd procent zeker weet is nogal raar. Als ik terugdenk aan Anna en hoe ze eruitzag, dan kan ik haar wel beschrijven, maar ik zie haar niet meer voor me. Even snel: denk eens aan een oude liefde, iemand van vele jaren geleden die je maar een week hebt gekend. Probeer je die persoon dan voor de geest te halen. Zie je specifieke kenmerken? Zoals op een foto? Dacht ik al. Zo werkt het geheugen niet. Het geheugen maakt geen foto's. Het geheugen probeert leegtes op te vullen, en ook al zie ik wel overeenkomsten, de herinnering stelt me niet in staat definitief vast te stellen dat zij het is.

Dus wordt het mysterie nog groter.

Ik was in die tijd ook niet al te opmerkzaam. Ik hoop dat je het me niet te zwaar aanrekent, maar ik weet bijvoorbeeld niet meer wat voor kleur ogen Anna had. Haar haar zat anders, het had een andere kleur en was langer dan dat van Victoria, maar dat wil niet veel zeggen. Bovendien draagt Victoria een bril. Anna droeg geen bril.

En toch, toen ik Anna/Victoria bij mij in het lokaal zag, wist ik in een fractie van een seconde zeker dat het Anna was.

Idioot.

'Dus wat we hier zeggen,' gaat Gary verder, 'is dat Victoria Belmond gisteravond opdook bij jou in de cursus.'

'Zou kunnen.'

'En toen ze je zag, ging ze ervandoor.'

Ik glimlach. Ik weet waar ze naartoe willen, maar ik speel mee. 'Ik schrik mensen af.'

'Klopt,' zegt Lenny, 'en dat zouden we misschien als reden aannemen als het daarmee was geëindigd.'

'Maar...?'

'Maar jij koos ervoor om achter haar aan te gaan,' zegt Lenny.

'Om haar op te jagen,' verduidelijkt Gary.

'Je aarzelde geen seconde. Er trok een gestoorde uitdrukking over je gezicht en bám, ineens leek je sprintkampioen te zijn.'

'En even heel eerlijk, Kierce. Jij houdt niet van hardlopen.'

'Fysieke inspanning is niet mijn ding,' geef ik toe.

'Conclusie,' zegt Gary met gevoel voor drama. 'Jij hebt een persoonlijke connectie met haar of met deze zaak.'

Ik kijk naar Gary. Dan naar Lenny. Ik knik om aan te geven dat ik onder de indruk ben.

'Ik ga jullie bewering niet bevestigen of ontkennen,' zeg ik, voornamelijk omdat ik niet goed weet wat ik ze zou moeten vertellen, en zelfs niet of het waar is. 'Maar laten we er even van uitgaan dat het zo is. Wat dan?'

Gary doet een stap naar voren. Hij pakt een stoel, schuift die mijn kant op, draait hem om en gaat er wijdbeens op zitten. 'Dit is een groep van nieuwsgierige aspirant-detectives.'

'En dat wil zeggen...?'

'Dat wil zeggen dat we jou allemaal gegoogeld hebben voordat we begonnen. We kennen je achtergrond. We weten natuurlijk dat je een onderscheiden rechercheur Moordzaken was bij de NYPD. En we weten waarom je je baan bent kwijtgeraakt. We weten ook dat er een fikse kink in de kabel is gekomen bij een van de andere zaken waar je persoonlijk bij betrokken was.'

Ik doe mijn best om niet mijn stekels op te zetten. 'Ik heb de moordenaar gevonden,' zeg ik net iets te defensief.

'En nu is hij vrij,' zegt Lenny.

Dus daar hebben we het. De twee mannen kijken me afwachtend aan. Ik draai mijn handpalmen omhoog als alternatief voor schouderophalen. 'Als jullie hier geen zin in hebben...'

'Dat hebben we niet gezegd,' zegt Gary snel.

'Maar we vinden wel dat je open kaart moet spelen.'

'Want dat kan ons helpen deze zaak op te lossen.'

Gary staat op en zet met veel omhaal de stoel weer op zijn plaats. 'We gaan je hoe dan ook helpen.'

'Omdat we je graag mogen,' voegt Lenny eraan toe. 'We vinden je een goed mens.'

'Maar we wilden je wel laten weten dat we geen sukkels zijn,' zegt Gary. 'We weten precies waar we aan beginnen.'

Ze wachten tot ik iets zeg. Ik houd het bij: 'Bedankt.'

Dat lijkt genoeg te zijn.

Molly en ik zitten aan de keukentafel, bijna klaar met ons ontbijt.

Misschien komt het door de gedachte aan het geld van de familie Belmond, maar ineens voelt deze keuken te klein en gedateerd. Ik wil iets beters voor Molly en Henry. Ik wil weer een baan met een vast salaris. Ik wil haar niet zien piekeren, zeker niet over geld. Nooit. Ouderwets van me, en Molly zou me waarschijnlijk slaan als ze wist dat ik het zelfs maar overweeg, maar ik beschouw het als mijn taak om ervoor te zorgen dat ze zich nooit meer druk hoeft te maken om het betalen van de rekeningen. Ik ben daar niet verbitterd over of zo. Een wijs (rijk) man zei ooit: het fijnste van veel geld hebben is dat je nooit geldzorgen hebt. Dat voel ik nu, ik wil dat voor ons ook. Voor Molly.

'Dat ik eergisteravond zo laat thuiskwam heeft niks met ons samen te maken,' zeg ik.

'Weet ik.'

'Ja?'

'Tuurlijk, joh. Je houdt van me. Het staat duidelijk op dat gekke gezicht van je te lezen.'

Ik moet wel glimlachen. 'Ja, hè?'

Vergeet wat ik daarnet zei. Welke man is er nou rijker dan ik?

'Maar wat is er dan?' vraagt ze.

Ik besluit het maar gewoon te vertellen. 'Kun je je de zaak rond Victoria Belmond nog herinneren?'

Ik zie aan haar gezicht dat ze dit niet had verwacht. 'Dat rijke meisje dat ontvoerd was?'

'Ja.'

'Jij hebt haar toch niet ontvoerd, hè?'

Galgenhumor. Ik hou van die vrouw.

'Eh, nee,' zeg ik. 'Maar ik heb misschien wel iets met haar gehad.'

'Wauw.' Molly houdt haar hoofd schuin. 'Wanneer?'

'Een jaar of twee na haar ontvoering.'

Ze wacht op de clou. Die komt niet. 'Serieus?'

'Tweeëntwintig jaar geleden ben ik na onze diploma-uitreiking met een paar jongens naar Europa gegaan.'

'Dat heb je al verteld.'

'Ja, weet ik.'

'Maar wel pas gister. Daarvóór geen woord over een reisje met schoolvrienden. Wat ik toch raar vond.'

'Omdat ik niet lang met hen ben meegereisd,' zeg ik.

'Waarom niet?'

'Ik ontmoette al snel een meisje, Anna heette ze. We kregen iets met elkaar, aan de Costa del Sol. Ik vond haar leuk, dus zei ik dat de rest maar zonder mij verder moest reizen.'

Ik zwijg.

'Sami?'

'En nu heb ik haar, voor het eerst in al die jaren, weer gezien.'

'Anna?'

'Ja.'

'Wanneer?'

'Gisteravond. Ze kwam mijn leslokaal binnen. Maar toen ging ze ervandoor. Ik ben haar gevolgd, maar...' Ik schud mijn hoofd. Ik kan geen woord meer uitbrengen.

Molly legt een hand op mijn arm. 'Die Anna,' zegt ze. 'Denk je soms dat het Victoria Belmond was?'

Als ik er eindelijk in slaag te knikken, leunt Molly verbijsterd achterover. Mijn geknik gaat over in hoofdschudden. Na een hele poos begin ik te bazelen: 'Ja, nee, misschien. Ik weet het niet. Ik probeer het allemaal nog met elkaar te rijmen. Het is... een puinhoop.'

'Stil maar. Sst, het is al goed.'

Ik schud weer mijn hoofd.

'Je was nog jong,' zegt Molly. 'Zelfs als zij het inderdaad was, dan kon jij dat niet weten. Hoe had je dat nou moeten weten?'

Ik weet niet wat ik moet zeggen.

Molly probeert het nog een keer. 'Heeft dat meisje, die Anna, in Spanje geprobeerd jou een teken te geven?'

Dat begrijp ik even niet. 'Een teken?'

'Dat ze ontvoerd was. Dat er iets niet goed zat, of dat ze daar onder dwang was.'

Nu snap ik het. Molly denkt dat ik me schuldig voel omdat ik samen was met een ontvoerd meisje terwijl ik niet in de gaten had dat ze gevaar liep. Daar had ik zelf nog niet aan gedacht, gek genoeg, maar misschien heeft Molly een punt.

Zat Anna al die tijd in de problemen? Heb ik de tekenen gemist?

Mijn telefoon trilt. Het is een appje van Pink Panther Polly.

Auto verlaat net het terrein. We denken dat ze het is. Gary en ik volgen nu.

Mijn hart maakt een sprongetje en ik schiet overeind.

Molly kijkt naar me. 'Sami?'

'Ze rijdt nu weg.'

'Wat? Wie?' Dan: 'Victoria Belmond?'

Ik knik. 'Of wie ze ook mag zijn.'

'Hoe weet je dat?'

'Mijn cursisten.'

'Huh?'

Ik leg snel uit dat de Pink Panthers een rooster hebben gemaakt voor mijn cursisten, die nu in ploegendienst bij het huis posten. Ethisch gezien best twijfelachtig, maar wel economisch. Ik ben niet meer bij de politie, en je moet roeien met de riemen die je hebt.

'Zullen we straks verder praten?' vraag ik. 'Over een paar uur weet ik misschien of dit echt is of dat het alleen in mijn verbeelding speelt.'

'Ga maar,' zegt Molly. 'Maar één ding.'

Ik kijk naar haar om.

'Iets wat ik al eerder heb gezegd, Sami.'

'Ik luister.'

'Die Anna of Victoria of wie het ook is duikt op in je leven op hetzelfde moment dat Tad Grayson wordt vrijgelaten.'

Ik schud mijn hoofd. 'Ik kan geen verband vinden, Molly.'

'Dan zou ik maar wat harder zoeken.'

11

Ik ben net de eerste trede van het metrostation afgedaald, haastig omdat de volgende trein volgens mijn app over drie minuten vertrekt, als Polly me belt.

'Ze rijden op de snelweg,' zegt ze. 'Ik denk dat ze naar de stad gaat.'

'Weet je zeker dat ze in die auto zit?'

'We denken van wel, ja. Achterin. Een man rijdt. Donkerblauwe Cadillac Escalade. Nummerplaten uit Connecticut. Gary en ik volgen hen. Ik zal de locatie delen, dan kun je zien waar we rijden.'

Als ik de locatiemelding hoor binnenkomen, kijk ik op mijn telefoon. De auto rijdt op de 95, in westelijke richting naar de George Washington-brug. Als ik in Greenwich was gebleven, zou het misschien zinvol geweest zijn om erheen te rijden en te proberen haar voor het blok te zetten. Maar nu Misschien-Anna al zo'n eind van huis is, kan ik beter blijven waar ik ben en kijken waar ze naartoe gaat.

Ik ga een zaakje binnen met de simpele naam Hot Bagel Shop en bestel een sesambagel met een smeerseltje van witvis en roomkaas. Ik houd de locatie op mijn telefoon in de gaten. Als de auto de Hutchinson River Parkway neemt, besef ik dat de kans groot is dat Polly het bij het rechte eind had en Anna inderdaad op weg is naar New York City.

Dat wordt twintig minuten later bevestigd als de auto over 48th Street naar Broadway rijdt. Zoals te verwachten gaat het stapvoets en staan ze vooral vaak stil. Ik sta nog bij de bestelbalie van de bagelzaak te wachten op m'n bagel. Een paar minuten later zegt Polly: 'Ik stuur een foto.'

Ik kijk op mijn WhatsApp. Het cirkeltje draait en de foto wordt scherp.

Een vrouw met een honkbalpet en een zonnebril op stapt uit een Cadillac Escalade. Ze is onopvallend gekleed in jeans, een grijs sweatshirt en witte sneakers.

Het is Anna/Victoria.

'Dat is ze toch?' vraagt Polly.

'Ja.'

'Ik volg haar te voet,' zegt Polly. 'We zijn op Times Square. Gary blijft de Escalade volgen.'

'Ik ben onderweg,' zeg ik, en ik haast me terug naar de metro, voor de eerste de beste trein naar Times Square. Daar zijn er altijd genoeg van. Na het instappen kijk ik op de app. Het bereik is zwak hier beneden, dus ik krijg geen update. Als ik na aankomst bij 42th Street/Broadway terugkeer in het zonlicht en de kakofonie, komt de app opnieuw tot leven.

De gedeelde locatie is vier straten verderop.

Ik bel Polly. 'Wat is ze aan het doen?'

'Ze loopt daar gewoon.'

'En de auto?'

'Wacht even, dan trek ik Gary in het gesprek.' Er verstrijken enkele seconden. 'Gary?'

'De chauffeur heeft de Escalade geparkeerd in de garage,' zegt Gary. 'Hij loopt jullie kant op, denk ik.'

'Heb je hem nog in het zicht?' vraag ik.

'Nee. Het leek me slimmer om dubbel te parkeren en bij de garage te wachten. Dan kan ik er meteen achteraan als ze terugkomen.'

'Slim van je,' zeg ik.

'Dank u wel, meneer de docent.'

'Kierce,' zegt Polly, 'hoe ver ben jij?'

'Drie straten, bijna twee.'

Ik blijf al lopend op het schermpje kijken, wat niet meevalt op Times Square. Het is nog tamelijk vroeg in de ochtend, maar de verklede bedelaars of hoe je ze ook noemt zijn al volop aanwezig. Iedereen die in de afgelopen tien jaar op Times Square is geweest weet dat het er wemelt van de Batman- en Spiderman-pakken, Olafs en Minions en Elmo's en Mickey Mouses (Mice?) die hopen toeristen te strikken om tegen betaling met hen op de foto te gaan. Ik heb dat nooit goed begrepen. Mickey Mouse hoort toch bij Disney? Niet bij New York. Waarom zou je hier met Mickey Mouse op de foto willen? En die verklede idioten mogen dan onschuldig lijken, ik weet nog van mijn tijd bij de politie dat ze veel criminaliteit veroorzaken. Sommige toeristen nemen een foto zonder te weten dat Mickey betaling of een fooi verwacht, en als je niet dokt, leidt dat tot intimidatie en zelfs geweld. Sommige types die schuilgaan in zo'n pak worden overmatig handtastelijk, en de scheidslijn tussen een beetje gek en ronduit eng is vaag, of misschien wel helemaal niet vaag, maar vaak blijkt zo'n verklede figuur dus een engerd te zijn, tegen het criminele aan. Misschien bederf ik nu de pret, maar die 'karakters' kunnen zomaar zonder vergunning of screening rondlopen met een masker op en aan mensen zitten. En wat nog erger is, zelfs die gekostumeerde lui gaan nu samenspannen, zoals je tegenwoordig overal ziet. Wil je op eigen gelegenheid ook meedoen in je kostuum? Dan word je door de anderen weggepest. En je wordt niet opgemerkt door de toeristen als je beleefd ergens gaat staan. Je moet iedereen lastigvallen in een zee van andere irritante figuren voor een publiek van gespannen vreemden die niet in hun element zijn, op een kluitje bij elkaar met genoeg visuele prikkels om een normaal mens te overladen...

Ik zei het al, ik bederf de pret weer.

Ik zou willen dat ik oortjes bij me had, dan hoefde ik de telefoon niet de hele tijd aan mijn oor te houden.

'O, nog één ding,' zegt Gary.

'Ja?'

'De chauffeur.'

'Wat is er met hem?'

'Loopt stram. Te groot colbert. Schichtige blikken. Ik denk dat hij gewapend is.'

'Hij is waarschijnlijk tevens haar bewaker,' zegt Polly.

'We weten dat de Belmonds gesteld zijn op hun privacy,' zegt Gary.

'Wacht even.' Dat was Polly.

'Wat is er?' vraag ik.

Polly antwoordt: 'Ik sta op 42nd Street voor het New Amsterdam Theater en... Gary, heeft die chauffeur een cameljasje aan?'

Er botsen te veel mensen tegen me aan, dus ik druk me plat tegen de etalage van een Red Lobster, waarvan het raam voelt alsof het is ingesmeerd met gesmolten boter. Ik blijf eraan plakken. Restaurantgasten staren me aan. Als ik op de telefoon kijk, zie ik dat ik op nog geen honderd meter afstand van Anna ben. Ze is ook hier in 42nd Street. Ik loop snel verder.

En ineens is ze daar. Ik blijf staan.

Anna. Victoria. Whatever.

Ze staat te praten met Chauffeur Cameljas, maar ik ken hem onder een andere stomme bijnaam.

Wapenman. Het is Wapenman van laatst bij het huis.

Ik bal als vanzelf mijn vuisten. Die kerel heeft een stomp van me tegoed.

Ze ronden hun gesprek af onder de luifel. De bezoekers drommen nu het theater in. Wapenman houdt een van de deuren open. Anna loopt via een metaaldetector – een metaaldetector om naar een Broadway-musical te mogen – naar binnen. Wapenman kijkt toe door de ruit in de deur. Tevreden doet hij een stap terug.

Ik zeg in de telefoon: 'Polly?'

'Ik blijf hem volgen.'

Gary vraagt: 'Kon je iets zien, Polly?'

'Ze is naar binnen gegaan en heeft haar kaartje laten scannen,' zegt Polly. 'Ik denk dat ze naar die musical gaat.'

Gary: 'Is het *Hamilton*?'

'Nee.'

'*Wicked*?'

'Nee.'

'Moet ik blijven raden, Polly, of ga je het me nog vertellen?'

'Jongens,' zeg ik.

Ik weet niet goed wat ik nu moet doen. Ik loop in de richting van het loket. Een bewaker leidt me naar de metaaldetector. Binnen ga ik naar de kaartjesverkoper. 'Zijn er nog plaatsen vrij?'

De man achter het loket zou alleen nóg verveelder kunnen overkomen als hij bewusteloos was. Hij vraagt met een zucht: 'Voor wanneer?'

'Deze voorstelling?'

'Uitverkocht.'

'Staanplaatsen?'

Hij fronst. 'Wat is er zo onduidelijk aan "uitverkocht"?'

'Goh, jij vrolijkt echt de hele wereld op met je glimlach, hè?' zeg ik. 'Bedankt, mijn dag is weer goed.'

Hij slaagt erin de psychologische wond te verhullen die ik hem met mijn vlijmscherpe opmerking heb toegebracht. Ik loop weer naar buiten en ga onder de luifel staan. Vroeger zou je daar wel iemand hebben getroffen – meestal een man in een glimmend Metsjack – die onderhands kaartjes te koop aanbood. Nu niet meer. Zelfs de veilig-louche momenten waarop je tegen een wildvreemde 'Heb je een kaartje?' fluisterde zijn verpest door apps en internet.

Dus wacht ik tot de voorstelling afgelopen is. Of eigenlijk moet ik zeggen: *we* wachten.

Polly volgt Wapenman naar Yard House, waar hij een hamburger, friet en bier bestelt. Gary blijft in zijn dubbel geparkeerde auto bij de garage zitten. Ik ga eerst naar zo'n foute souvenirwinkel om een setje nep-AirPods te kopen. Die sluit ik aan op mijn bluetooth en test ze met Polly en Gary. De hoge tonen zijn verschrikkelijk, maar ik kan hen prima verstaan. De volgende uren wacht ik tot de musical afgelopen is. Ik probeer in de pauze binnen te sluipen, maar ik word teruggestuurd. Dan neem ik even de tijd om over dit alles na te denken. Alles wijst erop dat Victoria Belmond leeft als een kluizenaar. Ze heeft geen interviews gegeven na haar terugkeer. Zo nu en dan probeert een journalist haar op te sporen, maar de meeste houden zich bezig met grotere verhalen. Als dit was gebeurd in de jaren zeventig of tachtig, zoals met – ik noem maar wat – Patricia Hearst, dan zou het verhaal nog de moeite waard zijn. Jawel, de mensen zouden nu best nog geïnteresseerd zijn in Victoria Belmond, maar het zou nooit meer het nieuws van de dag zijn. Verhalen houden niet meer de collectieve aandacht vast, zoals vroeger. We kijken niet meer massaal naar de redding van een kind dat in een put is gevallen, en ik weet niet of dat positief of negatief is. Voeg daar nog iets aan toe wat overduidelijk is: veel geld maakt het makkelijker. De familie Belmond was bereid diep in de buidel te tasten om Victoria uit de spotlights te houden. Niemand weet of ze zich uiteindelijk iets herinnerde van haar tijd in gevangenschap. Is haar geheugen nog steeds blanco, heeft ze het allemaal verwerkt, of deed ze maar alsof ze aan geheugenverlies leed? Ik zag online een gerucht dat Victoria Belmond zich uiteindelijk alles herinnerde, en dat de kapitaalkrachtige familie Belmond, in plaats van de ontvoerder te laten arresteren, een groep huurmoordenaars in de arm nam om op brute wijze voor eigen rechter te spelen.

Ik betwijfel of het waar is, maar wie weet.

Het punt is dat het jaren geleden is en niemand zich er nog druk om maakt, dus ik kan me voorstellen dat uitstapjes zoals dat van vandaag naar Manhattan voor haar geen echt groot risico meer vormen. Het is juist wel slim om je in zo'n geval gewoon onder de mensen te begeven, daar gaat niemand zoeken. Ze lijkt haar eigen leven te leiden, zij het in stilte en op haar manier: het clandestiene verblijf op dat enorme landgoed in Connecticut lijkt prima samen te gaan met de vrijheid om te genieten van een Broadway-show in de Big Apple.

Ik vraag me af hoe haar leven tot nu toe is geweest. Ik vraag me af of dit echt mijn Anna uit Spanje is of dat er sprake is van een persoonsverwisseling. Ik vraag me af wat er echt is gebeurd op die afschuwelijke ochtend aan de Costa del Sol. Ik wil niet te diepzinnig doen, maar een deel van mij is nog steeds daar, in dat bed, waar ik wakker werd in het felle zonlicht en begon te gillen; ik gil nog steeds, zo hard dat ik nu nog, bijna een kwart eeuw later, de echo kan horen.

Snap je nu wat ik bedoel met diepzinnig?

In de tijd nadat ik vanaf Málaga naar huis was gevlogen – ik had geluisterd naar mijn paniekerige vader, was naar het vliegveld gesneld en had het eerste vliegtuig naar de Verenigde Staten genomen – sliep ik heel slecht. Ik heb geen verstand van PTSS en dat soort dingen, maar ik droomde steeds dat ik wakker werd naast een gezichtloos dood meisje. Ik kon het niet achter me laten. Ik hield de Spaanse nieuwsberichten bij, maar er was niets over te vinden. Toen ben ik begonnen met drinken. Een beetje maar. Zodat ik makkelijker mijn ogen kon sluiten. Ik had geen ambitie meer, dus stelde ik de studie geneeskunde een jaar uit. Daarna twee jaar. Toen werd een beetje drinken veel drinken. Ik ging niet studeren. Ik vergat mijn plannen, mijn levenslange doel om arts te worden; het ging allemaal verloren in een fles met een dood meisje van wie ik nu weet dat ze springlevend is.

Iets meer dan twee uur na aanvang van de voorstelling belt Polly me. Ik druk op 'opnemen' en we zitten allemaal op dezelfde lijn. Polly zegt: 'De chauffeur heeft zijn eten afgerekend. Hij loopt nu terug naar het theater.'

Dat wil zeggen dat ik hier niet kan blijven staan. Wapenman zou me waarschijnlijk herkennen. Ik loop naar de kaartjesscanner/bewaker aan de andere kant van de luifel, die me nog niet heeft zien binnengaan. 'Mag ik jou iets vragen?'

'Vragen staat vrij.'

'Ik ben afgelopen donderdag met mijn nichtje Pammy naar deze voorstelling geweest.'

Let op: als je liegt, voeg dan bijzonderheden toe. Namen. Data.

'Oké.'

'Pammy vond het prachtig, en nu hoopte ik dat ik snel even naar binnen mag om een sweatshirt voor haar te kopen.'

'Volgens mij verkoopt de winkel hiernaast ze ook.'

'Klopt,' zeg ik, 'maar dat zijn nogal slechte nepperds. Bovendien... en ik weet dat het zoetsappig klinkt, maar ik wil een officieel sweatshirt van het theater zelf. Je weet wel, een echt aandenken.'

De bewaker heeft het allemaal al eerder gehoord, maar hij is ook een mens. 'U zult moeten wachten tot de voorstelling voorbij is.'

'Natuurlijk. Ik weet hoe druk het straks wordt, dus misschien meteen na afloop?'

Ik moet nog wat langer soebatten, maar de kaartjesscanner stemt in. Zodra de voorstelling afgelopen is en het publiek opstaat uit de stoelen, laat hij me binnen. Ik haast me naar de souvenirverkoper en doe alsof ik de verschillende items aandachtig bekijk. De kaartjesscanner verliest zijn aandacht voor mij als de theaterbezoekers in een levende waterval naar buiten stromen. Er zijn zes zijuitgangen rondom de stallesplaatsen, zie ik nu, en ik ben bang dat Anna door een daarvan naar buiten zal gaan. Ik baan me stroomopwaarts een weg tegen de golf musicalemigranten in en ga op een plek staan waar ik alle uitgangen kan zien. Ik heb mijn nieuwe 'AirTods' in, zodat ik contact kan houden met mijn cursisten.

'Polly?'

'Ja, ik ben er.'

'Waar is de chauffeur nu?'

'Die loopt bij de ingang te ijsberen. Onder de luifel.'

Oké, mooi. Dat betekent dat Anna waarschijnlijk aan de voorkant naar buiten zal gaan. Ik speur de mensenmassa af en doe tegelijkertijd mijn best er onopvallend in op te gaan. Ik wil niet dat Anna mij eerst ziet en er weer vandoor gaat. Dat gedeelte begrijp ik trouwens nog steeds niet. Anna of Victoria of wie het ook was kwam naar mij toe. Niet andersom. Het kan geen toeval zijn geweest. Het lokaal in het oude badhuis in de Lower East Side is geen plek waar je toevallig langskomt.

Ze kwam voor mij. Ze heeft me gezocht.

Er ontstaat gedrang en dan neemt de drukte af. Nog steeds geen teken van Anna. Ik vraag me af of ik haar misgelopen ben. Zoals ik al zei, zijn er meerdere uitgangen. Ik kan ze niet allemaal tegelijk in de gaten houden. Ik loop dichter naar de staanplaatsen in de zaal en kijk naar het toneel.

Dan zie ik haar.

Ze zit nog op haar plaats, met haar gezicht naar het toneel en haar rug naar mij toe. Het lijkt wel of ze nog naar de voorstelling zit te kijken. Of naar iets anders. Ik weet niet wat. Het donkerbruine doek is nu dicht. Ik kan haar gezicht niet zien, maar ik vraag me af wat er aan de hand is, waarom ze blijft zitten. Wil ze niet de drukte in? Is ze emotioneel overmand door de musical? Wil ze gewoon nog even de grandeur van dat rijkversierde art-nouveau-interieur in zich opnemen? Wil ze de tijd die ze voor zichzelf heeft in dit stille theater rekken voordat Wapenman haar weer naar haar gevangenis-villa brengt?

Ik weet het niet. Maar ik zie geen reden om langer te wachten.

Door het gangpad loop ik naar haar toe. Ze heeft een goede plek, in de middensectie, op de achtste of tiende rij. Zeker drie-, vierhonderd dollar. Er zijn een paar achterblijvers, misschien twintig of dertig mensen, maar er zit niemand bij Anna in de buurt.

Ik fluister in de AirTod-microfoon: 'Ik zet 'm op stil' en druk de mute-toets in.

Polly zegt: 'Chauffeur kijkt op zijn horloge, begint ongeduldig te worden.'

Ik loop door tot ik bij haar ben. Anna zit op de derde stoel vanaf het einde van de rij. Ik schuifel er snel naartoe en ga naast haar zitten. Als ik me laat zakken, schrikt ze en kijkt naar me op.

'Anna,' zeg ik.

'Ga weg.'

Ze wil opstaan. Ik leg voorzichtig maar stevig mijn hand op haar onderarm, probeer een manier te bedenken om haar op die stoel te houden zonder dwang te moeten gebruiken. Dat valt niet mee, en ik besef dat ik hier waarschijnlijk een grens overschrijd.

Ik probeer het nog een keer. 'Anna...'

'Waarom noem je me steeds zo? Zo heet ik niet.'

Ik kijk haar nu in de ogen. In mijn hoofd is er geen enkele twijfel dat het Anna uit Fuengirola is, maar ik ken ook de al te menselijke eigenschap om jezelf voor de gek te houden via je behoeften en je eigen verhaal. Dus doe ik mijn best om neutraal te blijven.

'Heb je liever dat ik je Victoria noem?'

Haar ogen vlammen heel even. Ik heb een gevoelige snaar geraakt.

'Hoe heb je me gevonden?' fluistert ze.

'Ik ben je gevolgd vanaf mijn lokaal,' zeg ik. 'Hebben je bewakers je niet verteld dat ze me het terrein af hebben gegooid?'

Er trekt een verwarde blik over haar gezicht. 'Waar heb je het over?'

'Je huis in Connecticut. Ik probeerde door het bos te lopen, maar die chauffeur van je kwam op me af met een dobermann en een pistool.'

Anna schudt haar hoofd. 'Ik ken jou niet,' houdt ze vol, maar ik hoor twijfel in haar stem. Ze wil weer opstaan. Als ik mijn greep verstevig, kijkt ze kwaad naar mijn hand en dan naar mij. Ik moet haar wel laten gaan. Ze komt overeind. Ik doe hetzelfde. Ik volg haar langs de rij stoelen naar het andere gangpad.

'We hebben elkaar ontmoet in Spanje,' zeg ik.

'Ik ben nooit in Spanje geweest.'

'In Fuengirola, om precies te zijn. Aan de Costa del Sol. Dat was tweeëntwintig jaar geleden.'

Ze loopt door en schudt haar hoofd, bijna alsof ze zichzelf probeert te overtuigen.

'Je vergist je.'

'Jij was het. Ik dacht dat je dood was.'

Ze schudt nog feller haar hoofd.

'Je noemde jezelf Anna. We hebben elkaar ontmoet op de dansvloer van Discoteca Palmeras. Je had daar vlakbij een flat.'

Nu zie ik haar aarzelen.

'Ik heb de datums bekeken,' zeg ik. 'Het moet zo'n drie jaar zijn geweest na je...' – ik weet even niet welk woord ik moet kiezen – 'verdwijning.'

In mijn oortjes hoor ik Polly zeggen: 'De chauffeur staat met de kaartjesman te praten. Het ziet ernaar uit dat hij naar binnen gaat.'

Shit.

Anna zegt tegen mij: 'Ik heb jou nooit eerder gezien.'

'Waarom ben je dan naar mijn les gekomen?'

'Ik kan niet blijven,' zegt ze. 'Dan wordt hij ongerust.'

'Wie?' Maar het heeft geen zin. Ik heb een visitekaartje in mijn hand, waar alleen mijn naam en telefoonnummer op staan. 'Neem dit mee.'

'Wat? Nee.'

'Bel me,' zeg ik.

Ze schudt haar hoofd, maar neemt wel het kaartje aan. Dan kijkt ze me aan en vraagt: 'Dus je liegt niet? Je hebt me echt gekend?'

Voordat ik ja kan zeggen, hoor ik Polly in mijn oortje: 'De chauffeur is nu binnen.'

'Je chauffeur,' zeg ik tegen haar. 'Hij is in het theater.'

'Bukken!' roept ze paniekerig. Ik buk. Ik laat me op mijn knieën vallen en blijf laag als ik dezelfde Wapenman van daarstraks hoor roepen: 'Hé, is alles goed daar?'

'Ja, hoor,' zegt Anna snel. 'Ik had... Sorry. Het is ook zo'n mooi theater, vind je niet?'

'Hm-hm,' zegt hij. En dan: 'We moeten gaan.'

Anna knikt. Voordat ze in het gangpad verdwijnt, kijkt ze omlaag naar mij en fluistert: 'Tegen niemand zeggen dat je me hebt gezien. Alsjeblieft.'

12

Polly cancelt het posten bij het landgoed in Connecticut. Wat zou het nog voor zin hebben? Ze neemt lijn C naar haar huis in de Village. Marty belt me om door te geven dat hij informatie van de FBI heeft over de ontvoering van Victoria Belmond.

'Om te beginnen,' zegt hij, 'is die zaak nooit opgelost.'

'Heb je het dossier?'

'Een groot deel ervan.'

'Waar is het?'

'Bij mij thuis.'

Hij geeft me het adres. Ik zeg dat ik eraan kom. Golfer Gary biedt aan me te brengen, en ik neem zijn aanbod aan. Gary heeft een super-de-luxe Range Rover.

We rijden in noordelijke richting naar het park. Ik zit naast hem op de passagiersstoel en kijk naar zijn profiel. Ik schat Gary begin vijftig. Hij heeft een klassieke bierbuik, dunne armen en kromme schouders. Toen ik twaalf was, heb ik van mijn vader een les geleerd waar ik elke dag naar probeer te leven. Het was op een zaterdag vroeg in de zomer en we liepen door Washington Square Park. Als je daar ooit bent geweest, weet je dat het park een soort microkosmos is: de hele aardbol in het klein, opeengepakt op zo'n vier hectare. Je kunt er elke variant van de mensheid zien in een paar korte minuten.

'Hoop en dromen,' zei mijn vader met een brede glimlach, en hij spreidde zijn armen alsof hij zich voorbereidde op een omhelzing.

'Wat bedoel je?' vroeg ik.

Hij bukte om me aan te kunnen kijken. 'Een goede vuistregel: als je iemand ziet – rijk, arm, jong, oud, groot, klein, wat dan ook – onthoud dan één ding: die persoon heeft hoop en dromen.'

Mijn vader weidde niet verder uit. Ik denk dat hij dat bewust niet deed, want het is nog altijd iets wat bij mij een grenzeloze nieuwsgierigheid oproept. Ik doe het nog steeds als ik naar iemand kijk. Volgens mij wilde mijn vader me iets leren over empathie. Je passeert een man op straat. Misschien is hij boos, komt hij agressief over en haalt hij naar je uit. Of iemand is lelijk of dom of wat dan ook. Mijn vader wilde dat ik zou onthouden dat er ergens onder die extreme buitenkant een mens zit met hoop en dromen. Het is een eenvoudige gedachte. Hoop en dromen. En misschien zijn de hoop en de dromen van die persoon met het onopvallende uiterlijk gaandeweg verpulverd. Het doet er niet toe. Hoop en dromen houden nooit helemaal op te bestaan. Ze blijven ergens achter, misschien sluimerend, maar ze verdwijnen nooit echt.

Knoop dat in je oren.

'Gary?'

'Hm-hm?'

'Hoe zit het met jou?'

'Huh?'

Iedereen heeft hoop en dromen, bedenk ik, wat ook betekent dat iedereen een voorgeschiedenis heeft. Iedere mens die je ontmoet is nieuw, anders dan alle anderen.

'Waar woon je? Wat doe je? Hoe ben je bij mijn cursus terechtgekomen?'

'Heb je altijd zo veel persoonlijke belangstelling voor je cursisten?'

'Ja, hoor. Vooral als ze me wegbrengen in een chique Range Rover en polo's van dure golfbanen dragen.'

Hij glimlacht; hij stuurt nu met zijn polsen. 'Speel jij golf?'

'Nooit.'

'Hoe weet je dan dat de logo's op mijn shirts van dure banen afkomstig zijn?'

'Google.'

Hij knikt.

'Ik neem aan dat jij wel golft, Gary?'

Hij knijpt harder in het stuur. 'Vroeger wel.'

'Nu niet meer?'

'Nu niet meer,' herhaalt hij.

'Luister,' zeg ik, 'als je er niks over kwijt wilt...'

'Nee, ik snap het wel. Het is raar, dat ik jouw cursus volg. Ik pas niet in het profiel, hoewel er niet echt een profiel is, hè, als ik naar sommige andere cursisten kijk.'

'Het is inderdaad een eclectische club.'

'Mag ik jou iets vragen?'

Ik spreid mijn handen. 'Ik ben een open boek.'

'Ben je getrouwd?'

'Ja.'

'Kinderen?'

'Een zoon. Hij is een jaar.'

'Leuk,' zegt Gary.

'Ja.'

'Ik heb jou ook gegoogeld voordat ik aan de cursus begon.'

'Ja, dat zei je al.'

'Ze zeggen dat je ontslagen bent omdat je de regels had overtreden. Dat je een getuige in gevaar hebt gebracht door hem een dak op te jagen...'

'PJ Dawson.'

'... en dat er iemand dood is door jouw ongeoorloofde handelingen.'

'Komt er nog een vraag, Gary? Laat trouwens maar zitten, ik zal je de moeite besparen. Ja, het is waar.'

'Veel mensen vinden dat je vervolgd had moeten worden.'

'Misschien hebben ze gelijk. Uiteindelijk heb ik een deal gesloten. Ontslag genomen, mijn volledige pensioen kwijt. In ruil daarvoor word ik niet vervolgd.'

'Wat erg,' zegt hij.

'Ik heb het flink verkloot,' zeg ik. Hij schuifelt wat in zijn autostoel, zijn blik strak op de weg gericht. Ik besluit voorzichtig aan te dringen. 'Dus hoe zit het met jou, Gary? Vrouw, kinderen, die dingen?'

'Gescheiden,' zegt Gary, en weer zie ik iets over zijn gezicht trekken. 'Twee dochters. Ellie is negentien. Eerstejaars aan Clemson. Tanya zit in het laatste jaar van de middelbare school.'

'Zie je ze vaak?'

Gary schokschoudert. 'Niet zo vaak als ik zou willen. Ze wonen bij hun moeder in Short Hills. Ken je Short Hills?'

Het is een chique enclave in New Jersey. Het grote geld. 'Ja.'

'Daar hebben Wendy en ik de meiden grootgebracht. Ze zaten op The Pingry School.'

'Duur.'

'Ik had in die tijd mijn eigen hedgefonds. We hadden een huis met vijf slaapkamers in Dorset Lane. Wendy en ik zijn vierentwintig jaar getrouwd geweest.' Hij gluurt even mijn kant op en kijkt dan weer naar de weg. 'Houdt jouw vrouw van je?'

'Ja,' zeg ik.

'Ik denk niet dat Wendy ooit van me heeft gehouden. Maar misschien is dat niet fair van me. Ik heb haar leven verwoest. Dat is de waarheid. Ik dacht dat we het achter ons konden laten, maar zij kon dat niet. Daarom ben ik nu alleen. En werkloos. Wendy heeft een relatie met een oude vriend van me. De meiden schamen zich om met me gezien te worden. Althans, Tanya. Ellie trekt het beter.'

'Wat erg.'

Hij glimlacht. 'Ik heb het flink verkloot.'

'Wil je me vertellen hoe?'

'Je zou me niet geloven.'

'Ik kan goed luisteren,' zeg ik. 'Zonder te oordelen.'

'Maar je golft niet.'

Ik steek mijn handen op alsof ik me gewonnen geef. 'Dat moet je me niet kwalijk nemen. En eerlijk gezegd is het een domme sport die te veel goede bouwgrond en tijd in beslag neemt.'

'Daar kan ik weinig tegen inbrengen. Heb je ooit gehoord van Vine Ridge?'

Ik denk even na. 'Het klinkt me niet helemaal onbekend in de oren.'

'Dat is een exclusieve golfclub. Er zijn meerdere PGA-toernooien gehouden, waaronder de US Open twaalf jaar geleden.'

'O ja, dat heb ik geloof ik op tv gezien.'

'Vine Ridge zit op hetzelfde hoge niveau als Augusta of Pine Valley of Winged Foot.'

'Oké,' zeg ik, al zeggen die woorden me niks.

'Wendy en ik zijn allebei heel lang lid geweest. Derde generatie, in Wendy's geval. Nou ja, min of meer. Vrouwen worden niet toegelaten. Haar grootvader en haar vader waren lid, dus dat komt op hetzelfde neer. Ik was een heel goede amateurgolfer. Zat in het team op Amherst College. Zo hebben Wendy en ik elkaar leren kennen. Dus toen we gingen trouwen en als junioren bij de club kwamen, was *ík* strikt genomen degene die lid was. Want dat mogen alleen mannen. Snap je?'

'Ik geloof het wel. Beetje seksistisch.'

'Heel seksistisch. Maar Wendy vond het niet erg. Ze was dol op Vine Ridge. Ze is daar zo'n beetje opgegroeid. Als klein meisje bracht ze er al de zomers door met haar ouders, grootouders, ooms en tantes, dus je snapt hoe dat ging.'

'Ik snap het.'

'Wendy en ik aten drie, vier keer per week 's avonds op de club.

Altijd met vrienden. Tafels van zes of acht man. Veel lachen, veel drank. Wendy speelde iedere dinsdag in de negenholegroep voor vrouwen en tenniste op woensdag. Ik was een van de beste mannelijke spelers van de club. We kenden iedereen.'

Gary haalt even diep adem en pakt hand over hand het stuur over om af te slaan naar links. 'Drie jaar geleden speelde ik voor het clubkampioenschap tegen Richard Belthoff. Het was de eerste keer dat ik de finale had bereikt. Ik had twee jaar op rij verloren in de halve finale, één keer van Richard, door een twijfelachtige beslissing. Hij sloeg zijn bal achter een boom en kreeg een vrije drop omdat hij beweerde dat de bal in een eekhoornhol lag. Dat geloof je toch niet?'

Ik zeg 'nee', al kan ik het niet helemaal volgen.

Gary schudt het van zich af. 'Afijn, we waren vrienden, Richard en ik, maar we waren ook supercompetitief. Ik zal proberen het kort te houden, want ik vind het moeilijk om erover te praten en het boeit jou vast niet.'

'O, jawel.'

Gary schudt glimlachend zijn hoofd. 'We speelden dus voor het clubkampioenschap. We kwamen bij de achttiende hole. Dat is de laatste. En het was gelijkspel. Het was matchplay, moet je weten: je wint, je verliest of speelt gelijk. Ik had er vier gewonnen, hij had er vier gewonnen en de andere negen waren gelijk geëindigd. Dus het kwam erop aan bij die laatste hole, een par drie bij de bomen. Dat is een *signature hole* omdat je vanaf de tee de green niet kunt zien. Afijn, nou komt het. Ik sloeg als eerste af. Mooie slag, vond ik zelf. Maar de bomen waren niet gesnoeid omdat het pas gestormd had. Dus hing er nog een tak in de weg. We hoorden mijn bal hard tegen die tak slaan. Niet te geloven. Ik weet nog dat Richard zijn best deed om niet te lachen. De moed zonk me in de schoenen, maar toen ik er even over nadacht, kreeg ik toch weer hoop. De bal zou gunstig afgeketst kunnen zijn, misschien in de bunker geland of zo. Dus wij snel erheen. Richards bal was aan de rand van de green terechtgekomen, maar het was nog altijd een lastige *two putt*. Als ik mijn bal kon vinden en een beetje knap zou chippen, zat ik goed. Alleen kon ik hem niet vinden. We namen allemaal aan dat hij was afgeketst op die stomme tak, die daar helemaal niet meer had mogen hangen, en dat hij diep in het bos was verdwenen. Als we die bal niet binnen vijf minuten zouden vinden, zou ik een strafslag krijgen en dan was de wedstrijd afgelopen. Dan had Richard Belthoff gewonnen. Achteraf gezien... wat maakt het uit? Je krijgt een houten plaquette in de Men's Grill met je naam erop. Big deal. Maar ik weet niet, ik wilde gewoon zo graag winnen. Geen idee waarom. Ik was nog steeds woest over het jaar daarvoor, toen Richard de boel had belazerd met dat verhaal over het eekhoornhol. Dus nu zouden we quitte komen te staan, ik zou niet eens de winnaar zijn. Als ik mazzel had, stonden we na de achttiende hole nog steeds gelijk. Dan zou er een extra hole komen, sudden death, en dat was eerlijk, dan hoefde ik niet te verliezen door zo'n stomme tak.'

'Wat heb je gedaan, Gary?'

'Mijn golfbal is een Titleist Pro-v met mijn initialen GG in rode inkt erop geschreven. Dat doe ik altijd. Mijn initialen in rood, zodat je weet dat het mijn bal is. En natuurlijk hebben alle golfers een paar extra ballen in hun zak. Dan hoef je niet terug om in je tas te graaien als je er een het bos in slaat of kwijtraakt in het water.'

'Oké.'

'Dus toen er niemand keek, heb ik mijn reservebal uit mijn zak gehaald en die rechts achter me in de bunker laten vallen.'

Ik knik. 'En toen? Zei je dat je hem had gevonden?'

Hij glimlacht. 'O nee, dat zou verdacht zijn. Ik liep weg, ging zoeken in het bos, deed alsof ik hartstikke sportief was, echt klasse, de man die pech had door een tak. Ja ja, zo was ik. Sportief en met klasse. Iedereen in de club mocht me. Dus liep ik weg en hoopte dat iemand mijn bal zou vinden. En jawel, Manny, de caddy van Belthoff, riep ineens: 'Hé, ik heb hem!' Ik deed zelfs even mijn ogen dicht toen Manny dat riep. Ik had bijna gehoopt dat niemand de bal zou vinden. Ik kon nog teruggaan en alles veranderen. Maar na het droppen van die bal daar...'

'En wat gebeurde er toen?'

'Ik reageerde gespeeld verrast en opgelucht. Toen pakte ik mijn 60-gradenwedge, deed twee oefenslagen en chipte de bal de green op. Ik wil niet opscheppen, maar het was de chip van mijn leven. Na die slag had ik nog maar een kleine meter nodig voor par. Intussen kwam de hele club van het uitkijkterras af om ons de laatste hole te zien spelen. Allemaal met een drankje in de hand. Wendy was er ook. Haar vader. Haar oom. Ik schat zo'n veertig of vijftig vrienden van ons. En toen was het Richards beurt. Hij lijnde zijn putt op. Manny hielp hem met de *read*. Als het hem lukte, zou hij winnen, maar ik bedoel, kom op, hij stond op een meter of tien afstand. Dikke kans dat hij twee keer moest putten. Dat wil zeggen dat ik mijn *three-footer* moest halen om de play-off te forceren, een schone lei. Dan zouden we doorspelen tot er een eerlijke winnaar uit de bus kwam. Dus Richard sloeg zijn lange putt. Een heel goede slag. De bal ging recht op de hole af, maar bleef – oef – op een paar centimeter ervóór liggen. Misschien zeven, acht centimeter. De toeschouwers kreunden, zo'n typische golfkreun, en applaudisseerden toen beleefd. Daarna waren alle ogen op mij gericht. Ik maakte me klaar. Ik moest die three-footer putt slaan. Richard liep naar zijn bal om met een tikje die laatste centimeters te overbruggen...'

Hij valt stil. Krijgt tranen in zijn ogen.

Ik leg een hand op zijn schouder. 'Gary?'

Hij schudt me af.

'Wat is er gebeurd?'

Hij knippert hevig. Hij lijkt op het punt te staan in snikken uit te barsten.

'Stil maar,' zeg ik. 'We hoeven niet...'

'Nee,' zegt hij, net iets te hard. 'Ik heb dit nog nooit aan iemand verteld. Ik moet erdoorheen.'

Ik wacht af.

Gary slikt, zijn hangwangen trillen, en hij blaast zwaar uit. 'Dus Richard tikte de bal die laatste paar centimeter de hole in,' hervat hij zijn verhaal, 'en toen zag hij hem.'

'Wat zag hij?'

'Er lag al een bal in de hole.'

Hij kijkt me aan. Ik voel zijn doffe ellende.

'Mijn eerste bal,' zegt hij, al had ik dat inmiddels wel begrepen. 'Mijn oorspronkelijke bal, die de tak had geraakt. Die was dus inderdaad afgeketst, maar niet het bos in. Hij was de green op gerold en in de hole beland. Ik had een hole-in-one geslagen.'

Ik zeg niks.

'Richard bukte langzaam en raapte de bal op. Mijn initialen stonden erop, overduidelijk. Iedereen zweeg. Ze wisten het allemaal. Ik had een hole-in-one geslagen – en ik had de boel belazerd.'

Gary valt stil. Ik ben bang om nu iets stoms of neerbuigends te zeggen, iets als: 'Ach, één moment van zwakte' of: 'Joh, we maken allemaal weleens een foutje' of: 'Zo erg is het toch niet?' Maar ik begrijp het. Al voordat hij het me uitlegt weet ik: zijn bedrog heeft het leven dat hij leidde verwoest. Gary werd in één klap een sociale paria. Wij mensen zetten anderen graag op een voetstuk. We gooien ze er nog liever vanaf. Niemand wilde nog met hem golfen. De uitnodigingen voor etentjes droogden op. De plaatselijke online krant, de *Short Hills Patch*, kreeg lucht van het verhaal en publiceerde het. Hun vrienden haakten af. Gary stelde voor om te verhuizen, een nieuw begin. Ze hadden al een huis bij de Old Marsh Golf Club in Florida. Daar konden ze permanent gaan wonen. Maar de leden van Old Marsh hadden het verhaal ook al gehoord. En Wendy hield van het leven hier, dat wilde ze niet opgeven. Toch was er geen ontkomen aan. Dus deed Wendy wat ze kon om haar hachje te redden: ze ging van hem scheiden. 'Het kankergezwel eruit snijden om te overleven,' zegt Gary. Nu woont ze samen met een van Gary's vrienden, ironisch genoeg een neef van Richard Belthoff, die kort daarvoor weduwnaar was geworden. Toen zaaide het laatste restje van de kanker zich verder uit. Veel van Gary's klanten waren lid van de club. Ze trokken hun geld terug uit zijn hedgefonds.

Uiteindelijk raakte Gary alles kwijt.

'Ook mijn lidmaatschap, natuurlijk,' zegt Gary. 'Ik speel niet meer. Maar om de een of andere reden draag ik de kleding nog steeds. Misschien om mezelf eraan te herinneren. Als straf. Mijn eigen scharlaken letter, zij het in foute golfstijl.'

Ook nu weer zou ik willen zeggen: 'Je liet je gewoon even gaan, één foutje', en ook nu weet ik dat ik hem daar niet mee moet beledigen. Wil je de harde waarheid horen? Het draait in het leven niet om de grote fouten. Het draait om de kleintjes. Denk maar aan de grenslijn bij voetbal of andere sporten. De duurste fouten worden gemaakt vlak bij die lijn, en nu zie je de bal er net overheen gaan maar misschien kun je hem nog op tijd pakken, hem terug het spel in schoppen voordat iemand het ziet. Dat zijn de fouten die je bijblijven. Die kleintjes, foutjes die je niet had hoeven maken – die zullen je achtervolgen en je leven veranderen.

Dus bied ik Gary geen troostende woorden. Hij ziet er ontredderd uit. Ik ken psychiaters die zouden zeggen dat Gary het opzettelijk heeft gedaan. Het countryclubleven verstikte hem, en dus bleek zelfvernietiging voor hem de enige uitweg. Ik betwijfel of dat hier het geval is, maar waarom zou je je er niet aan vastklampen?

'Gary.'

'Ja?'

'Ik ben blij dat je in mijn klas zit.'

Hij glimlacht. 'Ik ook, man. Ik ook.'

13

Marty woont in een penthouse van drie verdiepingen in het historische Beresford-gebouw aan Central Park West, vlak bij het American Museum of Natural History. Ik heb op StreetEasy de prijs opgezocht toen Marty er ging wonen. Inderdaad, het gaat me niks aan, maar dat is nu eenmaal de wereld waarin we leven. Ik heb de regels niet verzonnen. Het stond te koop voor negentien miljoen dollar. Het werd verkocht 'ver beneden de reële marktwaarde' omdat de vorige bewoner een beruchte crimineel was die het helemaal had volgestouwd, met onder andere een gestolen Vermeer. Dus had Marty er een 'koopje' aan en hoefde hij maar een luttele veertien miljoen te betalen.

Nee, Marty, van wie ik betwijfel of hij ouder is dan dertig, heeft het penthouse niet gekocht van zijn politiesalaris. Hij komt uit een rijke familie. Schatrijk. Ze wonen in Houston, en wij zouden ze oliebaronnen noemen. Marty komt van oliegeld, vierde generatie.

We zitten op het terras met uitzicht op Central Park. Het Beresford-gebouw staat bekend om de achthoekige torens op drie hoeken van de bovenste, tweeëntwintigste verdieping. (Om de een of andere reden staat er in de noordwestelijke hoek geen toren.) Marty's appartement heeft er ook zo een. Die doemt naast ons op.

'Ik vind dat je moet weten,' zegt Marty, 'dat we er serieus werk van gaan maken om Tad Grayson veroordeeld te krijgen.'

Ik reageer niet. Ik geloof best dat hij het met de beste bedoelingen zegt, maar er is niemand bij de politie die zich er druk om maakt. Dat is geen kritiek, zo gaan die dingen. Als er gerechtigheid komt voor Nicole, ben ik degene die daarvoor zal moeten zorgen.

'Maar daar kom je niet voor,' zegt Marty.

'Nee.'

'Dus daar gaan we. De zaak-Victoria Belmond. Om te beginnen: die is echt méér dan bizar.'

Marty geeft me een of andere powershake. Groen. Hij is gek op shakes en op fitness en gezond eten, en dat is hem aan te zien. Ik kan me geen fysiek volmaakter exemplaar voorstellen dan Marty. Lang, aantrekkelijk, gespierd en bloedknap, terwijl ik er eerder uitzie als iets wat op de bodem van de wasmand is blijven liggen. Wat een duo waren we, in de korte tijd dat we collega's waren bij de NYPD.

'Ik luister,' zeg ik.

'Allereerst: het dossier bij de FBI is verzegeld, potdicht, geheim, niet te vinden in het systeem. Alleen de hoogste rangen hebben toegang.'

'Enig idee waarom?'

'Niet echt, nee.'

'Waarom zou de FBI algemeen gesproken een dossier verzegelen?'

'Officieel? Dat gebeurt als de inhoud, ik citeer, "voortkomt uit de inlichtingendienst en dreigingsgevoelig is", wat wil zeggen dat het de nationale veiligheid betreft. Ze verzegelen dossiers ook om bronnen of methoden te beschermen of om bewijsmateriaal veilig te stellen. Maar in dit geval denk ik dat ze zullen beweren dat het een privacykwestie is. Dossiers die persoonlijke informatie bevatten over individuen zijn vaak niet toegankelijk, als die individuen invloedrijk zijn. Maar zoals ik al zei, met het dossier van Victoria Belmond is iets heel raars aan de hand – dat begint al bij de avond van haar verdwijning.'

'Hoezo?'

'Een stel rijke scholieren huurt voor de jaarwisseling een zaaltje boven een bar. Dat wist je al, toch?'

'Ja.'

'Om te beginnen heeft niemand Victoria Belmond als vermist opgegeven, omdat haar ouders op reis waren en iedereen dacht dat ze met haar vriendinnen in een huurhuisje zat.'

'Ook dat wist ik al.'

'Goed. En we weten ook allebei hoe cruciaal de eerste achtenveertig uur zijn bij een ontvoering.'

'Klopt.'

'Dit was veel erger, eerder drie of vier keer zo lang. Tegen de tijd dat de politie het eindelijk serieus nam, wilden de jongeren die er die bewuste avond bij waren niet eens meer toegeven dat ze een feest hadden gegeven. Of misschien moet ik zeggen dat alle ouders intussen advocaten hadden ingehuurd.'

'Verdacht.'

'Ja en nee. De jongeren waren allemaal minderjarig en hadden vervalste ID-kaarten. Ze waren net toegelaten tot dure eliteopleidingen, en zoals je weet betekent dat álles in die kringen.'

Ik trek een gezicht. 'Dus ouders huurden een advocaat in om het onderzoek naar de ontvoering van een klasgenoot te dwarsbomen, alleen omdat ze bang waren dat die studietoelating ingetrokken zou worden?'

Marty glimlacht. 'Vind je dat moeilijk te geloven?'

'Nee, niet echt.'

'Zo doen de rijken dat, die zetten hun advocaten in. Voor alle zekerheid. Die toelating was waarschijnlijk al reden genoeg, maar misschien waren ze bang dat hun kind iets ergers had gedaan.'

'Zoals?'

'Weet ik veel. Dronken geworden die avond, ruzie met haar gemaakt, zoiets. Vergeet niet dat het nog pril was. De meeste mensen dachten dat ze was weggelopen of dat ze ergens dood gevonden zou worden. In beide gevallen was het advies om te zwijgen.'

'En ondertussen werd het spoor dat naar Victoria had kunnen leiden steeds kouder.'

'Juist. Tegen de tijd dat de juridische rompslomp geregeld was – vrijwaringen, geheimhoudingsverklaringen, dat soort dingen – liep het spoor dood. Niemand herinnerde zich Victoria te hebben zien vertrekken van het feest. Niemand herinnerde zich opvallende gebeurtenissen rondom haar.'

Daar denk ik even over na. 'Victoria had toch een vriend?'

'Min of meer. Trevor, een jongen uit een verkeerde buurt, wat in dit geval betekent dat zijn ouders maar een paar ton per jaar verdienden. De politie heeft Trevor scherp onder de loep genomen, maar alles wijst erop dat het een paar weken voor het feest al was uitgegaan tussen die twee.'

'Was Trevor op het feest?'

'Dat wel, maar wat denk je nou, Kierce? Ik bedoel, achteraf gezien.' Marty steekt zijn handen in de lucht. 'Hoe zou haar vriendje het gedaan kunnen hebben? Of een van Victoria's schoolvrienden? Ik bedoel, als ze een paar dagen later dood gevonden was... tuurlijk, dan zou je je richten op Trevor. Maar dat is niet gebeurd. Denk je nou echt dat een scholier een klasgenoot zou kunnen ontvoeren en haar dan elf jaar lang opsluiten? Elf jaar, Kierce.'

Marty heeft een punt. 'Nee, dat is niet logisch.'

'En zo komen we bij iets anders wat ik heel raar vind.'

'Vertel.'

'McCabe's Pub was bereid een oogje toe te knijpen met alcohol voor minderjarigen, maar ze konden de regels niet te zwaar overtreden, want dat had ze hun zaak kunnen kosten.'

'En dus?'

'En dus moet degene die heeft getekend voor de huur wél oud genoeg zijn geweest. Geen vervalste ID of dat soort dingen.'

'Wie heeft er getekend?'

'Victoria Belmonds oudere broer Thomas.'

Dat laat ik even tot me doordringen. 'Interessant.'

'Of misschien ook niet,' zegt Marty. 'De FBI heeft hem er wel naar gevraagd. Thomas zei: "Ach, mijn zus had een meerderjarige nodig, dus ik dacht waarom ook niet." Ik neem aan dat Thomas en Victoria een goede band hadden.'

'Thomas Belmond had een strafblad, hè?'

'Hij heeft zich in zijn jonge jaren vaak flink in de nesten gewerkt. Alcohol achter het stuur, een beetje dealen in drugs. Een paar keer in een afkickkliniek gezeten. Gearresteerd voor vechten in de kroeg. Er gingen geruchten dat hij agressief was tegenover vrouwen, als je begrijpt wat ik bedoel, maar dat was vóór MeToo, dus ik vermoed dat veel daarvan is weggepoetst met geld.'

'Hoe staat het er nu bij met Thomas Belmond?'

'Hij is getrouwd en werkt in het familiebedrijf, maar... Wacht, ik googel hem even.' Marty buigt zich over zijn laptop, begint te typen en knikt dan. 'Ja. Volgens zijn bio is hij *executive vice president* van de Belmond Corporation en woont hij in Greenwich, Connecticut met zijn vrouw Madeline en twee dochters, Vicki en Stacy.'

Marty draait de laptop naar me toe. Het is een foto van Thomas in een blauwe blazer met een groene stropdas. Ik heb hem eerder gezien. Thomas. Afgekort T, of Tee.

Het is Kleinste Man Tee.

Marty kijkt naar mijn gezicht. 'Je kent hem?'

'Ja,' zeg ik. 'Hij heeft gedreigd me te vermoorden.'

Al vijfendertig jaar lang gaan we met de familie Kierce uit eten bij een Chinees restaurant in West Orange, New Jersey, niet ver van de plek waar ik ben opgegroeid. Toen mijn vader en moeder emigreerden naar de Verenigde Staten gingen ze eerst in Newark wonen, om zich uiteindelijk te vestigen in een tweegezinswoning vlak bij Orange. Dat huis deelden ze met het gezin Weinberg. Sam Weinberg, de patriarch, werd mijn vaders beste vriend. De familie Weinberg – Sam, zijn ouders, zijn zus, zijn broer en hun kinderen – ging op zaterdagavond gezamenlijk uit eten bij de Golden China in winkelcentrum Essex Green, meestal met tien tot vijftien man. Mijn vader bewonderde de Weinbergs, hij vond het een goed idee, en het leek hem ideaal voor zijn eigen gezin.

Wij aten aanvankelijk ook elke week bij Golden China, maar dat ging dicht en toen probeerden we Shun Lee in New York. Maar dat was te duur, en nu gaan we dus naar Moon Garden. Wij hebben nooit een grote familie gehad, zoals de Weinbergs. Jarenlang gingen we met z'n vieren: mijn vader en moeder, mijn oudere zus en ik. Vanavond zijn we weer met z'n vieren: ik, Molly, Henry en mijn vader.

Pa bestelt altijd, en hij bestelt elke week hetzelfde: dimsum, garnalen met kreeftsaus, gebakken rijst en spareribs. Soms kiest hij er nog een ander gerecht bij, maar dat haalt dan nooit de vaste riedel. Mijn moeder is acht jaar geleden gestorven aan eierstokkanker, waarna mijn vader opeens een begeerde weduwnaar werd. Dat schuwt hij niet. Hij heeft vaak een date en is een echte rokkenjager geworden, zoals we dat vroeger noemden, maar ook al heeft hij ons nu vijf of zes keer voorgesteld aan een 'vriendin', er is nog nooit een dame uitgenodigd voor het familie-etentje.

'Ze zijn mooi en slim en ik geniet van hun gezelschap,' zei mijn vader een keer nadat hij een paar glaasjes Woodford Reserve te veel had gedronken. Toen tikte hij met zijn wijsvinger op zijn borst. 'Maar alleen je moeder kon bij mijn hart komen.'

Mijn vader is het toonbeeld van gesoigneerd. Hij draagt vintage pakken. Hij heeft een dun, volkomen symmetrisch snorretje, zijn stugge staalwolhaar is flink ingevet en achterovergekamd. Hij draagt altijd een zakkammetje bij zich. Mijn vader is het type man dat eruitziet alsof hij een deur openhoudt voor een vrouw zelfs al doet hij dat niet.

Henry is altijd laaiend enthousiast als hij 'opaaah' ziet: zijn gezicht straalt en hij begint wild te trappelen, alsof zijn hele lijfje wil uitdrukken wat hij nog niet met woorden kan zeggen. Molly is ook dol op mijn vader; ze heeft ooit gezegd dat voor haar destijds 'de koop gesloten was' zodra ze mijn vader ontmoette. We horen vaak dat een vrouw verandert in haar moeder, heeft Molly me ooit uitgelegd. Toen ze mijn vader leerde kennen, hoopte ze dat voor een man ook gold dat hij veranderde in zijn vader. Een mooie gedachte, maar ik ben nooit van m'n leven gesoigneerd geweest en ik lijk op mijn moeder.

Ik doe mijn best om niet afwezig over te komen terwijl ik kreeftsaus over mijn gebakken rijst schep, maar mijn vader en mijn vrouw zijn de twee mensen die me het beste kennen. Hen kan ik niet voor de gek houden. Henry zit in een kinderstoeltje, zijn hand helemaal onder de rijst, en in zijn miniknuistje een deegflapje waar de vulling uit druipt. Molly gaat staan en steekt haar handen naar hem uit.

'Ik ga even zijn luier verschonen,' zegt ze.

'Dat kan ik ook doen,' zeg ik.

'Laat mij maar. Ik moet toch plassen.'

Het is een doorzichtig smoesje, maar ik snap het. Ze wil mijn vader en mij even alleen laten. Zelf wilde ik dat al de hele avond, maar ik vond het ook prima om dit gesprek uit de weg te gaan; mijn vader en ik gaan het al bijna een kwart eeuw uit de weg.

Pa begint. 'Dus Nicoles moordenaar is vrij.'

Niet het onderwerp dat ik in gedachten had, maar ik zeg: 'Ja.'

'Trek je het een beetje?'

'Ja, hoor.'

'Niet in de verleiding om, ik zeg maar wat, het recht in eigen hand te nemen?'

'In de verleiding? Misschien wel. Maar er ook naar handelen? Zeker niet.'

Pa knijpt zijn ogen tot spleetjes. Ik denk dat hij me gelooft. 'Er is iets anders, hè?'

Ik kijk hem aan. Zeg niets. Ik kijk alleen maar. En dan weet hij het. 'Ach, verdomme.' Hij leunt achterover en geeft een klopje onder de strik van zijn das. 'Voor de draad ermee.'

Ik vertel hem snel over mijn cursus, over Anna die daar opdook, dat ik haar gevolgd ben, onze confrontatie in het theater op Times Square, alles. Terwijl ik dat doe, schieten mijn gedachten steeds naar dat telefoongesprek vanuit Spanje, de paniek in mijn vaders normaal zo kalme stem.

'Ga gewoon naar het vliegveld. Nu meteen. Met niemand praten. Neem het eerste vliegtuig naar huis. Of in elk geval naar de VS. Kan me niet schelen welke stad...'

Mijn vader tikt met zijn vinger op tafel terwijl hij luistert. Als ik uitgepraat ben, zegt hij: 'Ik zal je niet beledigen door te vragen of je zeker weet dat dit hetzelfde meisje is.'

Ik zeg niks.

Hij gaat door met tikken. 'Je beseft natuurlijk wel dat dit goed nieuws is. Het betekent dat jij haar niet...'

Ik voel iets in me opwellen, maar het klopt wat hij zegt. Ik had me afgevraagd wat de waarheid kon zijn en had alle mogelijkheden doorgenomen nadat ik bij dat 'lijk' vandaan was gestrompeld, nadat tot me was doorgedrongen dat ik mijn portefeuille en mijn telefoon kwijt was, en na mijn bezoek aan het plaatselijke politiebureau, met die Carlos Osorio, de agent die me eerst niet geloofde en toen opeens met me wilde praten, al ben ik nooit te weten gekomen waarom, want...

'Met niemand praten. Neem het eerste vliegtuig naar de VS. Kan me niet schelen welke stad.'

'Maar pap...'

'Je bent een bruine jongen in een vreemd land.'

'Maar misschien...'

'Niemand is geïnteresseerd in de waarheid. Je moet naar me luisteren. Jij krijgt straks de schuld. Hier is mijn creditcardnummer. Neem het vliegtuig.'

Ik luisterde. Ik nam het eerstvolgende vliegtuig, dat naar Atlanta bleek te gaan. Tegen de tijd dat ik daar aankwam had mijn vader geregeld dat ik een poosje bij mijn tante in Tulsa kon logeren. Een maand maar. Toen twee. Voor alle zekerheid. We verwachtten de hele tijd dat Carlos Osorio bij ons huis in New Jersey voor de deur zou staan, dat de politie zou aankloppen met een of ander uitleveringsbevel voor Spanje.

Maar dat gebeurde niet.

We hoorden niks van Osorio. We lazen nergens dat er een lijk gevonden was. En na mijn terugkeer uit Tulsa hebben mijn vader en ik er met geen woord meer over gesproken.

Pa legt zijn eetstokjes neer. 'Dus jouw Anna is in werkelijkheid Victoria Belmond.'

'Kennelijk.'

'En wat is jouw theorie over dit alles?'

Ik moet weer denken aan het axioma van Sherlock over te snel theoretiseren. 'Ik weet het niet.'

'Toen we naar dit land kwamen,' zegt mijn vader, 'was de ontvoering van Patty Hearst groot nieuws. Ken je dat verhaal?'

Ik knik. Daar heb ik ook aan gedacht.

'Ze was negentien toen ze werd ontvoerd door radicalen,' zegt mijn vader. 'Algauw zette ze zich af tegen haar eigen familie en pleegde ze bankovervallen. Op een gegeven moment werden twee van haar ontvoerders gearresteerd wegens winkeldiefstal. Ze sprong uit de vluchtauto en schoot een machinegeweer leeg op de winkel.'

'Dat weet ik nog.'

'Toen ze werd gevonden, beweerde Hearst – en dat houdt ze nog steeds vol – dat ze gehersenspoeld was en gedwongen, zelfs verkracht. Maar toch werd ze schuldig bevonden. Dus weet niemand wat de waarheid is. Misschien is er ook zoiets gebeurd met Anna... ik bedoel Victoria... maar misschien ook niet. Misschien is ze gedwongen. Ze gebruikte veel drugs, dat heb je me zelf verteld. De dealer, degene die zei dat je moest maken dat je wegkwam, was misschien wel de ontvoerder. Of werkte samen met de ontvoerder. Misschien is ze meegenomen naar Spanje en hebben ze haar verslaafd gemaakt aan drugs.'

Ik knik. Over die mogelijkheid heb ik ook nagedacht, maar het lukt me niet erin te geloven. Ja, er was waarschijnlijk ongemerkt iets sterkers toegevoegd aan het spul dat we die laatste avond hadden gebruikt – of ik althans. Maar Anna had geen eetkicks of sporen van naalden of dat soort dingen. Ik zou het hebben geweten als ze verslaafd was geweest, of als ze werd gedreven door verdovende middelen.

Ja, toch?

Haar beste vriend in die tijd, haar enige vriend, was onze dealer, een Nederlander die iedereen Buzz noemde. Ik nam aan dat Anna zich financieel wist te bedruipen dankzij Buzz, dat ze drugs voor hem verkocht of zo. Ik deed weinig moeite om het uit te zoeken. Ik was op vakantie. Het was nieuw voor me. Ik had het naar mijn zin. Wat had ik dan moeten doen?

'O mijn god, wat heb je gedaan?'

Mijn vader legt zijn hand op mijn onderarm. 'Het is al goed, Sami.'

Ik kan amper knikken.

'Als ze haar lijk vinden, draaien we allebei de bak in.'

'Heb je het Molly verteld?' vraagt mijn vader.

'Gedeeltelijk.'

'Wanneer?'

'Gisteren. Ik wilde er niet over liegen.'

Hij knikt. 'Wat zei ze?'

'Ze begon over Tad Grayson.'

Mijn vader fronst zijn wenkbrauwen. 'Waarom?'

'Volgens haar kan het geen toeval zijn. Ik zag Anna en Grayson kwam vrij.'

Pa denkt diep na, en als hij dat doet, zie ik een echo van mijn eigen uitdrukking op zijn gezicht. 'Ik zie het verband niet.'

'Dat zei ik ook.'

'Maar dat wil niet zeggen dat het er niet is. Misschien kunnen we snel wat dingen natrekken.'

'Natrekken?'

'Waar was Tad Grayson toen jij in Spanje zat? Is hij ooit in Spanje geweest? Kan zijn leven op de een of andere manier dat van Victoria Belmond gekruist hebben?'

Ik trek een gezicht. 'En dan? Zou hij Victoria jaren eerder ontvoerd hebben, haar naar Spanje hebben gesleept, om vervolgens terug te komen en iets te beginnen met de vrouw die ik uiteindelijk ten huwelijk zou vragen, en haar later hebben vermoord terwijl hij Victoria Belmond nog… hoelang was het? Nog acht of negen jaar gevangenhield?'

Nu leunt mijn vader achterover. Hij drinkt een old fashioned. Dat is zijn drankje. Langzaam neemt hij een slokje. 'Ik heb een ander idee.'

'Wat dan?'

'Ongeveer hetzelfde als wat ik toen tegen je heb gezegd.'

'Je zei dat ik door moest gaan met mijn leven, dat ik het moest vergeten.'

Pa glimlacht. Hij heeft een goede glimlach, net als ondergetekende. 'Precies.'

Ik wil niet hardop tegen hem zeggen wat ik nu denk, want dat is nogal bot. Ik heb er ook een enorme hekel aan als mensen hun ouders de schuld geven van hun eigen problemen. Maar de waarheid is dat ik destijds de door mijn vader voorgestelde route heb gevolgd. Ik probeerde Spanje achter me te laten. Probeerde het allemaal te vergeten. En hoe doe je dat? In mijn geval – en ik ben vast niet de enige – gebruik je een psychoactief middel om alles te vergeten. Nogmaals, ik ben niet zo oppervlakkig dat ik mijn vader de schuld geef van mijn drankgebruik. Maar mag ik de schuld wel gedeeltelijk leggen bij de gebeurtenissen op die warme zomeravond aan de Costa del Sol?

'We zouden met z'n allen naar Florida moeten verhuizen,' zegt mijn vader nu. 'Naar St. Petersburg. Zeg nou eerlijk, wat heb je hier nog? Je hebt de NYPD achter je gelaten. Je hebt Tad Grayson achter je gelaten. Nu je weet dat ze nog springlevend is, kun je zelfs Anna achter je laten. We beginnen opnieuw. Ken je mijn vriend Akash nog? Hij is daar een particulier beveiligingsbedrijf begonnen. Hij kan wel iemand met jouw ervaring gebruiken, zegt hij. Het beginsalaris is een bedrag van zes cijfers.'

We zien Molly langzaam terugkomen naar de tafel. Henry lacht breed naar me, steekt zijn armpjes naar me uit en buigt zich van haar weg zoals baby's dat doen. Het clichéantwoord, het verwachte antwoord aan mijn vader is nee, ik ga niet weer vluchten, ik houd mijn poot stijf, hier ben ik thuis, dat soort dingen. Maar dat zou koppig van me zijn.

'Daar moet ik over nadenken,' zeg ik.

'Oké.'

'En met Molly praten natuurlijk.'

'Natuurlijk. Maar luister… probeer intussen het verleden te laten rusten, oké?'

'Het heeft me kapotgemaakt,' zeg ik zonder erbij na te denken, en ik heb spijt van mijn woorden zodra ze mijn mond uit zijn, nog voordat ik mijn vader ineen zie krimpen alsof ik hem een klap heb gegeven.

'Dat meende ik niet,' zeg ik snel.

'Het is al goed.'

'Alleen… het gevecht uit de weg gaan, zo heb jij me niet opgevoed.'

'Toch wel,' zegt mijn vader, en er verschijnt een weemoedig lachje op zijn gezicht. 'Maar je moeder helaas niet.'

14

Later die avond, om twee uur 's nachts, zegt Molly: 'Ik had je expres met je vader alleen gelaten.'

We liggen samen in bed, allebei op onze rug.

'Dat weet ik.'

'Heeft het geholpen?'

'Hij vindt dat we een nieuwe start moeten maken.'

Stilte.

'Er is een baan voor me als bedrijfsbeveiliger in Florida. Betaalt schijnbaar goed.'

'Wat vind je daarvan?'

'Ik ben getrouwd met een fantastische vrouw en ik heb een zoon met haar. De beslissing is niet aan mij alleen.'

'Beetje betuttelend.'

Ik glimlach in het donker. 'Dat besefte ik zodra ik het had gezegd.'

'Ik vroeg je niet om een beslissing te nemen.'

'Weet ik.'

'Ik vroeg wat je ervan vond.'

'Juist. Er zijn voors en tegens.'

'Zullen we ze doornemen?'

'Om twee uur 's nachts?'

'Volgens mij kunnen we allebei niet slapen.' Ze draait zich op haar zij en legt een warme hand op mijn borst. 'Voor: het weer.'

'We houden geen van beiden van kou,' zeg ik instemmend.

'De winters zijn hier lang.'

'Maar we wonen hier al ons hele leven.'

'Valt dat in de categorie "tegen een verhuizing naar Florida"?' vraagt ze.

'Ik denk het wel.'

'We komen hier vandaan,' zegt ze. 'We zijn hier opgegroeid. We vinden het hier fijn.'

'Ook al vinden we de winters maar niks.'

Molly gaat door. 'Nog wat voordelen. In Florida zijn de huren lager.'

'Veel lager.'

'Jij zou een goedbetaalde baan krijgen. Ik vind daar ook wel werk.'

'Klopt en klopt.'

'Henry zou kunnen opgroeien met een echte tuin.'

Ik houd mijn hoofd schuin. 'Is dat een "voor"?'

'De NYPD zou geen rol meer spelen,' vervolgt ze. 'Dan zou je je verleden achter je kunnen laten.'

Stilte.

'Sami?'

'Je kunt het verleden nooit achter je laten,' zeg ik.

'Jawel, dat kan wel. Er valt wat te zeggen voor "uit het oog, uit het hart". Natuurlijk, jij blijft dezelfde jij, maar dezelfde jij in een andere omgeving is alsof je een nieuwe katalysator toevoegt aan een chemische verbinding. Ik weet dat je problemen hebt die je achtervolgen, Sami. Die hebben we allemaal.'

'Jij niet,' zeg ik. 'Jij bent volmaakt.'

'Man, wat kan ik jou goed voor de gek houden. En ik zei "het verleden achter je laten", niet ervoor vluchten of eraan ontsnappen. Maar weet je wat het is? Ik snap dat je problemen hebt uit het verleden. Die heb ik ook gehad. Maar wat voor afschuwelijke dingen we ook hebben doorstaan, het heeft er wel toe geleid dat wij, jij en ik, hier nu samen zijn. Het heeft ertoe geleid dat ik een baby heb, en een leven met een geweldige man. Want dat ben je, Sami. Dus de fouten, de pijn, zelfs de doden – misschien hebben we daar wel van geleerd...'

Haar hand ligt nog op mijn borst. Ik leg de mijne eroverheen en we vlechten onze vingers in elkaar.

'Stel nou,' zeg ik, 'dat een deel van wat ik heb geleerd, een deel van datgene wat mij zo geweldig maakt, juist is dat ik bepaalde dingen niet kan loslaten?'

Ze zwijgt heel even. 'Die is raak.'

'Wil jij naar Florida?' vraag ik.

'No way.'

'Dan zijn we eruit.'

Om een uur of vijf lukt het me om in slaap te komen – en prompt om zes uur wordt Henry met een luide kreet wakker. Ik fluister tegen mijn geliefde dat ze lekker in bed moet blijven, dat ik de kleine ga halen, en Molly reageert met een zacht snurkje, haar ogen gesloten. Ik zwaai mijn voeten op de vloer, gris mijn telefoon van het nachtkastje en ga naar Henry toe. Mijn zoon is een blije baby. Zelfs zijn gehuil van nu is eerder geruststellend dan alarmerend of schel; het lijkt eerder bedoeld om zijn ouders te wekken dan om hen tot actie te manen. Zodra ik me over zijn wiegje buig, beseft Henry dat er in zijn basisbehoefte voorzien gaat worden, dus houdt hij onmiddellijk op met huilen. Hij glimlacht naar me en kraait en wikkelt me figuurlijk om zijn vinger. Ik til hem hoog in de lucht, doe hem een schone luier om, draag hem naar de keuken en zet hem in zijn kinderstoel. Dan gooi ik wat Cheerio's op zijn tafeltje en kijk op mijn telefoon voordat ik ontbijt ga maken.

De eerste twee berichten zijn van Arthur, binnengekomen om 06.04 uur.

Het eerste luidt:

Niet kwaad worden, ik geef het alleen maar door.

Dat bevalt me niks. Ik scrol door naar het tweede bericht:

Op verzoek van Tad Grayson stuur ik je dit: 'Zeg tegen Kierce dat ik hem het bewijs wil laten zien. Laat hem aub naar het huis van mijn moeder komen, City Blvd 198B op Staten Island. Ik ben er de hele dag. Van tevoren even bellen zou fijn zijn, dan weet ik dat hij komt.

Ik klik op 'antwoorden' en typ naar Arthur:

Waarom moet ik naar hem toe? Laat hem maar naar mij komen.

De dansende drie stippels zeggen me dat Arthur aan het typen is. Dan komt het antwoord:

Hij heeft de hospicezorg voor zijn moeder overgenomen. Ze heeft niet lang meer.

Tad Grayson en zijn leugenachtige stervende moeder boeien me niet. Om dat aan te geven, plaats ik een emoji van een huilend gezichtje en typ: *Zeg maar dat hij me niet lastig moet vallen met zijn jankverhaal.* Maar ik druk niet op 'verzenden' en wis in een vlaag van volwassenheid het bericht. Dan begin ik opnieuw:

Als hij bewijs heeft, waarom heeft hij dat dan gisteren niet gezegd?

Dat heb ik hem ook gevraagd.

En wat zei hij toen?

Zijn antwoord: 'Alleen te zien bij mij thuis. Kan niet op kantoor.'

Ik trek weer een gezicht. Kijk naar Henry. Henry fronst ook, hij doet me na. Ik kijk hem aan en zeg: 'Ja, echt hè?'

Daar moet Henry om lachen.

Mijn telefoon pingt. Arthur vraagt:

Ga je erheen?

Ik typ terug:

Zeg maar dat ik er vanavond klokslag zes uur ben.

Dat is gelogen. Ik ga hem niet de kans geven zich voor te bereiden.

Snel kom ik in actie. Ik hoop dat Molly wakker is. Helaas. Dus wek ik haar. Zachtjes. Zoals Henry daarnet. Ze kreunt maar snapt het. Ik leg Henry op haar borst, ga douchen, kleed me aan. Dan neem ik de metro naar de veerboot van Staten Island.

Om acht uur sta ik op Staten Island op City Boulevard te kijken naar het huis waar het monster Tad Grayson is opgegroeid. Je zou het beleefd 'verweerd' kunnen noemen, maar het lijkt meer alsof het huis aan het afbrokkelen is of zelfs actief uit elkaar valt. Het pand is vreemd asymmetrisch en ziet eruit alsof het door een kind op de kleuterschool is getekend. Alle jaloezieën zijn dicht behalve bij het raam rechtsboven, waar geen glas in zit maar houten planken. In de buurt overal trotse voortuintjes, zo groen dat je er golfers zou kunnen ontvangen. Maar niet bij de familie Grayson. Het onkruid staat zo hoog dat het bij Six Flags in de grotemensenachtbaan zou mogen. Ik zou kunnen zeggen dat er een paar scheuren in de stoep zitten, maar het is gepaster om te melden dat er nog wat stoep te zien is tussen de scheuren.

Behoedzaam baan ik me een weg naar de voordeur terwijl ik me probeer te herinneren wanneer ik mijn laatste tetanusinjectie heb gehad. Ik zoek naar een deurbel. Tevergeefs. Als ik aanklop, voorzichtig om mijn knokkels niet open te halen of een splinter op te lopen, bladderen er schilfers verf van de deur. Ik wacht. Niks. Ik klop nog een keer en hoor dan een stem waarin ik Tad Grayson herken zeggen: 'Ogenblikje.'

Als hij opendoet, ben ik opnieuw verrast, zo niet tevreden, over hoe uitgemergeld en beroerd Grayson eruitziet. Hij ademt hortend, alsof hij net klaar is met een hardloopronde. Hij draagt rubber handschoenen en heeft een witte plastic zak in zijn hand. Ik vang een vleug op van iets wat heerlijk menselijk ruikt en me tegelijkertijd kotsneigingen bezorgt.

'Je wilde me iets laten zien?' zeg ik.

'Ik dacht dat je klokslag zes uur zou komen.'

Ik zeg niks.

'Bij dat "klokslag" had ik het moeten snappen,' zegt Tad Grayson met een zucht. Hij doet een stapje terug. 'Ik was net mijn moeder aan het helpen met aankleden. Je zult heel even moeten wachten.'

Op dat moment hoor ik een schorre vrouwenstem. 'Tad?'

'Ik kom eraan, mam.'

Hij gebaart me om binnen te komen. Ik sta in dubio. Ik heb weinig zin om dit vervallen krot binnen te gaan. Ik zou buiten kunnen wachten, waar de lucht een stuk frisser is, maar ik heb in mijn jaren als rechercheur geleerd dat wanneer een verdachte je uitnodigt om binnen te komen, je dat moet doen, tenzij je ernstig gevaar vermoedt. Iemands huis zegt veel over die persoon. Het is zijn leefomgeving, met zíjn keuzes, zijn stemming. Je weet nooit wat iemand weglaat in zijn verhaal.

Dus ga ik naar binnen.

Het piepkleine halletje gaat naadloos over in de huiskamer. De bank is een opgemaakt opklapbed. Ik neem aan dat Tad daar vannacht heeft geslapen. Het bed neemt alle ruimte in beslag, dus blijf ik staan – niet dat ik op die aftandse meubelen zou willen gaan zitten. De televisie is een ouderwets bakbeest met sprietantenne. De peertjes in de lampen zijn geel, waardoor alles een ziekelijke gloed krijgt. Er staan fletse foto's in beduimelde lijstjes. Ik bekijk ze aandachtig. Op de meeste staat een gezin van vier: vader, moeder en twee jongens. Eén foto is genomen in de voortuin van dit huis in een tijd dat het gras meer leek op dat van de buren; een andere in deze zelfde kamer, met dezelfde televisie. De vader is al jaren dood, weet ik. Ik herinner me dat Tad Grayson een broer had, Nathan, die kort voor de moord naar Los Angeles was verhuisd. Ik kan me niet herinneren dat hij na de arrestatie is teruggekomen om zijn broer te steunen. Dus bleef de moeder, Patricia, alleen over. Ik herken haar van de rechtszaal, al ziet ze er hier nog jonger uit.

Ik hoor stromend water en een toilet dat wordt doorgespoeld. Twee gedempte stemmen; Tad en zijn moeder, neem ik aan. Hij klinkt zorgzaam, geruststellend, kalmerend. Zij klinkt gespannen, verward, bang. Het bevalt me niet om hier te zijn. Het is donker en somber en het hele huis ruikt naar ontsmettingsmiddel en de dood. Het is een geur die me vreemd genoeg doet denken aan Henry's luiers en tegelijkertijd voelt als compleet het tegenovergestelde.

De levenscyclus via de lucht van menselijke uitwerpselen.

Ik merk dat ik moeite heb met ademen.

De slaapkamerdeur achterin gaat open en Tad Grayson komt naar buiten geschuifeld. Zijn ogen zijn nu rood, ik weet niet waarvan. Het kan me ook niet schelen.

'Ze gaat dood,' zegt hij tegen mij.

Ik reageer niet.

'Ik had om verlof gevraagd, je weet wel, familieomstandigheden.

Een paar dagen maar. Zodat ik afscheid van haar kon nemen. En weet je wat ze zeiden?'

Ik reageer niet.

'Ze zeiden dat ik later misschien verlof kon krijgen om haar begrafenis bij te wonen.' Hij schudt verbijsterd het hoofd. 'Wat een idioot systeem, hè? Voor een begrafenis krijg je verlof, uit mededogen, maar afscheid nemen als die persoon nog leeft, als ze je nog kan horen en er troost uit kan putten, misschien als afsluiting, dat is een brug te ver.'

Hij kijkt naar me alsof hij instemming verwacht.

'Nicoles moeder is vier jaar geleden overleden,' zeg ik. 'Tegen het einde riep ze de naam van haar enige dochter. Het was het treurigste geluid dat ik ooit heb gehoord.'

We blijven daar even zo staan.

'Waar is je bewijs dat je het niet hebt gedaan?' vraag ik.

'Vertel mij eens, Kierce, hoe je een ontkenning zou kunnen bewijzen?'

'Wilde je me dát vertellen?'

'Nee,' zegt hij. 'Ik wilde je helemaal niks vertellen.'

Ik doe een stap naar achteren. 'Ik volg je niet.'

'Mijn moeder wil je iets vertellen. Zij is de reden dat ik je heb gevraagd te komen.'

Hij loopt weer naar haar deur en legt zijn hand op de klink. Kijkt naar me om na te gaan of ik er klaar voor ben. Ik wil daar niet naar binnen. Ik ben niet goed met dat soort dingen. Wie is dat wel? Ik hang niet graag rond bij zieken. Ik heb een beetje een bacillenfobie en hier wemelt het ervan, te veel verschillende soorten.

Maar ik loop achter hem aan de kamer van zijn zieke moeder in.

Ik verwacht dat ze aangesloten zal zijn op een miljoen apparaten. Dat is ze niet. Ze zit rechtop in het opgemaakte bed, het dekbed over haar onderste ledematen. Haar haar is dun en grijs. Ik kan haar hoofdhuid zien. Ze ziet lijkbleek. Haar ogen lijken te groot, te helder, te blauw als ze ons volgen. Ik probeer de vrouw die ik hier zie te rijmen met de vrouw op de foto's, met de vrouw die ik in de getuigenbank zag tijdens de zaak tegen haar zoon al die jaren terug. Het zou overal lastig zijn om de link te leggen, maar die blauwe ogen staren me strak aan, proberen me te doorboren, net als destijds in de rechtbank.

Ik geef geen krimp.

'Tad?' zegt zijn moeder.

'Ja, mam.'

'Heb je onze gast iets te drinken aangeboden?'

Nu reageer ik wel. 'Nee. Ik ben geen gast en ik wil niks drinken.'

Haar blik gaat naar haar zoon. 'Wacht jij buiten.'

Dat lijkt Tad van zijn stuk te brengen. 'Mam?'

'Alsjeblieft, Tad.' Haar stem mag dan zwak zijn, ik denk dat hij er nog steeds de strengheid uit zijn jeugd in hoort. 'Ga de kamer uit.'

Tad vertrekt en doet de deur achter zich dicht. Ik verroer me niet. De geuren zijn hier nog; ze vechten om voorrang met een citroenspray of iets dergelijks, wat de stank op de een of andere manier nog erger maakt. Er staat een stoel pal naast het bed. Ik ga niet zitten. Ik kom niet van mijn plek. Blijf staan waar ik sta.

'Tad was hier bij mij,' zegt ze, 'op de avond dat Nicole is neergeschoten.'

Dat is voor mij geen nieuws. 'Ja, ik was erbij hè, toen u die getuigenis aflegde. U had niks om uw alibi te bevestigen. Niemand anders hier in de straat heeft Tad die avond gezien. De jury trapte er toen niet in en ik nu ook niet.'

'Ik ga dood.'

'Weet ik. Dat verandert niks. De verklaring van een stervende moeder om haar zoon vrij te pleiten voegt niets toe. Een andere getuige heeft uw zoon gezien vlak bij de plek van de moord, op dezelfde tijd dat hij volgens u hier was.'

'Brian Ansell,' zegt ze.

'Ja.'

Ze sluit haar ogen, ademt diep in en zegt dan: 'Daar heb ik veel over nagedacht.'

'En?'

'Ansell heeft gelogen in de getuigenbank. Dat heb ik lang gedacht.'

'En nu?'

'Nu heb ik er mijn vragen bij.' Haar stem breekt. Het kost haar moeite om rechtop te blijven zitten. Ik schiet niet te hulp. 'Heb jij je nooit afgevraagd of hij misschien in de val is gelokt?'

Ik zeg niks.

'Tad ging naar Pennsylvania om een wapen te kopen,' vervolgt ze. 'Misschien wist iemand dat. Misschien is iemand hem gevolgd om het wapen te stelen, en heeft diegene zich net zo gekleed als hij.'

'Mevrouw Grayson, ik denk dat ik beter kan gaan.'

'Ze is twee dagen voor ze vermoord werd nog hier geweest. Wist je dat?'

Ik klap dicht.

'Nicole, bedoel ik. Ze kwam op bezoek.'

Ik probeer mijn hartslag tot bedaren te brengen. 'Waarom?'

'Omdat Tad zich misdroeg. Nicole hield niet meer van hem. Dat wisten we allebei. Maar ze gaf nog wel om hem. Nicole… Zo was ze gewoon.'

Iets in mij wil haar met een klap het zwijgen opleggen. Het andere deel van mij wil alles horen van iedereen die Nicole heeft gekend en die over haar kan vertellen, want hoe vreselijk dat ook is, de wereld draait te makkelijk door zonder haar.

En vooral ik, haar grote liefde.

'Nicole en ik waren close,' zegt mevrouw Grayson. 'Dat weet jij ook, Sami.'

Ik wil niet dat ze me bij mijn voornaam noemt. Het maakt me woest. Maar ik moet kalm blijven. De man die Nicole heeft vermoord staat daar achter de deur. Door zijn vrijlating en de terugkeer van Victoria/Anna schieten mijn emoties alle kanten op. Ik kan niet helder denken, besef ik.

'Goed.' Ik probeer analytisch te blijven. 'Nicole kwam dus naar u toe omdat ze zich zorgen maakte over de gewelddadige dreigementen waarmee uw zoon haar bestookte. Uw zoon, die kort daarvoor een pistool had gekocht dat is gebruikt om haar te vermoorden. Heb ik dat goed?'

Geen antwoord.

'Ik weet niet hoe ik het u moet vertellen, mevrouw Grayson, maar deze informatie pleit hem niet bepaald vrij.'

'Dat is niet het enige wat ze zei.'

'O?'

'Nicole heeft me verteld over een zaak.'

'Een zaak.' Ik trek sceptisch een wenkbrauw op.

'Ja. Ze deed onderzoek naar iemand die haar iets zou kunnen aandoen.'

'Komt dat even mooi van pas, mevrouw Grayson...'

'Patricia.'

'Mevrouw Grayson, Nicole was bij de politie. We hebben al haar zaken nageplozen om te kijken of er iemand was die een wrok tegen haar koesterde; iemand die haar vermoord zou kunnen hebben. Elk spoor is gevolgd. Er was niks te vinden.'

'Het was geen politiekwestie,' zegt mevrouw Grayson.

Ik doe mijn best om niet geërgerd met mijn ogen te rollen. 'Goh.'

'Het was iets persoonlijks. Iets in haar eigen familie.'

'Dus ze kwam naar u toe om te vertellen dat uw zoon haar bedreigde...'

'Ze was niet bang voor Tad. Ze wist dat hij ongevaarlijk was.'

'... en toen zei ze: "O ja, ik ben trouwens bezig met een zaak die niet bij de politie speelt maar in mijn familie, en daar ben ik ook heel bang voor." Vat ik het nu goed samen?'

Haar heldere ogen zijn nu donker.

'Even voor de duidelijkheid,' ga ik door. 'U hebt dus niemand over dat bezoek verteld?'

'Klopt,' zegt ze. 'En je weet best waarom.'

Ik spreid mijn handen. 'Ik zou het echt niet weten.'

Ze hoest in een zakdoek. Draait opzij en kijkt naar het glas water naast het bed. Ik weet niet of ze hulp van me verwacht om het te pakken. Ik verroer me niet. 'Als ik de politie had verteld dat Nicole naar me toe was gekomen vanwege de sms'jes van Tad, dan zouden ze mijn woorden verdraaid hebben om ze tegen hem te gebruiken. Zoals jij nu doet. Maar luister, ik heb niet lang meer te leven. Tad was die avond bij mij. Daar ben ik nooit van afgeweken. Nooit. Iemand... Misschien was het iemand naar wie Nicole onderzoek deed en die bang was dat ze... Zo iemand moet je hebben. Je moet uitzoeken waar Nicole mee bezig was.'

Ik knik, ik wil alleen maar weg. 'Verder nog iets?'

Patricia Grayson is nu doodop. Haar hoofd ligt op het kussen. Ze kijkt niet meer naar mij, maar naar het plafond. 'Stel dat je het mis hebt.'

Ik reageer niet.

'Stel je voor dat jij mijn zoon in die helse gevangenis hebt laten opsluiten – waardoor er niet meer van hem over is dan de lege huls die je nu ziet – omdat je de waarheid niet onder ogen wilde zien. En stel dat je dat diep in je hart wel weet, dat je beseft dat je hem zwaar onrecht hebt aangedaan, maar je het gewoon niet wilt zien omdat het te afgrijselijk zou zijn om toe te geven? Hoe kun je met jezelf leven als Tad het niet gedaan blijkt te hebben?'

Ik zeg niks.

'Ik ben een vrouw op haar sterfbed. Dit is mijn laatste biecht. Mijn zoon was bij mij op de avond dat Nicole is vermoord. Hij heeft het niet gedaan.'

15

Zonder een woord te zeggen tegen Tad Grayson haast ik me naar buiten en neem de ferry terug naar Manhattan. De lucht boven New York Harbor voelt fijn – ik snuif diep tijdens de overtocht van vijfentwintig minuten. Als we bij South Street in Lower Manhattan de boot af gaan, loop ik in noordelijke richting langs de East River. Ik weet niet hoelang. Zeker uren. Ik heb geen haast, ik hoef nergens naartoe. Molly is met Henry naar een moeder-kinduurtje in het park gegaan en is nog niet thuis. Dus probeer ik al wandelend het gevoel en de stank van het huis van de Graysons van me af te schudden.

In gedachten herhaal ik wat Tad Graysons moeder tegen me heeft gezegd. Alles. Meerdere keren. Ze loog om haar zoon te helpen, net als destijds in de rechtbank. Zeker weten.

Maar ze heeft ook dingen gezegd waarvan ik moet toegeven dat ze niet helemaal ongeloofwaardig klinken.

Ik weet bijvoorbeeld dat Nicole Patricia Grayson graag mocht. Tads moeder was lief voor haar geweest tijdens de grimmige scheiding van haar ouders. Nicole heeft meer dan eens liefdevol over haar gesproken. Zijn moeder had het zwaar, zei Nicole. Haar scheve, kromme neus en die ingevallen wangen waren gebroken door de vuistslagen van haar echtgenoot, Tad Graysons vader. Het zou me dus niet verbazen als Nicole echt bij Patricia Grayson op bezoek is geweest. Ik weet dat Nicole haar weleens mee uit lunchen nam. Ik weet ook dat Nicole Patricia Grayson had uitgenodigd voor onze diploma-uitreiking aan de NYPD-academie.

Nicole heeft me nooit iets verteld over de heftigste dreigementen van Tad. Ik snap natuurlijk waarom niet. Ze was bang dat ik iets zou doen. Ze kon het zelf wel afhandelen.

Hoe zou Nicole het afgehandeld hebben?

Het is heel goed mogelijk dat ze heeft geprobeerd tot Tad door te dringen via zijn moeder. Dat ze naar Patricia is gegaan om samen met haar een manier te bedenken om hulp voor Tad te zoeken voordat hij te ver zou gaan.

Als ze dat heeft geprobeerd, is het duidelijk mislukt.

Ik weet niet wat ik met dit alles aan moet. Tad Grayson heeft Nicole vermoord. Dat is bewezen. Maar ben ik nou koppig? Pasgeleden is er een seriemoordenaar opgepakt die onschuldige mensen in de val liet lopen; velen van hen zaten een levenslange straf uit in de gevangenis toen de echte dader werd gepakt. Dus is het wel zo vergezocht wat Patricia Grayson nu oppert? Als ik objectief ben, als ik de feiten koel en van een afstandje probeer te bekijken…

Nee, sorry, dat verandert mijn kijk op de zaak niet.

'Hoe kun je met jezelf leven als Tad het niet gedaan blijkt te hebben?'

Dat lukt me prima. Ik heb naar de bewijzen gekeken. Een afgewezen man stuurt de vrouw van wie ik hou afschuwelijke, gewelddadige sms'jes. Hij dreigt haar door het hoofd te schieten. Hij koopt een pistool. Dat pistool wordt gebruikt voor de moord. Allemaal feiten die zelfs Tad niet tegenspreekt. Dus zelfs al zou hij de trekker niet hebben overgehaald…

Wacht even. Overweeg ik die krankzinnige mogelijkheid nou echt?

Nee. Patricia Grayson liegt om haar zoon te beschermen. Maar misschien kan ik daar gebruik van maken. Als ik kan aantonen dat ze liegt, als ik een band met haar kan opbouwen door naar haar te luisteren en haar de fout in zie gaan in de verdediging van haar zoon zodat ze een diepere waarheid onthult...

Ben ik te haastig vertrokken? Moet ik teruggaan?

Dat vraag ik me nog af terwijl ik de sleutel in het slot van mijn appartement steek. Ik ben verbaasd als ik stemmen hoor in de keuken. Eén ervan is Molly, natuurlijk. De andere, zie ik als ik dichterbij kom, is Victoria Belmond. Victoria zit tegenover mijn vrouw aan tafel. Ze drinken thee. Molly neemt thee heel serieus. Ze zet hem vers, met ingrediënten die ze op de biologische markt haalt, of van kruiden die ze bij ons thuis op de vensterbank kweekt. Ze neemt de tijd. Ze weet precies hoe je verse munt het beste kunt kneuzen, door de blaadjes tussen je vingers te rollen. Ze gebruikt houten lepels, geen metaal. Ze houdt de tijd bij als de thee staat te trekken; meestal twaalf minuten. Ze heeft een speciaal roerstaafje. We hebben thee-eieren, zeefjes, luchtdichte blikken en verschillende waterkokers.

Beide vrouwen kijken tegelijk naar me op. Ik ben niet trots op mijn eerste gedachte. Jij zult het me vast ook kwalijk nemen, maar iedereen heeft zo zijn gebreken, toch? Mijn eerste gedachte – en ter verdediging van mezelf: die was vluchtig, instinctief, niet weloverwogen – is dat dit twee mooie vrouwen zijn en dat ik met allebei de liefde heb bedreven. Zo, dat is eruit. Het spijt me niet eens, sorry daarvoor.

Onder andere omstandigheden zou ik nu mijn veren gladstrijken.

Molly is de eerste die iets zegt, overbodig. 'We hebben bezoek.'

'Het spijt me,' zegt Victoria. 'Ik had moeten bellen, maar ik was bang dat ik dan niet meer zou durven.'

'Het geeft niet.'

Dat zegt Molly, ik niet. Ze steekt geruststellend haar hand uit over de tafel en legt die op Victoria's onderarm. Victoria heeft haar handen om de beker thee gevouwen alsof ze behoefte heeft aan warmte. Ze kijkt op en lacht dankbaar naar mijn vrouw. Molly laat haar hand nog een paar tellen op haar arm rusten en staat dan op.

'Ik laat jullie samen praten,' zegt ze.

'Nee, niet weggaan,' zegt Victoria. 'Ik denk dat het juist helpt als je blijft.'

Molly weet niet goed hoe ze daarop moet reageren. Ze kijkt mij aan. Ik weet ook niet goed wat ik ervan vind, maar ik knik. Langzaam gaat ze weer zitten.

We vervallen in stilzwijgen. Er staat een stoel in de hoek van de keuken. Ik kom in de verleiding om die te pakken en bij hen te gaan zitten, maar op dit moment voelt staan beter. Ik weet niet of ik moet beginnen of dat ik Victoria de ruimte moet geven. Er verstrijken enkele seconden. Victoria gebruikt beide handen om de thee aan haar mond te zetten. We geven haar de tijd en de ruimte. Als ze de beker weer neerzet, richt ze zich tot mij.

'Ik ken jou niet,' zegt ze.

Ik zeg niks. Ze is niet dat hele eind hierheen gekomen om me alleen dat te vertellen. Dus wacht ik af.

'Of tenminste, ik herinner me je niet. Maar er is iets... Ik weet niet hoe je zoiets noemt. Het is geen déjà vu. Maar je hebt iets... vertrouwds. Iets drijft me naar je toe.' Ze glimlacht opgelaten en schudt haar hoofd. 'Ik zeg het verkeerd.'

Molly legt haar hand weer op Victoria's onderarm. 'Je doet het goed.'

'Ik bedoel niet dat ik me tot je aangetrokken voel. Dit klinkt vast heel gek, maar het is eerder omgekeerd. Alsof ik jou op de een of andere manier troost zou kunnen bieden. Ben ik een beetje te volgen?'

Ze kijken me allebei afwachtend aan. Ik slik, weet niet wat ik moet zeggen. Ik probeer het stapje voor stapje te doen. 'Je kwam laatst naar mijn cursus.'

'Ja.'

'Kun je me vertellen waarom?'

Victoria Belmond kijkt strak naar haar beker. 'Ik had je foto gezien op het nieuws. Het was een verhaal over je ontslag, en dat er een moordenaar op vrije voeten zou komen door de fouten die je had gemaakt.'

Molly leunt achterover in haar stoel als bij ons allebei het kwartje valt. We zochten naar een verband tussen de vrijlating van Tad Grayson en het opduiken van 'Anna' in mijn leven – en nu zien we het.

'Goed, ik zag dus je foto en ik moest er steeds naar kijken. Alsof hij me riep of zo. En ik dacht ook steeds – ook dit moet je niet verkeerd opvatten – wat een leuk gezicht.' Ze ziet mijn blik. 'Wat is er?'

'Dat zei je toen ook,' leg ik uit. 'Die eerste keer dat we elkaar ontmoetten.'

'Echt?'

'Ja.'

'Je zegt dat we elkaar hebben ontmoet in een nachtclub in Spanje.'

'In Fuengirola. Discoteca Palmeras.'

'En toen zei ik dat je een leuk gezicht had?'

'Ja. Karakteristiek, zei je.'

Molly glimlacht. 'Dat snap ik helemaal. Echt, hè?'

'Het heeft iets vriendelijks.'

'Ja,' zegt Molly. 'Iets betrouwbaars.'

Niet je veren gladstrijken, zeg ik tegen mezelf.

'Toen heb ik je gegoogeld,' gaat Victoria verder. 'Ik las alles wat ik kon vinden. Ik zag dat je een avondcursus gaf. Dus toen dacht ik... ik weet niet, ik ga er gewoon heen om je in het echt te zien, misschien valt er dan iets op z'n plaats. Ik herinner me zo weinig van...' Ze zwijgt, sluit haar ogen, doet ze weer open en begint opnieuw. 'Ik vroeg me af of er iets zou loskomen als ik je zou zien.'

'En gebeurde dat?' vraag ik.

'Nee. Toen je me zag... ik weet niet. Ik flipte. Vluchtte. Ik heb een chauffeur. Mijn familie heeft niet graag dat ik alleen op pad ga. Ik holde naar de auto en zei dat hij me naar huis moest brengen. Ik snap niet hoe je me hebt kunnen volgen.'

Ik zie niet echt een reden om nu over de gps-tracker te beginnen.

'Maar,' zegt Molly, 'wat kunnen we voor je doen?'

Victoria kijkt naar mij. 'Zou je me alles willen vertellen wat je je herinnert?'

'Van Fuengirola?'

'Ja.'

Als ik aarzelend naar Molly kijk, begint mijn vrouw te lachen. 'Het is goed, Sami, ik weet dat ik niet je eerste was.'

'Ja, maar dat wil niet zeggen dat ik jou over een ex zou willen horen vertellen.'

'Dat is omdat ik volwassener ben dan jij,' zegt Molly. 'Ben je van plan de seksdetails te bespreken?'

'Nee.'

Ze geeft met een weids gebaar aan dat ik mijn gang moet gaan.

Dus vertel ik zo goed en zo kwaad als ik kan het verhaal over mijn reis met de Lax Bros, onze ontmoeting bij Discoteca Palmeras, de lome dagen op het strand, het feesten, en de enige persoon die ze verder had in haar leven: Buzz de Nederlandse drugsdealer. Ik zoek in haar ogen naar tekenen van herkenning, maar die zie ik niet. Ik zie een vrouw die aandachtig luistert – daar is ze goed in. Dat voert me terug naar toen. Anna kon heel goed luisteren. We bleven tot diep in de nacht op terwijl ze me verhalen ontfutselde, bekentenissen, foutjes of tekortkomingen (nee, niet op dat gebied) en ik had me nooit eerder kwetsbaar opgesteld tegenover een meisje. Ik heb de ervaring dat vrouwen je graag je zwakke punten en kwetsbaarheden horen toegeven, maar dat ze niet willen dat je zwak overkomt. Ik weet dat dat elkaar tegenspreekt, maar zo is het nu eenmaal.

'Vertel eens wat meer over Buzz,' zegt ze.

Ik doe mijn best, maar ik weet niet veel van hem. Ik beschrijf zijn uiterlijk en zeg dat hij met een zwaar Nederlands accent sprak.

'Hoe oud was hij, denk je?'

'Ouder dan wij. Een jaar of vijfendertig? Dat was toen oud.'

Ik zwijg. Wacht even. We komen nu bij de kern, maar ik weet nog steeds niet hoe ik het moet aanpakken.

Alsof ze mijn gedachten kan lezen vraagt Victoria: 'Hoe is het geëindigd tussen ons?'

Ik blijf een politieman. Je geeft niks weg als je niks krijgt aangereikt. Bij het verhoor van een verdachte moet je niet alles weggeven. Natuurlijk niet. Je houdt iets achter, iets waarmee je de verdachte uitspraken kunt ontlokken of misschien op een leugen kunt betrappen. Ik geloof wel dat Victoria Belmond eerlijk is, maar ik weet het nog steeds niet zeker.

Voor dit gedeelte wil ik dat ze zich beter op haar gemak voelt, en het feit dat ik ben blijven staan begint aan te voelen als iets wat haar defensief zou kunnen maken. Ik pak de stoel in de hoek en schuif die naar de tafel, bewust dichter bij Molly dan bij Victoria. Ik wil Victoria de ruimte geven.

Ik doe heel hard mijn best om niet te klinken als een politieman. Ik glimlach zo ontwapenend als ik kan en probeer haar het gezicht te tonen dat ze zo leuk zegt te vinden. 'Mag ik jou eerst een paar vragen stellen?'

Ze knippert met haar ogen, maar zegt: 'Natuurlijk.'

'Je bent Victoria Belmond, hè?'

'Ja.'

'Wat kun je je nog herinneren?'

'Van jou?'

'Om te beginnen.'

'Niks. Zoals ik al zei. Sorry. Ik herinner me niks van jou of van Spanje of die Buzz of wat dan ook. Ik hoop niet dat het verslagen klinkt, maar niets van wat je net hebt verteld roept ook maar enige herinnering bij me op.'

'En daar kwam je voor?'

'Ja.'

'Je hoopte dat ik misschien voor je kon invullen wat je niet meer weet van de tijd dat je... vermist was.'

'Ja. Maar er was nog iets. Dat is er nog steeds.'

'Wat dan?'

'Wat ik al eerder zei: toen ik die eerste keer je foto zag, en toen ik je zag in dat lokaal... Ik wilde je laten weten dat alles goed is.'

Ik voel opnieuw het verleden naar mijn ogen stuwen, en de tranen wellen op. Molly zegt: 'Sami?', maar ik zet het van me af. Ik ben geroerd en voel verbondenheid, en de waarheid is dat er een enorme last van mijn schouders is gevallen nu ik haar heb gezien, nu ik weet dat ze nog leeft en dat het goed met haar gaat.

Victoria houdt haar hoofd schuin. 'Waarom voel ik dat steeds?'

'Dat weet ik niet,' zeg ik, maar nu kijken beide vrouwen me aan alsof ze de leugen van mijn gezicht kunnen lezen. Ik probeer terug te keren naar de politieman die nog in me huist. 'Kun je me vertellen wat je je wel herinnert? Niet alleen over mij.'

Victoria zet de beker weer aan haar mond, maar deze keer trilt haar hand. Molly ziet dat de beker nu bijna leeg is. Ze staat op, loopt naar de waterkoker en gaat nieuwe thee zetten.

'Weet je hoe ze me hebben gevonden?' vraagt Victoria.

'In een diner in Maine.'

'Ik verkeerde in een soort schemertoestand. Het was alsof ik achter een douchecabinewand zat of zoiets. Ik hoorde de mensen wel tegen me praten, maar de woorden waren amper te onderscheiden. Ik verstond ze niet. En het voelde alsof ik wel iets terugzei, schreeuwde zelfs, maar niemand hoorde me. Ik kende niemand. Ik wist niet wie ik was. Zag hun gezichten niet echt. In het begin wist ik zelfs niet hoe ik heette. Niks. Toen ik mijn ouders en mijn broer zag, kwam er een barstje in waar van alles doorheen schemerde. Maar het was alsof al mijn gedachten en gevoelens gefragmenteerd waren, alsof ik een kapotgevallen glas was dat niet meer in elkaar te zetten was, maar er waren wel scherven bij waaraan ik kon zien dat ik een glas was geweest. Ik leg dit helemaal niet goed uit.'

'Je doet het prima,' zegt Molly.

'Jij wilt weten wat ik me herinner van die elf jaar,' zegt Victoria, 'dus dat zal ik je vertellen.' Ze kijkt me strak aan. 'Niks. Nee, erger dan niks. Zo noem ik het. Niks zou nog te doen zijn. Gewoon een leegte. Alsof ik op mijn achttiende naar bed ging, na een oud-en-nieuwfeest, en pas wakker werd toen ik bijna dertig was. Dat zou niks zijn. Maar ik heb wel flarden van herinneringen. Het donker. Geblinddoekt. Ik weet dat iemand me herhaaldelijk sloeg, stompte. Toen ik terugkwam, zeiden de dokters op zeker moment dat ik een gebroken neus had en een verbrijzeld jukbeen. Ik herinner me ook angst. Altijd maar bang zijn. Van Spanje weet ik niks, maar ik heb soms wel visioenen van de verblindende zon. Daar heb ik natuurlijk met psychiaters aan gewerkt. Ze waren heel geduldig. We hebben geprobeerd de gebeurtenissen terug te halen. Maar iets in mijn brein houdt me tegen.'

Molly steekt weer een hand naar haar uit. 'Wat erg voor je.'

'Het gaat nu wel.' Victoria forceert een glimlach. 'Het is allemaal lang geleden.'

Molly staat op om nieuwe thee in te schenken. Ze kijkt even mijn kant op om te zien of ik ook wil. Ik schud licht mijn hoofd. 'Is er verder nog iets?' vraag ik.

'Zoals?'

'Heeft de politie ooit ontdekt wie je heeft ontvoerd?'

'Nee.'

'Waren er serieuze aanwijzingen?'

'Nee.'

'Dus de dader...'

'... loopt nog vrij rond? Ik weet het niet. Misschien is hij wel dood. Dat is één theorie die de ronde deed.'

'Wat, dat de ontvoerder dood is?'

Ze kijkt me weer aan. 'Dat ik hem heb vermoord. Dat ik hem heb vermoord en toen ontsnapt ben.'

Molly gaat weer zitten. We zwijgen.

'De tijd verstreek.' Victoria's toon is nu peinzend. 'Uiteindelijk ging de politie door met andere dingen. Zoals iedereen.'

'En jij?'

'Ik heb het geprobeerd. Maar de beschuldigingen hielden niet op.'

'Hoe bedoel je?' vraagt Molly. 'Welke beschuldigingen?

'Er zijn ook andere theorieën,' zegt Victoria, nu haast terloops.

Molly pakt het op. 'Over je ontvoering?'

'Ja. Heel veel.'

'Zoals?'

'Zoals dat ik nooit ontvoerd zou zijn.' Het lachje speelt nog steeds om haar mond. 'Dat ik nooit in gevaar ben geweest. Dat ik het allemaal verzonnen zou hebben. Dat ik was weggelopen met een jongen. Of dat ik was weggelopen met een jongen die zich later tegen me keerde. Of... onder degenen die wat aardiger waren: dat ik een soort psychose had en al die tijd aan geheugenverlies heb geleden. Waarom zou iemand een meisje uit een rijke familie ontvoeren en niet om losgeld vragen? Of misschien is daar wel om gevraagd en misschien hebben mijn ouders ook wel betaald, en hebben ze dat nooit aan de FBI verteld. Of aan mij.'

'Zit er iets bij waar je in gelooft?' vraag ik.

Ze haalt haar schouders op, maar zegt: 'Nee. Maar wat ik ermee wil zeggen: de FBI weet het dus ook niet. Het ene moment vertrok ik van dat feest en het andere moment, poef, zijn we elf jaar verder en zit ik in dat restaurant.'

We laten het alle drie tot ons doordringen. Dan horen we een kraaiend geluidje in de slaapkamer. Henry is wakker. Molly staat glimlachend op om naar hem toe te gaan.

Als we alleen zijn, legt Victoria/Anna haar hand op de mijne. 'Ik heb gelijk, hè?'

Ik zeg niks.

'Toen ik je foto zag, zei iets me dat ik je moest gaan zoeken om te zeggen dat het goed is. Dat is niet zomaar, toch?'

'Nee.'

'En gaat het goed met jou? Of in elk geval beter? Heeft het geholpen, dat je me nu hebt gezien?'

Ik slaag erin te knikken. 'Ja,' zeg ik. 'Het heeft geholpen.'

'Ik heb jou iets aangedaan. In Spanje.'

'Het doet er niet meer toe,' zeg ik.

Ze glimlacht naar me, en het is de meest oprechte glimlach die ik van haar heb gezien. 'Dan is dat misschien genoeg.'

'Heeft het jou geholpen?' vraag ik. 'Om mij weer te zien?'

Daar denkt ze even over na. 'Ja,' zegt ze dan. 'Ik weet niet hoe of waarom, maar ik voel meer rust.' Ze pakt haar telefoon, kijkt hoe laat het is en gaat naar de Uber-app. 'Ik moest maar eens gaan.'

Ze komt overeind. Ik loop met haar mee naar de voordeur. Molly en Henry komen ook. Victoria praat nog even kirrend tegen Henry en omhelst Molly. De Uber komt voorgereden.

'Niemand weet dat ik hier geweest ben,' zegt Victoria.

'Hoe bedoel je?' vraagt Molly. 'Houden ze je in de gaten?'

'Ze zijn bezorgd om me,' verbetert ze haar. Dan richt ze zich tot mij. 'Ik denk dat we elkaar beter niet meer kunnen zien, Sami.'

Ze stapt in de wachtende auto en zwaait naar me. Ik zwaai terug – en terwijl ik dat doe, dringt er iets tot me door.

Ze liegt.

16

Ik zit op de keukenvloer met Henry en lees ons lievelingsboek voor. Het is een ietwat stukgekauwde kartonnen uitvoering van de klassieker *Are You My Mother? (Ben jij mijn moeder?)* van P.D. Eastman. Mijn vader las het mij vroeger voor. Het is het pakkende verhaal van een pas uit het ei gekropen vogeltje dat denkt dat zijn moeder hem in de steek heeft gelaten en dan naar haar op zoek gaat (lopend, hij is te jong om te vliegen). Hij stelt de titelvraag aan een kat, een kip, een hond, een auto en een boot, en uiteindelijk komt hij op de angstaanjagende grijper van een reusachtige graafmachine terecht. Het is een griezelig en stoer boek. Als je erover nadenkt, was *Are You My Mother?* eigenlijk onze eerste ervaring met horror.

Molly is klaar met douchen en komt aangelopen in mijn badjas. We hebben ongeveer dezelfde maat, en ik vind het heerlijk als ze mijn badjas, overhemden of boxershorts draagt. Het is een andere vorm van intimiteit.

'Gaat het?' vraagt ze.

'Ja, hoor.'

'Dat was...'

'Bizar,' maak ik de zin voor haar af.

'Ja. Ik heb met haar te doen.'

Henry steekt zijn armpje uit en trekt aan het boek. Dat is zijn teken dat hij meer wil horen. We zijn op de bladzijde waar het vogeltje op de kop van een grote hond zit. Ik weet niet wat voor ras het is. Dat heb ik ooit gegoogeld, maar er was niks over te vinden. Ik heb een slapend socialmedia-account, dus daar heb ik het ook gevraagd. De meest voorkomende antwoorden waren bloedhond of basset.

Ik ben een kei in tijd verspillen.

Molly komt bij ons zitten. 'Weet je wat ik vooral gek vond?'

'Wat dan?'

'Je ziet een ex-vriendin in je lokaal. Iemand met wie je maar een paar dagen samen bent geweest, misschien een week. Dat heb je me nog niet precies verteld, hoelang het was.'

'Vijf dagen.'

'Vijf dagen,' herhaalt Molly. 'En nu, meer dan twintig jaar later, zie je haar in je lokaal – en als zij er dan voor kiest om weg te gaan, reageer jij door achter haar aan te gaan en haar tot op privéterrein te volgen. Ik weet dat je iets hebt gehad met Jayme Ratner voordat wij elkaar kenden. Als je haar in je lokaal zou zien en ze vertrok meteen weer, zou je dan al die moeite doen?'

'Nee.'

En dan vertel ik het haar. Ik vertel dat ik wakker werd en overal bloed zag. Het bebloede mes in mijn hand. Ik vertel haar dat Buzz ineens binnen kwam stormen en begon te schreeuwen. *'Wegwezen! Maak dat je wegkomt voordat we allemaal de bak in draaien! Straks denken ze dat jij haar hebt vermoord en dat ik... Ga nou gewoon!'* Het is me lang geleden, toen ik de gebeurtenissen in gedachten weer eens opnieuw beleefde, duidelijk geworden dat het spul dat Anna die keer van Buzz had gekregen een stuk sterker geweest moet zijn dan anders, dat ik nog steeds niet helder kon denken, dat Buzz me naar zijn hand kon zetten omdat ik gedrogeerd was. Ik deed wat hij me opdroeg. Hij sleurde me de kamer uit. Ik ging naar beneden, naar buiten, en begon te rennen, te rennen. Daar herinner ik me niet veel van, alleen dat ik overal tegenop botste en uitkwam op het strand, waar ik bewusteloos raakte, en tegen de tijd dat ik weer wakker werd, wist ik niet wat ik moest doen. Ik was in de war en bang, ik wilde alleen maar weg. Ik wilde het allemaal vergeten en doen alsof het een nachtmerrie was geweest. Het zou makkelijk genoeg zijn: me gewoon weer aansluiten bij de Lax Bros en met hen verder reizen…

Maar dat kon ik niet.

Zelfs als onbesuisde tiener wist ik dat ik dat niet kon maken.

Dus ging ik naar het politiebureau aan Avenida Condes de San Isidro. Daar trof ik een jonge rechercheur, Carlos Osorio. Maar zodra ik hem begon uit te leggen dat Anna, het Amerikaanse meisje dat ik had ontmoet, vermoord was, hoorde ik hoe bizar die woorden klonken, zelfs in mijn eigen oren. Een deel van het probleem was dat het allemaal een beetje voelde als een akelige droom. Dat kwam waarschijnlijk door de drugs. Of misschien, weet ik veel, misschien was het wel nooit echt gebeurd.

Alleen wist ik dat het wel was gebeurd.

Wat ook meespeelde, is dat ik loog tegen rechercheur Osorio, of in elk geval het een en ander wegliet. Ik was een jongen van Pakistaanse afkomst in een toeristenstad waar het wemelde van de witte Europeanen. Ik was niet zo dom om te zeggen: 'O ja, ik werd wakker met een mes in mijn hand', dus nog terwijl ik Osorio ervan probeerde te overtuigen dat ik de waarheid vertelde, loog ik tegen hem, en ik denk dat hij dat wel wist.

Uiteindelijk kreeg ik Osorio zo ver dat hij meeging naar Anna. Maar haar flat was in een complex met meerdere gebouwen van dezelfde omvang. Ik wist niet meer welk gebouw het was. Toen we het uiteindelijk hadden gevonden – het was inmiddels een volle dag later – was de flat leeg en schoon. Osorio keek me strak aan. Ik wilde in de verdediging gaan, zeggen dat Buzz de boel schoongemaakt moest hebben, zoals hij had aangekondigd. Maar ook toen al besefte ik dat Buzz waarschijnlijk het mes met mijn vingerafdrukken erop had meegenomen, en vergeet niet dat dit tweeëntwintig jaar geleden was; het gebruik of bezit van drugs in een vreemd land kon sowieso tot zware gevangenisstraffen leiden.

Dus wat kon ik doen?

Ik wist het niet.

Ik ging terug naar mijn hostel aan de rand van de stad om er een nachtje over te slapen. Toen belde ik met de munttelefoon aan de receptie mijn vader en vertelde hem wat er was gebeurd. Terwijl ik aan het bellen was, kreeg ik een briefje met een dringende boodschap onder mijn neus geschoven: rechercheur Osorio wilde me onmiddellijk spreken op het bureau.

'Niet gaan,' zei mijn vader.

'Meen je dat nou?'

'Je hebt dat bericht nooit ontvangen. Met niemand praten, pak niet eens je spullen. Neem het eerste vliegtuig naar de VS. Kan me niet schelen welke stad.'

'Maar pap...'

'Je bent een bruine jongen in een vreemd land.'

Henry zit nog op het boek te kauwen als ik uitverteld ben. Molly zit daar maar en laat het tot zich doordringen.

'Nou ja, we weten nu dus dat ze niet dood was,' zegt ze.

'Ja.'

'Dat moet toch een opluchting zijn.'

Ik knik, ik vertrouw mijn stem niet.

'Heb je haar pols gevoeld?'

'Nee.'

'Omdat die Buzz meteen binnenkwam toen je begon te gillen?'

'Ja.'

'Alsof hij had gewacht tot je wakker werd.'

'Ja,' zeg ik nogmaals.

'Dat is toch best gek?'

'Ik heb de afgelopen tweeëntwintig jaar alle mogelijkheden doorgenomen. Maar ik denk dat ik mezelf gewoon niet toestond om te beseffen hoe het echt zit.'

'En dat is...?'

'Dat ik erin geluisd ben. Ik had een hoop geld bij me. En een telefoon. Toen ik ervandoor ging, had ik niet eens door dat dat allemaal weg was. Dat was dus hun plan. Anna en Buzz waren oplichters. Ik was hun doelwit. Anna had de taak om het doelwit in te palmen. Nadat ze zo'n jongen hadden gedrogeerd en hem hadden laten geloven dat hij haar had vermoord, zou hij er gewoon vandoor gaan, zonder moeilijk te doen. Hij zou niet naar de politie gaan of aangifte doen of iets dergelijks. In de meeste gevallen zou het doelwit doen wat mijn vader aan mij had voorgesteld, lijkt me: wegwezen en nooit meer terugkomen. En mocht zo'n jongen toch naar de politie gaan, nou, dan ruimden ze die kamer gewoon leeg voordat iemand hen kon vinden.'

'Het lijkt me een hoop gedoe,' zegt Molly. 'Hadden ze niet gewoon die eerste avond je spullen kunnen jatten?'

Ik schud mijn hoofd. 'Ik bewaarde het geld in een kluis. Dit was de eerste avond dat ik het bij me had. Ik zou bij haar intrekken.'

Molly zit daar maar. Er rolt een traan over haar wang. Terwijl ik naar haar kijk, voel ik twee handen die mijn hart beetpakken en het in tweeën breken. Ik geloof niet dat ik mijn vrouw ooit zo treurig heb gezien.

'Molly?'

'Je hebt het me nooit verteld.'

'Ik heb het niemand verteld. Alleen mijn vader.'

Molly slikt. 'Nicole?'

Ik schud opnieuw mijn hoofd. 'Zelfs Nicole niet. Of mijn moeder.'

'Zo'n groot deel van je leven.' Molly's stem klinkt nu ver weg. 'En je hebt het me nooit verteld.'

'Het spijt me. Ik had het diep weggestopt.'

Ze trekt een gezicht. 'Niet waar.'

'Ik wilde het niet in ons leven hebben.'

Ze reageert niet. Het is hartverscheurend, zoals ze daar zit.

'Molly?'

'Misschien moet je vannacht bij je vader gaan slapen.'

Ik voel het laatste restje van mijn hart instorten. Er klinkt geen boosheid door in haar stem. Was het maar zo.

'Ik wil mijn vader niet ongerust maken.'

'Dan in een hotel of bij een vriend. Alleen voor vannacht.'

Uiteindelijk ga ik naar Craig, nu eens niet om mijn auto op te halen. Ik wilde naar Marty gaan – dan was de accommodatie in elk geval een stuk luxueuzer geweest – maar ik heb Craig de laatste tijd weinig gezien en ik ben bang dat hij eenzaam is. Craig verheugt zich op mijn komst. Hij is meteen naar de supermarkt gegaan om guacamole, salsa en Tostito-chips te kopen, en Black Cherry Coke. Craig heeft altijd cognac in huis, die mengt hij graag met cola – Black Cherry dus. Dat klinkt misschien smerig, maar dat is omdat het ook smerig ís.

Craig heeft eerder vandaag een voetbalwedstrijd tussen Manchester City en Fulham opgenomen en die kijken we samen. Ik ben gek op voetbal, vooral als ik niet specifiek voor een van beide elftallen ben. Het geeft te veel stress als je een voorkeur hebt, en zonder is voetbal kijken een zen bezigheid, een beetje meedeinen op de golven, heen en weer, op en neer; bovendien – en dat kan ik als Amerikaan niet genoeg benadrukken – zonder timeouts en reclameblokken tussendoor, behalve in de rust. Ik zou willen dat dat bij andere sporten ook kon, maar ik ben heus niet zo naïef dat ik niet snap dat het allemaal om geld draait. Ik ben oud genoeg om te hebben meegemaakt dat gokken verboden was – volgens mij een jaar of tien geleden nog? – maar tegenwoordig zijn er meer commercials voor gokspellen dan voor bier.

Dat zou ik afkeuren als het me iets meer zou boeien.

Craig heeft één zoon, Michael. Hij is volwassen en woont tegenwoordig in San Francisco. Overal staan foto's van het gezin, nooit zonder Craigs overleden vrouw Cassie. Ik weet niet hoe ik dit moet zeggen zonder dat het onaardig overkomt, maar Cassie was heel gewoontjes om te zien. Of misschien is het juist aardig van me, in die zin dat we allemaal iemand zouden moeten hebben die naar ons kijkt zoals Craig naar Cassie keek.

Craig valt in slaap in zijn relaxfauteuil. Hij heeft voor mij het bed opgemaakt in de logeerkamer, Michaels oude kamer. Ik ga liggen en staar naar het plafond. In de kamer naast me hoor ik Craig nog zachtjes snurken in de fauteuil.

Om middernacht trilt mijn telefoon. Molly. Ik pak het toestel en vraag: 'Is alles goed?'

'Ik kan niet slapen,' zegt ze.

'Ik ook niet.'

'We gaan nooit boos naar bed,' zegt Molly.

'Ik ben niet boos.'

'Ik ook niet. Kom naar huis, Sami. Ik wil je hier bij me hebben.'

'Sorry dat ik het je niet had verteld, van Spanje.'

'Geeft niet. Ik wil gewoon dat je bij ons bent.'

'Craig slaapt al.'

'Maak hem wakker en zeg dat je naar huis gaat. Of leg anders een briefje neer. Alsjeblieft?'

Ze hoeft het geen twee keer te vragen. Craig begrijpt het en valt prompt weer in slaap. Volgens mijn app heeft de trein vertraging, dus trakteer ik mezelf op een ouderwetse taxi. Mijn vader was vroeger taxichauffeur. Hij is overgestapt op de investering in taxivergunningen. Die waren ongelooflijk waardevol – op het hoogtepunt bijna een miljoen dollar per stuk. Hij stak er bijna al zijn spaargeld in en boerde goed, tot de verschillende Uber-varianten in opkomst waren – en nu is dat miljoen misschien nog een ton waard en is mijn vader zo'n beetje alles kwijt.

Het is laat op de avond, dus het type chauffeur dat ik krijg is een kwestie van Russische roulette. De mijne is een praatgrage kerel, mager, ongeschoren en pezig. Hij heet Dmitri Scull. Dmitri vertelt me dat hij vroeger in de reclamebranche heeft gewerkt.

'Ik had een heel goede campagne bedacht voor Verizon,' zegt hij.

Ik maak graag een praatje met taxichauffeurs, het is jammer dat er tegenwoordig zo weinig zijn die dat doen. Ze hebben allemaal hun oortjes in en zitten urenlang te praten met iemand aan het thuisfront, en ik vraag me dikwijls af wie er zoveel van hen houdt. Zoals met Cassie. Liefde is overal, als je er oog voor hebt. 'Is het een bekende reclame?' vraag ik.

'Ze hebben hem niet gebruikt. Maar het was een supergoed idee. Zal ik het vertellen?'

'Graag.'

'Ken je Bruce Springsteen?'

'Niet persoonlijk.'

'Zijn nummer "The Rising".' Dmitri zingt het voor me. '*Come on up for the rising...*'

'Dat ken ik wel, ja.'

'Je verandert gewoon één woord,' legt hij uit. '*The rising* wordt Verizon.'

Ik glimlach en zing: '*Come on up for Verizon*?'

'Precies.'

De rest van de rit zingen we het samen. '*Come on up for Verizon, come on up, lay your hands in mine...*'

'Pakkend, toch?'

'Briljant.'

Molly doet open voordat ik heb aangebeld. Ze heeft het felrode nachthemd aan dat altijd mijn favoriet is geweest. Ik vraag me af of dat de reden is dat ze het draagt. Heeft ze het daarnet speciaal aangetrokken of lag het rode hemd gewoon toevallig bovenaan op de stapel? Dan vraag ik me af waarom ik zulke idiote vragen in mijn hoofd heb. Ze slaat haar armen om me heen. Ik beantwoord haar omhelzing met alles wat ik in me heb. 'Sorry,' zeg ik nogmaals. Ze snoert me de mond met een kus. Ik kus haar terug. Ze ruikt naar kamperfoelie en gezichtszeep van Neutrogena, een combinatie waaraan geen enkele man weerstand kan bieden.

De volgende morgen pak ik mijn telefoon om mijn berichten te checken. Het eerste is van een nummer dat ik niet herken.

Rood staat Molly goed.

Ik schiet overeind. Molly ligt naast me te slapen. Ik maak een screenshot en stuur dat naar Marty.

Zoek uit van wie dit nummer is.

Maar ik weet al dat het niet na te trekken zal zijn. Het is heel makkelijk om iemand anoniem berichten te sturen met zo'n speciale app die iedereen kan aanschaffen. Maar misschien kan Marty er toch iets mee.

Ik heb ook een vrij sterk vermoeden wie dit heeft gestuurd.

Tad Grayson.

Tenminste, dat denk ik voordat ik uit bed kom en op mijn tenen naar het slaapkamerraam sluip. Alsof ik nog niet genoeg aan mijn hoofd heb, staat op de hoek van de straat een donkerblauwe Cadillac Escalade geparkeerd, met een kentekenplaat uit Connecticut.

De auto van de familie Belmond.

Als ik me snel aankleed, wordt Molly wakker. 'Wat is er?'

'Niks aan de hand, lief. Ga maar weer slapen.'

'Ga je me weer lopen betuttelen?'

Ze heeft een punt. Ik zeg: 'De auto van Victoria Belmond staat hier voor de deur.'

'Denk je dat ze hier is?'

'Ze heeft niet aangebeld, dus ik denk het niet.'

'De laatste keer had ze een Uber genomen en aan niemand iets verteld.'

'Inderdaad.'

'Waarom staat die auto hier dan?'

'Dat ga ik nu vragen.'

'Moet je de politie niet bellen?' vraagt Molly.

'En dan? Zeggen dat er een dure auto in de straat staat?'

'Het is op zich wel verdacht,' zegt Molly grijnzend.

'Ik ga erheen.'

We spreken af dat Molly uit het raam blijft kijken met de telefoon in de hand, voor het geval er iets misgaat.

Ik heb een pistool. Dat bewaar ik achter slot en grendel, op een hoge plek. Ik ken de statistieken van wapens in huis, dus waarschijnlijk zal ik het wegdoen zodra Henry oud genoeg is om rond te lopen. Maar ik ben ook politieman, en ik heb zware wapentrainingen gehad. Ik ken de voor- en nadelen. Ik weet wat ik doe.

Moet ik het nu tevoorschijn halen? Voor de zekerheid?

Ik besluit het niet te doen. Ik ga naar buiten. Het eerste wat ik zie, een eind verderop op de hoek, is wat wij een verdacht uitziende persoon zouden noemen, met een gezichtstattoo, smoezelig vaalblond piekhaar, een verschoten spijkerjack en een zonnebril met spiegelende glazen. Hij heeft de bekende bruinpapieren zak in zijn hand (voor degenen die niet weten wat ik bedoel: daar zit doorgaans een fles sterkedrank in). De hand met de zak steekt hij op als ik langsloop, alsof hij met me wil proosten. Ik antwoord met een knikje. Ik weet niet wat ik van hem moet denken. Verdachte types die al vroeg op de ochtend aan de drank zijn zie je wel meer in deze buurt, maar iets aan deze kerel zet mijn zintuigen op scherp.

Ik loop naar rechts. Zodra de blauwe Cadillac Escalade in beeld komt, gaat het portier aan de bestuurderskant open. Wapenman stapt uit. Hij glimlacht naar me en zwaait. Mijn beste maat. Ik kijk snel op naar ons raam. Molly staat er. Dan kijk ik weer naar Smoezelig Piekhaar. Hij strompelt nu weg, bijna uit het zicht. Ik loop naar Wapenman toe. Hij blijft glimlachen.

'Leuk je weer te zien,' zegt hij als ik dichterbij kom.

Ik heb zin om hem een stomp in zijn maag te geven. Daar heb ik recht op, maar ik weet niet hoe het zal uitpakken hier midden op straat. Als ik bijna bij de auto ben, houdt hij het achterportier voor me open. Ik kijk naar binnen om te zien wie daar zit. Niemand.

'Heb jij mij die app gestuurd?' vraag ik.

'Nee. Ik ben meer van de persoonlijke ontmoetingen.'

'Wat kom je doen?'

'Er is me gevraagd u naar het landgoed te brengen.'

'Naar de familie Belmond?'

Hij glimlacht weer en wijst naar het open portier. 'Stapt u toch gewoon in.'

'Ik mag van mijn mammie niet met vreemde mannen meegaan.'

'Toe nou, meneer Kierce. We zijn inmiddels toch oude vrienden? Alstublieft, maak het u gemakkelijk.'

'Nee, bedankt.' Ik loop terug in de richting van mijn voordeur. Is dat bluf? Ik weet het zelf niet. Ik geloof niet dat ik echt gevaar loop. Hij weet nu dat ik bij de politie heb gezeten. Wat kan hij doen, ergens naartoe rijden en mijn lijk dumpen? Het lijkt me duidelijk dat hij me naar de Belmonds wil brengen, al weet ik niet waarom en op wiens verzoek. Maar ik ben wel nieuwsgierig. Toch hoop ik dat weglopen hem zal dwingen meer informatie los te laten. Wapenman is hier om een zending op te halen en af te leveren. Als hij dat niet doet, zal dat beschouwd worden als een niet-volbrachte taak.

'Namens haar vader,' zegt hij dan.

Ik blijf staan. Vraag niet wier vader. Er is hier een stoelendans met namen gaande. Ik blijf nog even rondjes lopen.

'Wat wil hij van me?'

'Dat valt buiten mijn werkterrein.'

'Waarom belt hij niet gewoon?'

'Buiten mijn werkterrein.'

Ik toets het eerste voorgeprogrammeerde nummer op mijn mobiel in. Als Molly opneemt, zeg ik dat ik meega met Wapenman (zo noem ik hem niet hardop) op verzoek van Victoria's vader. Ze staat erop dat we overgaan op FaceTime en dat ik de verbinding openlaat, voor de veiligheid. Ik stem ermee in, maar nogmaals, ik maak me geen zorgen. Molly heeft het nummerbord van de Escalade gezien (net als Lenny en Gary gisteren, neem ik aan), ik heb foto's genomen van Wapenman en we weten waar hij werkt.

Als we bij het landgoed in Connecticut aankomen, gaat het smeedijzeren hek langzaam open. Aan het begin van de lange oprijlaan neem ik afscheid van mijn geliefde. Het duurt een volle minuut voordat het huis in zicht komt. Dat is uiteraard gigantisch. Statig. Enkele victoriaanse accenten in combinatie met klassieke grijze steen, en toch is er iets waardoor het moeilijk in te schatten is of het een heel oud pand is dat in goede staat verkeert of een nieuwer pand waarbij de architectuur uit een weelderiger tijdperk is nageaapt.

Als we de draai naar de voorkant maken, gaat de voordeur open en komt er een mij bekende jongeman naar buiten.

Het is Arthur van advocatenkantoor White Shoe.

Ik zou verbaasd moeten zijn hem hier te zien – en dat ben ik ook wel een beetje – maar het is bijna alsof al mijn werelden samenkomen en opeengeperst worden tot één kleine plek. Als de auto halt houdt, zwaai ik het portier open voordat Wapenman dat kan doen. Arthur komt met uitgestoken hand naar me toe. Ik geef hem een hand; waarom ook niet.

'Werk jij voor Belmond?' vraag ik hem.

'Nee,' antwoordt Arthur. 'Ik werk voor jou.'

'Wat doe je hier dan? Of liever gezegd: wat doe ik hier?'

'Ik ben gekomen op verzoek van meneer Belmond,' zegt Arthur.

'Maar je vertegenwoordigt mij?'

'Ja. Meneer Belmond wil dat we samen een paar dingen doornemen voordat hij je ontvangt. Hij dacht dat ik een en ander zou kunnen faciliteren door jou gepaste juridische bijstand te bieden om straks eventuele vragen te beantwoorden.'

Ik staar hem aan. 'Hm-hm. En in gewone taal?'

'Meneer Belmond wil je spreken.'

'Ja, dat gedeelte had ik wel begrepen.'

'Maar voordat het zover is, wil hij zeker weten dat jullie allebei...' – Arthur kijkt strak voor zich uit alsof hij naar het juiste woord zoekt – 'beschermd zijn.'

'Wacht even, hoe wist Belmond dat ik jou ken?'

Arthur kijkt sceptisch om me eraan te herinneren dat dat niet zo moeilijk is voor een man met Belmonds middelen, en daar heeft hij natuurlijk gelijk in.

'De hoofdadvocaat van meneer Belmond is Lenore Spikes.'

'Zou ik die naam moeten kennen?'

'Het is niet belangrijk, maar eigenlijk wel, ja. Hoe dan ook, deze mevrouw Spikes heeft een NDA opgesteld.' Na een korte stilte voegt hij eraan toe: 'Dat is een geheimhoudingsverklaring.'

'Ik weet wat een NDA is, Arthur.'

'In dit geval gaat het om een doorsneeverklaring, tamelijk inflexibel. Je mag niets naar buiten brengen van wat hier besproken wordt. Je mag niet over de familie Belmond praten. Niets onthullen over de interactie die je hiernevens met hen hebt.'

Ik frons. 'Zei je nou "hiernevens"?'

'Ik ben hartstikke professioneel.'

'En waarom zou ik die NDA ondertekenen?'

'Drie redenen. Eén: het is een voorwaarde om de bespreking te laten doorgaan.'

'Dat is geen reden.'

'Twee: er zijn dingen die hij aan jou wil onthullen. Hij moet weten dat je discreet bent.'

Ik frons weer. 'Ook dat is niet echt een reden. En drie?'

'Drie: meneer Belmond is bereid je honderdduizend dollar te betalen als je tekent.'

Nu heeft hij mijn aandacht. Arthur probeert zijn gezicht in de plooi te houden.

'Honderdduizend dollar,' herhaal ik.

'Ja.'

'Alleen om een NDA te tekenen?'

'Ja.'

Wauw. Belmond wil duidelijk heel graag dat ik mijn mond houd. Ik weet niet waarover. Spanje, neem ik aan. Maar weet hij daar überhaupt iets van? Heeft zijn dochter het hem verteld?

'En als ik weiger?'

'Dan word je door de knappe prins daarginds weer naar huis gebracht. De familie heeft geen contact meer met je, op geen enkele manier. Als je zelfs maar bij hen in de buurt komt, zal hun advocaat een gebiedsverbod voor je aanvragen, en ze hebben de connecties om dat toegewezen te krijgen.'

Ik probeer erover na te denken. 'Is die ton serieus?'

'Heel serieus,' antwoordt Arthur. 'Sterker nog, jouw advocaat heeft erop aangedrongen dat het geld wordt overgemaakt naar je rekening bij de Bank of America zodra je tekent – nog vóór je ontmoeting met de heer Belmond.'

'Ik kan dat geld goed gebruiken,' zeg ik.

'Dat weet ik.'

'Het voelt alsof ik word omgekocht.'

'Dat lijkt mij ook. Wil je me erover vertellen?'

Daar denk ik over na. Het enige wat ik weet is Spanje. Wat zou ik met die informatie kunnen doen? Ik kan niet eens bewijzen dat de jonge vrouw – mijn Anna – Victoria Belmond was. Ik vermoed het. Ik denk dat het zo is. Maar ik heb geen enkel bewijs. Al zou ik de familie er kwaad mee willen doen, hoe dan? Naar de pers stappen? En dan? Er is misschien een heel klein kansje dat ik een schandaal zou kunnen veroorzaken. Misschien is dat voor rijke mensen genoeg. Honderdduizend dollar om het te voorkomen, dat kunnen ze best missen.

Honderdduizend dollar, dames en heren.

O man, o man, wat zou ik dat geld goed kunnen gebruiken. Ik ben blut. Zit tot aan mijn nek in de schulden. En ik ben ook nog eens nieuwsgierig. Waarom wil Belmond me spreken? Als ik weiger te tekenen en ik word naar huis gebracht, dan loopt mijn onderzoek naar wat er tweeëntwintig jaar geleden nou echt met mij – en vooral met Victoria – is gebeurd definitief spaak. Maar als ik teken, als ik daar naar binnen ga en met hem ga praten...

'Ik teken,' zeg ik.

Het is de enige juiste zet nu. De enige manier om meer te weten te komen. En als er niks uit dat gesprek komt...

Honderdduizend dollar, dames en heren.

En er speelt nog iets anders mee. Als er een poging wordt gedaan om iets ergers in de doofpot te stoppen, een of ander misdrijf dat bestraft moet worden, dan bedenk ik wel een manier om die geheimhoudingsverklaring te omzeilen. Sleep me dan maar voor de rechter, eikels. Ik heb toch geen geld, behalve...

Ik zeg het niet nog een keer.

Arthur maakt de enorme voordeur open en leidt me naar binnen.

'Wacht even,' zeg ik. 'Doe je dit pro Deo?'

Arthur kijkt me aan alsof ik heb gevraagd of de paashaas echt bestaat. 'Ik werk niet gratis, Kierce, maar wees niet bang. Dat is een onderdeel van wat ik hierin voor jou heb onderhandeld: de advocaatkosten.'

'Slimme zet.'

'Ja, toch? En je zou me dus niet kunnen betalen als je niet tekent.'

17

Het huis is anders dan ik had verwacht. Geen marmer of goud of kitscherige zuilen, geen originele Picasso's en dat soort dingen. Het lijkt meer geïnspireerd op de Smithsonian Institution dan wat dan ook uit de Gilded Age. De ruimte waar je binnenkomt is geen balzaal of salon, maar een verbluffende bibliotheek van twee verdiepingen die me doet denken aan *Beauty and the Beast*, maar dan... meer. Er staan gesigneerde eerste drukken van Dickens, Fitzgerald, Hemingway, Harper Lee. Ik herinner me dat toen Victoria werd gevonden, het briefje was geschreven door iemand die zich 'de bibliothecaris' noemde. Heeft dat iets te betekenen? Rijke mensen hebben bibliotheken. Dat hoort erbij.

In de ruimte staat een geraamte van een stegosaurus, en een kosmonautenpak dat is gedragen door Joeri Gagarin. En het luik van een Apollo-capsule die op de maan is geland. Er zijn reeksen originele brieven die zijn uitgewisseld tussen John Adams en Thomas Jefferson. Ik weet dit alles – over die voorwerpen – omdat er informatiekaartjes bij hangen.

Twee vrouwen wachten ons op aan een houten bibliotheektafel achterin. Er staan tafels in het midden van de bibliotheek en voorin, maar ik vermoed dat we naar achteren zijn gestuurd zodat we onder de indruk zouden raken van de bezittingen. Als dat het doel was, is de missie geslaagd, al weet ik niet wat wie dan ook er voor baat bij zou kunnen hebben dat je indruk op me maakt met je peperdure spullen.

Een zwarte vrouw in een onberispelijk maatpak steekt haar hand uit. Ik ken haar, al weet ik niet waarvan. Misschien presenteert ze iets op tv of is ze in het nieuws geweest of zoiets. Die uitstraling heeft ze, wat dat ook mag betekenen. Ze straalt aan alle kanten professionalisme uit.

'Lenore Spikes,' zegt ze met zo'n zalvende FM-radiostem. 'Ik ben hoofdjurist en *senior vice president* van Belmond Enterprise. Dit is Jill McClain, de notaris die als getuige de handtekening notarieel gaat bekrachtigen. Uw advocaat heeft ons uw bankgegevens verschaft, dus we kunnen de betaling binnen luttele seconden overmaken.'

We gaan met z'n vieren aan de tafel zitten. Ik zet mijn handtekening. Lenore Spikes verstuurt een bericht vanaf haar telefoon.

'Het geld is overgemaakt.' Spikes gaat staan. 'Zullen we dan maar?'

'Ogenblikje.'

Ik open mijn bankapp. Die gebruik ik niet vaak en het duurt even voordat ik ben ingelogd. Ik kijk naar mijn saldo en holymoly, het is al bijgewerkt. Omdat ik weet dat Molly vaak bezorgd ons banksaldo bekijkt, stuur ik haar een kort berichtje:

Ja, er staat een ton extra op onze rekening. Ik leg het straks uit.

Ik voeg er een hartje aan toe. Molly reageert vrijwel onmiddellijk met dat dubbele-uitroeptekenantwoord.

Arthur neemt me apart. 'Ik wacht hier, voor het geval je me nodig hebt.'

'Ik heb jou niet nodig.'

'Ik factureer per uur en Belmond betaalt.'

'Dat verandert de zaak.'

Arthur geeft me een mep op mijn rug. 'Zo mag ik het horen.'

Lenore Spikes neemt me mee een gang door. 'Weet u iets van Archie?'

Archie Belmond. Victoria's vader. 'Niet echt.'

'U komt toch uit Newark?'

'Daar ben ik geboren, ja.'

'Archie ook. Beth Israel-ziekenhuis. Hij is opgegroeid in het naburige dorp, Irvington. Geen geld. Vader was huisschilder, moeder deed de administratie voor een klein boekhoudkantoor. Arthur was op de middelbare school een kei in wiskunde. Op zijn zeventiende heeft hij een apparaat ontwikkeld waarmee zorgverleners hun patiënten thuis konden controleren; een monitor voor hartslag en symptomen. Ken je die verhalen van mensen die een bedrijf beginnen in hun garage?'

Ik knik.

'Bij Archie thuis hadden ze geen garage. En geen auto. Een kennis was conciërge bij de YMCA. Hij wist dat er in het souterrain een ruimte was die niet werd gebruikt. Geen airconditioning, amper verwarming. Daar is Archie het huidige Belmond Industries begonnen. En toen Archie een klapper maakte, heeft hij die conciërge tien procent van het bedrijf geschonken. Dat deel van het verhaal is onbekend. Archie wilde er geen goede sier mee maken en de conciërge had liever niet dat het bekend werd. Hebt u al die coole spullen hier in de bibliotheek gezien?'

Ik knik.

'Niets blijft hier langer dan twee maanden. Vandaar de kaartjes erbij. De familie leent de spullen uit aan musea. Ze rouleren voortdurend. En de familie koopt alleen uit privécollecties en verzekert zich ervan dat het grote publiek de kans krijgt de stukken te zien – vaak voor de eerste keer. De Belmonds hebben de grootste liefdadigheidsstichting van het land opgezet. Je hoort er nooit wat over omdat Archie die aandacht niet prettig vindt, zeker niet voor zijn goede werk. Hij doet die donaties en wil per se niet dat er bedankjes komen, geen banketten of gebouwen die naar hem worden vernoemd. Zo is hij niet.' Dan: 'U vraagt zich af waarom ik dat allemaal vertel.'

Ik haal mijn schouders op.

'U denkt dat u dadelijk een stel verwende rijkaards gaat ontmoeten. Dat is niet zo. U hebt een beeld in uw hoofd van hoe ze zullen zijn. Dat is een verkeerd beeld. Archie is opgegroeid met niks. Hij heeft Talia, zijn vrouw, leren kennen op Princeton. Ze komt uit Columbus, Ohio en studeerde dankzij een beurs. De eerste generatie die kon doorleren. Haar vader werkte bij het postkantoor. Het zijn fijne mensen. En ondanks alle pracht en praal hebben ze veel moeten doorstaan.'

Lenore Spikes gaat naar links, en we lopen de gang door naar een kamer met een hoog plafond. 'Wilt u het zoetsappige einde van mijn verhaal nog horen?'

'Zeker.'

'De conciërge die nu tien procent van het bedrijf bezit heeft een dochter. Zij kon rechten gaan studeren en werkt nu als hoofdadviseur van het bedrijf.'

'Inderdaad,' zeg ik.

'Pardon?'

'Het is inderdaad zoetsappig.'

Ze glimlacht en houdt de deur open. Ik ga een serre binnen met een heel hoog glazen plafond en een indrukwekkende hoeveelheid gebladerte. De vier Belmonds – pa (Archie), ma (Talia), zoon (Thomas de Tee) en dochter (Victoria) – staan op verschillende plekken, alsof een regisseur ze daar heeft neergezet voordat het doek opging. Victoria staat handenwringend rechts in de hoek. Als ik naar haar kijk, schenkt ze me een aarzelend lachje. Wat de anderen betreft: ik weet meer over hen dan ik tegenover Lenore Spikes heb laten blijken. De Pink Panthers hebben me korte biografieën gestuurd. Thomas, die met een glas in zijn hand staat, is getrouwd en heeft twee dochters. Hij woont vlakbij en werkt voor Belmond Industries in de vage positie als onderdirecteur marketing. Ik hoor van alle kanten dat het een prima kerel is, een steunpilaar voor de samenleving, zoals ze dat dan noemen, maar ik weet ook dat zijn jonge jaren nogal ruig zijn geweest, met arrestaties die hem gevangenisstraf opgeleverd zouden hebben als hij arm was geweest, maar voor de rijken wordt zoiets afgedaan als jeugdzonde en ze krijgen een vrijbrief. Dat neem ik hem niet kwalijk. Ik neem het de maatschappij wel kwalijk dat we anderen niet dezelfde kans geven.

De moeder, Talia Belmond, komt overeind uit een mosgroene oorfauteuil. Ze heeft iets koninklijks, haar volledig grijze haar – in een paardenstaart – benadrukt haar blauwe ogen en hoge jukbeenderen. Ze draagt een witte blouse die eruitziet als een buttondown mannenoverhemd (ik weet niet waarom ik 'mannen' zeg – kan een vrouw ook niet een wit buttondownhemd dragen?) met de mouwen opgerold over haar pezige onderarmen.

En tot slot, de eerste die naar me toe komt om me te begroeten: Archie, het hoofd van de familie.

Hij is klein en gedrongen, een beetje papperig, met een brede glimlach en een kaal hoofd. Hij steekt een mollige hand naar me uit en schudt enthousiast de mijne. Stelt zich voor. Zijn vrouw volgt. Als zijn zoon aan komt lopen, houd ik mijn hand langs mijn zij.

'Sorry van laatst,' zegt Thomas de Tee.

'Ja, dat was knap lullig,' zeg ik. 'Dreig je iedereen te vermoorden die per ongeluk op je terrein terechtkomt?'

'Er wordt hier groot belang gehecht aan de beveiliging,' zegt Thomas. 'Maar we zouden u nooit iets aandoen.'

'Je maat viel me aan, dus dat lieg je.'

'Ik bedoel…'

'Jij woont hier niet, hè Thomas?'

'Nee.'

'Wat deed je hier dan die avond?'

Hij verstart. 'Serieus?'

'Ja, ik ben serieus.'

'Mijn familie woont hier.'

'En toen besloot je je bij hun bewakers te voegen?'

'Toevallig wel, ja. Ik was hier op bezoek toen de sensor afging. Het was lang geleden dat we ongewenst bezoek hadden gekregen.'

'En dan is jouw normale reactie fysiek geweld en een doodsbedreiging?'

'U bevond zich op verboden terrein.' Thomas kijkt naar zijn vader. Archie Belmond schraapt zijn keel, glimlacht opgelaten naar mij en zegt dan: 'Ik denk dat het tijd wordt dat iedereen vertrekt, zodat ik alleen met meneer Kierce kan praten. Ik wilde graag dat u iedereen even zou zien, zodat u weet dat we hier als één man achter staan – achter datgene wat wij zo dadelijk gaan bespreken.'

Ik weet niet goed wat dat wil zeggen, maar ik vraag niet om opheldering. De familie loopt in ganzenpas de kamer uit. Eerst Talia, die geen woord heeft gezegd, dan Thomas. Voordat hij de deur uit gaat, zegt hij: 'Het spijt me wat er is gebeurd. Echt.'

Hij klinkt oprecht, maar ik kies ervoor niet te reageren.

Ik probeer een poosje Anna's blik te vangen – ik weet dat ik haar soms Victoria noem, maar in mijn hoofd zal ze altijd Anna blijven – maar ze lijkt me te ontwijken. Ze vertrekt als laatste, en voordat ze de deur achter zich dichtdoet, kijkt ze me eindelijk aan en ze geeft me een goedkeurend knikje.

Archie Belmond en ik zijn nu alleen. Het is interessant wat Lenore Spikes over hem heeft gezegd. Ik verwacht altijd dat rijke mensen er anders uitzien of zich anders gedragen, en meestal is dat ook zo. Niet speciaal of beter, en het is niet altijd iets voor de hand liggends als kleding of sieraden. Archie Belmond draagt een spijkerbroek en een blauwe spencer, die net zo goed van een goedkope keten kunnen komen. Maar toch kun je het meestal zien. Bij hem niet. Niets aan Archies uiterlijk of manier van doen verraadt zijn status. Hij is aangenaam onbeduidend.

'Bedankt dat u op zo'n korte termijn kon komen,' begint hij. 'Mijn excuses voor de juridische rompslomp. U hebt Lenore gesproken?'

'Ja.'

'Dan begrijpt u het misschien. Ze hecht overdreven belang aan dit soort zaken.'

'Ik begrijp het,' zeg ik.

'Ik zal proberen niet nog meer van uw tijd te verdoen. Ik weet dat u Victoria hebt gesproken. Ik weet ook dat u denkt dat u haar misschien in Spanje hebt gezien toen ze...' Hij zwijgt en sluit zijn ogen.

Ik overweeg om hem te verbeteren, te zeggen dat er geen sprake is van 'denkt' en 'misschien', dat ik zijn dochter wel degelijk heb gezien, maar wat heeft het voor zin?

'Ze is nu veertien jaar bij ons terug. Dat weet u, nietwaar?'

'Ja, dat weet ik.'

'Ik zal eerlijk tegen u zijn. U bent niet de eerste die een dergelijke overeenkomst tekent. We hebben in de loop der jaren tientallen detectives ingehuurd – de eerste natuurlijk toen Victoria vermist was. De FBI bleef ook zoeken, ik zal niet zeggen dat ze niks deden. U hebt zelf een kind, nietwaar?'

'Ja.'

'Niemand geeft zoveel om je kind als jijzelf. Dat weet u toch?'

'Ja.'

'Dus huurden we onze eigen mensen in. En later, toen we Victoria eindelijk terug hadden... toen was ze elf jaar van haar leven kwijt. Zomaar weg. Niks meer. En ik weet niet of ik die jaren terug wil voor haar – ik stel me zo voor van niet – maar de dader of daders zijn nooit gepakt. Ze hebben niet hoeven boeten. En daar kunnen Talia en ik niet mee leven.'

Hij heeft een glas met iets erin wat eruitziet als ijsthee. 'Heeft iemand u iets te drinken aangeboden?'

'Ik hoef niks,' zeg ik.

'Ik heb begrepen dat u een onderscheiden politieman bent,' vervolgt Belmond.

'Was.'

'En nu bent u privédetective.'

'Niet officieel bevoegd.'

'Arthur zegt dat u klussen voor hem doet.'

'Klopt.'

'En nu wil ik dat u een klus doet voor mij. Voor ons, eigenlijk. De hele familie.'

'U zegt dat u al andere detectives hebt ingehuurd.'

'Ja.'

'Grote namen, neem ik aan, met alle mogelijke middelen tot hun beschikking.'

'Ja.'

'Waarom zou ik meer te weten komen?'

Archie Belmond wendt zijn blik af, neemt een slokje en zegt: 'Ze zijn geen van allen op de hoogte van Spanje.'

Ik knik traag. 'Dus u gelooft me als ik zeg dat ik haar heb gezien?'

'Victoria is naar u toe gegaan nadat ze uw foto had gezien, niet andersom. Dus ja, ik geloof u.'

Daar zitten we dan.

Hij neemt nu een grote slok van zijn ijsthee. 'Ging het goed met Victoria?' vraagt hij. 'Ik bedoel in Spanje, toen u bij haar was. Leek ze pijn te hebben of...?'

'Nee. Ze had geen pijn.'

Hij knikt, sluit zijn ogen en neemt nog een slok. 'Staat u me toe even mijn zakelijke pet op te zetten.'

'Ga uw gang.'

'Talia en ik willen u inhuren om uit te zoeken wat er met mijn dochter is gebeurd. U werkt dan voor ons. U vertelt aan mij en aan mij alleen wat u weet. Ook dit valt onder de door u getekende NDA, zodat u zich niet genoodzaakt zult voelen uw bevindingen met anderen te delen. Ik wil dat u bij mij verslag uitbrengt van alles wat u te weten komt – en later, als het achter de rug is, als we al het mogelijke weten over wat er met onze dochter is gebeurd, dan wil ik dat u niets te maken hebt met wat wij verder met die informatie doen.'

Daar denk ik over na. 'Laten we zeggen dat ik veel geluk heb. Dat ik de ontvoerder vind.'

'Dan vertelt u dat alleen aan mij.'

'En de politie?'

'Dat is aan mij. Alle resultaten van uw werk behoren mij toe. Ik mag ze delen met de politie – of ervoor kiezen dat niet te doen.'

'Ik weet niet of ik dat wel prettig vind.'

'Het spijt me, meneer Kierce, maar dit is niet onderhandelbaar. Ik ga mijn nog altijd getraumatiseerde dochter niet blootstellen aan nieuwe krantenkoppen of een langdurige rechtszaak. Ik sta niet toe dat ze nog eens te lijden heeft onder degene die dit heeft aangericht. Is dat duidelijk?'

Ik zeg niks.

'Als de ontvoerder gevonden is, meldt u dat aan mij. Meer niet. Dat is uw rol. Wat er daarna gebeurt, gaat u niet aan. Daar wordt u niet bij betrokken.'

Hij lijkt het recht in eigen hand te willen nemen. Gerechtigheid en wraak via zijn eigen middelen. Ik begrijp zijn standpunt. De kans dat ik degenen vind die hier verantwoordelijk voor zijn is al niet erg groot, maar de kans dat ik genoeg vind om na al die jaren nog iemand te arresteren en veroordelen is oneindig klein.

Belmond wil het zelf afhandelen.

Ik snap het wel, maar het staat me niet aan.

Archie Belmond doorbreekt mijn aarzeling. 'Laten we de details en de vergoeding bespreken,' zegt hij. 'Ik wil u voor de komende drie maanden inhuren om exclusief aan de gebeurtenissen rond Victoria te werken. De vergoeding is een half miljoen dollar plus onkosten.'

Ik doe mijn best om geen grote ogen op te zetten en mijn mond niet te laten openvallen, maar ik denk niet dat ik iemand voor de gek houd.

Een half miljoen dollar, dames en heren.

Plus de honderdduizend die ik al heb 'verdiend' door alleen maar hierheen te komen.

'De helft van dat bedrag wordt vandaag naar u overgemaakt. De andere helft krijgt u als het klaar is, over drie maanden.'

Ik ben van de normen en waarden en de scrupules en zo, maar even serieus. Vijf ton? Dat is niet gewoon veel geld, dat is een bedrag dat mijn hele leven verandert. Een beter (of in elk geval makkelijker) leven voor mijn gezin. Ik streep de voor- en nadelen van deze klus tegen elkaar af, en de voordelen winnen keihard. Mijn hoofd tolt. Ik weet niet of ik nu nog objectief ben of dat ik dollartekens zie, maar als ik nee zeg, verlies ik waarschijnlijk mijn toegang tot de familie en kom ik niks meer te weten. Dat wil ik niet. Natuurlijk, ik besef dat Archie Belmond me in zekere zin afkoopt. Als ik hier ja op zeg, kan ik mijn Spanje-verhaal nooit meer vertellen aan... Ach, aan wie zou ik het moeten vertellen? Wie zou me geloven, wie boeit het? Wat zou ik moeten zeggen dat er gebeurd is? Maar toch is het duidelijk waar Belmond mee bezig is: hij betaalt me om de gebeurtenissen in Spanje geheim te houden. Ja, toch? Weet hij het allemaal al? Kan Victoria het zich wél herinneren? Al die tijd?

Als ik dit aanbod afsla, zal ik het nooit weten.

De kans is groot dat mijn speurwerk sowieso niks zal opleveren. Ik ben goed, verdomd goed, maar ook weer niet zó goed. Als ik weiger, mag ik niet meer meedoen. Game over. Maar als ik ja zeg, als ik blijf meedoen, als ik aan zet kan blijven, dan is er in elk geval een kans.

O, en een half miljoen dollar, dames en heren. Een half miljoen!

Ik schraap mijn keel. 'Ik moet toegang hebben tot alles en iedereen. Familieleden, oude vrienden, politiedossiers, onderzoeksverslagen.'

'Uiteraard,' zegt Belmond. 'We vragen u op onze beurt om het zo discreet mogelijk aan te pakken.'

'U wilt niet dat ik de aandacht trek. Begrepen.'

'Dus u doet het?'

Ik knik. 'Ja, ik doe het.'

'Fantastisch. Laten we meteen beginnen, als u daar geen bezwaar tegen hebt. Wat is er precies voorgevallen in Spanje?'

18

Ik schroom om over Spanje te praten zonder dat Victoria erbij is, maar Archie Belmond legt uit: 'Victoria heeft het u niet gevraagd omdat ze niet weet of ze er al aan toe is.'

Dus begin ik het verhaal. Ik vertel over de ontmoeting bij Discoteca Palmeras, de Lax Bros, die dingen. Uiteraard geen ranzige details over de nachten in haar flat. Ik besef dat dat misschien weinig voorstelt in het licht van de rest van de gebeurtenissen, maar deze man is haar vader, dus waarom zou ik het erbij halen? Ik benadruk telkens weer, misschien om het voor hem makkelijker te maken, dat Victoria/Anna nooit in nood leek te verkeren. We hadden het leuk, zeg ik. Ik viel als een blok voor haar en ik dacht dat zij voor mij viel, maar we waren jong en dit was het Europese equivalent van Spring Break – een tijd om uit de band te springen.

'Hoe is het geëindigd?' vraagt Archie Belmond.

En dan neem ik een beslissing die me verbaast. Ik had gedacht dat ik eerlijk zou zijn. Deze man betaalt me dik. Hij heeft net zoveel te verliezen als ik. We werken samen met hetzelfde doel: uitzoeken wat er echt is gebeurd met zijn dochter, en tegelijk ook wat mij die ochtend in Spanje is overkomen. Maar iets in mijn hoofd – iets ouds, instinctiefs en primitiefs – zegt me dat het onverstandig zou zijn om op te biechten dat ik wakker werd met een bebloed mes in mijn hand naast het lijk – althans, dat dacht ik – van zijn vermoorde, destijds vermiste dochter.

En wat zou het voor zin hebben?

Bij de politie heb ik geleerd dat je nooit zomaar informatie weggeeft. Je houdt zo veel mogelijk achter. Mijn vader verwoordt dat beter: je kunt altijd later nog iets toevoegen, maar je kunt nooit iets 'ongezegd' maken. Wat ik Archie Belmond nu vertel zou je in een gulle bui een deel van de waarheid kunnen noemen. Ik zeg dat ik ben bedrogen – beroofd – door zijn dochter en haar handlanger Buzz, dat toen ik wakker werd mijn geld weg was, en dat we elkaar nooit meer gezien hebben.

'Totdat ze naar uw cursus kwam,' zegt Archie als ik uitverteld ben.

'Ja.'

'U zegt dat ze u heeft beroofd.'

'Zij of Buzz. Of allebei.'

Archie Belmond wrijft over zijn kin. 'Eén ding begrijp ik niet.'

Ik wacht af.

'Toen Vic naar uw leslokaal kwam, wist u meteen wie ze was.'

Geen reactie van mijn kant.

'U had haar een kwart eeuw niet gezien. Haar kapsel is anders. Ze is ouder geworden. Ze ziet er heel anders uit, zou ik zo zeggen. U zag haar aan de andere kant van het lokaal en wist meteen dat deze vrouw van in de veertig het meisje was dat u kende uit Spanje. Hoe kan dat?'

'Dat is een terechte vraag,' zeg ik.

Ik heb me dat ook al afgevraagd, maar ja, ik vertel dus niet het hele verhaal, hè? Hij krijgt een opgeschoonde versie. Een meisje met wie je even iets hebt gehad of dat jou heeft beroofd onthoud je misschien niet. Wat je wel onthoudt, is een meisje dat jou heeft laten geloven dat ze is vermoord, misschien wel door jouzelf in een vlaag van door drank en drugs aangewakkerd geweld. Maar ik geef hem een ander antwoord, dat waarschijnlijk ook waar is.

'Misschien omdat ze op de vlucht sloeg toen ik haar zag,' zeg ik. 'Ik geloof niet dat ik het meteen wist. Maar toen ze ervandoor ging, zag ik het ineens.'

Er zijn al zo veel halve waarheden in deze kamer dat ik zelf niet eens meer weet hoeveel invloed dit heeft gehad.

'Wat wordt uw eerste stap?' vraagt hij.

'Ik wil graag uw vrouw spreken.'

Ik tref Talia Belmond aan in wit tenue, op weg naar de tennisbaan. Ik vraag of ik haar eerst even kan spreken. Ze kijkt net iets langer dan nodig op haar horloge. Met haar blik nog op de wijzerplaat gericht zegt ze: 'Mag ik u iets vragen, meneer Kierce?'

'Natuurlijk.'

'Zijn we dom bezig?'

'Ik volg u niet helemaal,' zeg ik, maar misschien volg ik haar wel degelijk.

'Deze zoektocht. Dat gegraaf in het verleden.'

'U wilt weten wat er met uw dochter is gebeurd. Dat is heel gewoon.'

'Het gaat nu zo goed,' zegt Talia Belmond. 'Met ons als gezin. Ook met Victoria. Moeten we wel slapende honden wakker gaan maken?'

'Is dat een retorische vraag?'

'Ik wil graag weten hoe u erover denkt.'

'Het lijkt misschien eigenbelang, met het bedrag dat u mij betaalt,' zeg ik. 'Maar ik vind wel dat u slapende honden wakker mag maken. Ik heb vaak gezien dat mensen het verleden wilden begraven. Dat gaat een tijdlang goed, maar datgene wat er begraven is, klauwt zichzelf toch meestal weer een weg omhoog uit de aarde.'

Ze knikt. 'Zo voelt het voor mij ook,' zegt ze. 'Alsof het er nog steeds is, de gebeurtenis van toen, bij ons, verstopt in de kast of inderdaad, begraven onder de grond. En als we het zelf niet opgraven, zal het ons onverwacht aanvallen.'

'Dat begrijp ik wel.'

'Maar ik maak me zorgen,' zegt ze. 'Want het is een trauma. Een groot trauma.'

'U weet dat ik oud-politieman ben.'

'Uiteraard.'

'De politie doet dit vaak: persoonlijk leed naar boven halen om antwoorden te vinden. Dat moet voorzichtig gebeuren, langzaam. Zoals bij een archeologische opgraving waar alles heel kwetsbaar is en je kwastjes gebruikt in plaats van een schop of graafmachine. Dat heb ik vaak gedaan, maar weet u wat ik ervan heb geleerd?'

'Nee?'

'Niets helpt zo goed tegen een trauma als een ontknoping, zodat je het af kunt sluiten.'

Talia Belmond kijkt aandachtig naar mijn gezicht. 'Geldt dat ook voor u?'

Ik zeg niks.

'Kom op, meneer Kierce. Denkt u dat ik niet weet dat u er ook persoonlijk belang bij hebt om antwoorden te vinden?'

'Nee, dat denk ik niet,' geef ik toe. 'Misschien hebt u gelijk, misschien ben ik wel degene die een ontknoping nodig heeft om het af te sluiten.'

'Wij allebei, denk ik. Dus ga uw gang, stel uw vragen.'

Ik spring meteen in het diepe. 'U was niet thuis tijdens die bewuste jaarwisseling.'

'Dat is juist.'

'Kunt u me vertellen waar u was?'

'In Chicago. Mijn vader was opgenomen in een hospice en ik wilde bij hem zijn.'

'Uw man ging niet met u mee?'

'Nee, hij bleef thuis.'

'Is hij nog naar een nieuwjaarsfeest geweest?'

'Hij is thuisgebleven.'

'Het was het einde van het millennium. "1999" en zo. Er waren vast veel uitnodigingen gekomen. Was u van plan naar een feest te gaan, voordat uw vader naar een hospice moest?'

'Wat doet dat ertoe?'

Voordat ik kan uitleggen dat ik me afvraag of er misschien mensen waren die dachten dat er bij hen niemand thuis zou zijn, steekt ze een hand op om me het zwijgen op te leggen. 'Archie en ik zijn niet van die nieuwjaarsvierders. We gaan nooit uit met oud en nieuw. Daar gaan we min of meer prat op. Meestal slapen we rond middernacht al. Maar dat jaar? Archie maakte zich een beetje zorgen om Y2K. Weet u dat nog?'

Ik knik. 'Dat niemand wist wat er zou gebeuren als de computers versprongen van 1999 naar 2000.'

'Precies. De computersystemen zouden geen onderscheid kunnen maken tussen 1900 en 2000 en daardoor zou er chaos ontstaan, stroomuitval, dat soort dingen. We gingen niet hamsteren zoals sommige mensen wel deden, maar Archie bleef voor alle zekerheid thuis, zodat hij in de buurt van de kinderen zou zijn, mocht er iets misgaan. Maar goed, toen we eenmaal wisten dat alles goed gegaan was met Y2K heeft Archie ons vliegtuig genomen en is hij naar me toe gekomen.'

'Weet u nog hoe laat hij aankwam?'

'Nee, sorry. Heel laat. Waarschijnlijk om drie of vier uur 's nachts.'

'Waar verbleef u?'

'In het Four Seasons, geloof ik,' zegt ze, maar ik voel haar irritatie nu. 'Is dat nou echt belangrijk?'

Dat is het niet. 'Bent u daar een paar dagen gebleven?'

'Ja. Maar de toestand van mijn vader werd stabiel, dus toen zijn we teruggekomen.'

Ik weet al dat haar vader drie weken later is gestorven. Geen reden om daar nu over te beginnen.

'Mag ik snel de rest van dit gedeelte voor u beantwoorden?' vraagt ze. 'Nee, ik dacht niet dat er iets mis was. Ik was gefocust op mijn vader. Het was niet ongewoon dat we niks van Victoria hoorden. Ik hoorde ook niks van Thomas. Dit speelde vijfentwintig jaar geleden, ik had geen mobiele telefoon. Ik heb als een van de laatsten standgehouden. Ik vond die dingen toen niks en nu vind ik ze helemáál niks. Zoals Archie u vast al heeft verteld, ontving hij wel een paar berichtjes vanaf Victoria's telefoon. "Gelukkig nieuwjaar", luidde een ervan. Dat liet hij me zien. Thomas had er ook een gekregen.'

'Wanneer begon u zich zorgen te maken?'

'Dat is het punt.'

'Wat is het punt?'

'Ik belde op 3 januari haar mobiel. Er werd niet opgenomen, maar nogmaals, het waren andere tijden. Niemand had die telefoon altijd bij zich. Ik vond het dus niet verontrustend. Ik maakte me zorgen om mijn vader. Wat ik eigenlijk wil zeggen: je verwacht dat het ineens tot je doordringt, maar ik was niet eens bezorgd om haar. Het sloop er langzaam in. Eerst knaagde het een beetje, toen werd ik ongerust en ten slotte voelde ik een lichte paniek. Zelfs toen we naar de politie gingen was ik nog terughoudend. Victoria kon heel impulsief zijn, rebels zelfs. Ik nam aan dat ze een jongen had ontmoet en voor een paar dagen met hem op pad was. Of dat ze bij een vriendin was aan wie we niet hadden gedacht. Je zou toch denken dat een moeder beter weet, hè? Dat we een soort zesde zintuig hebben. Maar ik had niks in de gaten. Of ik werd afgeleid. Of misschien speelde er een soort zelfbeschermingsmechanisme, misschien wist ik instinctief de waarheid en wilde ik die niet onder ogen zien.'

Het schuldgevoel druipt van haar af. Er is geen reden om hierover door te drammen. Het lijkt me inmiddels duidelijk dat de ontvoerder die sms'jes heeft gestuurd of Victoria heeft gedwongen ze te sturen. Toen de ontvoerder zich op zeker moment realiseerde dat de locatie van de telefoon uit te lezen was, moet hij of zij ermee gestopt zijn en zich ontdaan hebben van de telefoon. Maar het was slim, die sms'jes. Ze hielden de bezorgdheid van de ouders op afstand en hielpen om het spoor dood te laten lopen.

'Wat is er?' vraagt ze.

'Zou het heel raar klinken als ik u nu vraag de volgende elf jaar over te slaan en te vertellen over haar terugkeer?'

Ze glimlacht. 'Een beetje.'

'Maar voordat ik dat vraag: hebt u nog iets over die elf jaar waar ik wat aan zou kunnen hebben?'

'Nee,' zegt ze snel. 'Het grootste deel van de tijd was ik als verdoofd. Heel raar. Ik ben haar nooit vergeten, geen seconde. Elke dag bij het wakker worden kun je niet geloven dat dit jouw leven is. Dat je moet opstaan en je tanden poetsen, en dan na... na een jaar of zo, of misschien twee, keert zowaar je eetlust terug en zijn er dagen dat je je bijna tamelijk goed voelt, alsof je weer leeft, tot je je herinnert dat ze nog steeds weg is, en dan heb je naast de gewone, dagelijkse pijn ook nog eens de zelfhaat omdat je één moment niet aan haar hebt gedacht, en je in dat moment misschien wel ergens van hebt genoten of om hebt gelachen, en dat voelt als een vreselijk vergrijp.'

Ik zeg niks.

'Ik beeldde me in dat ik Victoria zag. Echt zag. Heeft Archie dat verteld?'

Dat heeft hij aangestipt, maar ik wil haar niet onderbreken, dus ik schud licht mijn hoofd.

'Kent u die scènes in tv-programma's waarin een man op zoek is naar een vermist meisje, zijn vriendin of zo, en dat hij dan denkt haar te zien in een bar of club? Hij holt naar haar toe, tikt haar op de schouder en dan draait ze zich om en ze is het niet.'

'Jazeker.'

'Zo was mijn leven een tijdlang. Eens in de twee, drie maanden, zoiets, was ik in New York en dan zou ik zweren – zwéren – dat Victoria aan de overkant van de straat liep, en ik kon haar nooit op tijd bereiken. Of ze zat in het publiek bij een drukbezocht concert in Madison Square Garden, maar ze verdween voordat ik haar kon bereiken. Eén keer was ik ervan overtuigd dat Victoria barista was bij Starbucks. Ik holde naar huis en sleepte die arme Archie mee naar Starbucks. Hij moest iedere barista natrekken. Hij heeft zelfs de bedrijfsleider betaald om ons foto's te laten zien van alle barista's die die dag vrij waren. Archie was zo lief voor me. Hij zocht naar een uitlaatklep voor me. Toen hebben we Vic's Place opgericht. Weet u wat dat is?'

Ik knik. 'Een liefdadigheidsinstelling voor meisjes die in de problemen zitten?'

'Ja. Als we andere meisjes konden helpen, als er nog iets goeds kon voortkomen uit wat onze dochter was overkomen... nou ja, dat geeft iets van balans in het universum, nietwaar? Dus begonnen we Vic's Place. Ik ging er vrijwilligerswerk doen. Veel. En zo nu en dan – u snapt vast al waar dit naartoe gaat – zag ik een meisje van wie ik zeker wist dat het Victoria was. Ik ben om die reden in therapie gegaan, twee keer per week.' Ze valt hoofdschuddend stil. 'Ik ben niet erg duidelijk, hè?'

'U doet het prima, hoor.'

'Het punt is dat de therapeut steeds op trauma's van vroeger in wilde gaan. Dat is natuurlijk ook het werk van een psychiater. Wat voor ouders had ik? Was ik als kind ooit misbruikt? Had ik misschien een handtastelijke oom? Dat soort dingen. Maar dat was niet aan de orde. Ik had geen mentale problemen, ik wilde alleen maar weten waar mijn dochter was. Was ze dood? Was ze ergens begraven? In zee gedumpt? Hield iemand haar vast in een kelder, had ze een klap op haar hoofd gekregen en was ze beroofd? Misschien ging het wel goed met haar en werkte ze om de hoek bij Starbucks. Het niet-weten was een kwelling. Dus natúúrlijk beeldde ik me in dat ik haar zag. En dan, op een dag, na elf jaar...' – ze krijgt nu tranen in haar ogen – 'komt je lieve kind eindelijk weer thuis.'

Ik probeer dit heel voorzichtig aan te pakken. 'Kunt u me daar wat over vertellen?'

'Ik geloofde het niet. Ironisch, hè? Ik was altijd degene die haar meende te zien, maar toen ze me vertelden dat er in dat restaurant een vrouw was aangetroffen met een kaalgeschoren hoofd, durfde ik het niet te geloven. En bij de eerste ontmoeting twijfelde ik of het mijn kind wel was. Ze praatte niet. De politie stelde haar ontzettend veel vragen, maar ze zei niks. Dagenlang. We namen haar mee naar huis. Archie stond erop. We regelden vierentwintiguurszorg voor haar. Er werd meteen een DNA-test gedaan, daar heb ik bloed voor gegeven. Archies idee. De test bevestigde dat het Victoria was. Ik week niet van haar zijde, dag en nacht. Geen minuut. Ik was bang dat ze weer zou verdwijnen. Of dat ik wakker zou worden en dat het allemaal een droom was geweest, zoals wel vaker was gebeurd. Toen, op de vierde dag, begon ze ineens tegen me te praten.'

'Weet u nog wat ze zei?'

'Natuurlijk. Victoria had een tweepersoonsbed op haar kamer. Ik mocht naast haar liggen. We keken tv, *The Price is Right.* Ik hield haar hand vast en toen zei ze: "Ben jij mijn moeder?"'

Ik houd mijn hoofd schuin. 'Dat is het eerste wat ze zei?'

Talia Belmond knikt. Nu komen de tranen. 'Het is niet wat u denkt. Ze vroeg niet of ik haar moeder was, het was geen vraag.'

'Wat dan?'

Talia slikt. 'Dat was haar lievelingsboek toen ze drie was. *Are You My Mother?* van P.D. Eastman. Kent u dat nog?'

'Ja.'

'Als ik Victoria vroeger instopte, zei ze nooit "voorlezen", maar...'

'*Are You My Mother?*'

Talia knippert met haar ogen. 'Toen wist ik het. Dit was beter dan een DNA-test. Maar goed, zo begon het dus. Ze begon langzaam te praten. Het duurde even, maar we kregen haar terug. Dat was het mooiste wat ik ooit zal meemaken. Een oude uitdrukking luidt: "Een ouder is slechts zo gelukkig als zijn ongelukkigste kind."'

Daar denk ik even over na. 'Diepzinnig,' zeg ik, en ik meen het.

'Ja. En dus wil ik weten wat er met Victoria is gebeurd, meneer Kierce. Maar het punt is: mijn dochter is nu echt gelukkig. Geluk is altijd fragiel. Voor ons allemaal. Als een zeepbel.'

'En u bent bang dat die zeepbel uit elkaar zal spatten.'

'Inderdaad.'

'Ik zal mijn best doen dat te voorkomen.'

Mijn telefoon gaat. Zoals ik al vertelde, heb ik hem vaak op stil staan behalve voor een handjevol mensen. Als ik op het schermpje kijk, zie ik dat het Molly is. Ik excuseer me, loop naar een hoek en houd de telefoon bij mijn oor.

'Molly?'

'Waar ben je?'

'Nog bij de familie Belmond. Is er iets?'

'Ja. We worden gestalkt.'

19

Volgens de navigatieapp ligt het landgoed van de familie Belmond op tweeënveertig minuten rijden van de locatie in de Lower East Side die Molly me heeft gestuurd.

Wapenman geeft flink gas, wat ik waardeer. Ik blijf met Molly aan de telefoon. Ze is nu met Henry bij Katz' Delicatessen, de beroemde zaak in New York die beweert de oudste *deli* van de stad te zijn. Ze hebben een uitgebreide menukaart, maar als je iets anders bestelt dan een variant van de pastramisandwich dan vraag je erom uitgelachen en afgesnauwd te worden.

Ik zeg tegen Molly dat ze daar moet blijven en ervoor moet zorgen dat ze omringd is door mensen, en dat ze zicht houdt op de deur. Ik bel Marty, maar die is naar het vrijgezellenfeest van een vriend aan de kust. Ik zou Craig kunnen proberen, maar wat zou hij kunnen doen? Even overweeg ik om de politie te bellen, maar ook hier geldt: wat zou dat uithalen?

Ze zitten in een druk restaurant. Ze zijn veilig.

Ik bevind me volgens de app nu op drieëndertig minuten afstand.

'Wanneer besefte je dat hij je volgde?' vraag ik.

'Ik zag hem toen ik thuis de deur uit ging,' zegt Molly, 'en daarna bij de drogist.'

'Hoe ziet hij eruit?'

'Als de standaard slechterik in een film. Zonnebril ondanks de bewolking. Lang haar.'

Ik veer op. 'Gezichtstattoo en spijkerjack?'

'Heb je hem gezien?'

'Hij hing bij ons voor de deur toen Belmond me kwam halen. Staat hij er nu nog? Zie je hem nog?'

'Ik zit niet bij het raam.'

Ik kijk op de app. Vierentwintig minuten. Ik wil een foto van die kerel zien, maar Molly mag geen risico nemen. Ik zeg dat ze moet blijven zitten. Vijf minuten later komt er een appje binnen:

Dat blauw staat Molly lang niet zo goed.

'Molly?'

'Ja?'

'Wat heb je aan?'

'Dit is geen geschikt moment om te flirten, Sami.'

'Ik flirt n...'

'Weet ik, weet ik. Soms wil ik gewoon even lachen, oké? Dat helpt. Ik heb die blauwe overall aan.'

Er komt weer een appje binnen:

Je vrouw heeft een goed figuur. Zeg maar dat ik het lekker vind als ze dat speciaal voor mij showt.

Ik haal diep adem, probeer rustig te blijven.

'Wat is er?' vraagt ze.

'Er kwam weer een bericht binnen.'

'Lees eens voor.'

Dat wil ik niet, maar ik wil er ook niet opnieuw van beschuldigd worden haar te betuttelen. Dus lees ik het bericht voor.

'Gaat mijn stalker nu mijn kledingsmaak afkraken?'

'Die overall staat je prachtig.'

'Maar jij bent snel tevreden. Sami?'

'Ja?'

'Hoe ver ben je nu? Ik vind dit niet zo tof.'

'Twaalf minuten. Moet ik de politie bellen?'

'Nee. Er zitten hier sowieso al twee agenten te eten.'

'Mooi. Blijf zitten waar je zit.'

'Wie denk je dat het is?'

'Dat weet ik niet.'

Ik heb de hele tijd zacht gepraat, want ik vertrouw Wapenman niet. Voor hetzelfde geld werkt hij samen met Smoezelig Piekhaar. Ik probeer hem onopvallend in de gaten te houden, te zien of hij zijn telefoon pakt om een bericht te versturen of zoiets. Tot nu toe doet hij dat niet. Misschien vangt hij flarden van ons gesprek op, maar ik zeg niets waar hij wat aan heeft.

Nog zes minuten.

Ik zet de telefoon op stil en buig me naar hem toe. 'Heb je dat pistool nog op zak?' vraag ik.

'Ja,' zegt hij. 'En jawel, ik heb een vergunning. Nee, je mag het niet lenen.'

'En je andere wapen?'

'Mijn andere wapen?' Hij grinnikt. 'O, je bedoelt van laatst in het bos, toen we zeiden dat we je konden vermoorden en dan dat wapen in je hand stoppen. Bedoel je dat?'

'Ja, dat bedoel ik.'

'Dat was allemaal bluf, Kierce.'

Zou dat waar zijn? 'Ik werk nu ook voor de Belmonds.'

'Dat heb ik gehoord. Maar je krijgt mijn wapen niet.'

'Hoelang werk jij al voor de familie?'

'Lang.'

'Toen je bij mij voor de deur stond te wachten, heb je toen een kerel met een gezichtstattoo en lang haar gezien?'

'Die jouw huis in de gaten hield?'

'Ja.'

'Die stond er al toen ik aankwam.'

'Hoe laat was dat?'

'Twintig minuten voordat je naar buiten kwam.'

'Heeft hij daar de hele tijd gestaan?'

'Ja. Niet dat ik je afluister, hoor, maar is dat die kerel die je vrouw volgt?'

'Ja.'

'Hij heeft in de bak gezeten, denk ik.'

'Hoezo?'

'Tattoo van vijf stipjes bij zijn oog,' zegt Wapenman. 'Zoals de vijf op een dobbelsteen. De vier buitenste stippen staan voor de muren, en de middelste ben jij, degene die tussen die muren opgesloten zit. Hij heeft gezeten of wil graag bij dat wereldje horen. Maar voor dat laatste vind ik hem niet het type.'

'Je hebt er verstand van, hè?'

'Ik ben niet alleen vanwege mijn knappe uiterlijk ingehuurd.'

'Nou,' zeg ik, 'het heeft vast geholpen.'

Daar moet hij om lachen. 'Sorry nog voor dat pak slaag en dat hele we-gaan-je-omleggen-gebeuren.'

'Hebben we hier een onderonsje?'

'Alsjeblieft niet.'

'Weet je waarvoor de Belmonds me hebben ingehuurd?'

'Dat kan ik wel raden, denk ik.'

'Heb je nog tips voor me?'

'Absoluut niet.'

'Wat is Victoria voor iemand?'

'Ik ben dus niet alleen vanwege mijn uiterlijk ingehuurd,' zegt hij nog een keer. 'Ik ben ook nog eens het toppunt van discretie.'

'Het totaalpakket, kunnen we wel stellen.'

'Het is een wonder dat ik nog single ben. Wat ga je doen als je de Tatoeageman vindt?'

'Hem ondervragen.'

'Je bent niet meer bij de politie.'

'Hij stalkt mijn vrouw.'

Wapenman knikt. 'Dan is het terecht. Zal ik voor de zekerheid in de buurt blijven?'

Ik vertrouw hem nog steeds niet – of moet ik zeggen dat ik geen reden zie om hem te vertrouwen? Maar versterking op de achtergrond kan geen kwaad, lijkt me. We komen uit op een plan waarbij hij me afzet en dan rondjes gaat rijden in de buurt voor het geval ik hem nodig heb.

Als we twee huizenblokken van Katz verwijderd zijn, stap ik uit. Het is loeidruk op straat, een combinatie van buurtbewoners en toeristen die op zoek zijn naar goedkope nepversies van designerspullen, en naar pastrami. Ik heb geen oortjes bij me, dus geef ik aan Molly door waar ik ben, zeg dat ik eraan kom en laat mijn telefoon zakken. Als ik dichterbij ben, vertraag ik mijn pas. Smoezelig Piekhaar is nergens te bekennen. Ik sta op de hoek van Avenue A, waar vroeger Boulton & Watt zat. Molly is nu drie kwartier binnen bij Katz. Hij kan vertrokken zijn. Of hij houdt zich ergens schuil.

Ik weet niet goed hoe ik dit moet aanpakken.

Ik loop bij de hoek vandaan en zeg tegen Molly: 'Ik zie hem niet.'

'Wil je dat we hier weggaan?'

Ik vraag me af of dat een goed idee is. Ik zou Molly naar buiten kunnen laten gaan en dan kijken of iemand haar volgt, maar ik ben niet bereid mijn vrouw en mijn zoon als lokaas te gebruiken.

'Nee,' antwoord ik.

Ik zeg dat ik naar binnen kom om hen te halen, maar dat ik eerst een paar keer het blok rond wil lopen. Dan schakel ik over naar Wapenman. 'Zie je hem ergens?'

'Negatief.'

De volgende twintig minuten speur ik de straten af. Het voelt heel ongemakkelijk, want hij weet hoe ik eruitzie. Maar ik zie hem niet. Zo nu en dan bekijk ik mijn WhatsApp, ook al staat het geluid voor inkomende berichten aan. Niks meer over de kleding van mijn echtgenote.

Hoelang kan ik hiermee doorgaan?

Molly zegt: 'Henry wordt onrustig. En met onrustig bedoel ik dat we binnen een halve minuut een gigantische driftbui kunnen verwachten.'

Genoeg. We kunnen nu toch niks meer doen. Ik zeg tegen Wapenman dat ik ermee ga kappen. Hij zegt: 'Begrepen, over.' Als ik bij Katz naar binnen ga, zie ik Molly met Henri achteraan in een hoekje zitten, Molly met haar gezicht naar de deur zodat ze kan zien of Smoezelig Piekhaar binnenkomt. Ze gaat staan zodra ik binnenkom. Ik haast me naar haar toe en til Henry op, die op het punt staat in tranen uit te barsten. Dat wordt afgewend zodra hij papa ziet, in elk geval tijdelijk. Mijn zoon lacht naar me, en als ik denk aan Talia Belmond die elf jaar lang niet wist waar haar kind was, breek ik bijna bij de gedachte alleen al.

'Wat is er?' vraagt Molly.

Ik zet het van me af. Mijn vrouw heeft een afhaaltasje in haar hand.

'Wat zit erin?' vraag ik.

'Pastrami op roggebrood, met mosterd en een schijf augurk,' antwoordt ze.

Mijn favoriete sandwich. 'Ik hou van jou, weet je dat?'

'Ik zou nu kunnen zeggen "ik ook van jou", maar ik denk dat deze sandwich wel genoeg zegt.'

'De liefde van de man gaat door de maag.'

'Ik denk eerder een paar centimeter lager.'

Ik glimlach naar haar. Hoe zenuwachtiger ze wordt, hoe meer grappen ze maakt. 'Het komt allemaal goed,' zeg ik.

'Weet ik.'

We gaan terug naar huis. Smoezelig Piekhaar (of moet ik hem Tattookop noemen?) weet al waar we wonen, dus het is zinloos om te proberen hem af te schudden of iets dergelijks. Ik probeer hem steels te spotten. Twee keer wacht ik nadat we een hoek om zijn gegaan. Soms draai ik me met een ruk om, zonder enige waarschuwing, midden in een zin, in de hoop hem achter me te betrappen. Als ik dat voor de derde keer heb gedaan, zegt Molly: 'Hou daar alsjeblieft mee op. Je ziet eruit alsof je een toeval krijgt.'

Thuis aangekomen doorzoek ik grondig ons appartement. Er is niemand. Molly legt mijn sandwich op een bord. Het brood is zo dik belegd met vlees dat ik haar bijna vraag of er cholesterolverlagers bij geleverd worden. Een oud grapje, maar sommige grappen blijven niet voor niks terugkomen.

'Oké,' zegt ze. 'Vertel me nu maar eens wat de familie Belmond van je wilde.'

Dat doe ik. Als ik haar over het geld vertel, pakt ze vliegensvlug haar telefoon en kijkt op de bankapp.

'O, mijn god,' zegt ze.

'Ja, hè?'

'Het is...' Ze bijt op haar onderlip en knippert tegen de tranen. Ik leg over de tafel heen mijn hand op de hare. Molly wendt zich heel even af. Ik kan het maar moeilijk aanzien. Ze heeft me nooit het gevoel gegeven dat het stom van me was dat ik eruit gegooid ben bij de politie, ook al was mijn ontslag mijn eigen schuld. Dat weet ik ook wel. Ik kan zeggen dat ik een grens heb overschreden in mijn streven naar gerechtigheid, dat ik tot het uiterste moest gaan en dat soort dingen, maar het was gewoon dom en roekeloos van me.

Wat ik nu eigenlijk wil zeggen?

Door het verlies van mijn baan zijn we in een precaire financiële situatie beland. We zijn alles kwijt en zitten tot over onze oren in de schulden. Molly wil nooit dat ik me daar schuldig over voel, ze doet alsof het niet zo'n big deal is en werkt zich trots en dapper door al die rekeningen heen, zoals zovelen van ons doen. Maar nu, nu ik zie dat ze zo onder de indruk is van ons nieuwe banksaldo dat ze me niet eens kan aankijken, besef ik hoezeer mijn fouten hun tol hebben geëist van de vrouw van wie ik hou.

'Het is echt,' zeg ik.

We blijven een tijdje zo zitten, hand in hand, zij met haar blik afgewend en dan weer gericht op ons saldo, dat van vier lage cijfers in het rood naar zes is gegaan – waarna ze weer naar mij kijkt. Uiteindelijk zegt ze: 'Als je mijn hand blijft vasthouden, kun je die sandwich niet opeten.'

'Ik probeer het wel met één hand.'

'Dat wordt knoeien.'

Ze laat me los. Ik neem een hap.

'Het voelt goed, Sami,' zegt ze. 'Deze klus. Het geld. Alsof het zo heeft moeten zijn. Je moet ook uitzoeken wat er met haar is gebeurd. Dan kun je het achter je laten. En haar familie ook. En misschien die arme vrouw zelf, je weet het niet. Het is de juiste beslissing. Maar dat geld… is het fout van me om daar zo blij mee te zijn?'

'Jij doet niks verkeerd.'

Ik neem nog een hap pastrami. Het is te veel eten voor nu. Ik wikkel de sandwich in papier en loop ermee naar de koelkast, en terwijl ik dat doe zoemt mijn telefoon. Er komt geen naam van een van mijn contacten in beeld, maar ik herken het nummer van de beller. Even overweeg ik om de kamer uit te lopen voordat ik opneem, maar dat lijkt me hier niet de juiste aanpak.

Ik druk op de groene knop en zeg: 'Hallo?'

'Ongelooflijk, je hebt nog hetzelfde nummer.'

'Hé, Ella,' zeg ik. En dan: 'Jij ook.'

Ella is de oudere zus van mijn vermoorde verloofde Nicole. Het is lang geleden, waarschijnlijk omdat we elkaar aan Nicole doen denken en dat willen we geen van beiden. De enige connectie tussen ons was onze liefde voor Nicole. Na haar dood hadden we geen reden meer om met elkaar te communiceren.

'Dus hij is vrij,' zegt ze.

'Voorlopig.'

'En dat is jouw schuld.'

Ik neem niet de moeite om te reageren.

Dan zegt Ella: 'Niemand heeft me gebeld om het door te geven.'

'Dat had wel moeten gebeuren.'

'Een waarschuwing was wel fijn geweest. Ik kwam er pas achter toen een verslaggever in de salon om een reactie kwam vragen.'

Ella heeft een kapsalon in Queens, Bangs for the Memories.

'Wat vervelend voor je,' zeg ik.

'Daar belde ik niet voor.'

'Oké.'

'Hij lag op de loer bij de salon.'

'Tad Grayson?'

'Ja.'

Ik knijp harder in de telefoon. 'Hoe bedoel je, op de loer?'

'Wat denk je?' snauwt ze. 'Hij stond buiten naar me te kijken. Ik was met Delia bezig, kleurspoeling en wenkbrauwen bijwerken, ik keek naar buiten en toen zag ik hem.'

'Wat heb je gedaan?'

'Ik ben op hem afgestapt.'

'En?'

'Hij sloeg op de vlucht. Ik heb de politie gebeld. Ze zeiden dat ik kon proberen een gebiedsverbod te regelen, maar dan zou ik moeten aantonen dat hij een acuut gevaar vormde of zoiets.'

'Wat vervelend voor je.'

'Zeg dat niet steeds. Ik heb trouwens gehoord dat je getrouwd bent en een kind hebt.'

'Een zoon. Henry.'

'Leuk. Ze zou heus wel verstandiger zijn geworden, hoor. Nicole.

Die was bij je weggegaan voordat het tot een huwelijk was gekomen.'

Ook nu kies ik voor stilzwijgen. Ella vond me nooit goed genoeg voor Nicole. Dat was ik ook niet, maar ja, ik ben nu ook niet goed genoeg voor Nicole.

'Ik heb zijn persconferentie gezien op tv,' zegt Ella.

Ik zeg nog steeds niks.

'Tad was behoorlijk overtuigend.'

'Daar zijn psychopaten vaak goed in.'

'Denk je dat hij nog steeds gevaarlijk is?'

'Ja.'

'Voor ons?'

'Ja.'

Dat is het moment waarop ik uit het raam kijk, langs onze brandtrap. En beneden op de hoek, twee verdiepingen lager tegen een lantaarnpaal geleund, met zijn blik strak op mij gericht en een brede grijns op zijn gezicht, staat Smoezelig Piekhaar.

20

Ik aarzel niet.

'Ik bel je straks terug,' roep ik tegen Ella en ik hang op. Dan gooi ik het raam naar de brandtrap open.

Molly komt overeind. 'Sami?'

'Blijf daar. Ik zie hem.'

'Wacht,' zegt Molly.

Ik wacht niet, ik sta al bijna op de brandtrap. Gek, ik heb nooit buiten op die trap gestaan. Om te beginnen hebben we nooit brand gehad. Bovendien zien de treden voor ons raam er behoorlijk roestig uit, wankel en niet bepaald uitnodigend. Als ik mijn voet erop zet, merk ik dat de trap inderdaad al die eigenschappen heeft. Het gevaarte wiebelt zo hevig dat ik bang ben dat het dadelijk zal losschieten uit de stenen muur en ik omlaag zal storten. Uiteraard gebeurt dat niet.

'Sami?'

Dat is Molly weer. Ze wil dat ik hiermee ophoud. Smoezelig Piekhaar zou best eens vuurgevaarlijk kunnen zijn. Het is impulsief van me, misschien zelfs roekeloos, en dat heeft in het verleden slecht uitgepakt. Dat weet ik goed, maar ik kan het niet laten. Ik heb eens gelezen dat wij mensen irrationeel zijn omdat we niet goed zijn toegerust om rationeel te handelen. We menen dat we zelf onze beslissingen nemen, uit vrije wil, maar dat is niet zo. Is nooit zo geweest.

Dus laten we het daar maar aan wijten.

Smoezelig Piekhaar heeft al gezien dat ik op hem afkom en gaat ervandoor. Hij heeft een voorsprong. Het zal lastig worden om hem in te halen, en bovendien is hij groter dan ik. Dit heeft geen zin. Ik had moeten blijven waar ik was. Ik had een foto van hem moeten nemen en die naar Marty moeten sturen, of de politie moeten bellen. Dat was pas rationeel geweest.

Maar zou de politie wel iets doen? Zouden ze op tijd hier zijn, of zou hij me weer ontglippen?

Ik maak de ladder los zodat hij tot aan de grond kan reiken, maar hij is vastgeroest. Ik spring op een trede in de verwachting dat hij zal losschieten door mijn gewicht, maar dat gebeurt niet. Ik heb hier geen tijd voor. Ik klim-glijd omlaag, ga aan de laatste trede hangen en laat me dan op de grond vallen. De val is dieper dan ik had gedacht. Ik kom hard op de grond terecht, waardoor ik moet doorrollen en niet rechtop kan blijven staan.

Smoezelig Piekhaar blijft even naar me staan kijken, verstard in misschien wel verbazing, maar al snel beseft hij wat er aan de hand is, en hij rent weg. Hij is rond, mollig, en als hij hardloopt bewegen zijn armen als de slierten van zo'n opblaasbare reclamepop die je vaak bij autodealers ziet. Ook nu zou ik moeten terugkeren, maar als ik denk aan de appjes over Molly's kleding en de angst die hij haar heeft aangejaagd – mijn Molly – sorry hoor, dan zou het juist irrationeel zijn om nu niet met alles wat ik in me heb achter hem aan te gaan.

Door hem voelde Molly zich onveilig. Door hem moest Molly mijn hulp inroepen.

Zoiets laat je niet over je kant gaan.

Het zal niemand verbazen, maar ik ben geen groot sportman. Ik wil niet zeggen dat ik bij de gymles als laatste werd gekozen of zo. Ik was volkomen middelmatig. Mijn oog-handcoördinatie is niet opperbest, en mijn voetenwerk zou je in het gunstigste geval niet-afdoende kunnen noemen, maar ik ben wel snel en heb uithoudingsvermogen. Meer heb ik nu niet nodig. Ik kom met een draai omhoog en sprint achter hem aan.

Smoezelig Piekhaar heeft een huizenblok voorsprong, maar hij is traag, log, de slungelige armen remmen hem eerder af dan dat ze hem voortstuwen. Ik zou zweren dat ik het vet van zijn lange haar in mijn gezicht voel spetteren als ik dichterbij kom. Hij probeert uit te wijken naar rechts, maar maakt de draai te snel en verliest bijna zijn evenwicht. Hij kijkt over zijn schouder naar me. Zijn gezicht is rood, zijn borstkas gaat op en neer.

Langzaam dicht ik het gat.

Het bloed stijgt naar mijn hoofd.

Er lopen mensen in Rivington Street. Sommigen draaien zich om en staren me aan. De meesten niet. Ik kom in de verleiding om te roepen dat ze hem moeten tegenhouden, dat ik van de politie ben, maar dat ben ik niet en ik weet niet hoe het zou uitpakken.

Bovendien heb ik hem nu bijna ingehaald.

Smoezelig gaat Clinton Street in, in de richting van Delancey. Hij passeert Clinton's Exotic Plus & Deli, een zaak waar ik honderd keer langsgelopen ben, maar ik weet nooit of ik wel wil dat de jongen die vapes en waterpijpen verkoopt een broodje voor me klaarmaakt. Dat ligt vast aan mij, Molly zegt dat ik mijn horizon moet verbreden.

Ik kom steeds dichterbij.

Ineens zwenkt hij naar links, op een winkel af die Lot-Less Closeout heet. Net zoiets als Dollar Tree, maar dan minder luxe. Ja, dat is lastig voor te stellen. Molly koopt weleens schoonmaakspullen en inpakpapier bij de Lot-Less. Je bespaart misschien geld, maar dat is het niet waard. Smoezelig Piekhaar pakt de deurgreep beet. Dat vertraagt hem voldoende. Ik duik op hem af, mijn lijf horizontaal gestrekt. Dan sla ik mijn benen om zijn knieën en haal hem neer als een voetballer die een tackle uitvoert in open veld. Ik hoor hem kreunen als hij de stoep raakt.

Hij schreeuwt: 'What the...?'

Ik ga boven op hem zitten. Hij wurmt zich los, probeert me te schoppen. Hij raakt me nergens, maar ik krijg geen grip op hem. We krabbelen allebei overeind.

Smoezelig Piekhaar steekt een hand op en gebaart dat hij op adem moet komen. Als het zover is, zegt hij hijgend: 'Rot verdomme op, man.'

'Wie ben jij? Waarom volg je mijn vrouw?'

'Ik hoef jou niks te zeggen.'

'Toch wel.'

'Want anders?'

Ik heb geen snel antwoord paraat. Dat bezorgt hem een glimlach.

'Ik loop nu weg,' zegt Smoezelig Piekhaar. 'En jij houdt me niet tegen.'

Hij zet een stap. Ik versper hem de weg. Het is best komisch, denk ik. De mensen beginnen nu te staren. Hij is veel forser dan ik, maar mooi niet dat ik hem laat gaan.

'Waarom stalk je mijn vrouw?'

Smoezelig doet een stap opzij, ik doe een stap opzij. Dan komt hij recht op me af. Ik probeer achteruit te deinzen. Het is zo'n moment waarop we allebei wachten tot de ander begint. Daar staan we dan, ik met mijn kin tegen zijn borst.

'Opzij,' zegt hij.

'Wie ben jij?'

'Ik hoef jou verdomme niks te vertellen.'

Hij duwt me met zijn grote lijf een stukje naar achteren. Even weet ik niet wat ik moet doen. Ik heb hem 'betrapt', maar wat nu? Hij is van plan om weg te lopen. Moet ik hem gevangenhouden of zoiets? Hem op klaarlichte dag verrot slaan tot hij antwoord geeft? Als ik wil voorkomen dat hij wegloopt, zal ik hem fysiek moeten tegenhouden. Hij is groot en breed. Hij heeft die tatoeages. Waarschijnlijk heeft hij in de bajes gezeten. Natuurlijk boeit dat me allemaal niet. Als het erop aankomt, win ik. Zeker weten.

Dit klinkt waarschijnlijk verwaand. Dat is het niet.

Ik probeer stand te houden. Hij doet nog een stap naar voren. Ik buig opzij en duw hem terug. Dat is voor hem genoeg. Hij glimlacht en duikt naar voren. Ik laat hem begaan. We belanden op de grond.

En dan draai ik door.

Ik zei daarnet dat het niet verwaand van me was. Ik zal je zeggen waarom. Ik heb één sterk punt als het op vechten aankomt, maar dat is heel effectief: ik draai helemaal door. Ik word meedogenloos, onstuitbaar. Ik blijf op je af denderen als een kleine Pakistaanse Terminator.

Smoezelig Piekhaar stompt me keihard tegen mijn wang. Hij rolt achteruit in de veronderstelling dat het gevecht voorbij is. Ik knipper niet eens met mijn ogen, ik blijf gaan. Hij ramt zijn lijf tegen me aan, de onderste ribben. Misschien breekt hij er een, ik weet het niet.

Maar ik houd niet op.

Dat is mijn superkracht. Ik heb vaker gevochten. Ik verlies niet omdat stoppen geen optie is. Ik voel geen pijn als de adrenaline eenmaal stroomt. Smoezelig Piekhaar wil weglopen als hij beseft dat hij me misschien toch heeft onderschat. Ik spring op zijn rug als een wild beest dat uit een boom opduikt. Hij wankelt onder mijn gewicht en valt op zijn knieën. Ik houd vol tot zijn gezicht de stoep raakt.

Dan pak ik zijn haar beet en ram zijn gezicht tegen de stoeptegels. Trek hem aan zijn vette haar omhoog, krom zijn rug en breng mijn mond vlak bij zijn oor.

‘Wie ben jij? Wat ben je met mijn vrouw van plan?’

Als hij glimlacht, zie ik bloed op zijn tanden. ‘Krijg de tyfus.’

Ik ram zijn gezicht weer tegen de stoep. Trek hem omhoog om het nog een keer te doen.

En dan word ik totaal onverwacht getackeld.

'Politie! Staak je verzet! Handen op je rug!'

Er springt nog iemand boven op me. Er zitten nu twee agenten in uniform op mijn rug.

'Nee,' zeg ik. 'Luister...'

Ik lig nu op mijn buik. Een van de agenten springt half op en ramt zijn knie midden op mijn rug. Ik ken die beweging. Heb het zelf ook gedaan. Het doet pijn.

'Handen op je rug!'

Ik kom in de verleiding om te zeggen dat ik politieman ben, maar dat zou verkeerd kunnen uitpakken als ze erachter komen dat dat verleden tijd is. Ze luisteren trouwens toch niet.

Ik laat me in de boeien slaan en vraag me af of Smoezelig Piekhaar ervandoor zal gaan. Maar dat doet hij niet. Hij glimlacht alleen maar.

'Die kerel is gek, man,' zegt Smoezelig. 'Hij kwam ineens achter me aan.'

De agent kijkt mij aan. 'Meneer?'

'Hij heeft mijn vrouw geappt. Hij stalkte haar.'

'Hebt u daar bewijs van?' vraagt de agent.

'Hij is knettergek,' zegt Smoezelig. 'Ik heb die man nooit eerder gezien. Ik stond op de hoek van Avenue C en ineens kwam hij als een bezetene achter me aan. Hebben jullie gezien wat hij heeft aangericht?' Smoezelig wijst naar zijn bloedende mond.

'Meneer,' zegt de agent tegen hem, 'wilt u aangifte doen?'

'Nee, man. Ik wil alleen maar naar huis.' Hij knipoogt. 'Ik heb een lekkere vrouw en een zoontje die op me wachten.'

Ik word overmand door woede. 'Hij liegt.'

De agent slaakt de zucht van een levensmoede agent. 'Ik vraag u nogmaals of u daar bewijs van hebt.'

'Neem ons mee naar het bureau. Mijn vrouw kan het jullie vertellen.'

'Wat valt er te vertellen?'

'Dat hij haar stalkt.'

'Op wat voor manier?'

'Hij stond vanmorgen voor ons appartement. Toen mijn vrouw later ging wandelen, zag ze dat hij haar volgde. En daarnet zag ik dat hij naar haar raam stond te kijken.'

'Gelul,' zegt Smoezelig Piekhaar.

'Hij heeft ook twee keer geappt.'

'Meneer,' vraagt de agent aan mij. 'Kent u deze man?'

'Nee.'

'Want het feit dat uw vrouw dezelfde man vaker heeft gezien op straat in New York, zelfs al zou dat opzet van hem zijn, is niet strafbaar. Dat weet u, hè? Hebt u bewijs dat die appjes van hem afkomstig zijn?'

'Neem ons nou maar gewoon mee.'

'Nee meneer, we gaan onze tijd en middelen niet verspillen aan het meenemen van twee irritante sukkels. Jullie hebben geluk, jullie komen er allebei vanaf met een waarschuwing. Jij daar...' – hij wijst naar Smoezelig Piekhaar – 'maak dat je wegkomt. En jij...' – hij wijst naar mij – 'wacht hier met ons een paar minuten en dan loop je de andere kant op. Begrepen?'

'Noteer zijn naam,' zeg ik.

'We hoeven zijn naam niet te hebben. En als we hem wel noteren, krijg jij hem niet.' Dan draait hij zich om naar Smoezelig Piekhaar. 'Wegwezen.'

Dat laat Smoezelig zich geen twee keer zeggen. Hij begint te rennen met die slungelarmen van hem.

Als ze de boeien hebben afgedaan, pak ik snel mijn telefoon om een foto te maken. Even ben ik bang dat de agenten zullen schrikken, dat ze denken dat ik naar een wapen grijp, maar ze komen niet eens in beweging. Maar tegen de tijd dat ik mijn telefoon heb gepakt, is Smoezelig Piekhaar met zijn slungelarmen verdwenen. En kort daarna zijn ook de agenten weg. Ik kom overeind van de stoep.

Een Pakistaanse man komt de deur uit en zegt tegen mij: 'Zet je AirDrop aan.'

'Waarom?'

'Doe het nu maar.'

Ik zet het aan. De man klikt een icoontje aan op zijn telefoon... en ik krijg een foto binnen van Smoezelig Piekhaar, haarscherp. De man glimlacht naar me.

'Dank u wel,' zeg ik tegen hem.

Hij knikt en verdwijnt weer de winkel in.

Terwijl ik terugloop naar mijn appartement roep ik mijn speciale cursisten per WhatsApp op voor een bijeenkomst vanavond. Ik bel mijn vader om te vragen of hij vanavond kan langskomen om bij Molly en Henry te blijven terwijl ik mijn cursus heb, want ik wil ze niet alleen laten. Ik staar naar de foto van Smoezelig Piekhaar die mijn vriend van Lot-Less heeft genomen en zoom in op de gezichtstatoeages.

De vijf stippen.

Wapenman had gelijk, hij heeft in de bak gezeten.

Ik twijfel of ik Marty de foto zal sturen om hem te laten uitzoeken wie Smoezelig Piekhaar is, maar zoiets werkt alleen op tv, niet in het echte leven. Ik heb zaken gehad – te veel om op te noemen – waarbij we haarscherpe beveiligingscamerabeelden hadden van verdachten tijdens een misdrijf zonder dat we konden achterhalen wie het waren. Je moet de foto's openbaar maken of op televisie laten zien, zo kom je aan een naam. Je kent dat vast wel van het plaatselijke nieuws, of recenter van bepaalde socialmedia-accounts: korrelige foto's bij verhalen van het type 'De politie vraagt uw hulp bij de opsporing van deze verdachte'.

Toch app ik Marty de foto's en vraag hem om hulp bij de identificatie.

Twee tellen later belt Marty me. 'Waar gaat dit over?'

'Die vent volgde Molly.' Ik breng hem op de hoogte. Hij is het met me eens dat de kans dat we iets zullen vinden klein is, maar hij zal kijken wat hij kan doen.

Dan zeg ik: 'Ik heb een grote klus gekregen.'

'Mooi. Waar?'

'Bij de familie Belmond.'

Stilte bij Marty.

'Geen reactie?'

'Je komt uit het niks met het verhaal dat je misschien de zaak rond Victoria Belmond kunt oplossen, vraagt me zelfs om informatie, en bám, je wordt ingehuurd door de familie.'

'Ja.'

'Dus of je hebt ongevraagd om werk lopen bedelen,' zegt Marty, 'of je vertelt mij niet wat je echte connectie met deze zaak is.'

Nu ben ik degene die zwijgt.

'Ik gok het laatste,' zegt Marty.

Ik weet niet goed hoeveel ik kan loslaten. 'Het zou kunnen dat ik haar heb gezien in de tijd dat ze vermist werd.'

'Victoria Belmond?'

'Ja.'

'Waar?'

'In Spanje. Ik was net van school. Leerde een meisje kennen in een bar. We trokken een paar dagen met elkaar op. Ik denk dat zij het was.'

'Juist,' zegt Marty langzaam. 'We kunnen "ik denk" hier wel weglaten, of niet? Je weet tamelijk zeker dat zij het was, hè?'

'Ja.'

'Wauw. Je zou die zaak dus echt kunnen oplossen.'

'Ik weet niet hoe reëel die kans is.'

'Mocht je een officiële politieman nodig hebben om met de eer te gaan strijken als er een arrestatie moet komen, dan weet je me te vinden.'

Ik wil niet beginnen over de geheimhoudingsverklaring – heb ik die al geschonden door Marty dit te vertellen? – of het feit dat mijn ruime beloning deels vereist dat ik de sterke arm der wet hierbuiten houd. 'Goh, wat een ambitie,' zeg ik. 'Ik wist niet dat je het in je had, Marty.'

'Je moest eens weten.'

Als we opgehangen hebben, bel ik Lenore Spikes. Ik wil toestemming voor een reiskostenvergoeding. Ik laat weten wat ik nu vooral nodig heb en verwacht een afwijzing, maar Lenore zegt: 'Geen probleem, ik regel het. Verder nog iets?'

'Ja, twee dingen zelfs.'

'Kom maar door.'

'Ik moet Thomas Belmond spreken.'

'Kun je vanavond?'

'Ik geef een cursus, dus ik kan niet vóór een uur of tien.'

'Prima, als dat jou ook schikt. Thomas is thuis.'

'Oké.'

'En dat andere?'

Ik pak de telefoon over in mijn andere hand. 'Ik wil nog een gesprek met Victoria.'

Er is een aarzeling.

'Mevrouw Spikes?'

'Lenore,' zegt ze snel. 'Zeg maar Lenore. Je hebt begrepen dat ze zich niks herinnert?'

'Ze herinnert zich wel íéts.'

'Haar familie wil niet dat ze...' – ze neemt even de tijd om naar de juiste woorden te zoeken – 'van slag raakt.'

'Dat wil ik ook niet.'

'Ik kom hier nog op terug. Meer kan ik nu niet doen.'

Ze hangt op zonder verder nog iets te zeggen.

Molly wacht me op, en ik vertel haar over mijn aanvaring met Smoezelig Piekhaar. Als ik klaar ben, zeg ik tegen haar: 'Ik heb een soort plan.'

'Voor...?'

'Voor ons.'

'Ik ben benieuwd.'

'Ik heb vanavond cursisten. Vroeg. En daarna ga ik met Thomas Belmond praten.'

'Oké.'

'Ik vind het niet fijn om jou en Henry alleen te laten, dus heb ik mijn vader uitgenodigd.'

Molly trekt een wenkbrauw op. 'Serieus? Je vader?'

'Gewoon tot ik terug ben.'

'Je hebt je vader gevraagd omdat je bezorgd bent om ons.'

'Ja.'

'En wat denk je dat je vader kan uitrichten, als ik vragen mag? Als die kerel terugkomt, gaat je vader hem dan met geweld verjagen? Je vader, Sami. Die slaat nog geen deuk in een pakje boter.'

'Daar zit wat in.'

'Gelukkig vinden je zoon en ik het heerlijk als hij komt.'

'Maar eigenlijk moet ik ook iemand regelen om het appartement in de gaten te houden. Misschien kan Marty hier voor de deur gaan posten in zijn auto.'

'Welnee. We blijven gewoon binnen.'

Daar denk ik over na.

'Je zei dat je een soort plan had,' zegt Molly dan.

'Ja.'

'Was dat het plan, dat je vader ons zou beschermen?'

'Nee,' zeg ik met een glimlach. 'Het plan is perfect.'

Ze trekt weer een wenkbrauw op. Heerlijk vind ik dat. 'Vertel.'

'We pakken onze koffers.'

'Ooo, ga door.'

'Voor jou, mij en Henry.'

'Gaan we op reis?'

'Ja. We vertrekken morgenavond.'

'En waar gaan we heen?'

Mijn lach wordt breder. 'Naar Spanje. De Costa del Sol.'

21

Als ik in het lokaal de formulieren uitdeel, vraagt Golfer Gary: 'O, gaan we een popquiz doen?'

'Daar heb ik een hekel aan.'

'Dit is niet eerlijk, Kierce,' zegt Lenny klaaglijk. 'Niemand heeft gezegd dat we moesten studeren.'

'Het is geen popquiz,' zeg ik. 'Het is een NDA, een geheimhoudingsverklaring. Ik heb een opdracht en het leek me leuk als jullie meedenken.'

'Als rechercheurs in opleiding?'

'Zoiets.'

'Krijgen we dan een politiepas?' vraagt Raymond.

Ik had hem nog niet gezien, maar hij stond ook niet op de lijst. 'Wat doe jij hier, Raymond?'

'Ha.' Hij grinnikt even. 'Alsof je zonder mijn hulp kunt.'

Ik kijk Debbie aan. Ze haalt haar schouders op. 'Hij is me gevolgd,' zegt ze.

'Geen politiepasjes,' zeg ik. 'Lees dit door. Als je akkoord gaat, is Polly onze notaris. Zij is getuige als jullie je handtekening zetten.'

'En als we niet akkoord gaan?'

'Dan moet ik je vragen te vertrekken. Mijn cliënt eist volledige discretie. Als je die niet kunt bieden, doei-doei.'

Het verbaast me niet dat er niemand opstapt. Ze lezen het document amper – behalve Raymond, die een monocle voorhoudt als het mannetje in de reclame voor Planters Peanuts. De anderen staan meteen in de rij om te tekenen. Polly legt het zorgvuldig vast.

Raymond vraagt: 'Kan ik een definitie krijgen van het woord "de" in de laatste paragraaf?'

'Dat betekent dat het je vrij staat om te vertrekken, Raymond.'

'Heel grappig, Kierce.'

Raymond tekent, Polly getuigt. Dat was de laatste.

Debbie vraagt: 'Oké, wat is het voor zaak?'

'We hebben er twee,' zeg ik.

Ze wachten af.

'De eerste kennen jullie al.'

'Victoria Belmond?' vraagt Polly.

'Ja.'

'Wie is onze opdrachtgever?'

Onze. Nu al. 'Dat is vertrouwelijk. Altijd. Alles aan deze zaak is vertrouwelijk. Op ethisch, moreel en juridisch vlak. Is dat duidelijk?'

'Krijgen we betaald?' vraagt Raymond.

'Nee, het is onderdeel van de cursus. Ik heb voor jullie allemaal een taak. Nou nee, voor jou niet, Raymond.'

'Beter,' zegt Raymond. 'Ik vlieg liever solo.'

'Als een heks op een vliegtuigvleugel,' zeg ik.

Dat vindt Raymond leuk. Hij vormt een pistool met zijn hand en schiet. '*Exactamundo.*'

'Wat voor taken?' vraagt Gary.

'Voornamelijk achtergrondinformatie en research. En misschien iemand schaduwen.'

'Wat is de tweede zaak?' vraagt Polly.

Ik slik moeizaam, want dit valt me zwaar. 'De moord op Nicole Brett.'

Stilte.

Ze weten het allemaal.

Ik verwacht dat er een vraag zal komen. Maar die komt niet. Ze zitten daar alleen maar zwijgend, afwachtend.

Ik schraap mijn keel. 'Een zekere Tad Grayson is veroordeeld voor de moord, maar hij is pasgeleden vrijgelaten uit de gevangenis, op een vormfout. Als we genoeg nieuwe bewijzen kunnen verzamelen, kunnen we misschien het OM van Manhattan zover krijgen dat er een nieuw proces komt. Nicole Brett was een onderscheiden agente bij de NYPD toen Tad Grayson haar neerschoot. Ze was...'

Mijn stem hapert. Ik wacht even.

Polly gaat staan. 'We weten wie ze was, Kierce.'

Ik kijk om me heen naar de ernstige gezichten en de medelijdende blikken en zeg: 'Ik geef zo iedereen informatie over jullie taken.'

De woonboerderij van Thomas Belmond is van steen, smaakvol en luxueus en smetteloos, en zo ingericht dat *Architectural Digest* er ieder moment een special over zou kunnen plaatsen. Thomas en zijn vrouw Madeline passen ook helemaal in het plaatje. Thomas lijkt weggelopen te zijn van een jacht in Hyannis Port. Hij is jeugdig, gezond en zongebruind, gekleed in een blauw overhemd dat over zijn jeans hangt, met loafers zonder sokken eronder. Zijn gladgeschoren huid straalt. Zijn vrouw Madeline lijkt door een castingbureau voor hem uitgezocht te zijn; aantrekkelijk, blond, een goed figuur, egale huid en een perfect gebit. Ze hebben geen van beiden een trui om de schouders geknoopt, maar het voelt alsof dat wel zo hoort.

Een van hun twee dochters komt de trap af gedenderd als ik binnenkom.

'Carly komt me zo halen,' zegt ze tegen haar ouders, mij ziet ze niet. 'Stacy zit boven te leren voor dat wiskundeproefwerk.'

Dan ziet Vicki me, en nog voordat haar ouders haar daartoe aanzetten komt ze naar me toe en geeft me een hand. 'Hoi, ik ben Vicki.'

'Ik ben Sami Kierce.'

'Aangenaam, meneer Kierce.'

Vicki lacht naar me met die perfecte glimlach van haar moeder. Ik lach terug. Ze is een frisse wind, zo iemand die je vanzelf een fijn gevoel geeft als ze ergens binnenkomt. Het is begrijpelijk dat haar ouders stralen. Ik weet uit de persoonsbeschrijvingen van de Pink Panthers dat Vicki achttien is en in het laatste jaar van de middelbare school zit. Ze is opvallend jeugdig en levendig, zelfs tijdens deze korte begroeting, en ik bedenk dat ze zich in precies dezelfde levensfase bevindt als haar tante Victoria toen die verdween.

'Hoe laat ben je thuis?' vraagt haar vader.

'Niet zo laat. We gaan alleen *The Bachelor* kijken bij Jamie.'

Vicki geeft haar ouders een knuffel. Geen verplicht nummer, een echte omhelzing. Thomas en Madeline genieten er allebei met gesloten ogen van. Het voelt bijna onwerkelijk, alsof ik naar een toneelstukje kijk, alleen doet het absoluut authentiek aan. Dit is geen showtje omdat ik er ben. Ze zijn echt zo.

'Leuk u te ontmoeten, meneer Kierce,' zegt Vicki bij de voordeur.

'Insgelijks.'

Even later is Vicki weg. We staan daar met z'n drieën alsof er een tornado is langsgetrokken die alles heel gelaten heeft.

'Kom,' zegt Madeline. 'Laten we in de huiskamer gaan zitten.'

Zij nemen de zachte bank met de bloemmotieven, ik de bijpassende fauteuil tegenover hen.

'Wilt u iets drinken, meneer Kierce?' vraagt Madeline.

Ik zeg dat ze me Sami moet noemen, en graag hetzelfde als wat zij drinken. Dat blijkt ijsthee te zijn. Het is te laat op de avond voor ijsthee, maar ik heb gemerkt dat sommige mensen het fijn vinden als je hun gastvrijheid aanneemt.

Thomas slaat zijn benen over elkaar en weer terug. Hij probeert te glimlachen, maar zijn lach verdwijnt meteen weer. Dan zegt hij tegen mij: 'Ik weet niet wat ik hiervan moet vinden.'

'Waarvan?'

'Dat dit alles weer wordt opgerakeld. We willen allemaal de waarheid weten, maar...'

Hij valt stil. Madeline pakt zijn hand. Ik zie de bezorgdheid op haar gezicht.

'Laat maar.' Thomas forceert opnieuw die haperende glimlach. 'U mag me alles vragen. Wat wilt u weten?'

'Kunt u me meer vertellen over die bewuste jaarwisseling?'

De haperende glimlach verdwijnt van zijn gezicht alsof ik hem zojuist heb verteld dat zijn hond dood is. Madeline kijkt nog altijd bezorgd.

'Thomas?' zegt ze.

'Het is mijn schuld, meneer Kierce,' zegt hij tegen me. 'Dat weet u vast al.'

'Ik ben hier niet om iemand te beschuldigen.'

'Victoria heeft me die avond gebeld. Ik nam niet op.'

Hij is zo geagiteerd dat ik bang ben dat Madeline me zal vragen te vertrekken.

'Laten we bij het begin beginnen,' zeg ik. 'Victoria en haar vriendinnen wilden het nieuwe millennium inluiden bij McCabe's Pub in New York. Ze hadden iemand van vijfentwintig nodig om een toestemmingsformulier te tekenen. Klopt dat?'

Thomas knikt. 'Dat was dom van me.'

'Maar wel begrijpelijk,' zeg ik, om over te komen als een begripvolle medestander. 'Mijn oudere broer haalde op de middelbare school bier voor me. Dat vond ik fijn.'

Dat is niet waar, maar je snapt mijn bedoeling.

'Het ging destijds erg slecht met me,' zegt Thomas. 'U hebt vast al achtergrondinformatie opgezocht.'

'Inderdaad.'

'Dan weet u ook dat ik te veel dronk. Vier veroordelingen voor rijden onder invloed. En een licht vergrijp met drugs tijdens mijn studie.'

'Thomas, daar kom ik niet voor. Maar je zei net dat het jouw schuld was, kun je dat uitleggen?'

Hij ademt diep in.

Madeline fluistert: 'Het is goed, schat.' Ze kijkt me semidreigend aan. 'Het is moeilijk voor hem,' zegt ze. 'Om het allemaal op te rakelen.'

'Dat spijt me,' zeg ik en ik meen het. Thomas lijkt oprecht van slag te zijn, en ik wil het niet nog erger maken. Volgens zijn omgeving is Thomas een goede kerel. Hij doet veel voor de buurt. Is al die tijd uit de problemen gebleven. Ik ben nog steeds pissig over zijn gedrag die keer dat ik op hun terrein liep, maar ik weet hoe het is om overdreven beschermend te zijn ten opzichte van iemand die je dierbaar is. Ik ga nu iets zeggen met de dikke vette kanttekening dat het een heel snel oordeel is en dat al te snelle oordelen vaak niet kloppen: volgens mij deugt de man die voor me zit in wezen wel. Misschien komt het door de omhelzing van zijn dochter. Of doordat zijn leuke vrouw zoveel van hem houdt. De verdwijning van zijn zus is duidelijk een enorm trauma voor hem. Dat snap ik, en ik voel met hem mee. Maar ik haak nu niet af. Een goede rechercheur heeft begrip voor zorgen en gevoeligheden, maar laat zich er niet door tegenhouden.

Ik richt mijn aandacht weer op Thomas en wacht af.

'Ik heb Vic naar dat feest gebracht,' zegt hij. 'Samen met een van haar vriendinnen, Caroline, geloof ik. Ze wilden vroeg daar zijn om alles klaar te zetten.'

'Klaarzetten?'

'Het zaaltje versieren, nieuwjaarsposters ophangen, dat soort dingen.' Thomas glimlacht naar zijn vrouw terwijl hij tegen mij praat. 'Zo was Vic. Altijd de verantwoordelijkheid nemen. Voor anderen zorgen.' Nu kijkt hij weer naar mij. 'Wilt u iets verschrikkelijks horen?'

Ik weet niet hoe ik daarop moet reageren, dus probeer ik alleen geïnteresseerd te kijken.

'Ik was al half bezopen toen ik haar wegbracht.'

'Denk je dat ze dat wist?'

'Dat ik onder invloed was? Vast wel. Ik had oogkleppen op. Vic was voor mij gewoon mijn gekke zusje, ik was zo met mezelf bezig dat ik haar niet eens zag, snapt u wat ik bedoel?'

Ik knik.

'Ik zat in een heel diep dal. Mijn vriendin Lacy had me net gedumpt. Het ging steeds verder bergafwaarts.' Hij glimlacht nu. De glimlach hapert niet meer, maar het zou best eens de treurigste lach kunnen zijn die ik ooit heb gezien. 'En Victoria zag dat.'

'Hoe bedoel je?'

'Vic zag hoe ik was. In de auto, toen. Ze probeerde me over te halen om te blijven.'

'Bij McCabe's Pub?'

'Ja. Ze zei dat ze zich zorgen om me maakte, dat ze niet wilde dat ik alleen zou zijn. Dus hield ze vol dat ik naar haar feest moest komen.' De treurige glimlach is er nog. 'En zal ik u eens wat zeggen? Ik was bijna gebleven. Ik weet nog dat ik voor die bar stopte en dat zij me nog één keer probeerde over te halen, en ik had bijna ja gezegd. Maar ja, als er iets nog sneuer is dan alleen zijn met de jaarwisseling dan is het wel op je vijfentwintigste naar het feest van je tienerzus gaan.'

Daar zit wat in. 'Het was dus uit met je vriendin?'

'Zij had het uitgemaakt, ja. De dag ervoor.'

'Was dat Lacy Monroe?'

'Inderdaad.'

'Maar je hebt tegen de FBI gezegd dat je die nacht bij haar terechtgekomen bent.'

'Klopt. Dat is het nu net. Nadat ik mijn zusje had weggebracht heb ik in mijn eentje in onze thuisbioscoop gezeten, lekker zielig doen, een oude film kijken. Veel gedronken. Behoorlijk wat drugs gebruikt. Ik bedoel, ik was echt ver heen. Op een bepaald moment belde Lacy me.'

Ik knik. 'Volgens het dossier van de FBI was dat om 01.21 uur.'

'Dat kan kloppen.'

'Wat zei Lacy?'

'Het was zo'n typisch dronkenmanstelefoontje. Dat ze me miste, dat ze van me hield, dat ze er spijt van had en dat ze me terug wilde. U kent dat wel.'

'Maar al te goed,' zeg ik.

Thomas gaat wat rechter zitten. 'Ik hoop dat het niet gevoelloos van me is om te zeggen dat ik dat al wist. Toen mijn moeder u wilde inhuren, hebben de beveiligingsmensen bij ons op de zaak snel uw achtergrond nagetrokken. U was aan de drank, zeiden ze.'

'Klopt.'

'Maar nu drinkt u al jaren niet meer.'

'Inderdaad.'

'Mooi zo. Het is geen gemakkelijke weg.'

Ik weet niet of hij op die manier een band probeert te smeden of dat hij het meent. Kan me ook niet schelen. 'Dus toen Lacy had gebeld,' ga ik door, 'ben je naar haar toe gegaan?'

'Ja. Een paar dagen later dumpte ze me weer. Onze relatie was, zoals ze dat tegenwoordig terecht noemen, toxisch.'

'Aha. Je zei daarstraks dat je zus die avond ook heeft gebeld.'

Hij slikt. 'Ja.'

'Uit dezelfde telefoongegevens is gebleken dat dat om 23.04 uur was, een paar minuten voordat ze is gezien bij het verlaten van McCabe's Pub.'

Hij zegt niks. Madeline zegt niks.

'En,' voeg ik eraan toe, 'dat telefoontje heeft maar een minuut geduurd.'

'Omdat ik niet opnam.' Thomas sluit zijn ogen. Nogmaals: ik heb in mijn leven prima acteerwerk gezien en ik zal niet beweren dat ik alles geloof wat hij zegt, maar ik twijfel nauwelijks aan de oprechtheid van zijn spijt.

Madeline kijkt naar haar man, met gebogen hoofd, en ook nu weer zie ik haar bezorgdheid.

'Misschien moeten we even pauze nemen?' oppert ze.

'Nee,' zegt Thomas. 'Het gaat prima, echt. We moeten hierdoorheen, oké?'

Ze knikt. 'Natuurlijk.'

'Ik nam niet op toen mijn zus belde,' zegt hij.

'Oké.'

'Ik weet niet of ik te bezopen was of dat ik... weet ik veel, zo opging in mijn eigen ellende dat ik mijn kleine zusje gewoon negeerde, of wie weet, misschien wilde ik de lijn openhouden voor het geval Lacy zou bellen.' Hij ademt even diep in. 'Ik weet het niet. Ik weet alleen dat ze mijn voicemail kreeg.'

'En wat zei ze?' vraag ik.

Die vraag lijkt hem te verrassen. 'Op de voicemail?'

'Ja.'

Hij schudt zijn hoofd. 'Niks.'

Ik wacht tot hij er meer over zal zeggen. Afwachten levert soms goud op.

'Ik hoorde alleen maar druk feestgedruis op de achtergrond.'

'Op de voicemail?'

'Ja.'

'Maar geen woorden?'

'Niet verstaanbaar. Misschien had Vic willen ophangen. Besefte ze niet dat haar telefoon nog aan stond.'

Daar denk ik even over na, en ik probeer in gedachten de sporen te volgen. Victoria is op een grote millenniumparty in Manhattan die ze heeft helpen organiseren. Er gebeurt iets. Ze reageert door haar broer te bellen. Hij neemt niet op. Dan haast ze zich de straat op, waar ze later te zien is op de beveiligingscamera.

'Wanneer heb je die voicemail afgeluisterd?'

'Teruggeluisterd, bedoelt u?'

'Ja. Wanneer hoorde je dat bericht met het feestgedruis?'

'Geen idee. Ik check mijn voicemail namelijk zelden. Dat kan best dagen later zijn geweest.'

'Maar je weet niet meer wanneer?'

Madeline lijkt geïrriteerd door deze vragen. 'Wat heeft dat ermee te maken?'

'Ik vraag me af hoe het allemaal is gegaan,' zeg ik. 'Hoorde je haar bericht en dacht je: dat is raar? Luisterde je naar de voicemail voor of nadat de familie ongerust werd over Victoria? Dat soort dingen.'

'Wat maakt het voor verschil?' vraagt Madeline.

'Waarschijnlijk niets,' geef ik toe. 'Maar zo gaat een onderzoek in z'n werk. Je stelt een tijdlijn op en kijkt of het ergens misloopt.' Ik richt me weer tot Thomas. 'Weet je nog wanneer je die voicemail voor het eerst hoorde?'

'Nee.' Hij denkt even na en voegt er dan aan toe: 'Maar ik herinner me niet dat het een beladen moment was, dus het moet geweest zijn voordat we ongerust begonnen te worden.'

'Ik neem aan dat je die voicemail niet meer hebt?'

'Van tweeëntwintig jaar geleden? Nee, sorry.'

'Heb je een theorie over de reden dat Victoria belde?'

'Dat lijkt me duidelijk.' Er rolt nu een traan over zijn wang. 'Er was iets gebeurd op dat feest en ze wilde dat ik haar naar huis zou brengen.'

Hij valt weer stil. Madeline fluistert troostende woorden, maar ik geloof niet dat hij haar hoort. Ik heb geen vervolgvraag meer, dus ik zwijg.

Na enige tijd gaat Thomas verder: 'Victoria was een tiener, en in plaats van haar in de gaten te houden, voor haar te zorgen, waren we allemaal afgeleid door onze eigen beslommeringen. Ik ging helemaal op in het drama rond Lacy. Mijn moeder werd opgeslokt door de ziekte van mijn grootvader. Ik kan zo veel smoesjes aanvoeren als ik maar wil – Victoria had ge-sms't, we dachten dat ze bij vriendinnen was, noem maar op – maar waarom werden we niet ongerust toen ze niet thuiskwam?'

Ik ga verzitten. 'En je vader?'

'Wat bedoelt u?'

'Je zei net: "We waren allemaal afgeleid." We weten dat jij problemen had met Lacy. Je moeder werd afgeleid door de ziekte van haar vader. Maar je vader...?'

Thomas fronst. 'Die had het druk met zijn werk, denk ik. En hij hielp mijn moeder met mijn grootvader. Als u soms wilt suggereren...'

'Ik suggereer niks. Hij was thuis tijdens de jaarwisseling, klopt dat?'

'Ja.'

'Heb je hem daar gezien?'

'Nee. Ik zat vrijwel de hele tijd in de thuisbioscoop.'

'En toen je naar Lacy vertrok?'

'Toen heb ik hem ook niet gezien. Misschien was hij al onderweg naar Chicago. Waarom vraagt u...?'

Tijd om te schakelen. 'Mag ik je nog iets anders vragen?'

Thomas schraapt zijn keel. 'Natuurlijk.'

'Je drinkt niet meer.'

'Nee. Al vijfentwintig jaar niet.'

'Dat betekent dat je gestopt bent in de periode dat je zus verdween.'

'Je moet eerst de bodem van de put bereiken voordat je hulp zoekt. Dat weten we allebei, nietwaar? Misschien was het melodramatisch van me om te zeggen dat het mijn schuld is, maar de harde waarheid is dat als ik nuchter was geweest, alles anders gelopen zou zijn. Dus heb ik hulp gezocht. Ben naar een afkickkliniek gegaan. En naar de kerk. Ik ontmoette Madeline, we hebben twee kinderen. U hebt daarnet onze oudste ontmoet. We hebben haar Victoria genoemd – Vicki – naar mijn zusje. Maar hoe gek het ook klinkt, het is een beetje als met covid.'

'Covid? Hoe dat zo?'

'Ik besef dat het een rare vergelijking is, maar weet u nog hoe we ons allemaal voelden toen de hele wereld op slot ging wegens covid? Alsof alles voorgoed veranderd was. Alsof de wereld nooit meer hetzelfde zou zijn. En nu, nog maar een paar jaar later – poef! – kunnen we het ons maar nauwelijks herinneren. Zo voelde het toen Victoria terug was. Ik weet niet of ze zich ervoor afsluiten of dat er sprake is van een nieuwe dankbaarheid voor het leven, maar met mijn ouders gaat het uitstekend. Met Madeline en mij gaat het uitstekend – en zelfs Victoria lijkt gelukkig te zijn. Ik durf te zeggen, en ik weet hoe dit klinkt... dat we allemaal beter af zijn nu. Als je zoiets afschuwelijks doormaakt, ga je de dingen die er echt toe doen meer waarderen. Dat is het punt met een tragedie. Het is afschuwelijk en wreed, maar je leert er veel van. Je kunt niet zeggen dat de zon schijnt achter de wolken van zoiets afgrijselijks, maar de waarheid is wel dat ik niet weet hoe ik er nu aan toe zou zijn als het niet was gebeurd. Dan had ik Madeline nooit ontmoet. Dan was Vicki er niet geweest, of Stacy. Zegen, vloek, ik weet het niet.'

Ik leun naar achteren en sla mijn benen over elkaar. Geef zijn woorden de tijd om in te dalen.

'Heb je een theorie over wat er gebeurd kan zijn met je zus?'

'Eerst wel. Ik bedoel, voordat we u ontmoetten en hoorden over Spanje. Ik dacht dat iemand haar had ontvoerd en ergens opgesloten.'

'En nu?'

'Nu...' Thomas knijpt in de hand van zijn vrouw. 'Nu ben ik bang dat het iets ergers is geweest.'

22

De reisagente van de familie Belmond heeft haar werk goed gedaan. Ze heeft geregeld dat we al vroeg kunnen inchecken in hotel Higuerón in Fuengirola.

Molly slaakt een kreetje als we de suite binnengaan. 'Oh my god.'

Ik glimlach. 'Goedgekeurd?'

Ik heb Henry op mijn ene arm. De andere sla ik om Molly heen terwijl we samen door het open raam naar buiten kijken. De Middellandse Zee ligt als een glinsterende deken voor ons en er waait een briesje naar binnen. Molly sluit haar ogen en snuift diep. We ruiken de zilte lucht. Zelf ervaar ik geen déjà vu van mijn eerdere bezoek aan Spanje, want het verschil tussen een drukke jeugdherberg waar de Lax Bros het gezamenlijke toilet laten overstromen en de overvloedige luxe van deze suite met zeezicht met mijn vrouw en kind, is op z'n zachtst gezegd transformatief.

'Misschien moeten we hier gaan wonen,' zegt Molly.

'In Spanje?'

'In deze hotelsuite.'

'We zouden ons gaan vervelen.'

Molly houdt haar hoofd schuin. 'Ja?'

Ik volg haar blik uit het raam. 'Ja,' zeg ik. 'Maar niet meteen.'

'Wanneer moet je weg voor die afspraak?'

Ik kijk op mijn horloge. Ik heb een ontmoeting kunnen regelen met Carlos Osorio, de jonge politie-inspecteur bij wie ik tweeëntwintig jaar geleden de melding heb gedaan. De afspraak is gemaakt onder het voorwendsel (het eerlijke voorwendsel, zo je wilt) dat ik als privédetective werk voor de familie Belmond. Osorio zit nog bij hetzelfde politiekorps en is opgeklommen naar de functie van *comisario.* Je hoeft geen talenwonder of eersteklas misdaadbestrijder te zijn om te snappen wat dat betekent.

'Ik heb nog een uur,' zeg ik tegen Molly.

Ze komt dichter bij me staan. 'Weet je wat schijnt te helpen tegen een jetlag?'

'Eh, je zoon is wakker.'

'Een wandeling in de zon, gek.'

'O.'

'Kijk niet zo beteuterd, het is toch leuk.'

En dat was het. Een uur later laat ik mijn vrouw en zoon achter bij een schitterende *infinity pool* op wat ze hier een 'Balinees ligbed' noemen. Vergeet de suite, ik denk dat Molly op dat bed zou kunnen wonen zonder zich ooit te gaan vervelen.

Als de taxi me afzet bij hotel El Puerto krijg ik niet zomaar een déjà vu; ik word erdoor besprongen, en het voelt als een klap in mijn gezicht. O ja, er zijn wel wat dingen veranderd, maar niet veel. Als ik naar het drukkere strand kijk, zou ik zweren dat ik een jong stelletje zie liggen dat precies lijkt op Anna en mij, op een strandlaken op exact dezelfde plek waar wij altijd lagen. De herinneringen komen zo hard op me af dat ik er bijna voor wegduik. Het is een wild flitsende, caleidoscopische diavoorstelling, en ik kan niet zeggen of de herinneringen goed of slecht zijn. Ik probeer me goed te houden, me te concentreren op het werk, te onthouden dat Anna misschien zelf ook slachtoffer was. Maar als ik denk aan wat er na het strand kwam, de manier waarop ik er volledig door uit het lood werd geslagen, kan ik een enorme woede jegens haar niet onderdrukken.

Tweeëntwintig jaar geleden, toen ik de 'moord' meldde bij Carlos Osorio, was ik een gladgeschoren schriel ventje. Nu ben ik verweerd, ik heb een baard en zie er totaal anders uit. Osorio niet, al had die zelfs in zijn jeugd al de uitstraling van een oude ziel. De jaren zijn lief geweest voor comisario Osorio. Op wat grijs bij zijn slapen na is hij niks veranderd.

We schudden elkaar de hand en gaan naar zijn kantoor. Hij biedt me espresso aan, verzekert me dat het zal helpen tegen de jetlag. Ik betwijfel of dat waar is, maar ik moet zeggen dat het brouwsel dat hij me voorzet aankomt als raketbrandstof. Het is spectaculair. Hij komt snel ter zake.

'Wat hebben de Belmonds te zoeken in Fuengirola?' vraagt hij. 'Marbella lijkt me beter bij hen passen.'

De No Shit-elitegroep heeft uitgezocht dat Osorio drie jaar aan Cambridge gestudeerd heeft voordat hij naar de politieacademie ging. Dat verklaart het perfecte Britse accent.

'Kent u me nog?' vraag ik.

Hij bekijkt aandachtig mijn gezicht. 'Zou ik u moeten kennen?'

'We hebben elkaar al eens ontmoet,' zeg ik. 'Ruim tweeëntwintig jaar geleden. Sami Kierce is de naam.'

Hij leunt achterover, vouwt zijn handen en legt ze op zijn buik. 'Ik dacht dat u hier was namens de familie Belmond.'

'Klopt. Tweeëntwintig jaar geleden was ik de zoveelste toerist in een hostel. Ik kwam naar u toe omdat het meisje met wie ik min of meer verkering had vermoord was. U wees het van de hand, zei dat ik high of dronken was, maar u ging wel met me mee naar haar appartement.'

'En er was geen lijk,' maakt hij het verhaal voor me af.

'Dus u weet het nog?'

'Niet echt, nee. Maar als er wel een lijk was geweest, zou ik het me wel herinneren, hè?'

'Dat is ook weer zo.'

Osorio heeft zo'n typisch levensmoe gezicht waar wij politiemensen als enigen patent op lijken te hebben. Zijn gelooide huid heeft een bruine tint die alleen verkregen wordt door jarenlange blootstelling aan de zon. 'Wat wilt u van mij, meneer Kierce?'

'Dit verbaast u allemaal niet, hè?'

Osorio wrijft over zijn kin. 'U was in Spanje als Amerikaanse student, klopt dat?'

'Ik was net klaar met mijn studie.'

'Backpacken door Europa met vrienden?'

'Zoiets, ja.'

'En toen u dit bij mij meldde, hebt u toen het hele verhaal verteld? Of hebt u een paar belangrijke details weggelaten?'

'Ik heb belangrijke details weggelaten,'

Osorio wrijft nog altijd over zijn kin. 'Denkt u nog steeds dat u die dag een vermoorde vrouw hebt gezien?'

'Nee.' Dan vraag ik: 'Kunt u zich mij nog herinneren?'

Osorio kiest ervoor geen antwoord te geven. 'U zult inmiddels wel doorhebben dat u bent opgelicht.'

'En u wist dat toen al.'

'Ja. Het was geen ongebruikelijk soort misdrijf, maar uw specifieke geval week wel enigszins af.'

'In welk opzicht?'

'Er waren destijds verschillende vormen van die oplichterstruc in zwang. Meisje verleidt jonge toerist. Het doelwit, zeg maar. Ze wacht tot hij zich op zijn gemak voelt en berooft hem dan. Het probleem was dat het doelwit vaak aangifte deed bij de politie. En hij kon haar identificeren. Dan moest ze verhuizen of op z'n minst een andere locatie zoeken. Sommige van die oplichters werden... laten we zeggen creatiever. Ze deden alsof ze ziek waren of nog erger, en ze overtuigden het doelwit ervan dat dat zijn schuld was. Dan sloeg hij op de vlucht en deed geen aangifte, uit angst om in de gevangenis te belanden. Komt dat u bekend voor?'

'Inderdaad.'

Osorio grinnikt. 'Daarom hebt u me niet alles verteld. Dan zou u erbij betrokken geraakt zijn, of niet?'

'Ja,' geef ik toe.

'Meestal pakten ze het simpeler aan. De vrouw veinsde een overdosis drugs. De handlanger zei iets als: 'Jij hebt die drugs gekocht' of: 'Als we haar naar het ziekenhuis brengen, word jij opgepakt voor bezit. Maak snel dat je wegkomt.' Dus ging het doelwit ervandoor. Zo iemand gaf nooit echt wat om het meisje, voor de meesten was ze gewoon een verzetje, of het ging om seks. Wat u is overkomen – een dode vrouw met een mes in haar borst of wat dan ook – was zeldzaam. Of wie weet, misschien zijn er wel heel veel mensen op die manier opgelicht, maar het is te prijzen dat u zich als een van de weinigen, of misschien wel als enige, moreel verplicht voelde om het te melden.'

'Ja, ik deug enorm,' zeg ik, terugdenkend aan de laatste keer dat ik op het bureau was. 'U had het me gewoon kunnen vertellen. En mij daarmee vrij kunnen pleiten.'

'Dat was ik ook van plan,' zegt hij. 'Ik heb een bericht achtergelaten in uw hostel. Maar u vluchtte naar huis, nietwaar?'

'U had me later kunnen bellen.'

'Ik had uw nummer niet. En u was niet helemaal eerlijk tegen me geweest. Ik was niet verplicht u in te lichten.'

'Of misschien kreeg iemand op het politiebureau wel smeergeld.'

'Nou, dat betwijfel ik. Kustplaatsen zoals deze draaien op het toerisme. Uitgebreide nieuwsberichten over misdaden doen niet veel voor ons businessmodel.'

'Dus knijpen jullie maar een oogje dicht.'

'Nu doet u melodramatisch, meneer Kierce. Maar laten we realistisch blijven. Als u gebleven was, hadden we misschien de twee daders van dit lichte vergrijp kunnen opsporen. Want dat was het, een licht vergrijp. Ze was niet echt dood, weet u nog? Misschien zouden ze gestraft zijn als u tegen hen had getuigd – maar dan had u drugsbezit in een vreemd land moeten toegeven. Snapt u wat ik bedoel?'

'Het is zo helder als de Middellandse Zee.'

'Mag ik u iets vragen?'

'Ga uw gang.'

'Wat heeft dit met de familie Belmond te maken?' vraagt Osorio. 'Of hebt u hun naam alleen gebruikt als trucje om mij te spreken te krijgen?'

'Het was geen truc,' zeg ik.

Osorio spreidt zijn handen. 'Wat dan?'

'Het meisje dat me erin geluisd heeft – het meisje van wie ik dacht dat ze vermoord was.'

'Wat is er met haar?'

'Dat was Victoria Belmond.'

Osorio knippert met zijn ogen terwijl hij de woorden tot zich laat doordringen. 'De ontvoerde dochter?'

'De enige echte. De FBI heeft geen idee waar ze heeft gezeten in die elf jaar dat ze vermist was. Nu weten we dat ze drie jaar na haar verdwijning in Fuengirola was, waar ze minstens één naïeve, jonge toerist heeft opgelicht.'

Osorio leunt achterover. 'Ik weet niet wat ik moet zeggen. Weet u zeker dat het hetzelfde meisje was?'

'Ja.'

'Hebt u haar ontmoet?'

'Kortgeleden voor het eerst.'

'Ik neem aan dat u hebt gevraagd of zij u toen heeft beroofd?'

'Ze beweert zich niets te herinneren van die elf jaar.'

Osorio wrijft weer over zijn kin. 'Dat heb ik gelezen, ja. Maar kom op, geheugenverlies? Dat moet toch wel gelogen zijn?'

'Ik weet het niet. Maar ik heb uw hulp nodig.'

'Waarbij?'

'Ze heeft me niet in haar eentje opgelicht. Ze had een handlanger. Buzz, heette hij.'

Osorio trekt sceptisch een wenkbrauw op. 'Buzz?'

'Ja. Hij was tevens haar drugsdealer.'

'Ze werkte voor hem,' zegt Osorio.

'Pardon?'

'Luister. Tweeëntwintig jaar geleden waren we nog niet echt op de hoogte van vrouwenhandel en dat soort zaken. Maar zo ging het. U weet ongetwijfeld dat veel jonge vrouwen – en ook mannen – tot seksslaaf gemaakt werden.'

'Ja.'

'Daar zat vaak de georganiseerde misdaad achter, hele families. Die haalden natuurlijk allerlei illegale zaken uit, niet alleen seks. Ze hadden ook inkomsten via andere wegen.'

'Zoals?'

'Zoals het misleiden van een berooide, wanhopige jonge vrouw die werk zocht. Ze zeiden dat er een baan op haar wachtte op een toeristenbestemming, bijvoorbeeld als serveerster of gastvrouw in een club. Als ze daar aankwam, pakte zo'n kerel haar paspoort af en dwong haar om ander werk te doen – meestal iets met seks. Maar er werden ook meisjes de straat op gestuurd om te bedelen. Sommigen leerden zakkenrollen, winkeldiefstal plegen of mannen beroven. En er waren ook vernuftiger oplichtingspraktijken.'

'Zoals in mijn geval.'

'Precies.'

Ik probeer de puzzelstukjes in elkaar te passen. Is Victoria ontvoerd en daarna gedwongen om als kleine crimineel aan de slag te gaan? Dat lijkt me vergezocht. Ze was zeker niet berooid of wanhopig. En wat moet ik van haar geheugenverlies denken? Is dat echt? Een dekmantel? Ik probeer terug te gaan naar het begin, naar de nieuwjaarsparty boven McCabe's Pub.

Er was iets gebeurd waardoor Victoria die avond haar broer belde.

Iets waardoor ze wegging van het feest.

Maar wat?

Wat kan ertoe geleid hebben dat een meisje uit een gegoede familie dat ogenschijnlijk goed in haar vel zat en op het punt stond het nieuwe millennium in te luiden met haar schoolvriendinnen, eindigde als oplichtster van naïeve toeristen aan de Costa del Sol?

'Ik kan me herinneren dat dat meisje van Belmond gevonden is,' zegt Osorio. 'In een restaurant, toch?'

'Ja, zo'n ouderwetse diner.'

'Wat kan ik voor u betekenen?'

'We moeten Buzz zien te vinden.'

'Na tweeëntwintig jaar?'

'Een man zoals hij... Ik was vast niet zijn eerste doelwit en ook niet zijn laatste.'

Osorio snapt het. 'U denkt dat hij in onze databank staat.'

'De kans lijkt me groot. We beginnen bij die zomer. Ik kan u een algemene beschrijving geven. Wit, ik zou zeggen zo'n 1,80 meter, misschien 95 kilo. Ik gok dat hij toen rond de veertig was. Hij had een Nederlands accent, en ik herinner me dat Anna me heeft verteld dat hij uit Amsterdam kwam. Ik weet niet of dat waar is. Toen ik hem ontmoette, had hij paars stekeltjeshaar en een ringetje in zijn neus. Zei dat hij als dj werkte.'

Osorio noteert het allemaal. 'Heeft die Buzz ook gezegd waar hij werkte?'

'Nee.'

'Tweeëntwintig jaar geleden. Dat staat niet in de computer. We werken pas sinds 2008 met digitale opslag, dus moet hij in het fysieke dossier staan.'

'Boeken met politiefoto's?'

'Ja.'

'Kunnen we die inzien?'

'Ze liggen in het magazijn in Málaga.'

'Hoelang gaat dat duren?'

'Kunt u over twee uur terugkomen?'

'Prima.'

Ik sta op om weg te gaan.

'Het was wreed,' zegt Osorio. 'Die truc van ze. U was nog zo jong en u dacht dat u iets vreselijks had gedaan. Het heeft u niet losgelaten.'

Ik zeg niks.

'Dat had ik moeten inzien, maar ik was zelf ook nog heel jong. En ik had dus uw telefoonnummer niet. Maar dat had ik kunnen vinden, móéten vinden. Ik had u moeten bellen om de waarheid te vertellen. Het spijt me.'

Omdat ik mijn stem niet vertrouw, reageer ik met een knikje waarvan ik hoop dat hij er een bedankje in ziet en loop naar buiten.

23

Ik ga naar het strand en doe daar mijn schoenen en sokken uit. Het zand is hard, grof, gemalen schelpen. De kust van Jersey is veel beter. Ja echt, sorry. Betere golven ook. Ik blijf niet lang. Ik trek mijn schoenen weer aan en loop naar Discoteca Palmeras. Kijk langs de gevel omhoog. Ik voel er niks bij, want ik geloof niet dat ik de zaak ooit bij daglicht heb gezien. Ik kan niet zeggen of er iets veranderd is in die twee decennia. Ben jij weleens rond sluitingstijd in een club geweest, toen de lichten aangingen en het ineens een heel andere ervaring werd? Het is ontnuchterend als zo'n nachtclub ontdaan wordt van zijn make-up en sfeerverlichting, blootgesteld aan het kille ochtendlicht.

Ik ben gefocust op het onderzoek – uitzoeken wat er is gebeurd met Victoria Belmond en in mindere mate met mij – maar onwillekeurig denk ik steeds aan de financiële buitenkans die me heeft opgetild als dat kerklied over engelenvleugels. Ik wil niet dat het belangrijk is. Ik wil niet dat het geld me een ander mens maakt of iets dergelijks. Maar ik voel een lichtheid in mijn borst, en ik weet dat Molly dat ook heeft. Ik weet niet eens of we ons echt bewust waren van de druk die de schulden op onze schouders legden; van wat die last fysiek, mentaal en emotioneel met ons deed. Ik wilde leven zoals in dat oude nummer van Loggins & Messina: *Even though we ain't got money, I'm so in love with you honey,* maar de waarheid is complexer.

Waar het op neerkomt is dat ik moet oppassen dat het geld mijn blik niet vertroebelt.

Een jongeman ziet me naar de ingang van de club kijken. Hij loopt voorbij zonder zelfs maar een knikje en maakt de deur open.

'*Buenos días,*' zeg ik.

Ik spreek vloeiend Spaans. Niet zo goed als dat Osorio Engels spreekt, maar het komt in de buurt. Ik heb Spaans gehad op de middelbare school, zoals veel jonge Amerikanen, maar daar heb ik weinig van opgestoken. Maar na mijn ervaring hier, na Anna, kreeg ik opeens het verlangen om de taal goed te beheersen. Je zult het waarschijnlijk toeschrijven aan een soort perverse reactie op trauma; je hebt vast een pasklare psychologische verklaring voor mijn drang om de taal te leren van het land dat me zo veel paniek heeft bezorgd. Daar heb je gelijk in. Zo simpel is het eigenlijk wel. Of misschien wist ik diep in mijn hart dat ik ooit zou terugkeren om uit te zoeken hoe het zit.

Ik ga flink de diepte in vandaag.

De jongen – ik zou zeggen dat hij ergens tussen de twintig en vijfentwintig is – knikt.

'Ik kwam hier vroeger,' zeg ik in het Spaans. 'Tweeëntwintig jaar geleden.'

Hij lijkt niet onder de indruk.

'Ken jij iemand uit die tijd die hier nu nog is?'

'Misschien mijn opa.'

'Weet je waar ik hem kan vinden?'

'Op het Santa Maria-kerkhof in Mijas.' De jongen schudt zijn hoofd. 'Tweeëntwintig jaar geleden,' zegt hij grinnikend. 'Was Franco toen niet aan de macht hier?'

Lekker dan. Jaren Spaans geleerd om de nuances van een sarcastisch joch te kunnen begrijpen.

Ik ga op zoek naar het oude appartementencomplex waar het allemaal misging. Het gebouw is weg, net als alle andere, vervangen door nieuwere flats. Er is eigenlijk niks aan verloren, maar ergens had ik gehoopt dat het er nog zou staan en dat ik Osorio had kunnen overtuigen de mannen van het lab erheen te sturen om monsters te nemen van elk hoekje en gaatje, op zoek naar... Ach, wat heeft het voor zin nu ik weet dat het geen bloed was?

Ik ga terug naar het strand en zoek een plek die er niet al te toeristisch uitziet. Daar bestel ik twee gerechten: de licht gepaneerde *boquerones* met tomaten, en de paella van het huis, die in niets lijkt op wat wij lompe Amerikanen paella noemen. Eigenlijk zou ik het niet moeten doen, maar het zou haast crimineel zijn om die delicatessen te nuttigen zonder een glas witte rioja van de viura-druif. Dus bestel ik dat ook.

Ik bel Molly. Ze klinkt zangerig, en dat is niet alleen omdat we in een vijfsterrenhotel in Spanje zitten. Het komt door het geld.

'Waar ben je?' vraag ik.

'Op het Balinese bed.'

'Nog hetzelfde?'

'We hebben ons niet echt verplaatst.'

'Hoe gaat het met Henry?'

'Die doet een dutje. Of eigenlijk moet ik zeggen dat hij siësta houdt.'

'Je bent al half Spaans.'

'Ja, hè? Ik drink ook *tinto de verano* nu.'

'Wat is dat?'

'Verrukkelijk.'

Ik krijg een inkomend gesprek. Ik zeg tegen Molly dat het Osorio is en schakel over.

'Kom maar terug,' zegt Osorio.

Ik betaal de rekening en haast me naar het bureau. Osorio neemt me mee naar een kamer die waarschijnlijk wordt gebruikt voor verhoren. Op de tafel ligt een stapel dikke mappen. Een heleboel mappen. Op de voorkant staan de woorden FOTOS DE DETENIDOS. Ik heb mijn goede Spaans niet nodig om te weten wat dat betekent.

'Hoe zijn ze ingedeeld?' vraag ik.

'Op datum.'

'Niet op het soort misdrijf of op uiterlijke kenmerken?'

'Nee, sorry.'

'Zitten de buitenlanders in aparte mappen?'

'Nee, dat dacht ik eerst, maar het is niet zo.'

'Alleen op datum dus.'

'Helaas.'

Ik slaak een diepe zucht. 'Oké.'

'Wil je iets drinken?'

Ik kom in de verleiding om een witte rioja te vragen. 'Nee, dank je.'

'Als je iets nodig hebt, hoor ik het wel.'

Ik verwacht dat het uren gaat duren. Dat is niet zo. Binnen een kwartier heb ik hem gevonden.

Ik begon bij 11 juli 2003, de dag dat ik Spanje ontvlucht ben, met het idee dat 'Buzz' en Anna na mij nog actief zijn gebleven. De politiefoto's zijn hier hetzelfde als in de VS: twee van het gezicht, eentje frontaal en de andere in profiel.

Net als ik een beetje de slag te pakken krijg is het al raak.

Buzz had nog steeds het paarse stekeltjeshaar en de neusring. De datum op de foto is van vier maanden nadat ze mij hebben opgelicht. Er staat geen naam bij. Geen misdrijf. Alleen een nummer: 9039384.

Ik pak de grote map, houd hem open op de juiste bladzijde en neem hem mee naar Osorio's kantoor.

'Gevonden,' zeg ik.

Osorio kijkt me over zijn leesbril heen aan. 'Laat eens zien.'

Ik geef hem de map. Hij bekijkt de foto's even aandachtig.

'Herken je hem?'

'Hij komt me niet helemaal onbekend voor,' zegt Osorio. 'Maar in die tijd zagen heel veel mannen eruit zoals dit stuk ongeluk.'

'Weten we waarvoor hij is opgepakt?'

'We mogen er om privacyredenen geen namen of vergrijpen bij zetten. Artikel 18.4 van de Spaanse grondwet is ter bescherming van persoonsgegevens, waaronder politiefoto's en dossiers.'

'En dus...?'

'En dus zijn die niet toegankelijk voor het gewone publiek.'

'Maar jij bent niet het gewone publiek.'

'Klopt, maar jij wel. Dus doe een stapje terug en kijk niet mee over mijn schouder.'

Osorio tikt het nummer in op zijn computer en begint te lezen. Ik wacht af.

'En?'

'Hij heet Harm Bergkamp.'

'Harm?'

'Gepast wel, hè, in het Engels? Hij is Nederlands staatsburger. Ten tijde van de arrestatie was hij zesendertig. Dat was een jaar na jouw vertrek. Hij heeft een tamelijk lang strafblad, allemaal lichte vergrijpen. Kleine berovingen. Dat zei ik al. Zelfs al zouden we hem toen gepakt hebben, wat had hij nou helemaal voor misdaad begaan? Minder dan duizend dollar van jou gestolen, en wat nog meer? Gedaan alsof er iemand dood was?'

'En deze arrestatie?'

'Mishandeling.' Osorio knijpt met zijn ogen en leest verder. 'Onze vriend Harm heeft gevochten in een kamer van hotel El Puerto.'

'Dat is die ronde toren.'

'Klopt.'

'Is hij voorgekomen?'

Hij schudt zijn hoofd. 'De aanklacht is ingetrokken.' Hij leest verder. 'O, dit is interessant.'

‘Wat dan?’

‘Volgens het dossier was de man die hij had aangevallen een Amerikaan, Frank Ache. Bergkamp gooide het op zelfverdediging, zei dat Ache zijn vriendin had belaagd, een zekere…’ Hij kijkt naar me op. ‘Anna Marigold.’

Bám.

Hij leest verder. Ik heb geen geduld.

‘Wat nou?’ vraag ik.

‘Ogenblikje.’

Ik pak mijn telefoon erbij en google Anna Marigold. Niks opmerkelijks. Ik zoek op afbeeldingen. Er verschijnen allerlei textielpatronen van goudsbloemen, *marigold*, door een vrouw die Anna Spiro heet. Ik probeer het met de naam tussen aanhalingstekens – “Anna Marigold” – maar ook dat levert niks op. Maar ja, had ik iets verwacht wat de moeite waard zou zijn? Nee. Ik probeer “Harm Bergkamp”, maar de zoekresultaten zijn allemaal in het Nederlands. Ik klik er een paar aan, die allemaal lijken te gaan over een kerel met dezelfde naam die in 1876 is gestorven.

Na een hele poos slaakt Osorio een diepe zucht, leunt achterover en wrijft over zijn gezicht. ‘Oké, wat hebben we.’

Ik leg mijn telefoon weg en buig me naar hem toe.

‘Dit lijkt op wat er met jou is gebeurd. Anna ontmoette Ache bij Discoteca Palmeras. Ze veinsde een overdosis drugs. Niet dodelijk, maar ze deed alsof ze helemaal out ging. Het probleem, voor zover ik hieruit kan opmaken, was dat Bergkamp werd opgehouden en niet op tijd daar was. Dus bleef die Ache haar maar door elkaar schudden. Anna probeerde haar ogen dicht te houden en te doen alsof ze bewusteloos was. Maar hoelang kun je dat volhouden? Dus kreeg hij door dat ze deed alsof, en ze had zijn geld al gestolen en verstopt. Dus toen flipte Ache en begon hij haar te slaan.’

De gebroken neus, denk ik. Het verbrijzelde jukbeen. Zou ze die daaraan overgehouden hebben?

'Harm Bergkamp komt aangelopen, ziet dat ze in de nesten zit. Hij stort zich op Frank Ache om hem tegen te houden. Dat was de geweldpleging. Het ging goed mis. Hotelbewaking kwam erbij. Bergkamp en Ache werden allebei gearresteerd. Anna Marigold moest naar het ziekenhuis.'

Hij valt stil en leest even zwijgend verder.

'En?' vraag ik.

'En dat is alles. Aangifte ingetrokken. Ik denk dat geen van beide partijen zin had in gedoe.'

'Was Anna zwaargewond?'

'Staat er niet bij. Alleen dat ze in Málaga in het ziekenhuis is beland.'

'Kunnen we de gegevens inzien?'

'Van zo lang geleden? Dat betwijfel ik. En wat zou je eraan hebben? Er zijn geen foto's bij.'

'Goed,' zeg ik. 'Hoe komen we erachter waar Bergkamp nu is?'

24

Met de hulp van Polly en de Pink Panthers vind ik Harm drie dagen later, in Nashville, Tennessee of all places.

Of moet ik zeggen Buzz? Of Buzzy?

Harm Bergkamp noemt zich tegenwoordig – let op – Buzzy. Hij maakt low budget horrorfilms, waarvoor plaatselijke brouwerijen en leegstaande gebouwen gebruikt worden als locatie. Zijn films zijn op alle fronten slecht, drie niveaus onder wat vroeger uitsluitend op videoband werd uitgebracht. Ik heb er een geprobeerd, met de titel *Bed Bloodbath and Beyond*, maar ik kan slecht tegen bloed en ingewanden en dat is zo'n beetje het enige wat zijn films te bieden hebben.

Ik maak opnieuw gebruik van de naam Belmond. Deze keer met het verhaal dat de familie misschien een film wil financieren. Zo'n aanbod veegt een agenda leeg, al geloof ik niet dat Buzzy het erg druk heeft.

Buzzy wil met me afspreken bij het Gaylord Opryland Resort. Wat hij er niet bij vertelt, is dat dat het grootste niet-casinohotel ter wereld is. Jawel, het grootste van de hele wereld, ik heb het opgezocht. Het heeft bijna drieduizend kamers en een oppervlakte van 278.000 vierkante meter, allemaal gevestigd – ja, serieus – onder een immense glazen koepel boordevol groen, waardoor het lijkt alsof je opgesloten zit in 's werelds grootste terrarium. Ik zou willen dat Molly en Henry erbij waren, maar die hebben besloten nog een paar dagen in Spanje te blijven. Neem het ze maar eens kwalijk.

Ik tref Buzzy bij een indoor rivierboot – geen idee waar die naartoe zou moeten varen, en het boeit me ook niet. Ook al hebben zijn paarse haar en de neusring plaatsgemaakt voor een kaalgeschoren kop en een grote oorring, ik herken hem meteen.

'Buzzy Berg,' zegt hij met een slap dooievishandje.

'Samuel Pierce,' zeg ik. Dat is om voor de hand liggende redenen mijn favoriete schuilnaam. Ik gebruik bij Harm niet Sami Kierce, want al die jaren terug kende hij mijn naam. En die zou hij onthouden kunnen hebben. Heel even aarzelt hij, en ik beeld me in dat ik een flits van herkenning in zijn ogen zie. Toch glimlacht hij breed naar me en gaat me voor over een pad naar een overdekte waterval.

Ik zie dat Buzz zwaar mank loopt. Dat was niet zo toen ik hem kende.

'We zijn bezig met de voorbereiding voor een scène,' zegt hij.

'We' is Buzzy en een kerel met een zz Top-baard en een camera, door Buzz voorgesteld als Dale. Dale heeft weinig aandacht voor mij, en dat is wederzijds. Mijn aandacht, voor even mijn volledige aandacht, gaat naar de dode vrouw die badend in het bloed op het bed ligt met een mes in haar borst. Razendsnel wend ik mijn blik af. Buzzy ziet het en grinnikt.

'Ik doe alle rekwisieten en special effects zelf,' zegt hij. 'Goed, hè?'

'Ja,' weet ik eruit te persen. Dan zeg ik: 'Waar heb je dat talent aangescherpt?'

'Overal. Het is mijn eerste liefde.' Dan: 'Effe pauze, Dave.'

Dat laat Dave zich geen twee keer zeggen.

'Vertel me daar eens wat meer over?' zeg ik.

'Waarover?'

'Hoe je in die business bent begonnen. Hoe je je kunsten hebt geoefend.'

‘Ik kom uit Nederland. Dat zul je wel horen aan mijn accent.’

‘Valt mee,’ zeg ik, en het is waar. Hij klinkt nu bijna Amerikaans. ‘Hoelang woon je al in de States?’

‘Poeh. Meer dan twintig jaar.’

‘En daarvóór?’

‘Europa. Ik ben begonnen als productieassistent, ongelooflijk maar waar. Helemaal opgeklommen.’

‘Waar in Europa?’

‘O, overal. Maar dat is lang geleden. Je timing is perfect, want ik heb goede vrienden in Hollywood die graag een rol willen in mijn nieuwe horror-romcom, *Romeo and Ghouliet.* Zeker nu ik voor mijn laatste film de Gore Award heb gekregen. Die ken je vast wel. Hoe dan ook, ik wil niet pochen met bekende namen, maar ik heb Lenny DiCaprio al gesproken.’

‘Lenny?’

‘Zo noemen zijn vrienden hem. Ik bedoel, kom op, je denkt toch niet dat vrienden Leonardo zeggen?’ Buzzy grinnikt erbij.

‘Ik dacht dat ze hem Leo noemden.’

Dat maakt een eind aan het gegrinnik, maar hij herstelt zich. ‘Nee, nee, zijn publíéke vrienden zeggen Leo. Als je hem beter leert kennen…’

Ik moet dóór. ‘Je echte naam is Harm Bergkamp, hè?’

De glimlach hapert. ‘Ja, klopt. Maar wie gebruikt nou zijn echte naam in deze business? Wist je dat Vin Diesel eigenlijk Mark Sinclair heet? En Michael Caine van oorsprong Maurice Micklewhite? Judy Garland heette Frances Gumm. Gumm. Kun je het je voorstellen, *The Wizard of Oz* met Frances Gumm als Dorothy? Buzzy Berg klinkt toch beter?’

‘Inderdaad,’ zeg ik, al klinkt het als de naam van een Hollywood-impresario.

‘Precies. Het is een goede naam. Als je iets wilt bereiken in het leven, moet je het voor je zien. Buzzy Berg is de naam van een groot filmproducent. Dus zag ik het eerst voor me, ik herhaalde het en...' – hij spreidt zijn handen – 'hier staan we dan, meneer Pierce.'

'Kierce,' zeg ik.

'Pardon?'

'Ik heet Kierce. Net als Pierce, maar dan met een K. En mijn voornaam is Sami.' Ik spel het voor hem. Ik zie iets over zijn gezicht trekken, misschien vijf procent herkenning. Ik ga door. 'Wij kenden elkaar tweeëntwintig jaar geleden. Aan de Costa del Sol.'

'Aha.' Hij kijkt nu naar me. Alles aan hem verandert, maar ik kan niet zeggen wat ik precies zie. Is het angst, woede, wrok, spijt? 'Neem je dit op?' vraagt hij dan.

'Nee.'

'Ik herinner het me nu. Het ging om... wat was het, een paar honderd dollar? In een ander land, een kwart eeuw geleden. Dat is allang verjaard.'

'Weet ik.'

'Zoek je wraak?'

'Nee, dat ook niet.'

'Wat dan?'

'Ik wil antwoorden, meer niet. Daarna laat ik je met rust.'

'En als ik weiger?'

'Ik begin liever niet met de dreigementen.'

'En ik graaf liever niet in mijn foute verleden. Dus vraag ik het nog eens: wat als ik weiger?'

'Dan doe ik er alles aan om jou het leven zuur te maken. De mensen die deze afspraak geregeld hebben, de familie Belmond, weet je wie dat zijn?'

'Natuurlijk.'

'Ik stel deze vragen namens hen, niet namens mezelf.'

'Namens de Belmonds?'

'Ja. En die wil je niet tegen je hebben.'

Hij fronst. 'Wat kan mijn verleden te maken hebben met die familie?'

'Als je weigert,' ga ik door, voorlopig zonder op zijn vraag te reageren, 'dan zetten ze hun enorme scala aan middelen, invloed en connecties in om jou het leven zuur te maken.'

'Ik snap hier echt niks van,' zegt Buzz.

'Vertel me alles over Anna.'

Er verschijnt een lachje op zijn gezicht. 'Weet je zeker dat dit voor de Belmonds is?'

'Heel zeker,' zeg ik zo overtuigend als ik maar kan. 'Vertel me over Anna.'

'Je vond haar leuk, hè?' Zijn glimlach heeft nu iets wreeds. 'Waarom zou ik weten waar ze gebleven is?'

'Ik vroeg niet waar ze is, ik wil dat je me over haar vertelt. Haar volledige naam. Waar ze is opgegroeid. Hoe jullie elkaar hebben ontmoet.'

'Waarom?'

'Begin maar met jullie ontmoeting.'

Hij buigt naar achteren. 'Dat zou een topfilm zijn, kan ik je zeggen. Maar ik sla effe over.'

'Je had gelijk,' zeg ik. 'Een oude beroving boeit niemand meer. Maar een ontvoering – een prominente, onopgeloste – is een heel ander verhaal.'

'Waar heb jij het in godsnaam over?'

Hij lijkt er echt niks van te begrijpen. Hij was gespitst op mijn belangstelling die ineens persoonlijk bleek te zijn, een zoektocht naar Anna, maar zelfs met de naam Belmond erbij kiest hij niet voor de smoesjes- of ontwijkingsroute die je van een ontvoerder zou verwachten. Eigenlijk is dat de voornaamste reden dat ik de Belmonds heb laten bellen. Het plan was als volgt: als hij iets te maken had met de ontvoering – als hij had geweten wie Anna in werkelijkheid was – dan zou hij hoogstwaarschijnlijk in paniek geraakt zijn door een telefoontje van de familie Belmond. Lenore Spikes heeft hem in de gaten laten houden door speurders voor het geval hij ervandoor zou gaan, zodat ze hem konden volgen. Maar hij ging er niet vandoor. Hij zag deze bespreking duidelijk wel zitten. Dat betekent dat hij óf niet rechtstreeks betrokken is geweest bij de ontvoering, óf dat hij stalen ballen heeft en tot het uiterste blijft bluffen.

'Vertel me nou maar over Anna.'

'We zaten allebei in het programma.'

'Welk programma?'

'Ik ken Anna's exacte verhaal niet, maar het waren allemaal varianten op hetzelfde thema. Er was een agentschap dat kwetsbare meisjes uitzocht. En jongens. Als ze eenmaal binnengehaald waren, werden ze opgeleid door een groep mannen – keiharde, afschuwelijke kerels. En nee, ik bedoel niet echt opgeleid. Ze werden beestachtig behandeld. Wil je dit echt horen?'

'Nee.'

'De mensen denken dat zulke meisjes alleen uit Oost-Europa of zo komen. Dat is niet zo. Je moet ontspoorde kinderen gebruiken, die niemand hebben die ook maar ene moer om ze geeft. Kinderen die door niemand gemist worden als ze verdwijnen. Daarvan zijn er meer dan je denkt. Overal.'

'En Anna was zo'n kind?'

Hij knikt. 'Ze hadden haar aan mij gekoppeld. Onze taak was om toeristen te beroven. Mensen zoals jij.'

Ik weet dat het niet relevant is voor deze zaak, maar ik moet het vragen. 'Waarom heb je dat niet gedaan?'

'Wat niet?'

'Mij alleen maar beroven.'

'Dat hebben we wel gedaan.'

'Je weet best wat ik bedoel.'

Hij knikt. Hij snapt wat ik bedoel. 'We hadden flair, Anna en ik. We wilden er méér van maken. Ik weet dat het wreed klinkt, maar ik werkte aan mijn vak.' Hij gebaart naar de 'dode' vrouw op het bed. 'Dat is de waarheid. Special effects. Het was ook effectief. Als je iemand laat geloven dat hij een moord heeft gepleegd... Sorry, mag ik er nog aan toevoegen dat het ook leuk was?'

Ik houd mijn toon neutraal. 'En riskant.'

'Niet echt. Ik kwam altijd heel snel de kamer binnen, zodat zo'n man niet zou checken of ze nog leefde. En jij was gedrogeerd. Ik denk dat we je te veel hadden gegeven. Het duurde een eeuwigheid voor je wakker werd. Ik heb je bijna die kamer uit moeten dragen. En zelfs al zou er iemand wantrouwen gehad hebben, wat hadden ze kunnen doen? Ons aangeven? Ik ben één keer gepakt. Toen werkte ik samen met een ander meisje. De politie moest lachen. Hoe luidt de aanklacht tegen doen alsof je dood bent?'

Osorio zei laatst iets soortgelijks. 'Wat is er met Anna gebeurd?' vraag ik.

'Weet ik niet. Uiteindelijk raken die meiden op, en dan laten ze ze gaan. Of ze vluchten. Soms eindigen ze in de gevangenis of gaan ze dood.'

'Heeft ze je nooit haar echte naam gegeven?'

'Ze zei dat ze Anna Marigold heette. Dat ze opgegroeid was in de buurt van Penn State, de universiteit. Dat haar moeder jong gestorven was en zij was achtergebleven met haar zus. De zus trouwde met een man die haar op allerlei manieren mishandelde. Ze zag een kans om weg te lopen.' Hij schokschoudert. 'Misschien was het de waarheid, misschien loog ze. Ik weet het niet.'

'Maar dat was Anna's verhaal?'

'Ja, dat was Anna's verhaal. Ik werkte in die tijd met vier verschillende meiden.'

'Je was de baas over hen?'

'Noem het zoals je wilt. Zo zat het niet. We hadden steeds vier doelwitten tegelijk. Na jouw vertrek hebben we het nog een half jaar volgehouden, toen ging Anna er een tijd tussenuit.'

'Tussenuit?'

'Ja.'

'Waarom?'

'Niet belangrijk. Wegens ziekte of zo.'

Ik zie iets aan zijn gezicht als hij dat zegt. Iets wat me niet bevalt.

'Hoe dan ook, een jaar na jou – zoiets, ik weet het niet precies – kwam Anna naar me toe en zijn we opnieuw begonnen. Ze koos de verkeerde man uit. Of jongen, moet ik zeggen. Hij was zeventien, smeet opzichtig met geld. Zo een die wij het liefst pakten. Alleen wisten we niet dat zijn familie criminele banden had. Het liep helemaal fout. Zij werd in elkaar geslagen, ik werd gearresteerd. Maar de familie van die man was meedogenloos. Ze kwamen achter ons aan. Zij... Ik weet het niet. Eerlijk gezegd dacht ik dat Anna misschien wel dood was, maar nu jij hier bent... Ze zal er dus wel mee weggekomen zijn. Ik ben toen ook uit die business gestapt.'

We blijven even zo zitten.

'Je zei dat ze via een bureau daar terechtkwam?'

'Ja, al die meiden. Het was natuurlijk geen echt bureau. Onze economie draait op oplichterij, dat weet je toch? Kijk je ooit overdag televisie? Die reclames! Koop goud, sluit een verzekering af die je niet nodig hebt. We lichten de boel op, ieder op zijn eigen manier. Die "bureaus" hadden vaak een stand in het winkelcentrum. Ze hielden mensen staande en zeiden dan: goh, jij zou model kunnen worden. Het enige wat je nodig hebt is een portfolio, dat kunnen wij regelen, tegen betaling. Allemaal nep. En soms zagen ze iets anders in zo'n meisje, iets kwetsbaarders.'

'Weet je nog hoe dat bureau heette?'

'Radiant Allure. Gek dat ik dat onthouden heb.'

'Kun je me verder nog wat vertellen over Anna?'

'Ik weet hoe je over me zult denken, maar er zit meer achter. Ik zat zelf ook onder de plak bij zo'n sadist. Ik kwam ook uit een weeshuis. Ik dacht dat ik naar de filmacademie in Spanje ging, dat hadden ze me wijsgemaakt. Ik zou als productieassistent gaan werken aan een echte Spaanse film. En toen het allemaal fout liep met de zoon van die criminele figuur, gaf die sadist door waar ze mij konden vinden. Ze hielden me vast. Drie mannen. Gooiden me op mijn buik. Twee ervan gingen op mijn benen zitten. De derde kroop wijdbeens op mijn rug en pakte mijn haar beet. De vierde man…' Hij valt stil en likt aan zijn droge lippen. 'Hij had een zaag. Zaagde mijn achillespees door. Ik heb vier maanden in het ziekenhuis gelegen. Daarna ben ik hierheen verhuisd.'

Ik zeg niks.

'Ik vertel het niet om medelijden op te wekken. Jij komt hierheen en zegt dat je Anna zoekt, dat het om een bekende ontvoeringszaak gaat, dus ik neem aan dat je het over de dochter van de familie Belmond hebt. Je denkt dat Anna daar iets mee te maken had. Dat geloof ik niet. Ik zal niet zeggen dat ze een heilige was, want dat was ze niet. Ze was een vechter, en pienter. Maar ze was goed voor de andere meisjes. Ze zou nooit een van hen ontvoeren. Voor hetzelfde geld wil jij Anna iets aandoen. Wil je haar de gevangenis in gooien, of ben je uit op wraak. En het is niet zo dat de Belmonds een willekeurige detective hebben ingehuurd. Nee, jij bent het. Iemand die zij jaren geleden heeft opgelicht. Als Anna daarmee weggekomen is, ben ik blij voor haar. Dan heeft ze het gered. En ik zal je nog eens wat vertellen, Sami Kierce, al geloof je me toch niet. Ze gaf echt om jou. Zo'n oplichterstruc duurde nooit langer dan twee dagen. Ze bleef maar smoesjes verzinnen om jou langer in haar buurt te houden. Want ze werd verliefd op je. Ik moest voet bij stuk houden, ik zei dat het te lang duurde. De bazen zouden niet blij zijn. Ik denk dat ze van plan was met je weg te lopen. Dus als je zoekt naar een slechterik of iemand die je de schuld kunt geven, moet je bij mij zijn. Laat haar met rust.'

Ik geloof hem. Ik weet dat het idioot klinkt, maar toch.

'Ik wil ook alleen het beste voor haar,' zeg ik.

'Probeer haar dan niet uit te leveren aan een rijke familie.'

'Dat doe ik niet. We hebben haar al gevonden.'

'Hoe bedoel je?'

'Ze is Victoria Belmond.'

'Wat?' Hij schudt glimlachend zijn hoofd. 'Jezus, over de ultieme oplichting gesproken.'

'Hè?'

'Je voordoen als de verloren gewaande erfgename.'

'De familie heeft een DNA-test gedaan.'

'Serieus?'

'Ja.'

'Wauw.' Hij probeert het te bevatten. 'Dus de Anna die ik kende... was eigenlijk een rijke erfgename?'

'Zoiets.'

'Waarom vraag je dan aan mij wat er is gebeurd? Waarom niet aan haar?'

'Ze zegt dat ze het zich niet kan herinneren.'

'Hoe kan dat nou?'

Ik haal mijn schouders op. 'Een soort geheugenverlies.'

'Geloof je dat?'

'Ik weet het niet.'

'En nu? Ben je nog steeds op zoek naar haar ontvoerders of zo?'

'Ja.'

Buzzy schudt nogmaals zijn hoofd. 'Ik weet gewoon niet wat ik moet zeggen.'

'Als je hier iets over loslaat, krijg je het met deze familie aan de stok. Als je je mond houdt, willen ze inderdaad je volgende film financieren.'

'Dat is mooi. Doe me die financiering maar. Kan ik goed gebruiken. Maar onder ons gezegd: ik zou het ook zonder dreigementen of dat omkoopgeld doen. Anna en ik zijn samen door een hel gegaan. We hebben het overleefd. Als ze ooit haar geheugen terugkrijgt, hebben zij en ik voor altijd een band.'

'Je hebt haar uitgebuit.'

'Zo ziet zij het niet. Hoe dan ook, zeg maar dat ik er voor haar ben als ze me nodig heeft. Maar Sami?'

'Ja?'

'Laat het rusten. Wat zij en ik gedaan hebben, is heel lang geleden.' En dan gebruikt hij dezelfde woorden als Talia Belmond: 'Je moet geen slapende honden wakker maken.'

25

Ik meld me bij de balie van een liefdadigheidsinstelling die zich Abeona Shelter noemt en vraag naar Jennifer Schultz. Het gebouw staat in Tribeca, op de hoek van Hudson en Harrison Street. Tot 1977 zat er een handelsgebouw, maar ik vind het er altijd uitzien als een coole brandweerkazerne.

Hoe ik hier terechtgekomen ben?

Het begon met een telefoontje van Polly nadat ik mijn bespreking met Harm Bergkamp had doorgestuurd naar de Pink Panthers.

'Ik heb iets raars gevonden over dat modellenbureau, Radiant Allure,' zei Polly.

'Oké.'

'Het bureau is gesloten in 2004 toen de twee oprichters, Eunice en Vernon Schultz, ermee stopten.'

'Weten we waar het echtpaar Schultz nu is?'

'Allebei dood. Eunice is een jaar nadat ze waren gestopt gestorven aan kanker. Misschien dat ze er daarom mee ophielden, ik weet het niet. Echtgenoot Vernon is overleden in 2018. Hij was tweeëntachtig.'

'Wat is er raar dan?'

'We hebben hun dochter opgespoord, Jennifer Schultz. Ze zei dat ze wel met je wilde praten. Ze leek zelfs te popelen.'

En dus ben ik nu hier.

Ik word naar een vergaderzaal gebracht waar ik word opgewacht door een vrouw die ik dankzij mijn Google-speurtocht herken als Jennifer Schultz. Zonder zelfs maar een begroeting of een handdruk vraagt ze: 'Waarom vraagt u naar het modellenbureau van mijn ouders?'

Geen reden om me in te houden. 'Dat weet je best.'

'Pardon?'

'Dat jij hier nu werkt,' zeg ik, en ik spreid mijn armen. 'Het ligt er bijna te dik bovenop, vind je ook niet?'

Abeona Shelter is een internationale organisatie die kinderen redt uit gevaarlijke situaties. Abeona was de Romeinse godin van de veilige terugkeer, die kinderen beschermde, vandaar de naam van het opvangtehuis.

Jennifer knijpt haar ogen tot spleetjes. 'Hoezo ligt het er te dik bovenop?'

'Ik bedoel dat je ouders in de kinderhandel zaten. Jij voelde je daar schuldig over, wat begrijpelijk is. Je wilde iets goedmaken. En nu werk je hier.'

Ze reageert verbijsterd, maar ik kan zien dat ik beet heb.

'U windt er geen doekjes om.'

'Soms wel, maar nu niet.'

'Ik hield van mijn ouders,' zegt ze.

'Dat geloof ik graag.'

'Ze waren goed voor mij en mijn drie broers en zussen. We waren een gelukkig gezin. En het merendeel van hun klanten – de jonge mensen die gebruikmaakten van de diensten van het modellenbureau – kreeg precies wat ze besteld hadden: een portfolio met professionele portretfoto's. Velen van hen werden model. En veel anderen kregen een goede baan in de entertainmentwereld of horeca.'

Ik geef met een ongeduldig handgebaar aan dat ze dit gedeelte moet bespoedigen, en als ze dat doet, vraag ik: 'Wanneer kwam je achter de waarheid?'

Maar ze is nog niet klaar. 'Ik kan u recensies laten lezen van klanten die zeggen dat de Radiant Allure hun leven heeft veranderd.'

'Vast wel. Maar daarmee praat je het nog niet goed, hè?'

Stilte.

'Hoe ben je erachter gekomen?' vraag ik nog een keer.

'Mijn moeder vertelde het me,' zegt Jennifer. 'Op haar sterfbed.' Haar ogen zijn op mijn gezicht gericht, maar ze kijkt dwars door me heen. 'Ze wilde dat ik het zou begrijpen. Het was maar een heel klein percentage van haar tieners, zei ze. Mijn vader en zij deden het alleen bij de meest hopeloze gevallen – de kinderen die niks hadden en kansloos waren. En van de winst van die interacties kon Radiant Allure weer andere jonge mensen helpen, die wel te bereiken waren. "Je kunt alleen de planten verzorgen waar je bij kunt," zei mijn moeder graag. Dat is een oude boeddhistische uitdrukking, geloof ik. En die meisjes, daar konden ze dus niet bij.' Ze kijkt naar me op. 'Ik hield met heel mijn hart van mijn moeder, en het laatste wat ik op haar sterfbed tegen haar heb gezegd is dat ik het haar nooit zou vergeven.'

We zwijgen nu allebei. De stilte drukt tegen de muren en de ramen. Ik laat het gebeuren. Zij ook. Diep in mijn hart zou ik troostend een hand naar haar willen uitsteken. Ik probeer datzelfde met mijn blik te doen. Ze lijkt het te snappen en geeft me een miniem knikje. Dan gebaart ze dat ik moet gaan zitten. Dat doe ik. Zelf neemt ze de stoel tegenover me.

'Dus inderdaad,' zegt Jennifer Schultz, 'ik werk hier om het goed te maken. Dat is overduidelijk en onhandig en niet genoeg.'

'Maar het is tenminste iets,' maak ik de zin voor haar af.

'Ja. Wie zoekt u?'

'Ze noemde zich toen Anna Marigold. Ze is naar Spanje gestuurd.'

'Wanneer?'

'Begin deze eeuw.'

'Lang geleden,' zegt Jennifer Schultz. Ze draagt een gouden kettinkje met een bedeltje van een vlinder. Dat pakt ze nu beet. 'Gek, ik heb steeds gewacht tot er iemand zou komen, zoals nu, iemand die een dierbare persoon had verloren, of in elk geval dat er iemand vermist was. Maar u bent de eerste. Gaat het om een familielid?'

'Nee.'

'Dan zag mijn moeder het misschien toch goed.'

We weten allebei dat het niet zo is, maar dat hoeven we niet uit te spreken.

'Wat weet u nog meer over dat meisje?'

Ik vertel haar het grootste deel van wat ik via Harm Bergkamp te weten ben gekomen. Jennifer maakt aantekeningen. Ik vertel haar dat Anna Marigold in de buurt van Penn State had gewoond, dat ze na de dood van haar moeder bij een tante was gaan wonen. Ik vertel dat ze toeristen oplichtte met een man in Spanje. Jennifer knikt mee terwijl ze schrijft. Ik geloof dat het geen volslagen onbekend verhaal voor haar is.

Ik vertel haar niet dat ik een van Anna Marigolds 'slachtoffers' was. Ik wil niet dat ze denkt dat mijn motief niet zuiver is.

'Weet je of die Anna Marigold nog leeft?' vraagt Jennifer Schultz.

'Ja, ze leeft nog.'

Jennifer friemelt aan het vlinderbedeltje alsof het een gebedssnoer is. 'Gaat het goed met haar?'

'Ja.'

'Maar ze heeft vragen over het verleden.'

'Zoiets,' zeg ik.

'Ik heb een eigen database, maar die is gigantisch. Weet u hoe Radiant Allure te werk ging?'

'Vertel.'

'Het bureau had meestal een stand in een winkelcentrum. Jonge meisjes – ook jongens – die langsliepen werden benaderd en kregen te horen dat ze er goed uitzagen, aantrekkelijk, en dat ze eens aan modellenwerk zouden moeten denken. De valse complimenten lagen er dik bovenop. Vervolgens probeerden we ze een portfolio aan te smeren. Gewoon een fotosessie, eigenlijk. Sommige mensen noemden dat oplichterij, maar onze prijzen waren best scherp en kom op, we waren niet de eersten die inspeelden op grote dromen.'

'Werkte jij bij het bureau?'

'Ja. Wij alle vier, na school. Een goede leerschool voor het leven. Het bureau had stands in tientallen winkelcentra door heel Pennsylvania en Ohio.'

'Je hebt een eigen database, zei je.'

'Ja. Niet openbaar, dat mag niet vanwege de privacy. Het zou leiden tot valse claims en rechtszaken. Hebt u een foto van Anna zoals ze er toen uitzag?'

Ik besef dat ik die niet heb. Er zijn nog wel wat korrelige kiekjes van Victoria Belmond uit die tijd, dus die googel ik. Het zijn er maar weinig. Ik zie Anna in Victoria's gezicht, vooral de ogen, maar dat kan verbeelding zijn. Ik stuit op de weinige foto's die zijn genomen kort nadat Victoria was gevonden; de paparazzifoto's met het kale hoofd, van een afstand genomen omdat haar privacy werd beschermd door de FBI en haar ouders. Deze foto's zijn iets bruikbaarder. Jennifer Schultz vraagt me om ze via AirDrop naar haar te sturen.

Ik aarzel. 'Kan ik erop vertrouwen dat je haar identiteit geheimhoudt?' vraag ik.

'Natuurlijk.'

Ik stuur de beste foto door. Ze bekijkt hem aandachtig op haar telefoon. Ik noem Victoria Belmonds naam niet, en ik kan niet zien of ze het zelf heeft uitgevogeld.

'Ik heb een team waarmee ik werk,' zeg ik tegen haar. 'Ze kunnen deze foto met AI bewerken, haar hoofdhaar bezorgen en jonger maken, en misschien het beeld wat scherper maken.'

'Dat zou kunnen helpen,' zegt Jennifer. Dan kijkt ze naar me op. 'Wat is hier aan de hand, meneer Kierce?'

‘Ik heb een lastiger vraag voor jou,’ zeg ik.

Ze wacht af.

‘Zou het kunnen dat je ouders betrokken waren bij een ontvoering?’

Ze knippert met haar ogen. ‘In welk opzicht?’

‘Dat weet ik niet. Om te beginnen het meest logische: zouden ze zelf ooit een meisje ontvoerd hebben?’

‘Ik zou nu makkelijk “Nee, natuurlijk niet” kunnen zeggen, maar…’ Ze maakt de gedachte niet af. Dat is niet nodig. ‘Ik denk het niet. Dat konden ze voor zichzelf niet goedpraten.’

‘Hebben je ouders ooit iemand geholpen aan een ander leven elders?’

‘Elders?’

‘Misschien heeft iemand ooit een meisje binnengebracht dat in Europa verborgen moest worden?’

Ze fronst. ‘Denkt u dat iemand dit meisje naar mijn ouders heeft gebracht zodat ze haar in Spanje konden verstoppen?’

‘Misschien. Ik weet het niet.’

‘Oké.’ Jennifer zet beide handen op tafel en duwt zich overeind. ‘Ik ga de database doornemen. O, en er is ook een onschuldiger mogelijkheid, meneer Kierce.’

Ik kijk haar aan.

‘Het meisje dat u natrekt… u denkt dat ze ontvoerd was.’

‘Mogelijk.’

‘Maar er zijn toch veel mensen die dat niet geloven? Ik bedoel, velen denken dat Victoria Belmond gewoon was weggelopen.’

Aha. Ze heeft de foto dus herkend.

‘Ja, toch?’ dringt ze aan.

‘Ja.’

‘Misschien zijn mijn ouders er op die manier bij betrokken geraakt.’

‘Hoe bedoel je?’

'Als Victoria Belmond wilde weglopen en niet gevonden wilde worden,' zegt Jennifer Schultz, 'dan waren mijn ouders de aangewezen personen om dat voor elkaar te krijgen.'

Ik peins nog over die laatste woorden van Jennifer Schultz als mijn telefoon trilt. Op het schermpje staat BELMOND, dus ik neem op.

'Hallo?'

'Lenore zei dat je me wilde spreken.'

Het is Victoria.

'Kunnen wij ergens afspreken?' vraag ik.

'Is er iets gebeurd?'

'Ik ben in Spanje geweest.'

Stilte.

'Victoria?'

'Ik ben er nog. Heb je iets gevonden?'

'Ik kan naar je toe komen.'

'Nee. Dan gaan mijn ouders vragen stellen. Ik kom wel naar jou toe.'

26

De speeltuin is aangelegd boven op een kerkhof.

Het James J. Walker Park ligt in Greenwich Village, aan Hudson Street tussen St. Luke en Clarkson, boven op wat vroeger treffend en niet erg subtiel Begraafplaats St. John heette. Er liggen nog steeds zo'n tienduizend lijken onder het honkbalveld, de pickleball- en bocce-banen en de speeltuin – en zelfs onder het bankje waar ik nu zit met Victoria Belmond.

Het enige zichtbare overblijfsel van het macabere verleden van het park is het Firemen's Memorial, het gedenkteken voor de brandweer, een ruim twee meter hoge marmeren sarcofaag die is opgedragen aan twee heel jonge brandweermannen die zijn omgekomen op de allereerste dag dat ze dit werk deden. Het opschrift op het gedenkteken luidt: 'Hier zijn de lichamen begraven van Eugene Underhill (20 jaar, 7 maanden en 9 dagen oud) en Frederick A. Ward (22 jaar, 1 maand en 16 dagen oud)' – wat wil zeggen dat hun resten zich nog in deze sarcofaag bevinden, pal tegen een hek aan naast het honkbalveld voor de jeugd. Voor wie er nog eens extra aan herinnerd moet worden, is er een bronzen plaquette, die ik altijd lees, hoe vaak ik hier ook kom:

DEZE GROND IS GEBRUIKT ALS KERKHOF VAN DE TRINITY-PAROCHIE IN DE JAREN 1834-1898. DE STAD NEW YORK HEEFT ER EEN OPENBAAR PARK VAN GEMAAKT IN HET JAAR 1897-8. DIT MONUMENT STOND OP DE BEGRAAFPLAATS EN IS IN HET JAAR 1898 NAAR DEZE PLEK VERPLAATST.

Welkom in New York.

Veel parkbankjes in New York City zijn gesponsord – dat wil zeggen dat iemand geld schenkt en dan een naambordje krijgt op de rugleuning – en deze is opgedragen aan iemand met de achternaam Madoff. Meer wil ik niet weten. Victoria en ik zitten nog geen tien meter van het monument. Achter ons spelen joelende kinderen op de glijbaan of het klimrek. Vóór ons zien we door het gaas van een hek hoe de kinderen kwetterend en vol enthousiasme hoge en lage ballen oefenen. Ik kijk graag naar honkbal, waarschijnlijk door de echo van het verleden. Als ik een honkbalveld zie, denk ik terug aan de eerste keer dat mijn vader me meenam naar een wedstrijd in Shea Stadium, toen ik zes was. Ik herinner me de geur van het gras en de echo die klonk als zo'n kleine witte bal het hout van de knuppel raakte. Mijn vader kocht die dag twee vaantjes voor me, een van de Mets en een van de Houston Astros, die een uitwedstrijd speelden. 'Je moet respect hebben voor je tegenstander,' legde hij uit. Thuisgekomen hing ik die vaantjes aan de muur boven mijn bed. Naarmate ik ouder werd, verschoten de kleuren, maar ik liet ze aan mijn slaapkamermuur hangen tot ik terugkwam uit Spanje en alle kinderachtige spullen weghaalde.

Ik heb de vaantjes trouwens niet weggegooid. Ze liggen in een doos in de kelder. Interpreteer dat maar zoals je wilt.

Victoria en ik zijn ons gesprek nog niet begonnen. Een coach speelt drie jongens op de korte stop lage ballen toe. Ze vangen de bal om beurten en gooien hem naar het eerste honk. Het heeft een vrolijke, zen-achtige routine, en even genieten we alleen maar van dat zachte heen en weer zoeven.

'Ik wist niet dat je naar Spanje ging,' zegt Victoria. 'Ik had het eigenlijk ook wel moeten bedenken.'

Ik wacht af. De coach slaat weer een bal. De langste jongen op de korte stop vangt hem alsof er een reuzenmagneet in zijn handschoen zit en gooit hem naar de eerste honkman.

'Wat ben je te weten gekomen?' vraagt ze.

'Genoeg.'

We houden onze blik gericht op het honkbalveld.

'Ik weet nu hoe ik opgelicht ben. Ik weet nu dat je het ook bij anderen deed. Ik weet nu dat je uiteindelijk de verkeerde mensen hebt belazerd. En ik heb Buzz gevonden.'

Nu heb ik haar aandacht. 'Je hebt hem gevonden?'

'Ja.'

'Waar is hij?'

'In Nashville.'

'Tennessee?'

Ik knik.

Ze wendt zich af, zodat ik haar gezicht niet kan zien.

'Je wist niet waar hij was, of wel?'

Het kost haar een seconde. 'Nee, natuurlijk niet.'

'Nee, ik bedoel...' Ik stop en probeer het opnieuw. 'Ik heb van je vader een NDA moeten tekenen. Dat weet je toch?'

'Ja.'

'Ik zou je vertrouwen sowieso niet beschamen,' zeg ik. 'Maar al zou ik dat willen, het mag niet. Juridisch gesproken, bedoel ik.'

'Ik weet niet waar je het over hebt.'

'Dat weet je wel. Buzz heeft me verteld dat jullie naïeve toeristen oplichtten, en meestal duurde dat een dag of twee. Erin, eruit en door naar de volgende. Maar mij hield je langer aan. Je stelde het steeds uit. Ik weet niet of Buzz maar wat lult, maar hij dacht dat je echt wat voor me voelde.'

Ze kijkt me nog steeds niet aan.

'Je herinnert je mij wel,' zeg ik. Ik buig me naar haar toe, zodat ik haar profiel kan zien. Ze knijpt haar ogen stevig dicht.

'Victoria?'

Haar ogen blijven dicht.

'Toe nou,' zeg ik. 'Voor mij, niet voor jezelf.' Ik draai mijn lichaam naar haar toe. Mijn handen trillen. 'Je kunt je mij wel herinneren, hè?'

En dan zegt ze het eindelijk.

'Ja.'

Bijna vraag ik haar het te herhalen, maar ik wil het momentum nu niet vertragen. 'En je herinnert je Buzz ook.'

'Hoe gaat het met hem?'

'Best goed.'

'Wat doet hij?'

'Hij werkt in de filmindustrie.'

Nu glimlacht ze. 'Hij was gek op films. We hebben er samen heel veel gekeken en dan vertelde hij over de belichting en de special effects. Hij was altijd met dat soort dingen bezig. Daarom wilde hij flink uitpakken toen we besloten te doen alsof ik dood was – laten zien wat hij in huis had. Maar ik had nooit mogen toelaten dat hij jou dat aandeed.'

'Heb je het ook bij anderen gedaan?'

Ja. Maar dat waren akelige jochies. Ik had totaal geen medelijden met ze. Ze gingen er meteen vandoor, zonder om te kijken. Maar jij... ik weet dat het je achtervolgd moet hebben. Het spijt me.'

Ik weet niet wat ik daarop moet zeggen. Ik wacht af waar ze zelf mee komt.

'En Harm loog niet, Sami. Ik viel echt voor je. Hij had het eerder door dan ik, denk ik. Je was als een baken van goedheid in die duistere tijden. Ik verdiende het niet, maar ik kon er tenminste een poosje van genieten. Snap je? Als je naar me lachte, was het alsof al het kwaad verdween. Alsof we samen gelukkig zouden kunnen zijn.

Het was haast wreed, om met jou samen te zijn. Je was alles wat ik graag wilde, dus inderdaad, ik bleef maar smoesjes verzinnen, ook al wist ik dat het niet kon blijven duren. Maar ik ben je nooit vergeten. Nooit vergeten hoe ik me voelde. Of wat ik je heb aangedaan. En toen ik je foto op het nieuws zag, toen ik je opzocht en besefte dat je geen arts was geworden, zoals je had gezegd, en omdat er zoveel misgegaan was, daarom kwam ik naar je toe. Om je te laten weten dat je niemand hebt vermoord. Dat het allemaal oké was en dat het me speet wat ik die fijne, lieve jongen had aangedaan.'

Haar woorden raken me als een vuistslag. Het is lief bedoeld, maar ik heb dit niet verdiend. Ze had het zwaar, pal voor mijn neus, ze zat in de nesten, en zag ik dat, of kon ik haar helpen?

'Waarom ging je er dan vandoor?'

'Toen je me zag, raakte ik in paniek. Ik wist dat je me herkend had. Dus toen wist je ook dat ik nog leefde en dat er die avond niks vreselijks was gebeurd. En ik...' Ze schudt haar hoofd. 'Het gaat niet alleen om jou en mij, hè Sami?'

'Hoe bedoel je?'

Ze schudt weer haar hoofd.

'Heb je wel ooit geheugenverlies gehad?'

'Eerst moet je me iets beloven.'

'Wat dan?'

'Want het is niet zo zwart-wit. Wat er is gebeurd. Een deel is echt en een deel niet. Maar de belangrijke dingen? De dingen die er werkelijk toe doen? Die zijn echt.'

Ik heb geen idee waar ze het over heeft, dus knik ik om haar te laten doorpraten.

'Het zijn zulke goede, fatsoenlijke mensen, mijn familie. Wat er is gebeurd, al die jaren geleden, blijft ze achtervolgen. Ze hebben het zo zwaar gehad, en nu moet ik ze beschermen. Begrijp je dat?'

'Nee, niet echt.'

'Je kunt het voelen, hè?'

'Wat voelen?'

'Dat het lieve mensen zijn. Ze hebben het zwaar gehad en zijn beschadigd, maar als je al het geld en de spullen wegdenkt, zie je hun pure goedheid.'

Daar denk ik over na, omdat het veel voor haar lijkt te betekenen. 'Ja, dat is waar.'

'En ik hou met heel mijn hart van hen, Kierce. Mijn moeder, mijn vader, Thomas, Maddy, mijn nichtjes – vooral van mijn nichtjes. Ik hou van hen. En ik hou van mijn leven. Dat moet je begrijpen.'

'Oké,' zeg ik om maar iets te zeggen, want ik snap niet waar ze naartoe wil. 'Wat is er nou gebeurd tijdens die jaarwisseling? Hoe ben je in Spanje terechtgekomen?'

'Eerst beloven.'

'Wat moet ik beloven?'

'Dat je ze geen kwaad zult doen. Dat je ze zult beschermen.'

'Beschermen waartegen?' En dan, als ik zie dat ik hier niks mee opschiet, geef ik me gewonnen. 'Beloofd, ik zal ze beschermen.'

'Hoe is Harm in Nashville terechtgekomen?'

'Dat weet ik niet precies. Hij zei dat jullie samen de verkeerde hadden belazerd, zoiets. Herinner je je dat ook?'

'Ja. Dat is die vent die me in elkaar geslagen heeft.'

'De gebroken neus en het verbrijzelde jukbeen.'

Ze knikt.

'Buzz zegt dat jullie allebei gevlucht zijn toen hij was vrijgelaten. Maar hem kregen ze te pakken. Hij loopt nu mank.'

Ze sluit weer haar ogen. 'We zijn allebei beschadigd, Harm en ik. Ik weet dat we oplichters waren, maar als je er middenin zit, lijkt het niet zo erg. Je ziet zo'n verwende snotneus met geld smijten in een poenerig resort. Dus pak je wat van hem af. Wat maakt het uit? En Harm... ik ben echt blij dat het goed met hem gaat.'

'Hij zei hetzelfde over jou.'

'Wacht. Dus hij weet...?'

'Nu wel, ja. Ik moest tegen je zeggen dat als je ooit iets nodig hebt, hij er voor je is.'

En dat is het moment, voordat zij of ik nog iets kan zeggen, dat ik haar blik langs me heen zie gaan en haar ogen groot zie worden van schrik. En dan loopt alles mis. Ik weet niet of ik eerst het schot hoor of dat ik de hete kogel op mijn schouder voel, een schroeiende, verzengende pijn als mijn huid doorboord wordt. Later zal ik me afvragen wat er gebeurd zou zijn als de kogel een centimeter lager was ingeslagen, als hij vol het bot had geraakt in plaats van mijn schouder te schampen; of dat de kogel tegengehouden of voldoende afgeremd zou hebben om Victoria niet te raken in de zijkant van haar hals.

Het bloed spuit uit haar slagader.

Ze zakt in elkaar alsof iemand alle botten uit haar lijf heeft gerukt. Ik duik op haar af. Een kakofonie van geschreeuw gonst in mijn oren. Ik steek mijn hand uit naar haar hals, druk hem op de wond. Van veraf ziet het er waarschijnlijk uit alsof ik haar de keel dichtknijp. Het bloed stroomt tussen mijn vingers door, bedekt mijn hand. Ik druk harder.

En dan word ik geraakt door de tweede kogel.

Deze keer is het geen schampschot. Ik probeer me erdoorheen te slaan, haar hals niet los te laten, maar het voelt alsof een reuzenhand me een klap op mijn rug heeft gegeven. Mijn hele lichaam klapt naar voren, mijn hoofd slaat tegen de hoek van het bankje. Ik knipper met mijn ogen en probeer vol te houden, maar ik kan niet meer. Ik ben verloren.

En dan wordt alles zwart.

Vijf dagen later wordt Victoria Belmond begraven.

Ik sta bij een boom in de verte, met mijn arm in een mitella, nog enigszins high van de opioïden.

Een van de honkbalcoaches die in het park ballen sloegen met de jongens, Ken Liss, bleek arts te zijn op de spoedeisende hulp. Nadat hij zich ervan had verzekerd dat de kinderen in veiligheid waren en iedereen er zeker van leek te zijn dat de schutter ervandoor was, haastte Liss zich naar Victoria Belmond toe, maar hij kon niets meer voor haar doen. Zelf lag ik plat op mijn rug, knipperend tegen de zon; ik dreef haast in een plas bloed, waarvan later zou blijken dat slechts een klein deel van mij was.

Ze is naast me doodgebloed.

Er zijn mensen die daar een diepere betekenis of karma in zouden zien: dat ik opnieuw knipperend tegen het zonlicht naast haar lijk lag, tweeëntwintig jaar nadat ze iets soortgelijks in scène had gezet. Maar ik ben niet een van die mensen. Ik heb mijn portie tragedies doorgemaakt, en de waarheid is dat het elke keer een klein beetje makkelijker wordt. Inderdaad, *the first cut is the deepest*. Je bent in diepe rouw gedompeld, en als die wond eindelijk is geheeld, is het littekenweefsel zo dik en beschermend dat je er nooit meer onder kunt komen. Dat sta je jezelf niet toe. Dus op dit moment, terwijl ik sta te kijken naar de besloten familiebegrafenis, huil ik niet.

Maar haar dood verplettert me.

Victoria/Anna was pas tweeënveertig. En nu is ze dood.

Daar komt het in grote lijnen op neer.

De tweede kogel heeft me in mijn rug geraakt, vlak bij mijn schouder. De wond is nooit levensbedreigend geweest, maar het lijkt wel of er geen einde komt aan de kloppende pijn. Het herstel zal tijd kosten, misschien maanden of zelfs een jaar voordat ik weer helemaal de oude ben. De artsen wilden niet dat ik zou gaan, maar ik moet vandaag hier zijn. Alles in het leven heeft zijn eigen momentum. Ik ben er bijna, ik ben heel dicht bij alle antwoorden, en nu ben ik een paar stappen kwijt.

Ik mag niet nog meer kostbare tijd verliezen.

Ik heb bezoek gehad in het ziekenhuis. Molly natuurlijk. Mijn vader. Arthur heeft nog meer tijd met me doorgebracht, deels om me ervan te verzekeren dat zelfs al zou de familie Belmond de samenwerking willen beëindigen, ik gewoon recht heb op het beloofde geld. Sterker nog, Arthur wil regelen dat ik méér krijg, een soort compensatie voor mijn 'bedrijfsongeval'. Ik zeg dat hij dat moet laten zitten. De Belmonds hebben een dochter verloren. Twee keer, in zekere zin. Hun verlies is onmetelijk. Ik zie het nu aan hun blikken, starend in de oneindige verte. Elf jaar lang hebben ze gedacht dat ze nooit meer terug zou komen, maar ze kregen een tweede kans, een wonder, en nu, veertien jaar later, net toen alles zo verdomd goed leek te gaan, heeft het hevige verdriet hen teruggeworpen in dat bodemloze zwarte gat.

Van deze afstand kan ik hun diepe rouw zien en zelfs voelen. Archie, Talia, Tom, Madeline, Vicki en Stacy; ze hebben allemaal de dieptreurige aanblik van iemand die onverwacht een stomp in de maag heeft gekregen. Talia en Archie leunen op elkaar – letterlijk – en ik blijf tevergeefs zoeken naar de diepere betekenis en karma.

De kist wordt het gat in gehesen. Talia Belmonds knieën begeven het. Archie, die zelf moeite heeft om niet in te storten, houdt haar overeind. Thomas stapt als eerste naar voren. Hij gooit ceremonieel een handvol aarde op de kist. Archie moet Talia bijna naar het vers gegraven gat dragen. Ze volgen allebei Thomas' voorbeeld. Archie houdt zijn blik op de kist gericht. De treurnis die van hem afstraalt maakt dat ik bijna een stap terug doe. Dan slaat hij zijn ogen op en kijkt me aan. Ik probeer zijn blik vast te houden, hem iets van verdriet of spijt te bieden.

Archie gebaart naar Thomas dat hij zijn moeder moet helpen. Thomas pakt haar arm, en Archie komt naar de plek geschuifeld waar ik in mijn eentje sta. Ik zet me schrap voor wat hij zal gaan zeggen of doen. Als hij aan komt lopen, denk ik aan Victoria's laatste woorden. Haar laatste verzoek.

Dat ik hen moet beschermen.

Als Archie bij me is, zeg ik het voorspelbare.

'Gecondoleerd.'

'Dank je wel.' Hij wijst op mijn mitella. 'Hoe gaat het?'

'Komt wel goed.'

Archie kijkt naar de hemel en knippert met zijn ogen. 'We nemen jou niks kwalijk. Ik wil dat je dat weet. En toch...'

Ik blijf zwijgen.

'Ik snap niets van dit alles,' zegt hij. 'Wat voor gevaar heb jij ons leven binnengehaald?'

De pijn in zijn stem maakt dat ik bijna terugdeins, maar ik verzet me ertegen. Hij wil me niet kwetsen. Hij begrijpt het echt niet, maar ik snap er zelf ook niks van.

'Ik had je niet moeten inhuren. Ik had het moeten laten rusten, maar ik wilde de regie hebben. En dat gaat niet. Toen niet en nu niet.' Hij kijkt me aan. 'Ik neem het mezelf kwalijk. Ik heb haar dood op mijn geweten doordat ik dit allemaal moest oprakelen.'

Dat is niet waar, maar het heeft geen zin om dat te zeggen.

'Meneer Belmond.' Ik schraap mijn keel. 'We moeten nog steeds haar ontvoerder zien te vinden.'

Hij ziet er verloren uit. 'Wat?'

'Misschien is er een verband...'

'Denkt de politie dan niet dat de dader de man is die door jouw toedoen is vrijgelaten uit de gevangenis?'

Dat is op dit moment de meest gehoorde theorie: dat ik het doelwit was, niet zij. Volgens Marty onderzoekt de politie de mogelijkheid dat Tad Grayson wraak wilde nemen en dat Victoria een onschuldige omstander was.

Klinkt aannemelijk.

'De politie heeft Tad verhoord, maar zijn advocaat, die Kelly nog wat...'

'Neumeier,' zeg ik.

'Zoiets, ja. Zij kwam met hem mee. Ze vroeg de politie of ze konden bewijzen dat haar cliënt betrokken zou zijn bij Victoria's dood.

Toen niemand verder kwam dan dat wraakmotief, zei ze met een glimlach: "Kom Tad, ik breng je terug naar je moeder."'

'Ja,' zeg ik. 'En het zou heel goed kunnen, maar Victoria heeft voor ze stierf nog iets gezegd wat u moet weten.'

'Wat dan?'

'Ik weet niet of dit het geschikte moment...'

'Schei toch uit,' snauwt Archie. 'Wat zei ze?'

Ik slaak een diepe zucht. 'Dat ze zich Spanje wél kon herinneren. En mij ook.'

'Wacht even. Zeg je nou dat haar geheugen terugkwam?'

Ik weet niet hoe ik dit moet verwoorden tegenover een rouwende vader, dus gooi ik het er maar gewoon uit. 'Ik denk dat ze het zich altijd heeft herinnerd.'

Ik verwacht dat dit een schok voor hem zal zijn, maar zo ziet het er niet uit. Aan de andere kant: door zijn hevige verdriet en zijn verdoofde toestand is hij vast niet meer snel geschokt.

'Wat heeft ze nog meer gezegd?'

'Dat ze boven alles zielsveel van haar familie hield,' antwoord ik. 'Dat jullie allemaal goede, fatsoenlijke mensen waren. Ik moest haar beloven jullie te beschermen.'

Zijn ogen gaan dicht. Er ontsnapt hem een kreetje. Ik zou hem nu met rust moeten laten, maar dat kan ik niet.

'Wat bedoelde ze daarmee?'

Hij geeft geen antwoord.

Ik dring aan. 'Waartegen, meneer Belmond? Waartegen moet u beschermd worden?'

Archie Belmond doet een stap achteruit. 'Dat weet ik niet.' Zijn gespannen toon wordt niet langer alleen door verdriet veroorzaakt. Er speelt iets anders, maar ik kan mijn vinger er niet op leggen.

'Maar het is nu voorbij, hoort u me? Laat ons alstublieft met rust,' zegt hij. Zonder op mijn reactie te wachten loopt hij weg.

Ik blijf daar staan. Algauw wordt de stilte ruw doorbroken door bladblazers en het gebrom van de gele graafmachine die haar doodskist bedekt met de naastgelegen berg aarde. Mijn schouder klopt hevig. Het kan me niet schelen. Eigenlijk ben ik ook in de rouw, al is het een compleet andere versie dan alles wat ik ooit eerder heb ervaren. Ik ben niet gelovig, maar nu bid ik op mijn eigen manier. Het komt er vooral op neer dat ik aan de doden vraag wat mijn volgende stap moet zijn. Natuurlijk krijg ik geen antwoord. Dat verwacht ik ook niet.

Ik vis een pijnstiller uit mijn zak en neem die in. Over het besturen van een voertuig hoef ik me geen zorgen te maken, Craig heeft me afgezet met mijn eigen auto. Hij is in de tussentijd naar een goedkope supermarkt geweest om flink in te slaan en komt zo terug. Als ik naar de parkeerplaats wil lopen waar hij me zou ophalen, zie ik ineens dat Talia Belmond achter me staat.

'Ze denken dat de kogel voor u bedoeld was,' zegt ze.

Ik zeg niks.

'Denkt u dat dat waar is?'

'Het is de meest waarschijnlijke theorie.'

'Maar het is niet zeker?'

'Nee. Niet zeker.'

Talia Belmond kijkt naar de plek waar ik daarnet nog stond met Archie. 'Wat zei mijn man?'

'Dat ik het erbij moet laten zitten.'

'Begrijpelijk. Hij bedoelt het goed.' Dan draait ze zich om en loopt naar de zwarte auto. 'Maar luister niet naar hem.'

27

Ik ga terug naar het ziekenhuis onder één voorwaarde: dat mijn cursisten op bezoek mogen komen. Volgens de regels worden er maar vier bezoekers tegelijk toegelaten, dus mogen Polly, Gary, Lenny en Debbie mijn kamer in. De rest zit in de hal, hebben ze me verteld, al heeft het personeel dringend gevraagd (geëist?) om Raymond buiten te laten wachten.

'We moeten rouleren,' zegt Gary. 'Zodat iedereen je kan zien.'

'Ik weet niet of ik dat wel trek,' zeg ik.

Polly doet een stap naar voren. 'We hebben allemaal bijgelegd en dit voor je gekocht.'

Ze geeft me een enorme Stanley-beker met een rietje. Op de zijkant staat WORLD'S BEST TEACHER.

'Dat is lief van jullie. Dank je wel.'

Debbie zegt: 'Kijk eens op de andere kant.'

'Hè?'

Ze draait de beker om. Daar staat één woord: NORBURY.

Ik moet vanzelf glimlachen. Norbury komt voor in een van mijn favoriete Sherlock Holmes-verhalen, 'The Adventure of Yellow Face'. Wat dit verhaal zo gedenkwaardig maakt – en wat ik mijn cursisten heb geleerd – is dat Sherlock Holmes hierin de fout in gaat met zijn deducties. Moraal: zelfs Sherlock is niet onfeilbaar. Dat is niemand. En aan het einde van dit verrassend moderne verhaal over gemengde huwelijken, wanneer Holmes en Watson aangedaan terugkeren naar Baker Street, zegt Sherlock tegen zijn dierbaarste vriend: 'Watson, als je ooit vindt dat ik wat al te veel vertrouwen heb in mijn eigen talent, of als ik minder moeite doe voor een zaak dan die verdient, wees dan zo vriendelijk om "Norbury" in mijn oor te fluisteren. Ik zal je oneindig dankbaar zijn.'

'Norbury,' zegt Gary.

'Norbury,' voegt Polly eraan toe.

Ik steek een hand op voordat Lenny het kan zeggen. 'Ja, oké, de boodschap is duidelijk.'

'En nu?' vraagt Lenny. 'Zijn we klaar met deze zaak?'

Ik zie dat Polly haar laptop al tevoorschijn heeft gehaald. Ze zet hem met PowerPoint in beeld op het ziekenhuisnachtkastje/eettafeltje.

'Ik denk het niet.' Ik kijk naar hun verwachtingsvolle gezichten. 'Wat hebben jullie voor me?'

'We werken aan verschillende takken van de twee zaken die je voor ons had. Om het even simpel te houden, noemen we de ene "de zaak-Victoria Belmond" en de andere "de zaak-Tad Grayson".'

'Ik wilde die laatste "de zaak-Nicole Brett" noemen,' zegt Lenny. 'Om de namen van de slachtoffers te gebruiken, niet die van de daders.'

'Alleen zijn er nu misschien twee slachtoffers,' zegt Polly. 'Nicole Brett en...'

'Noem het maar gewoon "de zaak-Tad Grayson",' zeg ik. 'Laten we niet moeilijk gaan doen over woorden. Wat wilden jullie me laten zien?'

'We zoeken nog steeds naar de man die jouw vrouw volgde, die jij Smoezelig Piekhaar noemt. We hebben nu een theorie, gebaseerd op jouw informatie, en rechercheur Marty McGreggor helpt ons erbij.'

'Mijn oud-collega?'

'Voormalig,' zegt Polly op haar docententoon. 'Niet oud.'

Ik onderdruk een zucht. 'Hoe zijn jullie met Marty in contact gekomen?'

'We zagen hem beneden, op de dag dat jij bent neergeschoten. Hij kwam ook op bezoek.'

'Knappe vent,' zegt Lenny.

'Zijn jullie die dag hier geweest?'

'Natuurlijk.'

Ik kijk naar hen. 'Ik zou geroerd moeten zijn, maar gek genoeg ben ik dat niet.'

Gary spreidt zijn handen. 'We hebben verder toch niks te doen, dus...'

'Spreek voor jezelf,' bijt Polly hem toe, maar ze glimlacht erbij. Dan schraapt ze haar keel en zet haar zakelijke toon op. 'We stemmen alles af met Jennifer Schultz en de database van Radiant Allure, maar tot nu toe hebben we niets gevonden. Onze theorie is nu dat Victoria Belmond zich verschuilt achter het verhaal over dat bureau, maar je weet maar nooit.'

Die theorie klopt niet, maar ik laat het even zo. 'Oké.'

'Zeg het nou gewoon,' zegt Gary met een zucht. 'Dat doet ze steeds, alles heel langdradig vertellen alsof ze het laatste hoofdstuk is van een Agatha Christie-boek.'

'Helemaal niet,' zegt Polly. 'Alles in de juiste context.'

'Zeg het nou maar.'

'Jij je zin.' Polly zucht. 'We wilden een lijst opstellen van Victoria Belmonds schoolvriendinnen die op het feest geweest kunnen zijn. We hebben zes namen, uit de FBI-dossiers via Marty McGreggor. Geen van hen wilde ons te woord staan. Maar we hebben gegevens van die school, jaarboeken. Die hebben we ook nageplozen. Zo zat Victoria Belmond in de groep 'Frans' en in het hockeyteam, dus iedereen die ook in beide groepen zat was waarschijnlijk op het nieuwjaarsfeest. Met een vrij simpel softwareprogramma konden we nagaan wie waarschijnlijk goed bevriend was met Victoria en dus op dat feest geweest moet zijn.'

Ze kijken allemaal naar mij.

'Oké.'

'We hebben ook... Ik weet niet hoe ik dit moet zeggen, of zelfs waarom we het hebben gedaan. Het was Debbies idee. Maar we hebben jouw zaken uit je politietijd ook meegewogen.'

Ik frons mijn voorhoofd. 'Mijn zaken?'

'Ja.'

'Waarom?'

'Omdat jij hierbij betrokken bent, Kierce,' zegt Debbie.

Ik kijk haar kant op.

'Victoria Belmond verdwijnt,' zegt Debbie. 'Jij bent in al die elf jaar de enige die haar ziet.'

'We dachten dat het niks zou opleveren,' zegt Gary.

'Zelfs ik dacht dat, eerlijk gezegd,' zegt Debbie.

Het is veel te warm en klam in de ziekenhuiskamer, maar toch krijg ik kippenvel.

'En?'

'Je laatste zaak bij de politie was de moord op Farnwood, een landgoed van de familie Burkett.'

'Ja.'

En nog voordat Polly het zegt, denk ik terug aan mijn gesprek met Thomas Belmond, die me vertelde dat hij zijn zus naar het nieuwjaarsfeest heeft gebracht.

'Samen met een van haar vriendinnen. Caroline, geloof ik.'

Caroline...

Polly knikt alsof ze mijn gedachten kan lezen. 'Victoria Belmonds beste vriendin op de middelbare school,' zegt ze, 'was Caroline Burkett.'

Ik zal het gedeelte overslaan waar de artsen me eraan herinneren dat ik had beloofd niet weer weg te lopen uit het ziekenhuis als ze me toestemming zouden geven om de begrafenis van Victoria Belmond bij te wonen.

Marty brengt me snel naar Farnwood, het ultrachique landgoed dat berucht is geworden door de moord waarvan de hele wereld getuige was. Bij het hek staat een oude man. Hij kijkt dreigend naar ons, maar drukt op de knop. Het hek gaat krakend open, zo langzaam dat met het blote oog moeilijk te zien is of het beweegt. We rijden over de oprijlaan langs een tennisbaan en een voetbalveld. Het huis zelf is negentiende-eeuws Engels, met gotische elementen als waterspuwers en verticale raamstijlen. Het is gebouwd van rode baksteen, volkomen symmetrisch met op de vleugels torentjes in tudorstijl.

Pal in het midden, alsof ze de symmetrische lijnen moet versterken, staat de ontzagwekkende gestalte van Judith Burkett. Ze is bijna tachtig, maar eist nog steeds je aandacht op. Ze staat kaarsrecht, met geheven hoofd. Haar elegantie en charisma zijn voelbaar omdat ze beide in overvloed heeft, maar ik weet dat ze alleen maar uit is op kwaad. Als we halt houden, komt ze naar de auto toe alsof ze over een catwalk loopt. Ze glimlacht naar me. De glamour is er nog steeds. Haar ogen zijn nog steeds ijskoud.

'Meneer Kierce.' Ze legt de nadruk op het woord 'meneer', want de laatste keer dat we elkaar zagen was ik voor haar 'rechercheur' en ze wil me ongetwijfeld mijn neergang inwrijven. 'Heerlijk om u weer te zien.'

Ze steekt me een hand toe, die ik aarzelend druk. Ze voelt mijn ongemak, dus verstevigt ze haar greep zodat ik degene ben die moet loslaten. Ik wil iets zeggen of doen, bijvoorbeeld een oude vrouw in het gezicht stompen, maar ik moet informatie uit haar loskrijgen.

Marty stapt ook uit. Hij is degene die deze ontmoeting heeft geregeld. Het leek hem te verbazen dat Judith Burkett me wilde zien.

Mij niet. Sommige mensen gaan confrontaties uit de weg, andere genieten ervan. Ik had wel verwacht dat ze dit niet zou kunnen weerstaan.

Judith Burkett zegt met een glimlach tegen Marty: 'Rechercheur McGreggor is het toch?'

'Ja, mevrouw.'

Mevrouw. Ik kan hem wel slaan.

'Ik heb graag dat u bij de poort wacht.'

Ze stuurt Marty met een knikje weg en wenkt mij om mee te komen. We gaan de hal in. Je zou een antiekerige inrichting verwachten, en hoewel het interieur weelderig genoeg is om de rijkdom en voormalige status van de familie te weerspiegelen, zijn er veel moderne toetsen in de vloerbedekking en bekleding. We blijven staan voor een enorm familieportret: Judith, haar man Joseph en hun vier kinderen Andrew, Joe, Caroline en Neil. Iedereen kijkt naar voren behalve Andrew, want toen het schilderij werd gemaakt, was hij al dood. Nu is ook Joseph senior dood. En Joe junior. Doodgeschoten in Central Park. Judith kijkt strak naar het portret en wacht tot ik het woord neem.

'Ik zou graag met Caroline praten,' zeg ik.

'Caroline is er niet.'

'Wanneer verwacht u haar thuis?'

Judith glimlacht, haar blik nog op het portret gericht. 'Ik weet het niet precies, helaas. Maar voorlopig niet.' Dan draait ze zich eindelijk om. 'Ik hoorde dat u informatie wilt over Victoria Belmond. Komt u daarvoor?'

'Ja.'

'Wat een tragedie. Dat arme meisje overleeft zo'n langdurige, wrede beproeving en wordt dan op straat geraakt door een kogel die voor een ander bedoeld was.' Ze maakt een afkeurend geluidje. 'Onze families waren goed bevriend, wist u dat?'

'Ik weet dat Caroline en Victoria vriendinnen waren.'

'Hartsvriendinnen.'

Judith glimlacht weer. Ik vind het ondraaglijk dat zovelen zijn omgekomen of ziek zijn gemaakt om te betalen voor dit voorname huis en dit opzichtige portret; dat deze verfoeilijke vrouw mag genieten van deze weelderige omgeving, dat ze de frisse lucht mag opsnuiven en mag glimlachen zoals ze nu doet.

Maar ik houd mijn mond.

'Daarover wil ik Caroline spreken,' zeg ik alleen.

'Ik begrijp het niet goed.' Judith houdt in een overdreven gebaar haar hoofd schuin. 'Wat kan Caroline nu weten over de dood van Victoria? De schutter had het toch op u gemunt?'

'Dat weten we niet zeker.'

'Maar u denkt toch zeker niet dat iemand Victoria wilde vermoorden?'

'Ze is ook ontvoerd. En elf jaar verborgen gehouden. Dat zoeken we ook nog uit.'

'En u denkt dat dat heeft geleid tot haar dood?'

'Dat weet ik niet. Het is mogelijk. Ze verdient hoe dan ook gerechtigheid voor wat haar is aangedaan.'

'Na haar dood?' Judith trekt speels een wenkbrauw op. 'Denkt u dat de ontvoerder er voor de doden ook maar iets toe doet?'

'Dat soort overpeinzingen is me te diepzinnig. Maar we zouden in het ergste geval herhaling kunnen voorkomen.'

'Daar zit wat in.'

'De avond van Victoria's verdwijning,' zeg ik om terug te keren naar het onderwerp, 'was er een millenniumparty bij McCabe's Pub.'

'Dat weet ik maar al te goed.'

'En Caroline was daar ook.'

'Uiteraard. Ze gaf dat feest samen met Victoria.'

'Waar is Caroline?' vraag ik.

Judith draait zich om naar het portret. Nu belandt haar blik op haar enige dochter. 'Kent u Solemani Recovery Center?'

Dat ken ik. Het is een zeer exclusieve verslavingskliniek. 'Is ze daar?'

Judith knikt. 'Ik zal de kliniek inseinen dat u komt, dan kunnen ze Caroline...' – ze zwijgt even alsof ze naar het juiste woord zoekt – 'voorbereiden. Komt morgenochtend gelegen?'

'Kan het niet vandaag?'

Een zuinig lachje. 'Helaas niet.'

'Gaat het wel goed met Caroline?'

Judith bijt op haar onderlip. 'Ik weet niet of ze al toe is aan bezoek, maar als de Belmonds ermee geholpen zijn, zijn we zeker bereid mee te werken.'

'Dat waardeer ik,' zeg ik tandenknarsend.

Daar staan we dan. Ze is langer dan ik en komt dichterbij, maar ik laat me niet intimideren.

'Ik ga maar weer eens.'

'Wist u dat Talia Belmond een tijd bij me is gekomen?' Judiths toon heeft iets plagerigs. 'Als cliënt, bedoel ik.'

Die had ik niet zien aankomen. 'Was u Talia's therapeute?'

'Haar psychiater, ja. Na de verdwijning van haar dochter... Nou ja, u kunt het zich wel voorstellen. Ik kan er natuurlijk weinig over loslaten.'

'Maar ze kwam dus bij u na Victoria's verdwijning? Talia Belmond, bedoel ik.'

'Ja. Ze kon erg slecht omgaan met het trauma' – Judith richt die messcherpe glimlach weer op mij – 'en natuurlijk het schuldgevoel.'

Ze wacht tot ik haar aanspoor. Ik speel mijn rol.

'Het schuldgevoel.'

'Ja.'

'Omdat ze haar dochter niet meteen als vermist heeft opgegeven,' zeg ik. 'Omdat ze die avond weg was.'

'Niet zomaar weg,' zegt Judith. De plagende toon is terug. Ze geniet hiervan. Ik kan haar wel wurgen, maar ik voel vooral vermoeidheid omdat het allemaal zo oneerlijk is.

Ik spreek het verwachte zinnetje uit alsof ik het te vaak heb geoefend. 'Hoe bedoelt u, "niet zomaar weg"?'

Judy doet opeens gespeeld schuchter. 'Ik zou eigenlijk niks meer moeten zeggen. Beroepsgeheim.'

'Talia Belmond was die avond in Chicago.'

'Dat klopt.'

'Haar vader lag op sterven.'

'Dat klopt ook.'

'Maar...?'

'De Belmonds zijn nieuw geld. Dat weet u vast wel. Toen ze pas rijk geworden waren, hebben mijn man en ik hen in onze kringen verwelkomd. Veel anderen deden dat niet. We hebben Talia in het bestuur van het filharmonisch gekregen. Ervoor gezorgd dat Archie en zij werden toegelaten bij de juiste clubs. Ik heb ze hier in dit huis ontvangen. Onze kinderen werden vrienden. Thomas voetbalde daar op dat veldje met Andrew en Joe. Victoria en Caroline waren onafscheidelijk. Toen Victoria verdween, liep ook Caroline een zwaar trauma op, zoals u zich kunt voorstellen. Haar beste vriendin vertrekt van een feest dat zij mede georganiseerd heeft... en komt nooit meer terug. En toen Talia Belmond diep in de put zat, toen ze professionele hulp nodig had om de ontvoering van haar dochter te verwerken, was ik er voor haar – eerst als vriendin en daarna als psychiater.'

Ze draait zich weer om en kijkt naar dat verdomde schilderij. 'Maar toen wij in de familie Burkett onze problemen hadden, toen de beschuldigingen aan ons adres alle kanten op vlogen, hoorde ik niks van Talia. Ze belde niet. Nooit eens een briefje om te vragen hoe het met ons ging. Dus ben ik Talia Belmond enige loyaliteit verschuldigd? Dacht het niet.'

Ik wacht. Dat argument haalt ze erbij voor mij. Het is een onzinnig argument, maar goed. Er is geen reden om aan te dringen als ze zelf al zo aandringt.

'Voor ik verder nog iets zeg, heb ik een vraag voor u, meneer Kierce.'

'Oké.'

'Hebt u mijn kleindochter nog gezien?'

Ze heeft het over Lilly. Lilly is nu vier.

'Nee.'

Dat lieg ik. Ik zie Lilly vaak. Ik speel nog altijd een rol in haar leven – en dat blijft zo, als het aan mij ligt. Ik heb plechtig beloofd Lilly te beschermen tegen monsters.

Monsters zoals haar oma.

Ik zie tranen opwellen in Judith Burketts ogen. 'Is dat waar? Hebt u Lilly echt niet meer gezien?'

Ik heb er geen moeite mee om tegen haar te liegen. 'Ik heb haar niet gezien, nee.'

Ze draait zich om en kijkt naar mijn gezicht. Ik weet niet of ze de leugen ziet. Het kan me ook niet schelen.

'Ze had daar een afspraak met een man,' zegt Judith Burkett dan. 'In Chicago.'

Het bloed stijgt naar mijn hoofd. Ik weet waar ze op doelt. Ik begrijp wat het betekent. Toch mompel ik zonder het te willen: 'Wat?'

'Talia Belmond.' Judith draait zich weer om naar het portret. 'Ze ging niet alleen voor haar zieke vader naar Chicago. Talia had afgesproken met een man. Daarom was ze niet gefocust op haar dochter. En daarom maakt ze zichzelf verwijten over wat er die avond met Victoria is gebeurd.'

28

‘Geef mij de sleutel,’ zeg ik tegen Marty.

‘Wat?’

‘Geef nou maar.’

‘Maar je bent een waardeloze chauffeur. En je bent herstellende van een schotwond.’

Ik houd mijn hand op. Hij gooit met tegenzin de sleutel erin. Ik ga achter het stuur zitten. Hij stapt naast me in.

‘Wat is er gebeurd?’ vraagt Marty. ‘Wat zei ze?’

Ik wimpel hem af. Het is te vroeg om erover te vertellen.

Ik weet niet hoe snel ik bij Farnwood weg moet komen. Het is bijna alsof ik word verjaagd door de schimmen uit het verleden. Ik probeer te verwerken wat ik te weten gekomen ben. Het kan natuurlijk zijn dat Judith liegt. Ze is manipulatief en wraakzuchtig, maar haar eigenbelang speelt altijd een grote rol. Meestal zit er een reden achter haar woede, en om dit verhaal nou te verzinnen puur om... weet ik veel... om voor mij het oplossen van deze zaak moeilijker te maken of om een spelletje met me te spelen, dat lijkt me niet genoeg. Ze is wel wreed, maar de wreedheid moet voor haar een doel dienen.

Haar beschuldiging klinkt geloofwaardig.

Ik bel niet om mijn komst aan te kondigen. Voor ik het weet sta ik weer voor zo'n stom rijkeluishek aan het begin van een oprijlaan. Ik geef mijn naam aan de bewaker. Het is een andere dan de vorige keer, dus kijkt hij naar mijn oude rammelbak alsof ik zojuist een hondendrol op het gazon heb gedeponeerd. Dat maakt me woest. Het is al erg genoeg als de rijken op je neerkijken, maar waarom zijn de mensen die bij hen in dienst zijn – mensen die niet meer geld hebben dan jij – nog erger? Alsof dat snobistische gedrag besmettelijk is. Ook dat maakt me woest. Alles maakt me woest. Dat stomme hek, terwijl ik sta te wachten op de bewaker die naar het huis belt, maakt me woest. Het liefst zou ik plankgas geven en er dwars doorheen rammen.

'Marty?'

'Ja?'

'Vind je het erg om hier te wachten?'

'Serieus?'

Ik kijk hem aan. Hij zucht en stapt uit als de bewaker eindelijk dat klotehek opendoet. Ik rijd naar het huis, maar als ik dichterbij kom, minder ik vaart.

Hun dochter is dood.

Misschien zelfs wel door mijn schuld.

Waarschijnlijk door mijn schuld, hoe je het ook bekijkt. Als de kogel voor mij bedoeld was, is het duidelijk. Maar als het niet zo is, als door mijn gegraaf het verleden is opgerakeld, dan is het óók mijn schuld.

Misschien verklaart dat mijn woede. Die richt ik op het verkeerde. Ik ben niet kwaad op dat hek, ik ben kwaad op mezelf. Als het huis voor me opdoemt, keer ik in gedachten terug naar toen ik hier door het bos sloop op zoek naar Anna Marigold, die schim uit mijn verre verleden, en sinds die eerste dag tollen er zo veel theorieën rond in mijn hoofd, heb ik zo vaak geprobeerd de waarheid te achterhalen, dat ik ben gaan inzien dat ik maar één ding weet: ik kan niets of niemand vertrouwen. Ik ben niet paranoïde aangelegd en ik voel nu ook geen paranoia, maar wel iets wat erop lijkt, alsof de werkelijkheid samenspant tegen mijn heldere kijk op de wereld.

Archie en Talia staan allebei bij de deur als ik aankom, zij aan zij. Nadat ik mijn auto heb geparkeerd, gaat Archie voor zijn vrouw staan alsof hij haar wil beschermen en zegt: 'Ik heb gezegd dat het voorbij is.'

'Dat weet ik.' Ik loop naar hen toe en wijs met mijn kin naar Talia. 'Maar zij heeft gezegd dat ik moet doorzetten.'

Archie kijkt verbaasd naar zijn vrouw. 'Talia?'

'Iemand heeft haar van ons afgenomen,' zegt ze.

'De politie doet onderzoek...'

'Ik heb het niet over nu, ik heb het over toen,' zegt ze. 'Het heeft haar leven een andere wending gegeven. Snap je dat dan niet? Als ze niet ontvoerd was, zou haar leven totaal anders verlopen zijn. Dan had ze Kierce nooit ontmoet. Dan zou ze niet met hem in dat park hebben gestaan. Dan had ze nog geleefd.'

'Talia...'

'Ik wil het er niet bij laten zitten,' zegt ze smekend. 'Ik wil weten wat er met onze dochter is gebeurd, die avond van het feest. Jij niet dan? Archie? Toe nou, moeten we dat niet weten? Wij allebei?'

Hij doet zijn mond open, maar even komen er geen woorden. 'Ik dacht dat we het achter ons hadden gelaten,' zegt hij dan. 'Op de dag dat ze terugkwam.'

Ze schudt haar hoofd. 'Jij hebt het achter je gelaten.'

'Jij niet?'

'Ik probeerde het te negeren. Alsof ik het had weggestopt in een doos die ik helemaal achter in mijn kast had gepropt. Maar onze dochter is nu dood en ik moet weten hoe het zit.' Talia Belmond wacht niet tot hij nog iets zegt. 'Bent u iets nieuws te weten gekomen?'

'Ik moet u spreken,' zeg ik. 'Alleen.'

'Nee,' zegt ze.

'Mevrouw Belmond...'

'Talia,' verbetert ze me. 'En u kunt alles tegen me zeggen met Archie erbij.'

'Ik ben zojuist bij Judith Burkett geweest,' zeg ik. 'Het lijkt me beter als wij elkaar onder vier ogen spreken.'

Maar nog terwijl ik het zeg, merk ik dat dat niet nodig is. Hun gezichten zeggen alles. Ze weten het allebei. Ze weten wat Judith Burkett me heeft verteld. Ogenschijnlijk onbewust pakken ze elkaars hand. Ik kan niet zeggen wie de eerste was of dat ze het precies tegelijk deden. Maar daar staan ze, klaar om me als één geheel te woord te staan.

'Ik alleen is niet beter,' zegt Talia.

Ze zetten zich schrap alsof ze op het strand een golf afwachten waarvan ze weten dat die hen omver zal maaien. Ik denk terug aan Anna's laatste verzoek om hen te beschermen, en ik zou tegen haar willen zeggen dat ik niet weet hoe ik dat moet doen.

'Judith heeft u verteld waarom ik naar Chicago ging,' zegt Talia.

Ik heb dus geleerd gebruik te maken van de stilte. Ik knik alleen.

Archie zegt: 'Ik zie niet in waarom dat relevant zou zijn. Hoelang bent u getrouwd?'

'Nog geen jaar.'

'Jullie hebben vast je ups en downs. Ons jongste kind stond op het punt het huis uit te gaan. Legenestsyndroom. We hebben het Thomas of Victoria niet verteld, maar wij hadden besloten op proef uit elkaar te gaan. Maar dat was niks voor ons, zo beseften we al snel. Uiteindelijk denk ik dat het ons huwelijk sterker heeft gemaakt.'

Is dat zo? vraag ik me af. Ik zeg het niet hardop.

'Ik heb het niet doorgezet,' zegt Talia. 'Het scheelde weinig. Ik stond nog in de lobby, tegen vijf uur 's morgens, moed te verzamelen om naar zijn kamer te gaan. Ik bleef maar huilen. En ineens was Archie er. Hij zou niet komen, hij zou thuisblijven. Maar... ik weet niet, misschien voelde hij iets aan. Hoe dan ook, hij voorkwam dat ik een enorme fout maakte. Zijn komst voelde als een zegen, alsof we gered waren.'

Ik zie dat Archie zijn ogen dichtdoet terwijl ze praat, alsof hij klappen afweert.

'De volgende dag hebben we de hele dag gepraat. En de dag erna. We merkten dat we allebei nog verliefd op elkaar waren. We hebben ons huwelijk gered, en na onze thuiskomst ging het beter dan in de jaren ervoor.'

En, denk ik bij mezelf, jullie hadden verder nergens aandacht voor. Ook nu is het zinloos om dat te zeggen. Ze weten het wel. Het verklaart veel van hun schuldgevoel. Het verklaart waarom ze de waarschuwingstekens niet zagen toen hun dochter niets van zich liet horen. Bescherm ze, heeft Victoria me gevraagd, dus zal ik ze er niet op wijzen dat hun nalatigheid waarschijnlijk aan de gebeurtenissen heeft bijgedragen. Ik vermoed dat ze dat elf keiharde, kwellende jaren lang elke morgen tegen zichzelf hebben gezegd. Wat een pijn. Wat een hel. Ik vraag me af hoe het moet zijn om elf jaar lang met dat schuldgevoel te leven, en weer meen ik langzamerhand te begrijpen waarom Anna – ik merk dat ik steeds wissel in hoe ik haar noem – wilde dat ik hen zou beschermen.

'Het spijt me dat ik erover begonnen ben,' zeg ik.

'Het heeft niks te maken met wat er met Victoria is gebeurd,' zegt Talia op iets te ferme toon. 'Het heeft ons mede geholpen te worden wat we nu zijn.'

En wat is dat? vraag ik me af. Ik geloof wat Victoria me heeft verteld. Dat ze gelukkig waren. Dat het lieve, fatsoenlijke mensen zijn. Maar ik bekijk het verhaal nu ook vanuit een ander perspectief. Er was een breuk ontstaan in hun huwelijk. Ze beweren dat die hersteld is in Chicago en misschien is dat echt zo, maar de nasleep – de verdwijning van hun dochter – moet toch alles veranderd hebben? Was de hernieuwde huwelijksband gebaseerd op het idee dat ze nog van elkaar hielden – of is die band gesmeed door een tragedie?

En maakt dat wat uit?

Ik probeer het plaatje compleet te maken. Oudjaarsavond 1999. Talia heeft in Chicago afgesproken met een man. Victoria verlaat haar feest in New York. Is er een verband? Voeg daar nog aan toe dat Thomas Victoria naar McCabe's Pub heeft gebracht en dan thuis gaat zitten kniezen. Dan is er nog Archie, die thuisblijft omdat hij zich zorgen maakt om Y2K, maar uiteindelijk in Chicago aankomt en daar de overspelige ontmoeting van zijn vrouw dwarsboomt.

Iets klopt er niet.

'Wie was die man?'

'Dat doet er niet toe,' zegt Archie.

'Nee,' zegt ook Talia. 'Het was een studievriend, Steven Ricci. Hij is verhuisd naar Miami en vier jaar geleden gestorven.'

Ik kijk naar Archie. 'U zou die avond thuisblijven. Vanwege Y2K.'

'Ja.'

'En toch nam u een privévliegtuig waarmee u om drie, vier uur 's nachts daar aankwam.'

'Eerder,' zegt hij snel. Te snel. En weer knaagt er iets, ergens onder aan mijn schedelbasis.

'Waarom?'

'Dat heb ik al verteld. Ik bleef thuis voor het geval er iets zou misgaan rond Y2K. Toen dat gevaar geweken was, besloot ik naar Talia toe te gaan.'

Ik blijf staan en laat het moment zwaar wegen. We voelen het allemaal. Er klopt iets niet.

'Wist u dat Talia met Ricci had afgesproken?'

Hij slikt moeizaam. 'Nee. Ik had geen enkel vermoeden.'

'Het moet vreselijk geweest zijn.'

Hij laat zijn hoofd hangen. Talia doet een stap naar voren.

'Vergeet wat ik eerder tegen u zei,' zegt ze. 'Laat ons met rust.'

'Wil je het me vertellen?' vraagt Marty.

'Nog niet.'

Marty zet de auto in de versnelling. 'Naar huis dan maar?'

'Kunnen we nog ergens langsgaan?'

'Waarlangs?'

'De begraafplaats.'

'Waar we net vandaan komen?'

'Ja.'

Marty lijkt verbaasd, maar voldoet aan mijn verzoek.

De begraafplaats ligt op zo'n anderhalve kilometer van het landgoed van de familie Belmond. Marty parkeert de auto, ik zeg dat ik zo terugkom en stap uit. Het portier galmt als ik het dichtsla. Ik loop zigzaggend tussen de grafstenen door tot ik de vers teruggeplaatste aarde zie. Tijdens de begrafenis heb ik hier geen gelegenheid voor gehad. Het was niet mijn plaats, de familie had om privacy gevraagd. Er hebben geen overlijdensberichten in de krant gestaan, de begrafenis is in stilte gehouden. De moord op Victoria was uiteraard nieuws, maar niet zo groot als je misschien zou denken. De wereld laat zich razendsnel afleiden door fonkelende nieuwe verhalen. De tekstbalk met berichten draait als een wervelwind. Alles is vluchtig. Niets is onze aandacht waard voor langer dan een dag, hooguit twee dagen, en als de familie Belmond het verhaal niet voedt – als er niks nieuws gebeurt – dan verdwijnt het van die tekstbalk.

Maar ik wil niet dat dat met haar gebeurt.

Ik bedoel niet bij het grote publiek. Dat kan me niet schelen, en ik vermoed dat Victoria de privacy wel fijn zou vinden. Ik bedoel voor mezelf. Haar dood raakt me. Zij raakte me. Het was dan misschien geen echte liefde, zoals met Molly, maar dat wil niet zeggen dat het niet speciaal en uniek was. We hadden een klik. Je zou kunnen denken dat wat ze me in Spanje heeft aangedaan onvergeeflijk is, je zou kunnen denken dat zij het slachtoffer was van vreselijke omstandigheden, of je zou ergens in het midden kunnen zitten. Dat maakt me allemaal niet uit. Op dit moment denk ik aan die eerste dans in Spanje en aan tweeëntwintig jaar later, toen ik bij haar was terwijl ze haar laatste adem uitblies in New York. Daar wil ik bij stilstaan. Dat ze er voor mij toe dééd. Ik wil haar recht doen.

Ons.

Dus ga ik in het gras zitten, naast de vers aangedrukte aarde. Ik leg mijn hand op haar begraven stoffelijke resten. Ik laat het allemaal nog eens de revue passeren, voor haar, en ik besef dat iedereen die ermee te maken heeft tegen me liegt. Waarom weet ik nog niet. Maar dat verhaal over de reden dat Archie Belmond uiteindelijk toch naar Chicago is gegaan geloof ik niet helemaal. Ik denk aan de Belmonds, allemaal, aan de mate waarin het verloop van hun leven is veranderd op die oudjaarsavond, en op de een of andere manier heb ik het idee dat de oorzaak niet alleen het meest voor de hand liggende is.

Er begint zich een theorie te vormen. Een akelige, maar mijn hoofd laat zich er niet vandaan houden. Ik denk aan het axioma van Sherlock, de tekst die ik die eerste dag van de cursus op het bord geschreven heb:

Het is een kapitale vergissing om te theoretiseren voordat men gegevens heeft. Onbewust begint men feiten te verdraaien om theorieën te laten kloppen, in plaats van theorieën aan te passen aan de feiten.

Maar er is een voorbehoud. Zolang je een open geest houdt, kan het geen kwaad willekeurige theorieën die bij je opkomen te testen. Deze zaak is niet nieuw voor mij. In zekere zin werk ik er al tweeëntwintig jaar aan. Dus nu ga ik, ter nagedachtenis aan de vrouw die onder mijn op de aarde rustende hand begraven ligt, de vrouw die heeft geleden, gestreden en geknokt en die een fijn leven had opgebouwd dat in één klap werd beëindigd door een waardeloos stuk verdriet, de waarheid achterhalen.

Of dat houd ik mezelf in elk geval voor.

Want ze heeft me niet gevraagd de waarheid te achterhalen, hè? Ze heeft duidelijk gezegd wat ze van me verlangde.

'Eerst beloven.'

'Wat moet ik beloven?'

'Dat je ze geen kwaad zult doen. Dat je ze zult beschermen.'

Zal de waarheid hen beschermen? En zo niet – als zou blijken dat de waarheid hen juist schaadt – verbreek ik dan mijn laatste belofte aan haar?

'Kierce?'

Dat is Marty.

'Gaat het wel?'

Ik knik.

'Je dokter heeft gebeld. En Molly ook. We hadden afgesproken je op tijd terug te brengen.'

Opstaan is moeilijk met je arm in een mitella. Marty komt me helpen, maar ik schud hem af. Met een grimas kom ik overeind en ik klop met één hand het zand van me af.

In de auto op weg naar het ziekenhuis is de pijn heftig, maar ik wil geen pillen meer innemen.

Molly is er. Ze omhelst me voorzichtig, snuift en zegt dan: 'Je moet douchen.'

'Het is een ziekenhuis. Kun jij me niet wassen met een spons?'

'Ik ben blij dat je je beter voelt, maar nee. Douchen en naar bed jij.'

Daar helpt ze me bij. De nacht valt. Ik stuur haar weg. Henry en zij logeren bij haar zus, omdat ik niet wil dat ze thuis slapen tot ik zeker weet dat het veilig is. Ik val in slaap. Niet vast, ik noem het een ziekenhuisslaapje. Het is een dutje, net onder het oppervlak van het bewustzijn. Ik weet niet of het komt door de bliepende apparaten, de gedempte stemmen of gewoon het feit dat er onder dit dak zo veel angst en pijn huizen. De dokter komt zeggen dat ik overmorgen naar huis mag en zoals elk weldenkend mens ben ik dolblij.

Er komt een appje binnen vlak voordat ik weer in slaap val. Het is van Judith Burkett:

Caroline kan u morgen om 12 uur ontvangen. Wees geen laatkomer.

Laatkomer. Wie gebruikt dat woord nou, behalve als het over scholieren gaat?

Dan:

Maak haar alstublieft niet van streek.

Ik reageer op beide berichten met een duimpje, want ik wil niks tegen haar zeggen. Dan geef ik een stomp in mijn kussen en probeer lekker te gaan liggen. Het werkt niet, maar uiteindelijk doen de pillen hun werk.

Het is vroeg in de ochtend als ik word gewekt door gefluister.

'Kierce?'

Ik verroer me niet, doe niet eens mijn ogen open. Ik herken de stem. Het is Polly.

'Gary staat op wacht voor de verpleging,' zegt Polly op diezelfde fluistertoon. 'Het bezoekuur begint pas over drie uur. Maar we hebben iets gevonden wat je moet zien.'

Ik open knipperend mijn ogen, nog groggy van de pijnmedicatie. 'Polly?'

'Je had gelijk over Smoezelig Piekhaar,' zegt ze.

'Wat?' Ik probeer rechtop te gaan zitten. 'Wat hebben jullie ontdekt?'

'We hebben gedaan wat jij voorstelde en alle gedetineerden nagetrokken die de afgelopen achttien jaar ooit in de Sing Sing-gevangenis hebben gezeten. Die hebben we gerangschikt op omgekeerde chronologische volgorde, daarom duurde het zo lang. Het was natuurlijk een enorme klus. Die kerel die jij Smoezelig Piekhaar noemt, hè? Die was toen keurig geschoren. En hij had kort haar.'

'Maar jullie hebben hem gevonden?'

'Ja. Brian Powell heet hij. En raad eens wie er zes hele maanden zijn celgenoot was?'

Ik wíst het en toch kan ik het niet geloven. 'Tad Grayson?'

Ze knikt.

Ik schiet rechtovereind. 'Weet je waar Powell woont?'

'In Newark. We hebben zijn adres.'

Ik laat mijn benen van het bed glijden. 'Help me met aankleden.'

29

Gary rijdt, in mijn oude Ford Taurus. Polly zit voorin naast hem, ik lig languit op de achterbank. Elke kuil in de weg is als een dolkstoot. Ik sluit mijn ogen en bijt me erdoorheen. Polly brengt me onderweg op de hoogte. Ik app Marty en Molly dat alles oké is en dat ik niet lang wegblijf. Ik zeg niet waar ik naartoe ga. Ze zijn geen van beiden erg blij met me nu, en ze zullen er niet blijer op worden als ik laat weten dat ik met mijn cursisten op pad ben.

'Hij heet dus Brian Powell,' zegt ze op die toon die ze geleerd moet hebben met het kijken van oude afleveringen van *Law and Order*. 'Hij is vierenvijftig. Sinds zijn achttiende regelmatig in de lik gezeten.'

Gary zegt fronsend: 'De lik?'

'Wat nou?'

'Zei je nou echt "de lik", Polly?'

'Ik gebruik gewoon spreektaal.'

'Waarvan, van Bugsy Siegel?'

'Van wie,' zegt ze.

'Hè?'

'Spreektaal "van wie", niet "waarvan".'

'Jongens,' zeg ik. En dan: 'Wanneer was dat, dat Powell samen met Tad Grayson in Sing Sing zat?'

'Negen jaar geleden,' antwoordt Polly.

'En hoelang is Powell al vrij?'

'Zelfde antwoord.'

'Negen jaar?'

'Ja.'

'Dat is lang.' Ik denk erover na. 'Sindsdien niet meer gearresteerd?'

'Nog geen parkeerboete,' antwoordt ze, weer met een zinnetje uit die oude tv-series. 'Powell is voorwaardelijk vrijgelaten in 2021. Hij werkt al jaren bij een koopjeshal in Bloomfield.'

We nemen de Lincoln Tunnel naar Route 21 en steken Mulberry over. Als we Goble Street in rijden, zie ik Debbie en Raymond staan. Raymond draagt een witte katoenen onderbroek – zo'n grote, ouderwetse die we vroeger 'opabroek' noemden – over zijn spijkerbroek en heeft een douchemuts op zijn hoofd.

Ik vraag vanaf de achterbank: 'Eh, wat doen zij hier?'

'De boel in de gaten houden,' zegt Gary.

'Raymond?'

'Hij past hier goed,' zegt Polly.

'Zo misplaatst dat het weer passend is, als je begrijpt wat ik bedoel,' voegt Gary eraan toe.

Er zit wel wat in.

'Ze houden al sinds zes uur een oogje in het zeil,' zegt Polly.

'Zes uur vanmorgen?'

'Yep.' Gary rijdt naar het trottoir. 'Als Powell vertrokken was, zouden ze hem gevolgd zijn. Raymond is een ochtendmens, staat altijd vroeg op. Wist je dat?'

We stoppen voor het adres. Het is in het zuidoostelijke deel van de wijk Ironbound in Newark, zo'n anderhalve kilometer van Prudential Center, het stadion van de New Jersey Devils.

'Appartement C,' zegt Polly. 'Begane grond, rechts.'

Het rechthoekige, tot twee eengezinswoningen verbouwde pand

heeft aan de buitenkant wandpanelen van beige aluminium die geen moeite doen om zich anders voor te doen. De architectuur is puur functioneel, zonder enige opsmuk. Je zou de gevel niet conformistischer kunnen maken zonder terug in de tijd te reizen naar een Oostblokland in de jaren tachtig.

Debbie en Raymond komen naar me toe gelopen.

'Is er iets te zien?' vraag ik.

'Aan de overkant woont een ontzettend lekker ding, superhot,' laat Raymond me weten. 'Zo'n goeie kont dat ik er een proctologiepraktijk met één patiënt voor zou willen openen.'

'Getver,' zegt Debbie. 'En zo'n lekker ding was het niet.'

'Wel waar,' houdt Raymond vol. Hij pakt zijn telefoon erbij. 'Zoals de grote Sir Mix-a-Lot zou zingen: *I wanna get with ya and take your picture.* Dus heb ik een paar foto's gemaakt. En een filmpje. Kijk, Kierce.'

Debbie schudt haar hoofd. 'Ze was een zesje.'

Raymond reageert beledigd. 'Een zesje?!'

'Hooguit een zeven.'

'Hé, niet zo respectloos over mijn toekomstige vrouw.' Dan tegen mij: 'Superhot is een uur geleden langsgelopen en mijn hart bonst nog steeds.' Hij maakt de bovenste twee knoopjes van zijn overhemd open. 'Hier, voel maar.'

Hij steekt zijn borst naar voren, wat in elk geval beter is dan een lager alternatief.

'Hoeft niet, Raymond.'

'Kierce?' Hij maakt de knoopjes weer dicht.

'Ja?'

Raymond buigt zich samenzweerderig naar me toe. 'Kan ik geld van je lenen? Voor een ring?'

'Een ring?'

'Als Superhot terugkomt, wil ik haar ten huwelijk vragen. Die kont was om op te vreten.'

Ik slaak een zucht en draag de anderen op aan de andere kant van de straat te blijven, maar als ik oversteek naar de woning van Powell, komen Gary en Polly achter me aan. Hij draagt zijn gebruikelijke golfpolo, deze keer een die zo strak zit dat het lijkt alsof hij er een bowlingbal onder smokkelt. Het logo op het shirt is een voet met vleugels, in zo'n felle tint oranje dat Gary ook ingezet zou kunnen worden als verkeerspylon.

'Je hebt rugdekking nodig,' zegt hij ter verklaring.

'Jullie kijken allemaal te veel tv,' zeg ik hoofdschuddend.

We lopen naar de voordeur. Ik klop aan. Geen reactie. Ik klop nog een keer. Weer niks.

Achter ons leest Polly een bericht van haar telefoon. 'Powell is deze week niet komen opdagen op zijn werk.'

'Hoe weet je dat?' vraag ik.

'We hebben twee van de Three Dead Hots naar die koopjeshal gestuurd.'

'Welke twee?'

'Ik kan ze niet uit elkaar houden,' zegt Polly. 'Maar hoe dan ook, ze hebben met een paar collega's geflirt in de rookpauze.'

Gary kijkt me aan. 'Moeten we de deur rammen?'

'Nee, we gaan niet de deur rammen.'

Een bekende auto komt de bocht om en rijdt met hoge snelheid door de straat. Marty. Ik zou verbaasd moeten zijn, maar dat ben ik niet. Hij stopt voor het huis van Powell, stapt uit en smijt het portier dicht, schijnbaar om iets duidelijk te maken.

Raymond roept op luide fluistertoon vanaf de overkant: 'Kierce.' Hij wijst naar Marty. 'Superhot is terug.'

Debbie rolt geërgerd met haar ogen. 'Dat is een man, sukkel.'

Marty komt naar het portiek gestormd waar ik sta. 'Wat is dit, verdomme?'

'Hoe heb je me gevonden?'

'Molly kan je locatie zien op haar Find My Phone.'

'O,' zeg ik. 'O ja.'

Marty verbergt zijn ergernis niet. 'Wat is er aan de hand? Jij hoort in het ziekenhuis te liggen.'

'Die vent die Molly laatst volgde. Die kerel met dat smoezelige piekhaar die volgens jou niet te vinden was.'

Marty zucht. 'Ik heb niet gezegd dat hij niet...'

'Hij woont hier. Zij daar' – ik zwaai met mijn arm naar Gary, Polly, Debbie en jawel, ook Raymond – 'hebben hem gevonden.'

Raymond brult: 'Graag gedaan, Superhot.'

Ik kijk hem hoofdschuddend aan. Hij steekt verontschuldigend zijn handen op.

'Hij heet Brian Powell,' zeg ik tegen Marty. 'Hij heeft in Sing Sing gezeten als celgenoot van Tad Grayson.'

Marty zet grote ogen op. 'Wacht, wat?'

Gary stapt naar voren. 'Er wordt niet opengedaan, en Powell is vandaag niet op zijn werk gekomen.'

Marty kijkt naar mij. Ik draai me om en klop op de deur alsof ik Gary's woorden moet bevestigen. Ik probeer de deurknop. De deur is op slot. Marty klopt ook aan. Alsof zijn klop pas echt officieel is en dus beter zal werken.

'Meneer Powell,' roept Marty. 'Politie! Doe open.'

We wachten. Ik houd mijn oor tegen het hout. Niks.

Marty zegt: 'Ik ben hier niet bevoegd, ik bel bureau Newark of ze mensen kunnen sturen.'

'Daar hebben we geen tijd voor,' zegt Golfer Gary. Dan knipt hij met zijn vingers alsof hij een idee krijgt. 'Bovendien hoor ik binnen iemand om hulp roepen.'

Marty kijkt verbaasd. 'Hè?'

'Ik hoor het weer.' Het is duidelijk dat Gary dit verzint. Er wordt helemaal niet geroepen. Er is niks te horen. 'Dit is een noodgeval, hij zit in de problemen. Trap de deur in. Dat mag toch als er zo gegild wordt?'

Marty steekt zijn handen omhoog. 'Wacht eens even...'

'Ik kan niet wachten,' zegt Gary. 'Niet als er iemand gevaar loopt.'

En dan, zonder enige waarschuwing, doet Gary een paar passen terug en trapt, atletischer dan ik verwacht zou hebben, met zijn hak de deur in. Het hout versplintert, de deur zwaait open. Raymond joelt en klapt. Debbie klapt mee. Gary maakt een buiging.

Marty en ik blijven even staan, te verbaasd om iets te doen, en dan zegt Marty: 'Jullie wachten hier buiten.' Hij kijkt me dringend aan. 'Jij ook.'

'Dacht het niet,' zeg ik.

Marty weet wel beter dan me tegen te spreken. 'Oké dan, maar de rest blijft hier.'

'Wacht eens.' Raymond stoot Debbie aan. 'Dit is Superhot niet. Het is een man.'

Marty gaat naar binnen. Ik volg hem. Het licht is uit, alle gordijnen zijn dicht. We lopen langzaam verder. Marty draagt een pistool op zijn heup. Hij haalt het niet tevoorschijn maar houdt zijn hand erop, voor de zekerheid. Het is warm in het appartement. De lucht is bedompt, zwaar. Het voelt alsof we door een kralengordijn lopen.

We gaan de keuken in, maar inmiddels weten we allebei wel wat we zullen aantreffen. Zoiets voel je gewoon. Dat is niks zweverigs en er is vast een wetenschappelijke verklaring voor, maar we weten het al. Het is niet zozeer een geur, al is die er nu wel, maar eerder een textuur, een soort geforceerde roerloosheid. Je weet het altijd voordat je het ziet, voordat je ogen het bevestigen, alsof een soort spookgestalte je op de schouder tikt en je wenkt om mee te komen.

We treffen Brian Powell aan op een keukenstoel, met zijn hoofd plat op de tafel, zijn lange haar vastgekoekt in de enorme hoeveelheid geronnen bloed.

Martin doet de melding en draagt mij op om buiten te wachten. Ik gehoorzaam. Mijn cursisten zijn nu stil. Buiten voor de deur bel ik

Arthur en breng hem op de hoogte. Hij zegt dat ik geen woord mag zeggen tegen de politie of wie dan ook tot hij er is. Ik zeg geen woord. Dan loop ik naar mijn cursisten en spoor hen aan te vertrekken voordat de politie komt. Daar is niets strafbaars aan. Ik heb hun namen en gegevens en kan die indien nodig doorgeven. Ze gaan uiteen, al zweert Raymond terug te komen om Superhot te versieren.

Ik vraag Golfer Gary om te blijven, want ik heb straks een lift nodig naar Solemani Recovery Center voor mijn gesprek met Caroline Burkett, die samen met Victoria de inmiddels beruchte millenniumparty had georganiseerd.

Marty ziet er wat verstoord uit als hij naar buiten komt. Hij is een goede politieman en een nog beter mens. De plaats delict bij geweldsmisdrijven valt nooit erg goed bij hem. Zijn empathie komt hier niet tot haar recht. Ik weet nog hoe hij naar me keek nadat PJ door mijn nalatigheid van dat dak gevallen was. Ik denk dat zijn teleurgestelde blik pijnlijker voor me was dan het politieonderzoek dat volgde.

Als Arthur bij ons is, zegt hij tegen Marty: 'Niet met mijn cliënt praten. Hij beantwoordt geen vragen.'

'Het is oké,' zeg ik tegen Arthur. 'Marty?'

'Kogel door het achterhoofd,' zegt Marty.

Net als bij Nicole. Ik haal diep adem.

'Er is een pistool achtergelaten. Ik neem aan dat dat het moordwapen is. De technische recherche kan ons straks vertellen of het hetzelfde type kogel was als die we uit jouw lijf gehaald hebben. Verder stemmen we dit moordonderzoek af met de politie van Newark. Het meest voor de hand liggende scenario wordt al nagetrokken.'

'En dat is...?' vraag ik, puur omdat ik het hem wil horen zeggen.

'Dat Tad Grayson hierachter zit. Dat hij degene is die jou heeft neergeschoten en Victoria Belmond en zijn voormalige celgenoot Brian Powell heeft vermoord.'

Ik kijk op mijn horloge. 'Ik moet gaan.'

'Terug naar het ziekenhuis?'

Ik schud mijn hoofd. 'Nog niet.'

'Kierce.'

'Ik ga op bezoek bij Caroline Burkett. Zij was op het feest op de avond van Victoria Belmonds ontvoering.'

'Dan heeft de FBI haar die avond vast al gesproken.'

'Ze is een Burkett, Marty. Denk je dat Judith haar een belastende verklaring zou laten afleggen?' Ik leg een hand op zijn schouder. 'Laat mij dit doen. Dan maken we ons daarna wel druk om dat vleeswondje van me, oké?'

Marty kijkt naar Arthur. De mannen zijn allebei lang, en zoals ik tussen hen in sta, zien we er samen uit als een staafdiagram van een daling in de economie. 'Ik weet dat jij het keihard wilt spelen,' zegt Marty over mijn hoofd heen, 'maar Kierce zal een verklaring moeten afleggen.'

'Weet ik,' zegt Arthur. 'Straks, in bijzijn van zijn advocaat. Maar nu moet hij even ergens naartoe.'

Marty slaakt een diepe zucht. Met zijn blik nog steeds op Arthur gericht, over mij heen, zegt hij: 'Het past allemaal net een beetje te goed, vind je ook niet?'

'Wat past te goed?'

'Dat Tad Grayson zijn celgenoot zou inhuren.'

'Ik kan je niet volgen,' zegt Arthur.

'Nou ja.' Marty haalt zijn schouders op. 'Het zou toch dom zijn? Als Tad Grayson achter dit hele verhaal zit, zou hij dan zo stom zijn om er iemand voor te gebruiken die heel makkelijk terug te voeren is op hem?'

Arthur knikt instemmend. 'Niet zomaar iemand die tegelijk met hem in de gevangenis heeft gezeten, maar zelfs een celgenoot.'

'Precies,' zegt Marty. 'Het is net iets te makkelijk.'

Nu kijken ze allebei omlaag naar mij. Ik zeg niks.

'Een van mijn meest gerespecteerde collega's vertegenwoordigt Tad Grayson,' zegt Arthur. 'Ze heeft er hard voor gewerkt om de veroordeling ongedaan gemaakt te krijgen. Dat zou ze nooit doen als ze er niet stellig van overtuigd was dat hij onschuldig is.'

Ze kijken allebei weer afwachtend naar mij.

'Ik moet gaan,' zeg ik, en ik stap aan de passagierskant in Gary's auto.

30

We zijn tien minuten onderweg als Gary zegt: ‘Er is nog iets wat je moet weten. Het is binnengekomen toen we op de politie stonden te wachten.’

‘Wat dan?’

‘Kijk maar op mijn iPad.’

Ik pak het ding uit de middenconsole tussen ons in en zet het aan. Als het tot leven komt, herken ik de oude zwart-witafbeelding van de beveiligingscamera: Victoria Belmond die McCabe’s Pub verliet om 23.17 uur op 31 december 1999, de avond van haar verdwijning.

‘Wat is dit?’ vraag ik.

‘We hebben wat beter naar die oude videobeelden gekeken.’

‘Oké.’

‘Ik weet dat de FBI en andere onderzoekers dat destijds ook hebben gedaan, maar de wereld is veranderd. Je ziet Victoria op het trottoir, toch?’

‘Ja.’

‘Als je nu op “play” drukt, krijg je de acht seconden nadat Victoria Belmond langsliep. Meer hebben we niet, maar het is genoeg. Er zijn natuurlijk andere mensen op straat. Ik geloof dat we er veertien hebben geteld. Niet verrassend. Een typische straat in New York op oudjaarsavond. Maar acht seconden nadat Victoria is langsgelopen, zie je een andere vrouw haastig dezelfde kant op lopen. Alsof ze haar probeert in te halen. Ze komt van links, het is de derde vrouw die in beeld komt na Victoria Belmond. Dan stopt het beeld. Klik maar aan.'

Ik doe wat hij zegt en tik met mijn wijsvinger op het pijltje. Ook nu weer zijn de zwart-witbeelden wazig, van bovenaf gefilmd, en je ziet voornamelijk Victoria's rug. Ik heb de video natuurlijk al eerder gezien, maar deze keer is er iets wat me dwarszit. Ik kan mijn vinger er niet op leggen. Er is iets mee. Ik concentreer me er nu niet op – geen tijd. Dan loopt er een andere jonge vrouw voorbij, met snelle pas, alsof ze, zoals Gary al zei, Victoria misschien wil inhalen.

De video stopt.

Ik tuur ernaar. Gebruik mijn vingers om in te zoomen, maar dat maakt het beeld alleen maar waziger. Ik kan wel zien dat het meisje blond haar heeft, in een paardenstaart, maar net als bij Victoria Belmond is haar gezicht niet echt zichtbaar.

'Goed,' gaat Gary verder, 'er komen dus, zoals ik al zei, veertien mensen in beeld. De Pink Panthers hebben een nieuwe manier geprobeerd om ze te identificeren.'

'Hoe dan?' vraag ik.

'Ze hebben het jaarboek van die school erbij gepakt en alle foto's van klasgenootjes van Victoria door een of ander nieuw AI-zoekprogramma gehaald. Het is nogal matig en nog niet erg nauwkeurig, maar het kon ons bijvoorbeeld wel vertellen welke meisjes globaal aan de beschrijving voldeden en hetzelfde kapsel hadden.'

'Ik neem aan dat daar iets uit gekomen is?'

'Eén meisje maar.' Gary houdt zijn blik op de weg gericht.

'Wie dan?'

'Volgens het AI-programma is er een kans van achtennegentig komma zeven procent dat het Caroline Burkett is.'

Ik laat me terugzakken in mijn stoel.

'Zullen we het eens doornemen?' vraagt Gary.

'Nu even niet.'

Ik sluit mijn ogen en zoek naar een verband. Victoria Belmond vertrekt van haar eigen feest en wordt gevolgd door Caroline Burkett, medeorganisator.

Waarom?

Dat zal ik haar moeten vragen.

We verlaten de snelweg, nemen te veel snelle bochten, en dan rijden we over een lange, smalle, met bomen omzoomde straat die doodloopt zonder dat het vooraf werd aangegeven. Er zijn geen zichtbare gebouwen. Geen wegwijzers. Niks. Als je niet weet waar Solemani is, is het niet de bedoeling dat je de kliniek kunt vinden. Zo'n plek is het. We rijden de korte oprit op tot we uitkomen bij – je raadt het al – een bewakershokje en een hek. De bewaker komt naar Gary's auto toe als we vaart minderen.

'Kan ik u helpen?'

Ik draai mijn raampje open en doe het woord. 'Ik kom voor Caroline Burkett.'

'Naam?'

'Sami Kierce.'

De bewaker loopt op zijn gemak terug naar zijn hokje. Hij pakt zijn telefoon, zijn dreigende blik op mij gericht alsof hij bang is dat ik het zilverwerk zal stelen. Even later hangt hij op en komt weer naar buiten. 'Doorrijden tot het gastenparkeerterrein. Aan uw rechterhand. Daar wordt u opgevangen.'

Ik salueer naar hem.

De bewaker buigt zich de auto in. 'Meneer?' Hij richt zich nu tot Gary.

'Ja?'

'U mag in geen enkel geval het voertuig verlaten.'

'Begrepen.'

De toegang heeft zo'n slagboom. De bewaker drukt op een knop en de slagboom gaat omhoog. We rijden de oprijlaan op.

'En als ik moet plassen?' zegt Gary.

'Hoe deed je dat op de golfbaan?'

'Achter een boom.'

'Serieus?'

'Dat doet letterlijk elke man. Het is bijna een overgangsrite.'

Ik schud mijn hoofd. 'Rare lui, golfers.'

Er duiken gebouwen op van regengrijze steen. Oude gebouwen. Elegante gebouwen. Maar je voelt de vertroosting, de natuur. Een waar toevluchtsoord. Als je als rijke kampt met een verslaving, lijkt Solemani me een aangename plek om overal aan te ontsnappen.

Een jonge vrouw in een golfkarretje wacht ons op bij het parkeerterrein. Ze draagt een perzikkleurig sjaaltje, als een stewardess.

'Mag ik uw identiteitsbewijs zien?'

Ik geef haar mijn rijbewijs. Ze haalt haar telefoon tevoorschijn, neemt een foto van mijn ID en geeft het terug. Dan nodigt ze me uit bij haar in het karretje te komen zitten.

'Caroline wacht op u in Brocklehurst Hall. Ik zal u brengen.'

Als we heuvelopwaarts rijden, komen we langs een fontein met een standbeeld van wat de Heilige Maagd Maria zou kunnen zijn. Ik kijk naar haar. Ze glimlacht.

'Tot 1978 was dit een katholiek klooster. Ik heb begrepen dat er veel nonnen zaten.'

Ja, denk ik. Als het een klooster was, zullen er wel nonnen gezeten hebben.

'Alle nonnen die hier woonden, hebben de gelofte van armoede afgelegd.'

'Als je dan toch een gelofte van armoede aflegt,' zeg ik, 'dan lijkt dit me daar een mooie plek voor.'

Daar moet ze om lachen, en ze rijdt door naar alweer een grijs gebouw.

'Hier is het. Gaat u gewoon die deuren door.'

Weer een andere bewaker drukt op de knop om me binnen te

laten. Ik moet door een metaaldetector, ogenschijnlijk meer voor de show dan iets anders. Waarom nu? Waarom niet bij de toegangspoort? Een vrouw wacht me op aan de andere kant van de detector, met een glimlach en een handdruk.

'Hallo, ik ben Kate Boyd, facilitair medewerker bij Solemani. Caroline wacht op u in de serre. Ik zal u de weg wijzen.'

Kate Boyds hakken klikklakken en galmen in de lege gang. Interessant. Het voelt hier sterk aan als een klooster, zo stil en overal steen, en toch kiest mevrouw Boyd ervoor om hoge hakken te dragen, waarvan ze toch moet weten dat die in deze gang klinken als geweerschoten. Waarom? Waarom geen schoenen met zachte zolen?

Caroline Burkett staat al klaar als ik binnenkom. Ze praat met een man die ik herken als Christopher Swain. We hebben elkaar nooit ontmoet, Swain en ik, maar ik weet dat hij het zoveelste slachtoffer is van het kwaad van de familie Burkett. Het doet me verdriet dat Swain hier na een jaar nog zit. Als hij me ziet, pakt hij Carolines handen beet. Hij kijkt haar aan en knikt. Ze knikt terug. Dan draait hij zich om, staart enkele lange momenten naar me en vertrekt zonder iets te zeggen.

Ik had verwacht dat Caroline eruit zou zien zoals ik haar eerder heb gezien: een grijze muis, schril, tenger, knipperend met haar ogen alsof ze een klap verwacht. Maar niets van dat alles. Het is een andere Caroline Burkett. Haar houding is kaarsrecht. Haar blik kalm. Ik vraag me af of het verblijf hier haar goedgedaan heeft of dat het komt doordat dit de eerste keer is dat ik haar zie zonder de aanwezigheid van haar moeder.

'Ik zal jullie alleen laten,' zegt Kate Boyd. 'Als jij dat goedvindt, Caroline.'

'Jawel,' zegt ze.

'Ik blijf in de buurt. Roep me maar als je wilt dat ik terugkom.'

'Dank je wel, Kate,' zegt Caroline.

We staan daar samen terwijl het getik van de hakken wegsterft. Caroline draagt een zwarte coltrui en bijpassende broek. Geen sieraden. Erg weinig make-up. Nogmaals, dit is een totaal andere vrouw dan die ik bij mijn bezoeken aan Farnwood heb gezien.

Caroline zegt: 'U bent hier vanwege Victoria.'

'Ja.'

'Ik heb vandaag pas gehoord dat ze vermoord is. We mogen hier het nieuws niet zien. Geen telefoon, geen internet, geen sociale media.'

'Klinkt goed.' Ik probeer een glimlach. Caroline beantwoordt die.

'Dat is het ook.'

De serre ziet eruit als een recente aanbouw die probeert bij de rest te passen maar daar niet in slaagt. Het dak is een koepel. De planten zien er te groen uit – ik vraag me af of ze nep zijn. In het midden van de ruimte staan twee leren stoelen. Caroline nodigt me uit om te gaan zitten. Dat doe ik. Zelf neemt ze de andere stoel.

'Wat wilt u weten, meneer Kierce?'

Ik heb altijd zo'n politieschrijfblokje bij me. Soms gebruik ik dat, niet omdat ik niks kan onthouden – de belangrijke dingen onthoud ik altijd – maar voor het effect. Sommige mensen voelen zich dan beter op hun gemak. Anderen zijn juist op hun hoede. Deze keer laat ik het boekje en de pen in mijn zak zitten en steek van wal.

'Wanneer heb je Victoria voor het laatst gezien?'

Caroline antwoordt zonder enige aarzeling. 'Op 31 december 1999.'

'De dag van haar vermissing?'

'Vermissing.' Caroline houdt haar hoofd schuin. 'Ik dacht dat Victoria ontvoerd was.'

'Dat is waarschijnlijk ook zo.'

'Waarschijnlijk?'

'Er zaten veel gaten in haar geheugen,' zeg ik, maar het staat me niet aan dat ik ineens degene ben die vragen beantwoordt. 'Jullie waren goede vriendinnen, klopt dat?'

'Ja. Op de middelbare school.'

'Wat ik heb gehoord,' ga ik door, 'is dat jullie samen dat nieuwjaarsfeest bij McCabe's Pub georganiseerd hadden.'

'Dat klopt.'

'Van wie was het idee van dat feest?'

Caroline legt een hand tegen haar kin. 'Zal ik u eens wat zeggen? Ik weet het niet. Waarschijnlijk hadden we het erover gehad wat we die avond eens zouden doen. Het was natuurlijk nogal wat, een nieuw millennium en alles. We vonden allebei dat er een feest moest komen, misschien bij haar thuis of, wat meer voor de hand lag, op Farnwood. Mijn familie gaf daar veel feesten, zoals u zich vast wel kunt voorstellen. Maar mijn ouders hadden hun eigen fuif, en Victoria en ik wilden onze gang kunnen gaan. We wilden ons volwassen voelen, snapt u wel?'

'Je zegt dat je Victoria sinds de avond van het feest niet meer hebt gezien.'

'Inderdaad.'

'Dus elf jaar later, toen Victoria terugkwam...?'

'Nee, toen heb ik haar niet gezien.'

'Waarom niet? Ik bedoel, jullie waren voorheen goede vriendinnen. Was je niet blij of op z'n minst opgelucht toen je hoorde dat ze gevonden was?'

'Jawel. Heel blij. En ik heb het wel geprobeerd. De andere meiden ook, denk ik. Eerst kregen we te horen dat ze tijd nodig had om bij te komen. Ze had intensieve therapie. Op een bepaald moment maakte de familie duidelijk dat het schadelijk zou zijn voor Victoria om terug te blikken. En uiteindelijk gingen we allemaal door met ons leven, denk ik.'

'Je kwam haar ook nooit tegen?'

'Nooit. Er waren een tijdje geruchten dat ze in Costa Rica woonde. Daar hebben de Belmonds een landgoed. Maar ik weet niet of dat waar was. Ik zag haar nooit in de stad of in een restaurant of zo, als u dat bedoelt.'

Ik knik. 'Kun je me wat meer vertellen over de avond van Victoria's verdwijning?'

Haar gezicht betrekt. 'Het was voor mij heel zwaar.'

'Dat geloof ik.' Ik leg het begrip er dik op, met mijn beste meelevende blik.

'Jullie waren hartsvriendinnen. Jullie hadden samen dat feest georganiseerd. En dan verdwijnt ze zomaar, poef. Dat moet traumatisch geweest zijn.'

'Dat was het ook.'

'Weet je nog hoe het ging, die laatste keer dat je haar zag?' Als ik haar zie verstijven, neem ik een beetje gas terug. 'Of laten we bij het begin beginnen. Hoe zijn Victoria en jij bij McCabe's Pub gekomen?'

'Met Thomas. Haar broer.'

'Had Thomas jullie gebracht?'

'Ja.' Ze trekt een gezicht. 'Hij was dronken. We wilden hem steeds laten stoppen zodat een van ons kon rijden.'

'Maar hij luisterde niet?'

'Hij luisterde niet,' zegt ze me na. 'Ik geloof dat je destijds negentien moest zijn om in Manhattan te mogen rijden. Thomas zal wel zoiets gezegd hebben dat we te jong waren, dat het officieel strafbaar was.' Ze glimlacht. 'Ik denk dat Victoria daartegen inging met iets als: "Dronken achter het stuur kruipen is ook strafbaar."'

'Die zit.' Ik lach met haar mee. 'Herinner je je verder nog iets van die rit?'

Caroline denkt erover na. 'Niet echt. Victoria en Thomas waren heel hecht met elkaar. Hij was van slag, ik weet niet meer precies waardoor...'

'Een meisje misschien?'

'Ja, dat zou kunnen. Vic zei dat hij naar ons feest moest komen. Dat weet ik nog. Ik vond het best wel gênant.'

'Dat haar broer zou komen?'

'Ja.'

'Waarom?'

'Omdat hij te oud was, en vervelend en dronken.'

'Juist, ja. Dus hij zette jullie af bij McCabe's Pub. Victoria en jij waren daar als eersten. Om de boel klaar te zetten of zo?'

'Ja. Het stelde niet veel voor. Wat ballonnen. En we hadden van die glazen besteld met het jaar 2000 erop. Hoedjes, slingers, toeters. Dat soort dingen.'

'En toen kwamen de gasten.'

'Ja.'

'En het feest kon beginnen.'

'Ja.'

'Herinner je je nog iets raars?'

Ze krijgt het moeilijk. 'Niet echt.'

'Wat dan "niet echt"?'

'Hè? O. Nee, niks.'

'Wat is het volgende dat je je kunt herinneren?'

'Ik weet het niet. Het was gewoon een feest.'

Tijd om ter zake te komen. 'Wanneer drong het tot je door dat Victoria weg was?'

'Ik weet niet of ik dat wel gemerkt heb.'

Haar handen liggen nu in haar schoot. Ze kijkt ernaar.

'Hoe bedoel je?'

'Ik bedoel, ik weet nog dat we de tv aanzetten en om middernacht naar het aftellen keken. Naar de grote bal op Times Square. Ze draaiden "1999" van Prince. Misschien heb ik wel naar Victoria gezocht, om het moment met haar te vieren, maar ik zag haar niet.'

'Verbaasde je dat?'

Ze haalt haar schouders op. 'Ach. Ik was een beetje aangeschoten, het leek me niet zo'n big deal.'

'En toen het feest ten einde liep? Merkte je toen dat ze weg was?'

'Dat weet ik niet meer. Ik ben vertrokken met een grote groep vrienden. Er waren nog een paar van die groepen, dus waarschijnlijk dacht ik dat ze bij een daarvan was.'

Ik knik. Kijk haar aan. Ze wendt haar blik af.

'Ik ga even goed nadenken over mijn volgende zet, Caroline.'

'Hoe bedoelt u?'

'Ik weet dat je tegen me liegt.'

'Hè?'

'Dus vraag ik me af waarom. Heb jij Victoria die avond iets aangedaan? Wat probeer je te verbergen?'

'Ik lieg niet...'

'We hebben camerabeelden waarop te zien is dat je buiten op straat achter Victoria aan gaat, om 23.17 uur.'

Ze trekt wit weg.

'Ik weet ook dat de politie je wilde ondervragen, maar destijds hield je familie dat tegen. Het maakt me niet eens uit waarom. Maar het is vijfentwintig jaar geleden, Caroline. Victoria was je vriendin. En nu is ze dood.' Dan leg ik het er dik bovenop; waarom ook niet. Ik buig me naar haar toe en pak nog net niet haar hand. 'Dit gaat ook om jou,' zeg ik zacht. 'Vóór die nacht had je een mooi levenspad. Succesvol. Gelukkig. Slim. De mensen mochten je graag. En jij hen.' Het is allemaal gelul, maar ik weet dat ze voor dit verhaal zal vallen. We geloven altijd wat we willen geloven. Mijn moeder was studiebegeleidster op een particuliere school. Ze legde 'persoonlijkheidstests' af bij leerlingen. Na afloop kregen die allemaal dezelfde 'uitslag': 'Jij bent zo iemand die, als je moeder zegt dat je iets moet doen, je kamer opruimen bijvoorbeeld, dat niet meteen doet. Maar als je iets écht graag wilt, als je je zinnen erop hebt gezet, dan ben jij de eerste die het voor elkaar krijgt.' Dat zei mijn moeder tegen alle leerlingen, en die knikten altijd instemmend samen met hun ouders, want zulke dingen horen we graag over onszelf.

Ik reken erop dat Caroline nu hetzelfde ervaart.

'Ik wil je geen kwaad doen,' zeg ik. 'Wat er is gebeurd, blijft onder ons. Dat beloof ik. Maar ik moet het weten. En wat belangrijker is, Caroline, jij hebt het nodig om het mij te vertellen. Ik zal niet beweren dat de waarheid een bevrijding zal zijn, maar…'

'U hebt gelijk.' De tranen stromen over haar wangen. 'Het is mijn schuld.'

Ik leun afwachtend achterover.

'Die nacht heeft alles veranderd. Ik wilde de confrontatie aangaan, meteen de waarheid vertellen, maar mijn moeder… ze zei dat ik er nooit over mocht praten. Daar was ze heel stellig in. Dus heb ik het allemaal diep weggestopt. Mijn moeder stuurde me zelfs weg. Zoals nu. Zoals altijd wanneer ik een probleem heb. Of moet ik zeggen: wanneer ik het probleem bén. Wij Burketts zien onze problemen niet onder ogen, we stoppen ze weg.'

Ik zeg niks. Levensles en politieles: nooit iemand onderbreken die op het juiste spoor zit.

'Wat er die avond met Victoria is gebeurd,' vervolgt Caroline, 'is mijn schuld.'

Het kost me moeite om mijn mond te houden. Ik toon Caroline Burkett mijn meest open gezicht, vol vertrouwen. Ik sta achter je, zegt dat gezicht. Ik begrijp je. Ik luister en zal je respecteren zonder te oordelen. Dat zijn de dingen die ik op mijn gezicht probeer te manifesteren. Het heeft in het verleden goed gewerkt, ik hoop dat het nu weer zal werken.

'Het was 1999,' zegt Caroline. 'Tegenwoordig stelt het niks voor, maar in 1999…'

Ik zeg nog steeds niks.

'Victoria en ik waren meer dan gewoon vriendinnen.'

Ze kijkt naar me op. Ik houd haar blik vast en probeer haar aan te moedigen om verder te vertellen.

'Dat zou niet goed gevallen zijn bij ons op school. Ik had verkering met de quarterback van het footballteam, hoe afgezaagd wil je het hebben. Buff Danelo. Hij was er die avond ook. Hij wist natuurlijk niet van Caroline en mij. Niemand wist ervan. Buff dacht dat ik gewoon nog niet... te ver wilde gaan, maar hij was gewoon een... afleidingsmanoeuvre.' Ze kijkt over mijn schouder in de verte, haar hoofd schuin naar links. 'Victoria was mijn eerste liefde, en als ik erover nadenk, als ik terugkijk op mijn hele leven, dan is ze misschien wel mijn enige liefde geweest. Want ik ben nooit over het verlies heen gekomen. Het is niet uitgegaan tussen ons, we raakten elkaar niet beu, we zijn niet uit elkaar gegroeid, de koek was niet op. Niets van dat alles. Het ene moment waren we onafscheidelijk, hopeloos verliefd, verborgen achter die façade van beste vriendinnen. En het volgende moment, toen onze relatie op haar best leek te zijn, was Victoria ineens...' Caroline valt stil, haalt haar schouders op. 'Weg.'

Ik zeg nog steeds niets.

'Ik had die avond te veel gedronken. Dat is het excuus dat ik gebruik. Maar eigenlijk draait het om die periode in ons leven. Een nieuw jaar, een nieuw millennium, een nieuwe ik. En ik hield zoveel van Victoria. Het was tot dan toe spannend geweest om het geheim te houden, maar toen voelde het verstikkend. Alsof ik haar zou verliezen als we niet de volgende stap zouden zetten. Snapt u wat ik bedoel?'

'Ja,' zeg ik.

'Ik wilde de hele wereld vertellen wat wij hadden samen. Het kon me niet schelen. En Buff, getver, die kon niet van me afblijven. Pakte me bij mijn kont en zei slobberend in mijn oor dat we het nieuwe jaar knallend moesten beginnen, ha ha, bah bah, en ik keek de zaal door en daar stond Victoria, tegen de bar geleund. Ze was aan het bellen en ze had die speciale blik, zo keek ze alleen als ze héél geconcentreerd was, en ze zag er zo lief uit in die witte jurk, zo verdomd mooi, ik dacht dat mijn hart uit mijn lijf zou barsten.' Caroline wringt haar handen, die in haar schoot liggen. 'Ik weet niet waarom ik het deed. Ik had beter moeten weten. Maar ik kon het niet laten.

Ik duwde Buff gewoon van me af, stormde naar Victoria toe, pakte haar gezicht beet, zei dat ik van haar hield en kuste haar. Zomaar. Ik kuste haar fel en gretig, en zal ik u eens wat zeggen?'

Ik houd mijn toon mild. 'Nou?'

'Ze zoende me terug.' Carolines glimlach is droefgeestig. 'Het was de fijnste kus van mijn leven.'

Een ouderwetse staande klok slaat het hele uur. Het geluid weerkaatst tegen het glas van de serre. In de verte hoor ik de hakken van Kate Boyd weer tikken. Ik ben bang dat ze onze flow zal verstoren.

'Dat moet een fijn moment geweest zijn,' zeg ik, alleen om Caroline te laten doorpraten.

'Dat was het ook.'

Ik probeer nog steeds mijn mildste toon aan te houden. Het voelt alsof mijn stem probeert een zeepbel te verplaatsen zonder die te laten knappen. 'Wat gebeurde er na die zoen?'

'Buff. Buff kwam ertussen.'

'Je verkering?'

'Hij kwam aangerend en gaf me een duw. Heel hard. Midden in die zoen. Ik had mijn ogen dicht. Ik viel tegen haar aan en we belandden op de vloer. En het was alsof de werkelijkheid ineens tot ons doordrong, snapt u wel? Onze ogen gingen open. Ik keek om me heen. De meeste mensen waren druk bezig met hun eigen dingen, anderen staarden ons aan, en het was alsof we allebei wisten dat niks nog ooit hetzelfde zou zijn. Een van die domme vrienden van Buff lachte ons uit. Een andere noemde ons potten en daarna hoorde ik "lesbo" en dat soort kreten, en wat ik me vooral herinner is de Goo Goo Dolls over de boxen, dat nummer "Slide", waarin ze zingen: *I wanna wake up where you are, I won't say anything at all*, en opeens was Victoria overeind gekomen en holde ze naar de trap. Alsof het gejoel haar op de hielen zat. Ze rende de trap af naar beneden, waar natuurlijk een ander feest aan de gang was. Iedereen was overal aan het feesten. Er was een hoop lawaai en iedereen was dronken. Ze struikelde. Ik struikelde. Ik riep haar naam, maar dat hoorde ze niet door de herrie. De Goo Goo Dolls waren ook beneden te horen. Ik denk dat het één gesloten muzieksysteem was, en nu raakte de zanger – John nog wat, ik kan zijn achternaam nooit onthouden – in paniek in dat nummer en hij vraagt dan aan een meisje of ze houdt van het leven dat ze verwoest heeft, en het was alsof hij tegen mij zong, tegen ons, en ik waadde door de mensenmassa op zoek naar Victoria, om te zeggen dat het oké is, dat ik gewoon tegen onze vrienden zou zeggen dat ik zo dronken was dat ik haar voor Buff aanzag. Dat ik haar zou beschermen. Maar ik kon haar niet vinden. En toen zag ik haar eindelijk, bij de deur. Dus probeerde ik daar te komen. Onderweg pakte een of andere kerel me beet. "Vanwaar die haast, schatje?" Dat gebeurde toen constant. En toen ik hem wegduwde, zei hij: "Kom op, doe eens lief. Wat zou je denken van een oudjaarskusje?" en ik gaf hem een nog hardere duw en schreeuwde: "Blijf van me af", maar toen ik me eindelijk had losgemaakt, was Victoria weg.'

Haar ogen zijn dicht als ze me dat alles vertelt. Met haar handen gebaart ze het wegduwen van de man die haar beetpakte. Ik heb dit vaker gezien. Caroline herinnert het zich niet alleen, ze is er als het ware bij; het is meer herbeleven dan terugdenken. Bijna zelfhypnose.

Carolines gezicht wordt rood alsof ze zich zwaar inspant. Ze haalt een paar keer diep adem. Dat lijkt haar niet te kalmeren. Haar ogen blijven dicht.

'Caroline?'

Shit. Daar is Kate Boyd.

'Caroline, gaat het wel goed?'

Ze heeft even nodig om zich te oriënteren. Ik vraag me af wat ik het beste kan doen.

'Het gaat prima,' zeg ik. 'Dit is een emotioneel moment voor ons allebei.'

'Caroline?' zegt Boyd weer.

'Het gaat prima, Kate,' zegt Caroline uiteindelijk fel. 'Ik vind het niet prettig dat je ons stoort.'

'Ik wilde alleen...'

'Ik heb gezegd dat ik je zou roepen als er iets was. Deze instelling wordt verondersteld tweerichtingsverkeer te hanteren als het gaat om respect en privacy.'

Boyd zet haar stekels op. 'Dat doen we ook.'

'Je respecteert mijn privacy nu niet, of wel soms?'

'Ik luisterde jullie niet af, als je dat soms...'

'Laat ons alsjeblieft met rust. En niet terugkomen voordat we je roepen.'

Boyd maakt nog net geen buiging bij haar vertrek. Caroline kijkt me aan. Ik ben bang dat het moment voorbij is. Ze heeft haar ogen open. Ze is weer in de serre in plaats van bij McCabe's Pub.

Ik probeer haar terug te voeren. 'Dus Victoria holde naar buiten?'

Even zegt ze niks. Ze staart me aan alsof ik zojuist als bij toverslag verschenen ben en ze geen idee heeft waarom ik daar zit.

'Victoria snelde langs de beveiligingscamera,' vervolg ik. 'En jij een paar tellen later ook.'

Caroline blijft voor zich uit zitten staren.

'En toen verdween Victoria,' zeg ik. 'Poef. Zomaar ineens. Je hebt haar nooit meer gezien, hè?'

'Nooit meer.'

Ik buig me dichter naar haar toe. 'Wat is er gebeurd, Caroline?'

Stilte.

'Heb je haar ingehaald?' vraag ik.

Haar stem klinkt ver weg. 'Ja.'

'En toen?'

Ze knippert met haar ogen als de Caroline die ik op Farnwood kende. Ze begint te gebaren en te schokschouderen, alsof ze zich niet kan uiten met woorden. 'Victoria omhelsde me,' zegt Caroline. 'Ze zei dat alles goed zou komen.'

Ik probeer de vraag met mijn blik over te brengen, zonder woorden. Ze blijft stil, dus uiteindelijk vraag ik: ‘En wat gebeurde er toen?’

‘Ze hield haar telefoon omhoog.’

‘Haar telefoon?’

‘Ze zei dat het niet goed ging met Thomas.’

Ik voel de lichte huivering onder in mijn nek. ‘Hoe bedoel je?’

‘Ze was dol op hem. Dat wist je al, hè?’

‘Ja.’

‘Hij was de oudere broer, maar zij was altijd bezorgd om hem. Ik denk dat hij haar had gebeld. Stomdronken. Dat was dat telefoontje binnen, toen ik haar ging kussen.’

Ik slik. ‘Thomas was toch thuis?’

‘Thuis?’

‘Ja. Was hij niet naar huis gegaan nadat hij jullie had afgezet bij McCabe?’

‘Nee, nee,’ zegt Caroline. ‘Hij was veel te dronken. Victoria had zijn sleutels afgepakt zodat hij niet naar huis zou rijden.’

Ik slik weer. ‘Waar was hij dan?’

‘In een andere bar verderop in de straat. Dat leek haar veiliger, maar ik denk dat hij is doorgegaan met drinken en dat hij haar toen snikkend heeft gebeld. Hoe dan ook, ze zei dat ze moest gaan kijken hoe het met hem was.’

‘En heeft ze dat gedaan?’

‘Ja. Tenminste, ik zag haar die bar binnengaan.’

‘En toen?’

Caroline haalt haar schouders op. ‘Dat was de laatste keer dat ik haar heb gezien.’

31

Golfer Gary wacht op me in zijn Range Rover. 'Verslag graag.'

Ik zeg niks. Hij voelt de stemming aan en zet zonder nog iets te zeggen de auto in de versnelling.

Thomas heeft tegen me gelogen. Weten zijn ouders dat?

Ik check mijn telefoon. Molly en Marty hebben allebei gebeld. Ik bel eerst Molly.

'Je gedraagt je als een idioot,' zegt ze.

'Ik ga nu meteen terug naar het ziekenhuis.'

'Laat maar.'

'Huh?'

'Ik heb je laten ontslaan. Kom naar huis, je bed is opgemaakt.'

'En ga je me dan wassen?'

'Nu wil je weer te veel. Maar het antwoord is ja.'

Ik pak de telefoon over in mijn andere hand. 'Ik hou van je.'

'Dat is je geraden.' Dan voegt ze eraan toe: 'Je hebt die toon.'

'Welke toon?'

'De deze-zaak-is-een-ramp-toon.'

'Wat ken je me toch goed.'

'Wil je erover praten?'

'Nu even niet. Ik moet het allemaal op een rijtje zetten.'

'Maar straks wel,' zegt ze.

'Straks.'

'Misschien nadat ik je gewassen heb.'

'Ik elk geval niet ervoor,' zeg ik.

Dan bel ik Marty. Hij neemt meteen op en vraagt: 'Wat ben je te weten gekomen?'

'Jij eerst.'

'Voorlopig ballistisch onderzoek op het pistool dat is gevonden op de plek waar Brian Powell is vermoord lijkt erop te wijzen dat het hetzelfde wapen is als dat waarmee op jou en Victoria Belmond is geschoten.'

Dat verbaast me niet.

'Het is bovendien hetzelfde type als dat jaren geleden is gebruikt op Nicole Brett. Dat had je waarschijnlijk al begrepen.'

'Inderdaad.'

'Niet hetzelfde wapen, natuurlijk, maar wel hetzelfde type. Een Walther PPK. Verdomd toevallig.'

Daar wil ik nu niet op ingaan. 'Tijdstip van overlijden van Powell?'

'Moeilijk vast te stellen. Hij ligt nog bij de schouwarts op tafel, maar de schatting is tussen de zesendertig en achtenveertig uur geleden.'

Ik stel de voor de hand liggende vraag. 'Heb je Tad Grayson opgehaald voor verhoor?'

'Wel geprobeerd. Zijn advocaat laat weten dat hij niet meewerkt. Heeft min of meer een alibi. Volgens getuigen was hij vrijwel onafgebroken in de hospice bij zijn moeder – hij heeft een opklapbed in haar kamer staan – maar hij kan natuurlijk stiekem uit het raam geklommen zijn of zo. De beveiliging is daar niet bepaald van het niveau Fort Knox. Ik bedoel, wie wil er nou inbreken in een hospice?'

Mijn telefoon trilt. Het is Jennifer Schultz van Abeona. Ik zeg tegen Marty dat ik hem straks terugbel en schakel over.

Jennifer Schultz zegt: 'Ik was er bijna mee gestopt.'

'Gestopt?'

'Met zoeken. Ik zag op het nieuws dat Victoria Belmond doodgeschoten is op straat. Was je bij haar?'

'Ja.'

'Was jij het andere slachtoffer?'

'Ja.'

'Ben je gewond?'

'Valt mee.'

'Je zei dat Victoria Belmond antwoorden wilde. Maar nu is ze dood. Wat heeft het dan voor zin om te blijven graven? Dit is voor mij niet makkelijk. Het waren wel mijn ouders, hè.'

Gary gluurt de hele tijd vanuit zijn ooghoeken naar me.

'Maar toch ben je blijven zoeken,' zeg ik.

'Ja.'

'En?'

'Wanneer kun je naar mijn kantoor komen? Dit is niet iets om aan de telefoon te bespreken.'

Een uur later ben ik op het kantoor van Abeona met Jennifer Schultz. Als we allebei zitten, draait ze haar monitor mijn kant op. Wanneer ik de foto op het scherm zie, is het alsof iemand me een mep heeft gegeven met een stuk hout.

Ik verberg mijn gevoelens niet.

'Ik neem aan dat zij het is,' zegt Jennifer.

Het is meer dan dat. Dit is de Anna die ik kende. Misschien een jaar of twee jonger dan toen ik haar ontmoette. Ik word meteen teruggevoerd naar Discoteca Palmera, waar ze mijn blik ving op de dansvloer. Het gaat vanzelf. Ik heb het al eerder gezegd: als ik je vraag om je een gezicht van vijfentwintig jaar geleden voor de geest te halen, zal dat lastig zijn. Je herinnert je het wel, maar ook weer niet. Het beeld in je hoofd is gekunstelder, samengevoegd door het prisma van nostalgie, emotie en werkelijkheid. Maar dit... dit is de Anna die ik heb gekend.

Het portret is een officiële modellenfoto. Ik ben geen expert, maar de belichting, de kadering, de compositie – het ziet er allemaal professioneel uit. Anna kijkt met een milde, uitnodigende blik de camera in. Mooi, ja, maar niet intimiderend mooi. Ze glimlacht, maar het ziet er geforceerd uit en ik kan er maar moeilijk enige vreugde in ontdekken.

Ze lijkt me ook bang.

Niet overduidelijk. Misschien is het projectie. Maar er is angst te zien, een soort terugdeinzen, alsof zelfs de camera haar kwaad wil doen. Het bezorgt me een steek in mijn hart.

'Haar echte naam is Anna Marston,' vertelt Jennifer Schultz me. 'Mijn vader heeft het eerste contact gelegd. Hij was aan het werk in winkelcentrum King of Prussia toen ze langsliep. Alleen. Geen vriendinnen. Dat was soms een teken, denk ik. Welk tienermeisje loopt nou in haar eentje door een winkelcentrum? Als een prooi. Ik neem aan dat mijn vader zijn vaste praatje op haar losliet. Je bent mooi, je hebt iets speciaals.' Jennifer zegt het allemaal heel snel, alsof ze er vanaf wil zijn, wat ik zou begrijpen. 'Anna maakte duidelijk dat ze geen geld had voor een portfolio, nog een teken dat ze een zwakke prooi was. Mijn vader zal toen wel gezegd hebben dat hij veel potentie in haar zag of iets dergelijks, en dat hij haar' – ze maakt aanhalingstekens in de lucht – 'een "beurs" zou geven en het portfolio zelf zou betalen. Afhankelijk van de situatie heeft hij haar toen misschien meegenomen naar het restaurantgedeelte van dat winkelcentrum, of naar de Gap of Limited om kleding te kopen voor de fotosessie. Ze was vast diep geraakt door dat gebaar, zelfs een beetje op haar hoede. Een meisje zoals Anna is niet gewend aan vriendelijkheid, zeker niet van mannen. Ik gok dat mijn moeder er op dat punt bij is gekomen om het over te nemen. Een moederlijk type is minder bedreigend voor zo'n jong meisje.'

Ik staar naar de foto en schud mijn hoofd.

'Dat is grooming,' zegt Jennifer. 'En ja, dat is afschuwelijk.'

'Wat weet je van haar?' vraag ik.

'Anna Marston is zestien jaar op deze foto. Hij is genomen op 10 februari 2001. Ze is geboren in State College in Pennsylvania, kind van een alleenstaande moeder. Ik weet niet wie haar vader was – misschien wist zij dat ook niet. Haar moeder werkte in een kantine van Penn State, de universiteit. Ze is gestorven toen Anna negen was, ik weet niet waaraan. Anna is toen in Spruce Creek gaan wonen bij haar tante, dat was de enige familie die ze nog had. Tante was een junkie die haar sloeg. Veel mannen over de vloer. Sommige aardig, andere niet. Anna was knap, je weet hoe dat dan gaat, dat hoef ik jou niet uit te leggen. Spruce Creek staat bekend om het vliegvissen. Een van de vliegvisinstructeurs had bijzondere belangstelling voor Anna. Toen is ze weggelopen. Ze was drie weken van huis weg toen ze mijn vader tegenkwam in dat winkelcentrum.'

Ik kijk naar deze foto. Ik denk aan het meisje dat ik niet lang erna heb ontmoet en word overmand door emoties. Ik moet mijn best doen om bij de les te blijven.

'Leeft die tante nog?' vraag ik.

'Weet ik niet. Ik heb haar niet gevonden, maar zo hard heb ik niet gezocht.'

'Wat is er daarna met Anna gebeurd?'

'Dat weet ik niet precies, maar ik denk dat we wel kunnen speculeren. Waarschijnlijk heeft het bureau gezegd dat ze een baan voor haar hadden in Europa. Als model, als serveerster, als oppas, wat dan ook. Mijn ouders informeerden naderhand niet hoe het ging, want dat wilden ze niet weten. Maar ze zal óf gedwongen de prostitutie in zijn gegaan óf ze is mensen gaan oplichten. Jij vertelde over die praktijken met een Nederlander. Misschien was het minder erg dan andere mogelijkheden, maar het moet verdomd akelig geweest zijn.'

We zitten daar. Jennifer Schultz laat me nog wat modellenfoto's van Anna zien. Nu ten voeten uit. Allemaal casual, keurig, totaal niet gewaagd. Het zouden advertenties kunnen zijn uit de blaadjes die je vroeger bij de zondagskrant kreeg, van winkels als Sears en JCPenney. Bestaan die eigenlijk nog? Bladeren mensen nog door reclames in een dikke zondagskrant? Ik weet het niet en ik weet ook niet waarom ik aan zulke onzin moet denken, maar misschien weet ik het wél. Misschien als uitstel, om iets anders uit de weg te gaan, want ik heb eindelijk de puzzelstukjes in elkaar gepast en ik wil deze waarheid niet onder ogen zien.

Dat weerhoudt Jennifer Schultz er niet van de voor de hand liggende vraag te stellen. 'Is dit de vrouw die zich uitgaf voor Victoria Belmond?'

Ik wist het, hè? Alles wees erop, vanaf het eerste begin. Waarom wilde ze als kluizenaar leven? Waarom wilde ze oude vriendinnen als Caroline Burkett niet zien? Waarom heeft de familie mij ingehuurd? Waarom loog ze dat ze zich Spanje niet herinnerde?

'Meneer Kierce?'

Ik ken de details niet. Nog niet. Maar ik heb dat punt bereikt.

'Was de vermoorde vrouw Victoria Belmond of niet?'

Ze was Victoria Belmond. Maar ook weer niet.

32

Diep vanbinnen ben ik politieman. Nu. Vroeger. Al vóór mijn geboorte, denk ik wel eens.

Dat is het gekke aan mijn levensweg. Ik zou arts worden. Dat was van jongs af aan mijn plan, al zolang ik me kan herinneren. Als ik niet naar Spanje was gegaan en daar Anna niet had ontmoet, was ik dat najaar geneeskunde gaan studeren aan Columbia University. Vier jaar lang. Daarna zou ik een specialisme hebben gekozen – ik was geïnteresseerd in cardiologie – en stage gaan lopen en coschappen en dan was ik Nicole nooit tegengekomen, of Molly, en dan was Henry er niet geweest.

Ik zou nooit bij de politie zijn gegaan.

Allemaal vrij duidelijk.

Maar nu weet ik het niet meer, want een ander deel van me voelt – wéét – dat ik altijd voorbestemd ben geweest om bij de politie te gaan. Het zit in mijn bloed, zelfs nu nog, nadat ik het korps uit gegooid ben en weet dat ik nooit zal kunnen terugkeren. Ik zal niet zeggen dat het Gods wil was of iets dergelijks. Zo belangrijk vind ik mezelf niet. Zo belangrijk is niemand. Wij mensen zijn schrikbarend, opzienbarend narcistisch. Ik weet nog dat mijn vader, de amateurwetenschapper, ooit tegen me zei: '*De aarde is 4,6 miljard jaar oud, Sami. Als je dat proportioneel vermin-*

dert naar zesenveertig jaar, weet je hoelang de mens hier dan rondloopt?'

'Nee.'

'Raad eens. Het is belangrijk. Welk gedeelte van die zesenveertig jaar bestaat de mens op aarde?'

'Twintig jaar?'

'Minder.'

'Tien jaar.'

Hij schudde glimlachend zijn hoofd. 'Vier uur. Van die zesenveertig jaar lopen wij mensen niet meer dan vier uur op de aarde rond. De industriële revolutie is één minuut geleden begonnen. En toch denken wij dat God dit allemaal speciaal voor ons heeft geschapen.'

Daar denk ik vaak over na. Het houdt me nederig, geloof ik. Hoe nietig we zijn in het grote geheel. Dat maakt het leven niet minder waardevol voor me. Het maakt het juist waardevoller.

Oké, genoeg filosofische omzwervingen. Wat ik wil zeggen: ik wil niet klinken als iemand die zichzelf veel te serieus neemt, maar misschien was ik wel voorbestemd om politieman te worden. Ik kan die kant van mezelf niet loslaten, daarom geef ik een cursus criminologie. Nu de aanwijzingen langzaam binnenstromen, nu ik voel dat de oplossing lonkt, steeds dichterbij komt, moet ik een tandje bijzetten.

Ik kan niet toelaten dat mijn cursisten het allemaal eerder ontrafelen dan ik.

Dat is geen egokwestie. Mijn cursisten doen het fantastisch en ze hebben zich ruimschoots bewezen. Ze mogen trots op zichzelf zijn. Maar uiteindelijk moet ik het doen. Dat moet. Dus heb ik ze opgesplitst. De een ziet niet wat de ander doet. Ze brengen alleen aan mij verslag uit. We hebben allemaal hard aan deze zaak gewerkt, zoals echte politiemensen. Misschien nog wel harder. Wij hebben geen bijbedoelingen, we willen alleen de zaak oplossen. Goed, we hebben geen politiepas, maar in de huidige wereld is dat misschien eerder een voordeel dan een hindernis, vooral ook omdat ik Marty nog heb, die ik met mijn gedram toch maar mooi zover heb gekregen dat hij het lab voor me inschakelde.

Het forensisch onderzoek duurt een week.

Ik wacht geduldig af. Ik verzamel alle bevindingen en analyseer in alle beslotenheid de data.

Tot ik de oplossing heb.

Als het zover is, bel ik Archie Belmond en zeg dat ik de familie moet spreken. Hij weet dat het om iets belangrijks gaat; dat hoor ik aan zijn stem en hij hoort het aan de mijne. We spreken af op het landgoed van de familie.

Marty staat erop me te brengen. Ik kan wel tegensputteren, maar ik weet dat dat geen zin heeft. Ik heb afspraken gemaakt met hem en Molly, mijn lijf doet nog zeer en ik heb toch iemand nodig die rijdt, dus waarom zou ik het aanbod afslaan?

Bovendien kan ik eerlijk gezegd moeilijk inschatten hoe de Belmonds zullen reageren. Ik sta op het punt de veiligheidspin uit een handgranaat te trekken en dat ding hun kant op te gooien. Je weet wat ze zeggen: je weet nooit wie zich zal opofferen en op de granaat zal duiken, wie in paniek wegvlucht en wie hem zal oprapen en naar jou toe zal gooien.

Of zoiets.

Als Marty de poort door rijdt naar de voorkant van het huis, verbaast het me nauwelijks dat Arthur daar staat. Ik stap uit en draag Marty op hier te wachten. Hij knikt. Tot nu toe heeft hij alles gedaan wat ik van hem vroeg, en méér.

'Marty?'

'Ja?'

'Dank je wel.'

Hij knikt weer. 'Ik laat de raampjes open. Gil maar als een gek als je me nodig hebt.'

Arthur wacht op me op dezelfde plek als de vorige keer toen we hier samen waren.

'Wat doe jij hier?' vraag ik hem.

'Als jouw advocaat moet ik je wijzen op je juridische verplichtingen en verantwoordelijkheden.'

'Ben je dat hele eind hierheen gereden om me dat te vertellen?

'Welk gedeelte van "de Belmonds betalen mijn uurtarief" had je niet begrepen?'

Ik leg een hand op zijn schouder. 'Het zit wel goed.'

'Toch niet. Die lui hebben advocaten in dienst die jou kapot kunnen maken.'

'Mijn advocaat is veel beter.'

Arthur glimlacht. 'Dat is waar.'

Ik geef nog een klopje op zijn schouder en loop langs hem heen. Als ik opkijk, zie ik Talia Belmond achter een raam staan. Ze kijkt van bovenaf naar me. Onze blikken kruisen elkaar. Ik weet niet wat ik moet doen en steek mijn hand op voor een onnozel zwaaitje. Ze kijkt alleen maar strak terug. Ik weet niet wat ik daarvan moet denken.

Binnen word ik opgewacht door Wapenman. Hij heeft zo'n metaaldetectorgeval in zijn hand, maar wel een tamelijk geavanceerd exemplaar. 'Maak je zakken leeg.' Zijn toon is pure vliegveldsecurity. Ik gehoorzaam. Hij gaat met de detector langs mijn lichaam. Beklopt me, op zoek naar afluisterapparatuur. Die heb ik niet. Hij is grondig, weet wat hij doet.

'Ze zijn in de oranjerie,' zegt Wapenman.

'Zijn er ook niet-rijken die "oranjerie" zeggen in plaats van "serre"?'

'Ik zal je telefoon en andere bezittingen veilig bewaren.'

'Bang dat ik beroofd word?'

Wapenman schudt zijn hoofd.

'Wat is er?'

'Ik ben teleurgesteld. Van jou had ik snedigere opmerkingen verwacht.'

'Misschien een schrale troost,' zeg ik, 'maar het valt mij ook tegen van mezelf.'

Onderweg naar de serre passeer ik Lenore Spikes. Ook zij zegt niets, ze kijkt me alleen maar ernstig aan. Het zal wel de bedoeling zijn dat ik een diepere betekenis in die blik zie, maar dat gebeurt niet, dus salueer ik semisarcastisch en ga naar binnen.

Archie en Thomas, vader en zoon, staan schouder aan schouder klaar voor mijn komst. Ik snap wel waarom. Ik heb steeds grapjes gemaakt, zo ben ik nu eenmaal, maar ik weet – en ik wil niet al te melodramatisch klinken – dat als we straks deze kamer (eh, oranjerie) verlaten, onze levens nooit meer hetzelfde zullen zijn.

'Waar is Talia?' vraag ik.

'Die komt niet,' zegt Archie. 'Ga zitten.'

'Gaan jullie maar zitten. Ik moet blijven staan, en ijsberen.'

Daar zijn we dan, in die opgedofte 'oranjerie', en ik kan er niks aan doen, ik voel me Hercule Poirot die alle verdachten heeft opgeroepen. Alleen zijn er hier maar twee, en met mijn kleding en gedrag ben ik op speurdersgebied misschien eerder te vergelijken met Columbo. In die serie weten we allemaal wie de schuldigen zijn. Min of meer. Columbo weet het meteen al. Dat is het leuke. We vragen ons alleen nog af hoe hij de dader zal betrappen. Zo snel ben ik niet, maar ik kom er uiteindelijk wel.

Beide mannen gaan zitten. Thomas draagt een wit katoenen oxfordhemd, een kakibroek en loafers. Archie heeft een grijze spencer met knopen aan over een blauw overhemd. Ze slaan op dezelfde manier hun benen over elkaar, linkerenkel over rechterknie. Ik zie de vader-zoonecho op hun gezichten, aan hun manieren, de manier waarop ze hun benen kruisen.

Ik zie geen reden om het voorzichtig aan te pakken. Nog niet. Dus begin ik met Thomas.

'Je hebt gelogen over de avond waarop je zus is verdwenen,' zeg ik zonder omhaal. 'Je bent niet naar huis gegaan nadat je haar had afgezet bij McCabe's Pub. Victoria had je sleutels afgepakt, dus kon je niet rijden, zelfs al had je het gewild. Je bent in een bar verderop in de straat gaan zitten. Klopt dat zo'n beetje?'

Thomas kijkt naar zijn vader. Archie zegt: 'We weten dat je Caroline Burkett hebt gesproken.'

Dat verbaast me niet. Ik had wel verwacht dat hij me op zeker moment ook zou laten volgen. 'Dat maakt me niet uit,' zeg ik. Ik kijk weer naar Thomas. 'Is het zo gegaan? Zat je in die bar verderop? Had Victoria je autosleutels?'

Thomas knikt alleen maar. Ik begin te ijsberen.

'Je zei tegen mij dat het uit was met je vriendin. Een zekere Lacy Monroe. Je zei dat zij je had gedumpt en dat dat slecht was gevallen. Dat gedeelte is waar. Je beweerde ook dat je zus je had gebeld, volgens de telefoongegevens om 23.04 uur, en dat ze de voicemail kreeg. Maar ze kreeg geen voicemail, hè?'

Hij kijkt naar zijn vader. Zijn vader knikt naar hem.

'Nee,' zegt Thomas. 'Ik zat op een kruk daar aan de bar en werd steeds zatter en zatter. De barkeeper zei dat ik moest vertrekken. Dus belde ik haar om te zeggen dat ik weg moest, maar ze nam niet op. Toen heb ik opgehangen. Daarom is het gesprek niet geregistreerd. Maar een paar minuten later zag ze mijn gemiste oproep.'

'En ze belde je terug.'

'Ja.'

'Wat zei ze?'

Hij slikt. 'Ze vroeg of het wel goed met me ging.'

'En wat zei je?'

'Niks samenhangends. Ik jankte maar wat.'

'Dus heeft je zus haar feest verlaten om te kijken hoe het met je ging?'

'Ja.'

'Omdat ze bezorgd om je was.'

Thomas knijpt zijn ogen dicht en geeft geen antwoord. Archie doet grote moeite om zijn gezicht uitdrukkingsloos te houden.

'Je was er beroerd aan toe.'

'Ja.'

'Dus ik neem aan dat Victoria je naar huis gebracht heeft.'

Thomas slaagt erin te knikken. 'We wilden op tijd terug zijn voor het aftellen om twaalf uur. Er was geen verkeer, dus dachten we dat het wel zou lukken. Ik weet nog dat de autoradio aanstond. De nieuwszender, 1010 WINS.' Hij zet een lage stem op en doet een radiopresentator na. 'U geeft ons tweeëntwintig minuten, wij geven u de wereld.' Thomas kijkt naar me op. 'Bestaat die nog? Die zender?'

'Ik denk het wel,' zeg ik.

'Victoria reed. Ik hing slap onderuitgezakt naast haar. Ik was ver heen, maar dat radiostation herinner ik me wel. Ze keek strak naar de weg. Geconcentreerd. En ik zei: 'Sorry dat ik er zo'n klotezooi van maak,' en toen zei ze dat er een heel nieuw millennium aan kwam, en dat we allebei goede voornemens moesten maken. Ik zei: zoals? Ze antwoordde dat ik moest stoppen met drank en drugs. Of eigenlijk smeekte ze me. Ik zei dat ik dat zou doen, maar ik meende er niks van. Dat wist ze waarschijnlijk wel. Het was niet de eerste keer dat we dit bespraken. Zelf zou ze ook sterker worden, zei ze. Eerlijker. En zelfs in mijn toestand begreep ik dat er iets gebeurd moest zijn op dat feest. Ik vroeg wat er aan de hand was, en ze zei alleen maar: "Caroline. Iedereen weet het nu."'

Ik stop met ijsberen. 'Dus je wist al van je zus en Caroline Burkett?'

'Ja,' zegt Thomas. 'Ik was de enige aan wie ze het had verteld. Zo waren we samen, Vic en ik.' Hij dwaalt even af bij die gedachte, maar dan zet hij het van zich af. 'Afijn, we reden op Route 95 en zaten naar die radiozender te luisteren toen het middernacht werd. Ik weet nog dat ik naar haar gezicht keek terwijl ze hardop mee aftelde met de radio. Ik probeerde ook te tellen, maar ik was straalbezopen. Ik zat alleen maar wat te glimlachen. Daar zat ik dan, op de belangrijkste feestavond van het jaar, te kijken hoe het gezicht van mijn zusje oplichtte en weer donker werd door de passerende koplampen.'

Ik knik en begin weer te ijsberen. 'Dus toen kwamen jullie thuis.'

'Ja.'

'Hoe laat?'

'Weet ik niet. Even na middernacht, denk ik.'

'En toen?'

Stilte.

Ik voel hoe de hele ruimte zich afsluit. Dan richt ik me tot Archie. 'Je zei dat je die avond thuis was.'

'Dat was ik ook.'

'Hoe heb je het nieuwe jaar ingeluid?'

'Ik heb Dick Clark gekeken op tv met onze hond Winslow.'

'Alleen jullie tweeën?'

'Alleen wij tweeën. Dat heb ik je al verteld. Ik maakte me zorgen om Y2K.'

'Heb je ze thuis horen komen?'

'Ik hoorde de auto aankomen, ja.'

'Heb je ze gezien?'

'Victoria wel. Ze kwam binnen, zei "Gelukkig nieuwjaar, pap" en gaf een kus op mijn wang.'

Ik weet niet of ik ooit een treuriger stem heb gehoord dan die van Archie Belmond nu.

'En toen?' vraag ik.

Stilte.

Ik ga over op een andere versnelling.

'Ik weet dat de vrouw die ik in Spanje heb ontmoet niet jouw dochter Victoria was.'

Geen reactie.

'Ze heette Anna Marston. Opgegroeid in Spruce Creek, Pennsylvania. Ze leek op je dochter. Niet sprekend of zo, maar die twee hadden in een bar waarschijnlijk elkaars ID kunnen gebruiken zonder dat iemand het merkte.'

Stilte.

'Dus de vrouw die in die diner in Maine zat was niet je dochter. Dat was Anna die zich uitgaf voor Victoria. Het was zo in elkaar gezet. Weer een oplichterstruc, eigenlijk. Maar dat kon ze natuurlijk niet in haar eentje voor elkaar krijgen. Zelfs na elf jaar zou je nog geweten hebben dat ze je dochter niet was. Je zou een DNA-test laten afnemen. Er is maar één manier waarop deze fraude kon werken...'

Ik laat een stilte vallen. Hoop dat ze iets zullen zeggen. dat doen ze niet.

'... en dat is als je het zelf zou regelen. Niet zij, maar jij.'

Nog steeds niks. Dus zet ik door.

'... en dat deed je. Ik ken niet alle details, maar je hebt het slim aangepakt. Haar hoofd kaalgeschoren. Dat zien de mensen het eerst. Wie niet heel goed keek, zou denken dat ze er daarom anders uitzag. Je deed alsof je superbeschermend was ten opzichte van haar, zodat niemand te dichtbij zou komen. Die flauwekul over "de bibliothecaris" was een afleidingsmanoeuvre. Anna moest stommetje spelen, zodat niemand zou merken dat ze een andere stem had. En ze moest van jou meteen naar jullie eigen artsen, zodat ze onder jou supervisie bleef, niet die van de FBI. Je gebruikte je geld en je invloed om haar af te zonderen, weg van kritische blikken, en als iemand vond dat ze er een beetje anders uitzag... ach, er zat elf jaar tussen. Mensen veranderen in elf jaar tijd, vooral als ze gegijzeld zijn geweest. Anna was wat dunner dan Victoria, maar ook dat leek logisch omdat ze tegen haar wil was vastgehouden. Je liet de zoekmachines bewerken door je eigen mensen: als iemand zoekt op 'Victoria Belmond' verschijnen er wazige PhotoShop-beelden die zij hebben bewerkt, en je hebt betaald om die resultaten bovenaan te plaatsen. Op die foto's lijkt ze meer op Anna dan op Victoria. En dan de uitsmijter: de DNA-test. Die beweerde je te hebben laten afnemen. Heb je met de uitslag geknoeid of heb je gewoon gelogen en was er geen test?'

'Gelogen, er was geen test,' antwoordt Archie onmiddellijk. 'De FBI wilde het natuurlijk zelf doen. Ik zei dat ik de uitslag pas vertrouwde als mijn eigen lab die test afnam. Gewoon verzonnen. Wie wantrouwt nou een vader als het om zoiets gaat?'

Ik stop weer met ijsberen. Geef hem een paar seconden.

'Even voor de duidelijkheid,' zegt Archie dan, 'liegen over een DNA-test is niet strafbaar. Niets van wat jij hier opnoemt is strafbaar. Er bestaat geen wet die mensen verbiedt te doen alsof iemand hun dochter is. Dat is geen vergrijp waarvoor je gearresteerd kunt worden.'

Ik weet niet hoe ik daar op moet reageren. Hij heeft wel gelijk, ja. Wat zou de overtreding zijn? Maar het doet er hier niet toe. En ik wil niet dat hij of Thomas in de verdediging gaat. Ze weten dat ik ze te pakken heb, dat is duidelijk. Ze hebben de voors en tegens afgewogen en beseffen dat het met mijn geheimhoudingsplicht en hun macht, geld en invloed waarschijnlijk beter is om me in elk geval een déél van de waarheid te vertellen, zodat zij de situatie blijven beheersen.

Maar ik moet nu alles weten. Ik zal alleen voorzichtig te werk moeten gaan.

'Hoe heb je Anna gevonden?'

Archie glimlacht. 'Het lot was me gunstig gezind.'

'Hoe bedoel je?'

'Toen Victoria... verdwenen was, hebben we een stichting opgericht.'

'Vic's Place,' zeg ik.

Hij knikt. 'Geleid door mijn vrouw. Ze is daar vaak. Weet je nog dat Talia zich inbeeldde dat ze Victoria zag? Bij Starbucks bijvoorbeeld?'

'Ja.'

'Dat gebeurde hier weer. Talia kwam op een dag naar huis gesneld van de stichting en zei hetzelfde over Anna. Ze zou zweren dat ze Victoria eindelijk had gevonden, dat ik haar met eigen ogen moest zien. Het was inmiddels elf jaar geleden. En Talia...' Hij doet zijn ogen dicht, haalt diep adem en begint opnieuw. 'Ik reed naar Vic's Place en ontmoette Anna. En zelfs ik... Ik bedoel, ze deed me echt aan Vic denken. Ik heb uren met haar zitten praten daar. Het klikte. Het was alsof...' Hij valt stil, schudt zijn hoofd en begint opnieuw. 'Ze was heel open tegen me. Vertelde hoe ze daar terechtgekomen was, en over haar alleenstaande moeder die in elkaar geslagen was door een stel dronkenlappen toen ze klein was, over de tante die haar verwaarloosd had, alle klappen die ze had gekregen. Ze was in Spanje terechtgekomen – dat weet je natuurlijk – maar had daar de verkeerde mensen tegen de haren in gestreken en had moeten vluchten. Ze had genoeg geld gestolen om een ticket naar New York te kopen, maar nadat ze was geland op JFK kon ze nergens heen. Ik vroeg naar haar plannen. Die had ze niet. Ik weet hoe dit zal klinken, maar ik mocht haar heel graag. Ze was een vechter. Ze was zo sterk. Je hebt haar ontmoet, jij kunt het weten.'

Ik herinner mezelf eraan dat ik dit voorzichtig moet aanpakken. 'En toen besloot je... om te doen alsof ze je dochter was?'

'Ja,' zegt Archie.

Alsof het niks is. Ik wist het natuurlijk al. Ik heb het een tijdje terug uitgevogeld. Maar het komt weer hard aan nu ik hem het zo hoor zeggen.

'Zoals je al zei, leek ze niet sprekend op haar, maar wel een beetje. Als zussen, misschien. We hadden ook die elf jaar als verklaring. En dat kaalgeschoren hoofd, ja. Bovendien hadden we de zoekmachines betaald om de kort daarvoor bewerkte foto's bovenaan te plaatsen als zoekresultaat. Dat was genoeg.'

'Het lijkt me een groot risico,' zeg ik.

'Hoe bedoel je?'

'Grote kans dat iemand het door zou hebben.'

'Nee, niet echt. Om alle redenen die je zelf al noemde. We hadden de middelen om de media en de autoriteiten op afstand te houden. We voerden haar zogenaamde zwakke mentale gezondheid aan als reden om haar meteen mee naar huis te nemen. De FBI en de pers hadden misschien wat meer medewerking van ons gewild, maar als de familie zegt dat ze zich niks herinnert, wat kun je dan doen? Dan ga je door met andere onderzoeken.'

Archie gaat wat rechter zitten, hij begint nu warm te lopen voor het verhaal. 'Maar al had iemand het doorgehad, wat dan nog? Stel dat we op de een of andere manier betrapt waren. Welke wet overtraden we? Het was misschien raar of onethisch, maar als ontdekt zou worden dat wij wilden dat iemand zich uitgaf voor onze dochter... dat is niet strafbaar.'

Daar heb ik niet van terug.

'Zelfs als je hier nu zou vertrekken en het ondanks de NDA wereldkundig zou maken, dan zou je het om te beginnen niet kunnen bewijzen. Maar al zou dat wel kunnen, wat zou de officiële aanklacht zijn?'

'Maar ik kan het wel bewijzen,' zeg ik.

'Hè?'

'Ik heb DNA van Anna's lichaam, verkregen bij de autopsie nadat ze was doodgeschoten.'

'Pardon?'

'En ik heb DNA veiliggesteld van het ijstheeglas van Thomas toen ik hier was. Dat heb ik vergeleken met het DNA van de politielijkschouwer. Ze zijn geen broer en zus.'

Voor het eerst zie ik de pijn van Archies gezicht verdwijnen en komt de kille zakenman tevoorschijn. 'Maar dát... het stelen van DNA van een lijk' – hij priemt met zijn vinger naar me – 'is wél strafbaar.'

'Ik weet het.'

'En ze is gecremeerd.'

'Ook dat weet ik. Je hebt haar gecremeerd voor het geval iemand het lichaam zou willen opgraven voor een DNA-test. Heel slim. Je bent voorzichtig geweest.'

'We hebben niets strafbaars gedaan,' zegt hij nogmaals.

'Dat is waar. Je hebt alleen een vrouw betaald om zich voor te doen als je vermiste dochter.'

Archie zet grote ogen op en ik ben bang dat ik te ver gegaan ben.

Thomas komt ertussen. 'Zo is het niet gegaan.'

Ik draai me naar hem om. 'Hoe dan wel?'

'Dat snap jij toch niet.'

Ik spreid mijn handen. 'Probeer het eens.'

'Ik vond het ook een idioot plan, maar – en dat klinkt vast nog idioter – het werkte. Toen ze eenmaal in ons leven was gekomen, gingen we allemaal van Anna houden. Ze werd mijn zus. Ze speelde niet zomaar die rol, ze wás het echt. Ik hield van haar als van een zus. Nam haar in vertrouwen. Zoals Victoria vroeger. Je hebt mijn dochter ontmoet bij ons thuis. Vicki. Zij is vernoemd naar mijn echte zus, maar voor mijn beide dochters was zij hun lievelingstante. Hun favoriete familielid zelfs. Ze gingen samen op vakantie. Ze nam ze mee uit op hun verjaardag. Mijn dochters – haar nichtjes – kunnen niet ophouden met huilen, al vanaf de dag dat ze is vermoord.'

'Weten zij...?'

'Nee, natuurlijk niet.'

'... dat ze niet echt hun tante Victoria was?'

'Maar dat was ze wel,' houdt Thomas vol. 'Voor hen. Voor mij. Voor ons allemaal. Dat is het nu juist. Ik hield van haar, en zij hield van ons. Dat weet ik met elke vezel in mijn lichaam. Jij gelooft het misschien niet...'

Maar natuurlijk geloof ik het wel.

Anna's laatste woorden galmen nog na in mijn oren. *'Ik hou met heel mijn hart van hen, Kierce. Mijn moeder, mijn vader, Thomas,*

Maddy, mijn nichtjes – vooral van mijn nichtjes. Ik hou van hen. En ik hou van mijn leven.'

'... maar we werden echt familie,' zegt Thomas. 'Een fijne familie. Liefhebbend. Zij heeft ons samengebracht. Ons geheeld.'

'Ik heb haar niet gedwongen,' zegt Archie. 'Ik heb gezegd dat ze zich elk moment mocht bedenken. Dan zouden we haar laten gaan. Maar ze wilde niet weg.'

Ik zie Anna's smekende gezicht in het park weer voor me. *'Ik hou van hen. En ik hou van mijn leven.'*

'Ze was gelukkig,' zegt Archie. 'Wij waren gelukkig. Dat is het stomme. We werden er allemaal betere mensen van. En wat mijn vrouw betreft...' Hier valt hij stil. Hij bijt op zijn knokkels en sluit zijn ogen. Als hij weer begint te praten, klinkt zijn stem enigszins verstikt. 'Het heeft Talia's leven gered. Duidelijker kan ik het niet stellen. Mijn vrouw is elf jaar lang door een hel gegaan. Elke dag als ze wakker werd vroeg ze zich af wat er met haar dochter was gebeurd. Ze stelde zich iedere morgen een nieuwe hel voor. Je hebt Judith Burkett gesproken. Zij heeft je vast wel verteld over het leed van mijn echtgenote. De pijn en het schuldgevoel van het niet-weten – en nu had ze opeens haar dochter terug. Begrijp je dat dan niet?'

Maar ineens begrijp ik het niet meer.

Hoe heb ik dit kunnen missen?

'Wacht even,' zeg ik.

Ik dacht dat ik het snapte. Daarom wilde ik dit hele gezin spreken. Inclusief Talia.

Maar ik had het mis. Ik heb veel uitgevogeld, maar dit gedeelte niet.

Maar het klinkt wel logisch, nietwaar?

De puzzelstukjes vallen steeds beter op hun plaats.

'Je vrouw wist het niet.'

'Natuurlijk niet.'

'Zij zat niet in het complot.'

‘Begrijp je het dan niet?’ zegt Archie. ‘Talia was juist de motivatie om dit te doen.’

Ik schud vol ongeloof mijn hoofd. ‘Zij was degene die werd opgelicht.’

‘Nee, zo moet je dat niet zien. Snap het dan toch. Mijn vrouw ging kopje-onder in haar verdriet, elke dag opnieuw. Elf jaar lang. Ze werd elke dag huilend wakker en vroeg zich dan af waar Victoria was. Ik deed er alles aan om haar te troosten, maar niets werkte. Totdat ik Victoria liet “thuiskomen”.’

Mijn hoofd tolt. ‘Dus de reden dat je Anna hebt ingehuurd om Victoria te spelen…’

‘“Ingehuurd” is niet het juiste woord.’

‘Noem het vooral zoals je zelf wilt,’ snauw ik. ‘De reden was… om je vrouw voor de gek te houden?’

‘Niet voor de gek te houden. Om haar terug te geven wat ze had verloren.’

Het begint langzaam tot me door te dringen.

‘En je vrouw was aanvankelijk sceptisch. Ik weet nog dat ze me dat vertelde. En toen, heb je Anna toen opgedragen om haar te vragen dat kinderboek voor te lezen?’

‘*Are You My Mother?*’

‘Juist ja. Jezus, wat ontzettend manipulatief.’

‘Ik probeerde haar leven te redden. Talia had het zo zwaar. Ik wilde een einde maken aan haar pijn.’

‘Door te liegen?’

‘We leven allemaal in een leugen, Kierce.’

‘Alsjeblieft zeg, kom nou niet aan met dat gelul.’

‘Het heeft gewerkt,’ zegt Archie nogmaals. ‘Zie je dat dan niet? Noem het zoals je het noemen wilt, maar het heeft haar pijn verzacht. Talia was weer gelukkig. Wij allemaal. Zelfs Anna. Dat heb je zelf gezegd.’ Hij gebaart naar zijn zoon. ‘Vertel het hem, Kierce. Vertel hem wat je haar hebt moeten beloven voor ze stierf.’

Ik kijk hem aan. 'Ik moest jullie beschermen.'

'Onze gevoelens waren geen leugen,' zegt Archie. 'Die waren echt.'

'Waar is het dan misgegaan?' vraag ik. 'Jullie leven met z'n allen al dertien jaar in deze fantasie. Wat is er gebeurd?'

Deze vraag neemt Thomas voor z'n rekening. 'Door jou ging het mis, Kierce.'

'Door mij?'

'Ze herkende je in het nieuws,' zegt Archie. 'Al die artikelen over je neergang bij de politie. Dat bracht haar van haar stuk. Je ontslag. Oneervol. Ze voelde zich verantwoordelijk. Ze zei dat jij net zo te lijden had als Talia die werd gekweld door het niet-weten. Dat wilde ze rechtzetten.'

Dat komt overeen met wat Anna tegen me zei in het park. 'Dus kwam ze naar mijn cursus,' zeg ik.

'Ja. Waarschijnlijk dacht ze dat het daarmee afgedaan zou zijn. Niemand van ons had erop gerekend dat je zo vindingrijk zou zijn om haar op te sporen. En toen je eenmaal hier was opgedoken, wist ik dat je het nooit zou loslaten. Je bleef maar graven.'

'Dus besloot je om... het heft in handen te nemen?'

'Voor zover dat kon, ja,' zegt Archie. 'Zo ben ik. Ik doe het om de juiste redenen. Laten we wel wezen, ik had gelijk, of niet soms? Je zou het nooit losgelaten hebben.'

Daar heeft hij waarschijnlijk gelijk in.

'Door je in te huren, had ik tenminste invloed en bescherming. De geheimhoudingsverklaring. Het geld. Je zou me alles moeten melden wat je te weten kwam. Zoals nu. Wat je misschien ook denkt dat we hier doen, jij doet gewoon je werk. Ik heb je ingehuurd om onderzoek te doen, en nu kom je eenvoudigweg je bevindingen aan me doorgeven, volgens contract.'

'Zo, je draait er een mooie punt aan.'

Geen reactie.

'Dan rest ons nog één vraag,' zeg ik.

Ik wacht af. Zij wachten af.

Het is zover.

Ik heb er bewust omheen gedraaid omdat ik niet wilde dat ze voortijdig zouden dichtklappen. Zoals ik al zei: er zijn vele wegen die naar de waarheid leiden. Ik moest alleen oppassen dat ik niet door de wegblokkades heen zou rammen. Maar nu, om maar bij deze waardeloze metafoor te blijven, zitten we op het laatste deel van de route terwijl er nog steeds een enorme wegversperring in het verschiet ligt, en helaas heb ik geen keuze.

Ik moet erdoorheen rammen, wat de gevolgen ook mogen zijn.

Ik weet het. En zij weten het. Thomas sluit zijn ogen en balt zijn vuisten, alsof hij zich schrap zet voor de klap. Dus laat ik de slagboom zakken.

'Wat is er met Victoria gebeurd?'

Ze laten allebei het hoofd hangen. Zo vader, zo zoon. Hun ogen blijven op de vloer gericht. Ik zal het woord moeten doen.

'Ze is dood, hè?'

Stilte.

'Ze is die nacht gestorven. Op 1 januari 2000.'

Stilte.

'Hoe is het gegaan?'

Stilte.

'Ik heb een theorie, als jullie er klaar voor zijn.'

Dat zijn ze niet. Kan me niet schelen.

'Het begint met jullie alibi's. Thomas, jij zei dat je vriendin Lacy Monroe je had gebeld om het goed te maken. Volgens de telefoongegevens moet dat om 01.21 uur geweest zijn, klopt dat?'

Hij kijkt nog steeds naar de vloer, maar knikt.

'Ik heb Lacy gevonden. Ze woont tegenwoordig in Portland. Ze heeft bevestigd dat ze je toen heeft gebeld, zoals je zei, maar dat je pas om vijf uur 's morgens bij haar aankwam, zo'n vier uur later. Terwijl ze maar drie kilometer bij je vandaan woonde. Die discrepantie was de FBI overigens ook opgevallen, maar zij namen aan dat je zo dronken was dat je in slaap was gevallen, dus deden ze er verder niks mee.' Ik wend me tot zijn vader. 'Archie, jij was oorspronkelijk niet van plan om naar Chicago te gaan. Maar ineens had je een alibi nodig, en wat is nou beter dan je vrouw verrassen en er met je privévliegtuig heen te vliegen?'

'Wat is je punt?' zegt Arthur. 'Dit bewijst niks.'

'Klopt. Op zichzelf niet. Maar je gaat je toch het een en ander afvragen. Door al die commotie – de leemten in de tijd die gevuld moesten worden met alibi's – ben ik gaan geloven dat Victoria die nacht is omgekomen, kort nadat ze Thomas op nieuwjaarsdag naar huis gebracht had. Er begint zo langzamerhand een tijdlijn te ontstaan. Zal ik doorgaan?'

Stilte.

'New York is in 1993 begonnen met E-Z Pass, het geautomatiseerde tolsysteem. Geloof het of niet, ze hebben de gegevens bewaard die tot aan de begintijd teruggaan. Die nacht, Thomas, ben jij met je zus in jouw BMW E36 met nummerplaat KTR-478 de stad in gereden. Precies zoals je zei. Geregistreerd door E-Z Pass. Je hebt trouwens in de maanden daarvoor die auto vaak gebruikt, zo blijkt uit hun gegevens. Maar zal ik je eens wat zeggen?' Ik ga dichter bij Thomas staan. 'Na die avond is hij nooit meer gebruikt. Niet één keer op de tolweg. Mijn theorie? Je hebt je van die auto ontdaan omdat hij als bewijsmateriaal kon dienen. Zie je nu hoe mijn tijdlijn vorm begint te krijgen?'

Ze kijken nog steeds niet op, maar ik weet dat ik er bijna ben.

'Dus nu vraag ik me af: wat is er gebeurd? Jij kwam thuis met Victoria. Dat geloof ik wel. Het past in het plaatje. Hoe is ze gestorven? We weten dat het iets te maken heeft met jouw BMW E36, want die heb je weggedaan. Kan Victoria zelf een ongeluk veroorzaakt hebben? Nee. Want als dat zo was, dan zou dat – om maar eens met je vader te spreken – niet strafbaar zijn. Dan had je gewoon de politie gebeld.' Ik richt me weer tot zijn vader. 'En het is ook niet logisch dat jij achter het stuur zat, Arthur. Zelfde verhaal: als jij reed en zij is omgekomen, dan zou dat gewoon een vreselijk ongeluk geweest zijn.'

Ik begin weer te ijsberen. Heen en weer, en dan blijf ik staan naast Thomas, zodat ik boven hem uittoren en hij naar mijn schoenen kijkt.

'Dus moet jij het geweest zijn, Thomas. Dat is het enige logische. Je was al vier keer veroordeeld wegens rijden onder invloed, heb je verteld. Ik heb het nagetrokken, het was zelfs zes keer. Je had nog maar twee maanden eerder twee mensen ernstig verwond toen je dronken achter het stuur zat, op 8 november. Je kwam er ongestraft mee weg dankzij het geld van je vader. Maar dat zou deze keer niet lukken. Niet als je je eigen zus had doodgereden.'

Stilte.

'Je hebt dit al te lang geheim gehouden,' zeg ik. 'Vertel me wat er is gebeurd.'

Achter me hoor ik Archie zeggen: 'Het moet in deze kamer blijven.'

Ik draai me met een ruk naar hem om.

Archies blik is niet langer omlaaggericht. 'Wat we je nu gaan vertellen is puur hypothetisch. We biechten niks op.'

'Archie,' zeg ik. 'Ik heb geen afluisterapparatuur bij me. Ik kan niks bewijzen, dat heb je overvloedig duidelijk gemaakt. Je wilt mijn doen en laten bepalen, maar je bent slim genoeg om te snappen dat dat alleen kan als je me de waarheid vertelt. Want zo niet, dan blijf ik je lastigvallen.'

Hij weet dat ik het meen. Hij kijkt naar zijn zoon. Thomas laat zijn schouders hangen. Nu kijkt ook hij eindelijk naar me op. Thomas wil het me vertellen, dat zie ik nu. Hij heeft dit nodig, de last moet van zijn schouders.

Ik loop bij hem vandaan. Geef hem de ruimte.

'We kwamen thuis,' zegt Thomas volkomen monotoon. 'Zoals ik je heb verteld. We reden naar de voordeur. Het was steenkoud buiten. Victoria zette de motor af. Ze gaf me een kus op mijn wang en zei dat ze naar binnen ging, naar pa. Ik zat daar maar. Dronken. Er lag ook drugs in de auto. Veel. Ik trok het handschoenenkastje open. Er viel wat op de vloer. Coke. Ik nam een paar snuiven. Daar werd ik wakker van. Maar ik stapte niet uit. Ik belde Lacy weer. Ze nam nog steeds niet op. Ik zat daar in de kou, dronken en jaloers. Ik wist dat Lacy op stap was met Jim DeLapp en ik kon het niet uitstaan, het idee van die twee samen. Ik werd gek. Dus nam ik nog een snuif. En nog een. Ik belde Lacy nog eens. En nog eens. Het was zo koud dat ik mijn adem kon zien. In mijn hoofd was het alsof ik een reusachtige vuurspuwende draak werd. Ik weet nog dat ik dat dacht. En toen ging eindelijk mijn telefoon. En het was Lacy.'

Thomas kijkt om zich heen. Ik gluur stiekem naar Archie Belmond. Zijn gezicht is nat van de tranen.

'Dus ik nam op. Lacy was hysterisch. Ze zei dat ze van me hield, dat ze Jim DeLapp alleen maar gebruikte om mij jaloers te maken, dat ze me nodig had, dat ik altijd haar grote liefde was geweest. Ik zei: ik kom eraan, blijf waar je bent. Dus ik hing op en schoof door naar de bestuurderskant. Startte de auto. Lacy had me nodig. Ik zou haar terugkrijgen. Ik moest snel naar haar toe. Dus ik gaf gas en de auto maakte vaart. Ik kon niet langzamer rijden. Ik wilde niet langzamer rijden. Ik moest naar Lacy toe. Dus gaf ik plankgas en vloog de oprijlaan over, en het was koud en misschien ook wel glad, ik weet het niet, maar ik ging nu heel hard, ik had geen controle, maar het kon me niet schelen en ik nam de bocht te snel en de auto vloog het gras op, en ik kon niet stoppen en ineens, in de koplampen, zag ik Victoria, die me aankeek.'

Ik doe mijn ogen dicht.

'Ze stond daar maar. Verstard. Je weet wel, als een konijn in de koplampen, zoals ze dan zeggen. En ze stond bij die boom, de oude boom die hier in de tuin stond. Want nadat ze pa een kus was gaan geven, had ze besloten Winslow uit te laten. Zo was ze. Ze was met Winslow gaan wandelen en toen werd ze als het ware gevangen in het licht van de koplampen en alles vertraagde en versnelde tegelijk, dus ik trapte keihard op de rem, alleen was het niet de rem maar weer het gaspedaal en ik ging nog harder en ik knalde tegen de boom, vouwde de auto helemaal om die grote eik. De airbag klapte in mijn gezicht en ik hoorde de auto sissen. Ik deed het portier open en viel naar buiten en ik keek naar de motorkap en daar lag de bovenste helft van Victoria, plat erbovenop. Winslow likte aan haar gezicht. Ze had haar ogen open, starend zonder te knipperen, net als toen ik haar in de koplampen zag. En ik begon te gillen, te gillen...'

Hij valt stil. We vallen allemaal stil. Ik houd mijn adem in. Het voelt alsof de hele ruimte de adem inhoudt. Ik zie het nu voor me. Ik zie het allemaal. Ergens diep vanbinnen zou ik zweren dat ik zijn geschreeuw nog steeds kan horen, als een blijvende echo, en als we stil genoeg zijn, zal die luider en luider worden.

Maar we zijn nog niet klaar.

Ik vraag aan Archie: 'Hoorde je hem gillen?'

'Ik hoorde de klap.' De tranen stromen over zijn gezicht. 'Ik holde naar buiten. De heuvel af. Ik zag mijn dochter. Mijn mooie, volmaakte dochter, die me nog maar een paar minuten eerder een kus op mijn wang was komen geven en me gelukkig nieuwjaar had gewenst...'

Hij begint in te storten.

'Niet doen,' waarschuw ik. 'Niet nu. We moeten hierdoorheen.'

'Dat was alles,' weet Archie uit te brengen.

'Nee, dat was niet alles.'

'De rest weet je.'

'Ik moet het horen.'

Uiteindelijk knikt hij, veegt zijn gezicht droog met zijn mouwen en probeert zich te herpakken. 'Ik snelde naar haar toe. Probeerde haar beter te maken, snap je, alsof er misschien een manier was om dit ongedaan te maken. Ik los dingen op, zo ben ik. Ik zet situaties naar mijn hand. Ik kan... Maar ze was... ze was dood. Geen twijfel mogelijk. En Thomas schreeuwde dat er hulp moest komen, dat we iemand moesten bellen. Hij pakte zijn telefoon...'

'Ik wilde het alarmnummer bellen,' zegt Thomas.

'En opeens hoorde ik mezelf zeggen: "Wacht."' Archie recht zijn rug, kijkt me aan. 'Ik herinner me niet dat mijn hersenen me dat opdroegen. Ik stond daar over mijn dode dochter gebogen, verbijsterd, kapot van verdriet – maar het was alsof ik alles ineens heel helder zag. Alsof de aanblik van het ergste wat er kon gebeuren mijn geest had aangescherpt, me een heldere blik had gegeven. En weet je wat ik aan mezelf vroeg?'

'Nee. Wat dan?'

'Je hebt één kind verloren. Wil je er twee verliezen?'

Het is alsof de temperatuur in de kamer het vriespunt bereikt.

'Ik dacht drie of vier stappen vooruit,' vervolgt Archie Belmond. 'We konden de politie bellen. Die zou in groten getale arriveren. Victoria was sowieso dood. Thomas zou gearresteerd worden. Hij had een strafblad, dat zei je al. Onder andere voor zes keer rijden onder invloed. Hij zou op z'n minst worden aangeklaagd voor dood door schuld. Er lag drugs in de auto. Cocaïne. Voeg dat er nog maar aan toe. Dit was niet weg te moffelen, zelfs niet met geld en macht. Thomas zou voor jaren de gevangenis in gaan, daar was geen ontkomen aan. Ze zouden een voorbeeld met hem stellen, dat wist ik zeker. En wat zou Victoria daaraan hebben? Ze was dol op Thomas. Ze zou dat nooit gewild hebben. En hoe het verder ook afliep – en dat is het allerbelangrijkste – Victoria was en bleef dood. We kregen haar niet meer terug. De dood is onherroepelijk. Wat had het voor zin om ook het leven van haar broer te verwoesten?'

Hij kijkt naar me op en zegt het nog een keer. 'Ik had één kind verloren. Wilde ik er twee verliezen?'

Ik knik. 'Dus je hebt de politie niet gebeld?'

'Nee.'

'Wat hebben jullie met haar lichaam gedaan?'

'Begraven. In ons bos. Later hebben we het verbrand. Er zijn geen sporen meer van, als je daaraan dacht.'

'Daar dacht ik niet aan.'

'Het is het ergste wat ik ooit heb gedaan. Thomas en ik hebben spades gehaald in de schuur. Ik heb mijn eigen dochter begraven. Ik snap nog steeds niet hoe. De grond was hard, maar ik was gewoon uit mezelf getreden. Wij allebei, denk ik. Ik kan het niet omschrijven, ik was een soort machine geworden. Misschien omdat het te pijnlijk was om nog iets te voelen. Ik zei steeds tegen mezelf dat ik één kind had verloren en er niet nog een kon verliezen. We wisten alle sporen op de plek van het ongeluk. Zetten de auto in de garage. Je hebt gelijk, we hebben hem nooit meer gebruikt. Een paar maanden later hebben we hem naar een bergingsbedrijf in Vermont gebracht, waar hij is gesloopt en de onderdelen voor hergebruik verwijderd zijn. Ik pakte het heel analytisch aan. Ik zei tegen Thomas dat hij naar Lacy moest gaan. Dat was belangrijk: normaal doen, een alibi regelen. Ik belde mijn piloten wakker. Liet mijn vliegtuig klaarmaken. Ik gebruikte de smoes dat Y2K geen problemen had veroorzaakt, dus ik moest mijn vrouw zien. Dat weet je allemaal al.'

Ik knik weer.

'Ik keek nog steeds drie of vier stappen vooruit. Victoria zou na het feest met haar vriendinnen weggaan. Daar konden we gebruik van maken. Iedereen weet dat het voor de politie lastiger wordt naarmate er meer tijd verstrijkt. Dus daar probeerde ik het maximale uit te halen. Ik verstuurde die sms'jes vanaf haar telefoon om te verklaren waarom we haar zo lang niet als vermist opgaven. Toen besefte ik dat de politie misschien haar telefoon zou kunnen uitlezen, en ik heb hem stukgeslagen met een hamer.'

Hij valt stil. 'Kierce,' zegt hij na een hele tijd. Jij hebt een zoon.'

'Ja.'

'Wat zou jij ervoor overhebben om hem voor de ondergang te behoeden?'

Ik geef geen antwoord.

'Het werkte. Snap je? Thomas is niet de gevangenis in gegaan. Hij kreeg de hulp die hij nodig had. Hij heeft zijn leven gebeterd. Ja, zijn zus... ik weet het, ik weet het. Maar Victoria zou heel trots zijn geweest op de man die hij is geworden.'

Inderdaad, het heeft gewerkt, denk ik bij mezelf. Je hoeft alleen maar je eigen zus dood te rijden om de bodem van de put te bereiken. Ze zouden verslavingsklinieken moeten bellen met die tip.

Ik denk het, maar ik zeg het niet. Ik moet hem aan de praat houden.

'Dus vloog je naar Chicago,' zeg ik.

'Ja. Ik was van plan Talia te vertellen wat er was gebeurd. Ik bedoel, hoe kon ik het verzwijgen? Ik dacht dat ze het wel zou begrijpen, want voor haar gold hetzelfde: verliezen we één kind of allebei? Maar toen ik eenmaal geland was, veranderde er iets.'

'Ze was bij die andere man.'

'Ja, dat speelde ook mee, al kon me dat eerlijk gezegd weinig schelen. In het grote geheel stelde dat niks voor. Maar nog daarvóór, toen ik in het vliegtuig in gedachten oefende wat ik tegen Talia zou zeggen, klonk het me redelijk in de oren: we hebben een kans om één van onze kinderen te redden. Alleen, zodra ik Talia's gezicht zag... Hoe kon ik het haar vertellen? Hoe kon ik weten hoe ze zou reageren? Ze is slecht in toneelspelen, mijn vrouw. Dat vind ik juist zo leuk aan haar, dat ze dat niet in zich heeft. Hoe kon ik zeker weten dat ze Thomas niet zou aangeven? Zou ze de schijn wel goed genoeg kunnen ophouden om de politie of haar vrienden en familie voor de rest van ons leven voor de gek te houden? En toen ik dacht aan mijn eigen pijn – de pijn van het verlies van mijn dochter...

misschien kon ik haar die pijn besparen?' Hij wendt even zijn blik af. 'Ik hou van mijn vrouw. Ik wilde haar dat niet aandoen.'

'Dus heb je het niet verteld.'

'Ik heb het niet verteld.'

'Je liet haar gewoon met die leugen leven.'

'Snap je het dan niet? Ze zou hoe dan ook met een leugen moeten leven. Als ik haar had verteld wat ik had gedaan, zou ze gedwongen worden te leven met dezelfde leugen als waar Thomas en ik mee leefden: doen alsof haar dochter ontvoerd of weggelopen was. Als ik het niet vertelde, zou ze moeten leven met de leugen van het niet weten van de waarheid. Zeg jij het maar, Kierce, wat is beter?'

Ik geef geen antwoord.

'Dat waren mijn opties die nacht. Verlies ik één kind, of verlies ik er twee? Maak ik mijn vrouw deelgenoot van mijn leugen, of laat ik haar leven met wat in mijn ogen een geruststellender leugen was? Ik deed wat mij het beste leek. En als ik de tijd kon terugdraaien, als ik het over kon doen, dan weet ik niet of ik het heel anders zou aanpakken. Thomas is nu sterk en gezond. Mijn heerlijke kleindochters, onze oogappels, zouden er niet zijn. Je kunt geen omelet maken zonder eieren te breken, zeggen ze toch? Nou, de eieren waren al stuk. Ik kon de troep zo achterlaten of proberen een omelet te bakken.'

Ik kan het niet laten mijn wenkbrauwen te fronsen. 'Jezus, praat je het op die manier goed voor jezelf?'

'Tragedie is een verdomd goede leerschool, alleen een verrekt wrede.'

Ik weet nog dat Thomas iets soortgelijks zei.

'Maar op één punt had ik het mis,' gaat Archie verder. 'Helemaal mis. Althans, dat heb ik lang gedacht.'

'En dat is?'

'Misschien had ik Talia de waarheid moeten vertellen, maar door haar niet te vertellen wat er echt was gebeurd, heb ik haar hoop gegeven. Mensen denken dat hoop iets positiefs is, maar dat is niet zo. Mijn vrouw hoopte – hoopte! – elke dag bij het opstaan dat dit de dag zou zijn dat we Victoria vonden. De onwetendheid was slopend.'

Dat begrijp ik. Ik heb iets vergelijkbaars tegen Talia gezegd: *'Niets helpt zo goed tegen een trauma als een ontknoping, zodat je het af kunt sluiten.'*

'Ik ben een probleemoplosser,' zegt Archie. 'Ik geef nooit op. Ik blijf zoeken naar oplossingen. Maar ik wist niet wat ik hieraan moest doen, dit kon ik niet oplossen. Heel lang niet.'

'En toen ontmoette je Anna.'

'Ja.'

'Probleem opgelost.'

'Ik weet dat jij dat niet gelooft, maar...'

Ik steek een hand op om hem het zwijgen op te leggen. Ik wil het niet nog eens horen. 'En nu?'

'Wat bedoel je?'

'Ga je Talia nu de waarheid vertellen?'

Archie Belmond fronst. 'Wat zou dat voor zin hebben? Kun je je voorstellen hoeveel extra pijn dat haar zou doen?'

'De waarheid zal je bevrijden,' zeg ik.

'Zo naïef ben jij niet, Kierce.' Archie schraapt zijn keel, en ik kan de verandering in het vertrek bijna voelen. Hij gaat staan, stevig op beide benen. 'Ik kan jou en je gezin nog meer helpen,' zegt hij dan, en zijn stem klinkt weer normaal. 'Je hebt uitstekend werk verricht. Een bonus lijkt me...'

'Ik wil het geld waar ik recht op heb. Van jou geen cent meer.'

Hij knikt en houdt wijselijk zijn mond.

Ik weet sowieso niet wat ik nu moet doen. Ik kan niets van dit alles bewijzen. Dat wist Archie al voordat ik kwam. Hij heeft nog steeds de touwtjes in handen. Er is geen bewijs, het is allemaal zo lang geleden. Zelfs al zou ik het kunnen bewijzen, de verjaringstermijn van een dodelijk verkeersongeval is verstreken. Thomas zou de gevangenis niet meer in gaan.

Wat zou het voor zin hebben?

Eerlijk gezegd begrijp ik dat Archie als vader die avond voor afschuwelijke keuzes stond. Ik ben woest over wat hij heeft gedaan, maar ik snap het ook. Twee kinderen verliezen of één. Zo zag hij het. Een kille berekening – maar was die ook accuraat? Stel dat Henri een zusje had en er zou zoiets als dit gebeuren. Wat zou ik doen? Niet wat Belmond heeft gedaan, hoop ik, maar ik begrijp het wel. Wat er is gebeurd heeft hen allemaal kapotgemaakt, en misschien Archie nog wel het meest.

Ik draai me om en wil vertrekken.

'Wat ga je doen?' vraagt Archie.

Ik geef geen antwoord. Ik hoor alleen Anna's woorden nagalmen.

'Eerst beloven.'

'Wat moet ik beloven?'

'Dat je ze geen kwaad zult doen. Dat je ze zult beschermen.'

Daar denk ik aan. En dan loop ik weg.

EPILOOG

Drie weken later

'De les is afgelopen,' zeg ik tegen mijn cursisten.

Ze zijn deze week allemaal gekomen.

De Pink Panthers klitten nog steeds bij elkaar, maar ze zitten nu wel dichter bij de podcastmeiden van Three Dead Hots. Lenny en Gary trekken veel met elkaar op. Debbie zit achteraan met Raymond, die een geel mouwloos gaatjeshemd draagt en weer zijn teennagels zit te knippen. Ze komen allemaal bij me langs voor ze vertrekken. Ik heb online filmpjes gezien van schooldocenten die hun leerlingen voor elke les begroeten met een ingewikkelde handdruk. Wij doen na afloop iets soortgelijks met een boks.

'Wees maar niet bang,' zegt Gary tegen mij. 'We krijgen hem wel.'

Hij heeft het over Tad Grayson. We lijken niets opgeschoten te zijn in de strijd om hem achter de tralies te krijgen. Er is niets meer wat hem in verband brengt met de moord op Nicole, en de politie van Newark tast nog in het duister over de moord op Brian Powell.

Ik bedank hem en hij loopt door. De Three Dead Hots treuzelen en vertrekken als laatsten. Ik weet wel waarom. 'We gaan nog een paar clubs langs op weg naar huis,' zegt hun leidster Carrie tegen mij.

'Hoeveel is een paar?' vraag ik.

'Drie, zeg maar. We gaan het over de nieuwe podcast hebben. Zin om mee te gaan?'

'Poeh, verleidelijk, maar nee,' zeg ik, maar ik glimlach erbij.

'Je bent sigma, Kierce.'

Ik heb geen idee wat dat betekent in deze context, maar ik bedank haar.

Als ze weg zijn, belt Marty. 'Waar ben je?'

Zijn toon bevalt me niet.

'Mijn cursus is net afgelopen.'

'Ik dacht dat dat gisteren was.'

'Ik geef er eentje extra, voor nieuwe cursisten. De ene is de gewone No Shit Sherlock en de andere is voor gevorderden.'

'Je moet naar me toe komen.'

'Wanneer?'

'Nu.'

'Mag ik eerst even langs huis, voor Molly?'

'Bel haar onderweg maar.' Hij hangt op.

Ook dat bevalt me niet.

Ik ga naar het metrostation en bel Molly voordat ik afdaal. Ze neemt op met een opgewekt: 'Hallo, knapperd.'

Ik zal je een onaangename waarheid vertellen. Molly en ik genieten van onze financiële vrijheid. We zijn ontspannener. We krijgen meer lucht. We slapen beter. En dat is beroerd. Heeft het geld van de familie Belmond invloed gehad op de manier waarop ik de zaak-Victoria aanpak? Lastig te zeggen. Maar geld kan de perceptie vervormen, dus misschien ben ik met deze analyse te mild voor mezelf.

'Ik kom laat thuis.'

'Hebben de Dead Hots je overgehaald om met hen op stap te gaan?'

'Dat hebben ze wel meer geprobeerd, maar nee, Marty belde.'

'Moet je naar hem toe?'

'Ja.'

'En kan dat niet tot morgen wachten?'

'Volgens hem niet.'

'Dat vind ik maar niks.'

Ik zeg haar dat ik het ook niks vind en hang op. Dan haast ik me de metro in, stap uit bij 81st Street en neem de lift naar boven, naar het penthouse in het Beresford. Marty wacht me op.

'Wat was er nou?'

'Er zijn videobeelden van de plek waar Victoria Belmond vermoord is,' zegt hij.

'Nu? Het is bijna een maand geleden.'

'Ik weet het. Ik heb ze zelf nog maar net.' Marty loopt naar de bank. Ik loop mee. Hij start de video op zijn laptop. 'Je weet nog dat die kids daar aan het honkballen waren?'

'Ja.'

'Een vader heeft zijn zoon gefilmd tijdens de training – vlak voordat Victoria en jij neergeschoten werden. Het kwam niet bij hem op om de beelden aan de politie te geven, omdat zijn camera de andere kant op gericht was.' Hij toetst iets in op zijn laptop. 'Kijk eens naar de man die op Hudson tegen het vangscherm leunt.'

Hij draait het scherm mijn kant op.

Ik verwacht Brian Powell of Tad Grayson te zien.

Maar zij zijn het geen van beiden.

Degene die ik zie is Raymond.

Uren later sta ik voor hospice The Tranquil Pines.

Ik ga naar binnen. Een man achter plexiglas zit wat met zijn telefoon te spelen. Hij kijkt ervan op dat er op dit uur bezoek is. Hij legt zijn telefoon neer en gaat rechtop zitten.

'We zijn gesloten,' zegt hij.

Ik buig me naar hem toe. 'In welke kamer ligt mevrouw Grayson? Ik kom voor haar zoon Tad.'

Er klinkt een stem vanaf de gang. 'Wat wil je van me?'

Als ik me omdraai, zie ik een meter of vier, vijf verderop Tad Grayson staan. Hij heeft rode ogen, zijn gezicht is uitgemergeld.

'Ze is zojuist overleden,' zegt hij. 'Mijn moeder. Gelukkig heeft ze mijn vrijlating nog meegemaakt. Nu kan ze rusten in vrede.'

Ik zeg niks.

'Wat kom je hier doen, Kierce?'

'Ik wilde jou spreken.'

Tad Grayson schudt zijn hoofd. 'Nu?'

Ik zeg niks.

'Ik wil jou niet spreken. Mijn moeder is net gestorven.'

'Oké,' zeg ik.

'Ik ben er klaar mee, Kierce.'

Ik wacht af.

'Het kan me niet meer schelen of je me gelooft. Ik ben er klaar mee.'

Ik zeg niks.

'Ik heb geprobeerd je de waarheid te laten zien. Ik ben erin geluisd. En dan Powell, ik bedoel, waarom zou ik zo stom zijn om uitgerekend hem in te huren? Ik was nog maar net een paar dagen eerder uit de gevangenis vrijgelaten, en dan zou ik zo gek zijn om mijn eigen celgenoot in te schakelen? Dus echt, ik ben er klaar mee. Het kan me niet meer schelen of je me gelooft. Wat stel jij nou helemaal voor? Je ziet niet eens wat toch volkomen duidelijk is.'

'Wat is er volkomen duidelijk, Tad?'

'De echte moordenaar is degene die hierachter zit.'

'Dat weet ik,' zeg ik.

Daar kijkt hij van op. 'Ja?'

'Daarom ben ik hier. Ik weet wie het heeft gedaan. En we hebben het bewijs.'

Ik houd hem de filmfoto voor. Hij aarzelt, maar uiteindelijk grist hij hem uit mijn hand. Ik wacht terwijl hij de foto bekijkt.

Dan vraag ik: 'Dat ben jij toch?'

Het heeft Debbie en mij een uur gekost om Raymond te vinden. Hij zat in de opvang van de Armery in Washington Heights. Raymond had zoals beloofd besloten om 'solo te vliegen', als een heks die vliegtuigen in de lucht houdt. Dat betekent dat hij Tad Grayson overal is gevolgd en hem zo vaak mogelijk heeft gefilmd. Raymond blijkt te hebben vastgelegd dat Grayson uit het raam van zijn moeders hospicekamer klom. Hij was erbij toen Grayson een steegje in dook om de bivakmuts op te zetten en het zwarte sweatshirt aan te trekken. Hij is Grayson zelfs gevolgd naar de stort op Staten Island, waar hij die bivakmuts en zijn kleding heeft weggegooid na het neerschieten van Victoria en mij.

Toen ik Raymond vroeg waarom hij dat alles niet aan mij had laten zien, zei hij alleen maar schouderophalend: 'Je had er niet om gevraagd.'

'Dat was een slimme zet van je,' zeg ik nu tegen Tad Grayson. 'Powell inhuren, waardoor alles zo duidelijk naar jou wees dat ieder weldenkend mens zou denken dat jij er niet achter kon zitten.'

Grayson bekijkt glimlachend de foto's. 'Mijn advocaten trapten erin, nietwaar? En de politie ook.'

'Inderdaad.'

'Powell heeft me nog een dienst bewezen. Hij was jou gevolgd naar het park.'

'Daarom moest je hem wel vermoorden.'

'Dat zou ik toch wel gedaan hebben.'

'Je hebt Nicole vermoord. Je hebt Victoria vermoord. Je hebt Powell vermoord.'

'Ik denk niet dat ik er wat mee opschiet om daarover te liegen.'

'Nee, niks. Maar ik ben wel benieuwd. Probeerde je mij dood te schieten in het park of richtte je wél op haar?'

'Heel eerlijk?'

Ik haal mijn schouders op. 'Waarom niet?'

'Ik wist niet wie ik moest doodschieten. Dat was het probleem. Ik heb jou natuurlijk altijd willen vermoorden, maar dan zou je pijn voorbij geweest zijn. Dus dacht ik: laat ik eerst nóg een vrouw vermoorden die duidelijk veel voor je betekende. En daarna misschien je echtgenote. En dan je zoontje. Dat zou het mooist van allemaal zijn. En dáárna was jij aan de beurt. Maar ik twijfelde of dat wel een goed idee was. Ik geloof dat ik daardoor afgeleid werd. Ik mikte net verkeerd.' Hij grijnst. 'Maar toch ben ik blij dat ik haar heb doodgeschoten. Ze betekende iets voor je, of niet?'

'Ja.'

'En het is jouw schuld dat ze dood is,' zegt hij. 'Dat maakt de terugkeer achter de tralies voor mij een stuk gemakkelijker. Ik neem aan dat je dit allemaal opneemt.'

'Het is een live microfoon.' Ik tik op mijn borst. 'Oké, jongens.'

De politie stormt massaal naar binnen, maar ik wacht de arrestatie niet af. Dat is niet nodig. Ik ga naar buiten, de koele avondlucht in en zet de kraag van mijn jas omhoog. Marty is er ook. Ik knik naar hem, maar ik moet nog één ding doen. Hij laat me mijn gang gaan.

Ik neem de metro naar Craig en haal mijn auto op. Dan rijd ik weer naar het vers gegraven graf. De zon komt op. Er is geen grafsteen. Ze hebben er vast een besteld waar als naam VICTORIA BELMOND op staat. Ik weet niet wat ik daarvan moet vinden. Dit is Anna. Anna Marston. Maar misschien was ze ook Victoria Belmond. Ik zei het al: ze was Victoria en ook weer niet.

Het is niet aan mij om daarover te beslissen.

Maar ik moet haar vertellen wat ik ga doen.

Ik kan berekenend te werk gaan, zoals Archie. Naar de verschillende invalshoeken kijken en proberen na te gaan wat de beste uitkomst zou zijn. Ik denk aan hen allemaal: Archie, Talia, Thomas, Madeline, Vicki, Stacy. Ik denk aan de jonge Victoria Belmond die door haar dronken broer tegen een boom is geramd en door haar vader is begraven in het bos, en ik weet dat hoewel het leed eindeloos is geweest, er geen kans is op echte gerechtigheid. Er gaat niemand de gevangenis in. Er wordt niemand veroordeeld. Ik weet ook niet of dat wel zou moeten.

Maar ik denk vooral aan jou, Anna.

Jij hebt de rol van Victoria Belmond op je genomen. Ik wil wedden dat dat het mooiste was wat je ooit is overkomen. Na al dat verdriet had je je eigen familie. Na een leven van misbruik en mishandeling had je de mensen gevonden bij wie je thuis was. Ze hielden van je, en jij van hen. Daar twijfel ik niet aan. Ik geloofde je toen je zei dat je van hen hield. Ik geloofde hen toen ze hetzelfde zeiden over jou.

Dus in zekere zin was het, zoals Archie Belmond al tegen me zei, voor iedereen het beste.

Alleen ben je nu dood, Anna.

Dat komt misschien door mij. Misschien probeer ik gewoon de schuld af te wentelen, maar op dit moment vraag ik me af… als Archie Belmond die nacht de politie had gebeld, als Thomas Belmond was opgedraaid voor wat hij had aangericht, zou jij, mijn kortstondige liefde, dan misschien nog geleefd hebben? Ik vraag me af of je misschien zonder het aanbod van Archie Belmond je weg gevonden zou hebben naar een beter leven. Of niet. Als Archie en Thomas de waarheid hadden verteld, was iedereen misschien wel slechter af geweest. Misschien. En dat is het punt: er zijn geen garanties.

Daarom zou je nooit moeten berekenen hoe het zal aflopen.

Daarom zou je voor de waarheid moeten gaan.

De waarheid is dan misschien niet bevrijdend, maar het is wel de juiste keuze.

Dat is mijn conclusie. Of laten we het vaag houden: iemands conclusie. En die iemand heeft de informatie laten uitlekken naar de Three Dead Hots. Zij staan op het punt een podcast te maken over de ontvoering van Victoria Belmond, met een nieuwe theorie over haar dood en haar plaatsvervangster. Daarom wilden ze dat ik met hen op stap ging: om me daar vragen over te stellen.

Ik blijf hun aanbod afslaan.

Ook ik stond voor een vreselijke keuze, Anna. Daar moet ik de afgelopen weken steeds aan denken. Niet zo vreselijk als de keuze waar Archie Belmond voor stond, maar iets soortgelijks. Alleen heb ik uiteindelijk gekozen voor de waarheid en niet voor wat uit pure berekening misschien 'de betere keuze' zou lijken.

En hoe zit het met de belofte die ik je heb gedaan?

Dat ik ze geen kwaad zou doen. Dat ik ze zou beschermen.

Ik geef toe dat ik daar nogal mee zit.

Maar aan de andere kant: wie zegt dat niet juist de waarheid hen uiteindelijk zal beschermen?

Ik kom overeind en kijk naar de berg zand.

Nog één ding, Anna, voordat ik ga.

Uit de autopsie is gebleken dat je bekken littekens van een bevalling vertoonde. De details doen er niet toe, maar het betekent dat je ooit in je leven een kind gebaard hebt.

Dus daar heb ik ook mijn vragen over.

Over wanneer dat geweest is.

Over Harm Bergkamps verhaal dat je zes maanden na mijn vertrek uit Spanje verdween.

Zoek ik hier te veel achter, Anna?

Of wilde je, zoals te veel mensen vóór ons, me alleen maar beschermen?

Hoe het ook zit, je laat me weinig keus.

Ik moet nu wel blijven zoeken naar de waarheid, nietwaar?

Dankwoord

De auteur (zo leuk om dit in de derde persoon te schrijven) wil graag de volgende personen bedanken:

Daniel Stashower (die Sherlock Holmes beter kent dan sir Arthur Conan Doyle), Fred Friedman, Ben Sevier, David Shelley, Lyssa Keusch, Danielle Thomas, Beth de Guzman, Karen Kosztolnyik, Jonathan Valuckas, Matthew Ballast, Staci Burt, Andrew Duncan, Taylor Parker-Means, Alexis Gilbert, Quinne Rogers, Tiffany Porcelli, Joseph Benincase, Albert Tang, Liz Connor, Rena Kornbluh, Rebecca Holland, Mari C. Okuda, Jennifer Tordy, Ana Maria Allessi, Nita Basu, Michele McGonigle, Rick Ball, Selina Walker, Charlotte Bush, Claire Bush, Lucy Hall, Venetia Butterfield, Alice Gomer, Kirsten Greenwood, Jade Unwin, Phoenix Curland, Anna Curvis, Barbora Sabolova en Meredith Benson.

Zoals altijd bedank ik Diane Discepolo en Lisa Erbach Vance.

Letícia Rodrigues en Flávia Silva blijven onmisbaar door hun steun en hun researchcapaciteiten. Dank voor alles wat jullie doen.

Alle fouten komen voor rekening van deze mensen. Zij zijn de experts, ik niet.

Ook grote dank voor Richard Belthoff, Kate Boyd, Jim DeLapp, Ken Liss, Kelly Neumeier, Trevor Rennie en Dmitri Scull. Zij (en hun geliefden) hebben gulle bijdragen geleverd aan door mij uitgekozen goede doelen in ruil voor een vermelding van hun naam in dit boek. Als jij dat ook eens zou willen doen, mail dan naar giving@harlancoben.com.

Heb je genoten van dit boek?

Laat dan een review achter op de site van de winkel waar je het gekocht hebt, of op een lezerscommunity als Hebban.nl. Dat helpt andere lezers dit boek ook te vinden.